Né à Dublin en 1963, **Joseph O'Connor** tombe dans la littérature à 17 ans en lisant *L'Attrape-cœur* de Salinger. D'abord journaliste (*Esquire*, *The Irish Tribune*, *Sunday Tribune*) et homme de radio, il écrit aussi pour la scène et pour des productions musicales. Il s'impose avec son premier livre, un recueil de nouvelles publié en France sous le titre *Les Bons Chrétiens* (Libretto, 2010, traduction Pierrick Masquart et Gérard Meudal). Il est l'auteur de neuf romans parmi lesquels *Redemption Falls* (2007), *Muse* (2011), *Maintenant ou jamais* (2016) et *Le Bal des ombres* (2020). Avec Roddy Doyle ou Colm Tóibín, il est considéré comme l'un des écrivains irlandais les plus importants de sa génération. Traduite dans le monde entier, son œuvre lui a valu de nombreux prix dont le Irish PEN Award en 2012. Inspiré de l'histoire vraie de Hugh O'Flaherty, prêtre irlandais qui a défié les nazis et sauvé plus de 5 000 juifs et soldats alliés pendant la Seconde Guerre mondiale, *Dans la maison de mon Père* se tient en parfait équilibre entre l'improbabilité des faits réels et la vérité romanesque.

Dans la maison
de mon Père

Du même auteur
chez le même éditeur

Le Bal des ombres, 2020
Rivages poche n° 996

Chez d'autres éditeurs

Les Bons Chrétiens, Phébus, 1996
Libretto, 2010

Desperados, Phébus, 1998
Libretto, 2000

À l'irlandaise, Robert Laffont, 1999
« Pavillons », Robert Laffont, 2007

Le Dernier des Iroquois, Phébus, 2000

Inishowen, Phébus, 2001
Libretto, 2003

L'Étoile des mers : adieu à la vieille Irlande, Phébus, 2003
Éditions 10/18, 2007

Redemption Falls, Phébus, 2007
Éditions 10/18, 2009

Muse, Phébus, 2012
Éditions 10/18, 2013

Les Âmes égarées, Phébus, 2014
Éditions 10/18, 2016

Maintenant ou jamais, Phébus, 2016
Éditions 10/18, 2019

Joseph O'Connor

Dans la maison de mon Père

Traduit de l'anglais (Irlande)
par Carine Chichereau

Rivages

Retrouvez l'ensemble des parutions
des Éditions Payot & Rivages sur

payot-rivages.fr

Collection dirigée par Myriam Anderson et Delphine Valentin

Édition originale :
My Father's House, Harvill Secker, 2023

Pour Emma, Laurence et Cormac, *un abbraccio*

ROME
1943
ÉCHELLE : 500 m
FLAMINIO
LE TIBRE
MILVIO
PRATI
CAMPO MARZIO
Musée grégorien égyptien
Pinacoteca
ÉTAT DE LA CITÉ DU VATICAN
Chapelle Sixtine
BORGO
Castel Sant'Angelo
Place Saint-Pierre
BASILIQUE SAINT-PIERRE
Palais du Saint-Office
Collegio Teutonico
PONTE
Panthéon
REGOLA
JARDIN BOTANIQUE
TRASTEVERE
PIAZZA DEL POPOLO
PIAZZA DEL RISORGIMENTO
PIAZZA CAVOUR
Frontière de l'État de la Cité du Vatican

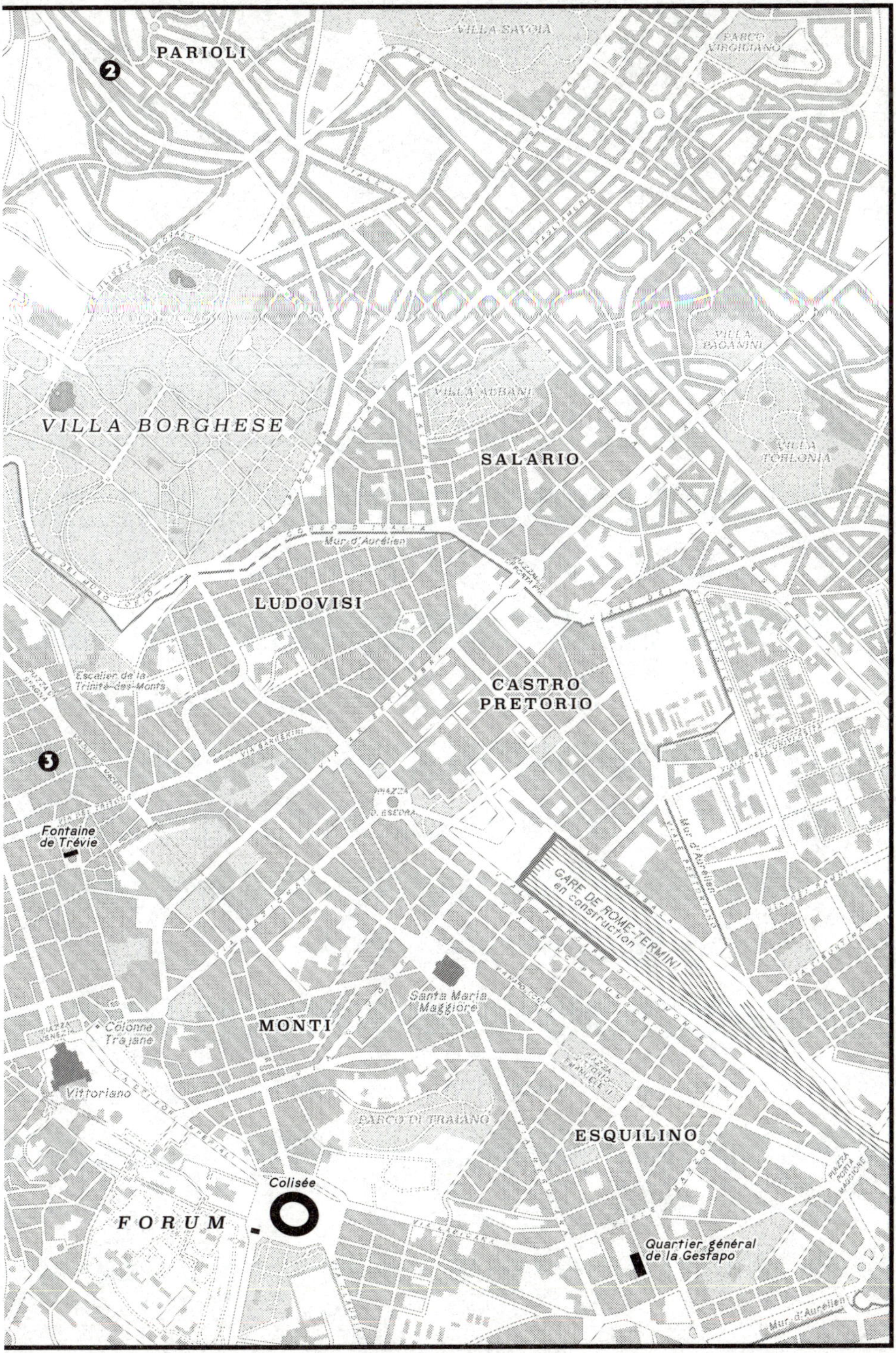
PARIOLI
VILLA SAVOIA
PARCO VIRGILIANO
VILLA PAGANINI
VILLA ALBANI
VILLA BORGHESE
SALARIO
VILLA TORLONIA
Mur d'Aurélien
LUDOVISI
Escalier de la Trinité-des-Monts
CASTRO PRETORIO
VIA BARBERINI
PIAZZA D. ESEDRA
Fontaine de Trévie
GARE DE ROME-TERMINI en construction
Mur d'Aurélien
Santa Maria Maggiore
MONTI
PIAZZA VENEZIA
Colonne Trajane
Vittoriano
PARCO DI TRAIANO
PIAZZA VITTORIO EMANUELE II
ESQUILINO
PIAZZA PORTA MAGGIORE
Colisée
FORUM
Quartier général de la Gestapo
Mur d'Aurélien

Ma chère mère, mon cher père, ma chère famille. Ceci est la dernière lettre que j'écris car je vais être fusillé aujourd'hui même. Ma chère famille, j'ai donné ma vie pour mon pays et pour tout ce qui m'était cher. J'espère que cette guerre sera bientôt terminée afin que vous puissiez vivre pour toujours dans la paix. Au revoir. À jamais votre soldat, fils et frère aimant, Willie.

Lettre d'un prisonnier de guerre écossais rédigée en Italie.

ACTE I

Le Chœur

Sopranos : Delia Kiernan, Marianna de Vries
Alto : contessa Giovanna Landini
Ténors : sir D'Arcy Osborne, Enzo Angelucci, major Sam Derry
Basse : John May
Chef de chœur : monseigneur Hugh O'Flaherty

Septembre 1943 : les forces allemandes occupent Rome.

Le chef de la Gestapo, l'Obersturmbannführer Paul Hauptmann, règne par la terreur.

La faim est partout présente. Les rumeurs suppurent. L'issue de la guerre est loin d'être sûre.

Les diplomates, réfugiés et prisonniers alliés évadés risquent leur vie en tentant de trouver asile au Vatican, le plus petit État du monde, pays neutre et indépendant situé au cœur de Rome.

Un groupe d'amis improbable menés par un prêtre courageux se retrouve soudain au cœur du danger.

À Noël, il n'est plus possible de faire marche arrière.

1

Dimanche 19 décembre 1943

22 h 49

119 heures et 11 minutes avant le début de la mission

La Daimler noire poussive à plaque diplomatique s'avance prudemment dans la via Diciannove, entre grognements et nuages de gaz d'échappement au plomb, tandis que des gouttes de neige fondue crépitent sur le capot. Un réverbère opale et solitaire jette un coup d'œil éclair à son propre reflet dans une flaque d'eau fangeuse qui s'amenuise, là où un tuyau a fui. Battant au rythme irrégulier du néon cassé de l'enseigne d'un café, les mots « MORTE AL FASCISMO » grossièrement peints sur un volet.

Pourpre.

Émeraude.

Blanc.

Delia Kiernan, quarante ans, est femme de diplomate. Les médecins lui ont ordonné d'arrêter le tabac. Elle fume une cigarette.

Une semaine avant Noël, elle est à plus de mille cinq cents kilomètres de chez elle. La sueur colle sa jupe contre ses bas sur le siège lorsqu'elle empoigne ce levier de vitesse têtu pour passer la première.

L'homme à l'arrière étouffe un gémissement de douleur et arrache les croix gammées sur ses épaulettes.

Le lourd moteur gronde. Le sang bat dans les tempes de la conductrice. Sur le tableau de bord, une carte griffonnée indiquant comment se rendre à l'hôpital par les rues les plus tranquilles, elle est prête à la froisser pour s'en débarrasser au cas où elle rencontrerait une patrouille de SS, hélas dans l'obscurité elle a du mal à lire les indications tracées d'une main tremblante. Elle allume son briquet ; l'odeur d'essence décuple les gémissements de son passager.

Grand coup de volant pour tourner via Ventuno : la Daimler heurte une poubelle, la renverse. Ce qui en sort file en frétillant vers les égouts, attirant aussitôt une tornade de chiens cadavériques qui se ruent d'un seul mouvement depuis le seuil obscur des portes.

Crissements de freins, cahot sur les dos-d'âne, bruit de casseroles dans les nids-de-poule, déportement sur la droite, sur la gauche, vibrations du tableau de bord, petit virage sec sur des pavés-mitraillettes pour déboucher dans une rue où un tapis de feuilles mouillées transforme les pierres en patinoire.

L'homme gémit. S'il vous plaît, dépêchez-vous.

Par une petite rue. Le long de l'université purgée, brûlée par l'envahisseur. Le terrain de football sans filet dans les buts, envahi d'herbes folles, la fosse d'une piscine bayant à la lune, cinq cents fenêtres fracassées. Elle se souvient du bûcher des tableaux noirs ; elle l'a vu en photo dans le journal au matin des dix-huit ans de sa fille. Le long de la masse meurtrière aux mille yeux du Colisée, tel le squelette d'un kraken échoué.

À travers la piazza, les gargouilles salaces sur la façade assombrie d'une église. Elle fait deux appels de phares.

La cloche de l'église sonne vingt-trois heures. Elle ressent le tintement dans ses dents. Le vent harangue les tables et les chaises enchaînées d'un café, souffle rauque à travers les grilles en pointes de flèches.

Un homme en noir se hâte depuis le porche, son imperméable trempé plaqué contre son corps, il abandonne son parapluie retourné par une bourrasque lorsqu'il s'installe tant bien que mal sur le siège passager du lourd véhicule semblable à un bateau ; son feutre dégouline.

Elle démarre et il sort un carnet de notes dans lequel il se met à griffonner au crayon.

« Mais qu'est-ce que vous faites ?

– Je réfléchis », répond-il.

Il sort une flasque de sa poche, la propose au passager gémissant qui a retiré un de ses gants de cuir pour le fourrer dans sa bouche.

Celui-ci secoue la tête, ses yeux fous remplis de peur.

« Je vous en prie, laissez-le tranquille, dit-elle. Passez-moi ça.

– Vous conduisez.

– Passez-moi ça tout de suite. Ou vous irez à pied. »

Une éternité au carrefour de la via Quattordici et de la piazza Settanta lorsqu'un panzer marqué par la guerre passe en crépitant, sa tourelle tournant doucement comme si elle s'ennuyait.

« Qu'est-ce que ça augure pour la mission ? demande-t-elle. Si son état est grave ?

– Il faudra trouver quelqu'un d'autre. Peut-être Angelucci ?

– On ne pourra pas préparer Enzo. Pas le temps. »

La grêle s'abat avec force sur le pare-brise alors qu'ils passent devant la prison Regina Coeli. Elle allume une autre cigarette, des paillettes de cendre tombent sur le col de son imperméable. Il ferme les yeux, mais elle est certaine que ce n'est pas pour prier.

« Pour l'amour de Dieu, Delia, cette caisse à savon ne peut-elle pas avancer plus vite ? »

Réverbères dégageant une nuée bleue, ruelles serpentant à flanc de colline, silhouettes des martyrs en rang sur les toits des églises. Lui reviennent des souvenirs de ce deuxième matin à Rome, quand elle grimpa l'escalier menant sur le toit de Saint-Pierre, les traits de chaque statue usée par le temps et les tempêtes. Maculées de suie, stalagmites battues par les intempéries.

Tout à coup, une barrière de ferme bloque le passage. Il sort dans la tourmente, essaie d'ouvrir, son feutre tombe sous les secousses de ses mouvements énergiques. Dans la lumière des phares, il tire sur la barrière.

« Impossible d'ouvrir, crie-t-il. Y a-t-il des outils dans le coffre ?

– Rangez-vous sur le côté.

– Delia... »

Elle fait vrombir le moteur, appuie d'un coup sur l'accélérateur, dans un fracas rauque engouffre la grosse voiture dans la barrière qui explose en mille morceaux, puis il remonte en secouant sa grosse tête mouillée tel un homme qui se demande comment sa vie a pu en arriver là.

Traversée de vastes étendues plates où bêlent des moutons trempés. Puis la route se remet à grimper et les bâtiments de l'hôpital apparaissent, trois blocs de béton brutal hérissés de mâts nus et de monstres qui doivent être des réservoirs d'eau.

Sur un panneau de signalisation jaune fluorescent, cet ordre en noir :

« *Rallentare !* »

Montée d'une allée aux nombreux virages sur un gravier presque inexistant, le long d'un trio d'érables sycomores malades et de la ruche en béton d'une tourelle abritant une mitrailleuse, jusqu'au portique baigné de lumière près duquel est garée une ambulance avec sa croix rouge peinte sur fond kaki, moteur allumé, à l'arrière de laquelle trois soldats jouent aux cartes. En voyant la Daimler, fait inexplicable, ils referment les portières. Un instant plus tard, la lumière s'éteint.

Elle sort de la voiture mais laisse tourner le moteur.

Les portes de l'hôpital sont verrouillées, le hall plongé dans l'obscurité. Elle tire trois fois sur la sonnette, entend résonner son appel désolé quelque part au cœur des lieux enténébrés.

Un pas en arrière, elle lève les yeux vers les fenêtres aux volets clos, comme si le fait de regarder pouvait susciter l'apparition d'un observateur, espoir de tous les croyants, mais nul ne vient, et c'est seulement lorsqu'elle s'approche de l'ambulance fermée pour demander de l'aide que retentit un sifflement derrière elle.

Un soldat d'une vingtaine d'années est sorti par une porte qu'elle n'avait pas remarquée. L'air boudeur, cigarette au bec, accroche-cœur sur le front, on dirait qu'il vient de se réveiller. Il traîne dans son sillage une odeur de renfermé. Dans sa main gauche, une torche à la pauvre lueur vacillante fait pâlir la lumière extérieure. Dans la droite, un objet qu'elle met du temps à reconnaître : un couteau à cran d'arrêt. Il a l'air de savoir s'en servir.

« J'ai un patient qui a besoin de soins en urgence, dit-elle. Là. Sur le siège arrière.

– Votre nom ? soupire-t-il en scrutant l'arrière de la Daimler qui ronronne à bas bruit.

– Je ne suis pas en position de décliner mon identité. Je suis attachée à une délégation neutre dans cette ville. Cet homme est dans un état grave, notre médecin officiel l'a examiné il y a une heure. Il dit que c'est une péritonite, peut-être perforée.

– Qu'est-ce que ça peut bien me faire ? Je suis romain. Et vous, vous êtes quoi ?

– On s'en contrefout de ce que je suis, faites venir des brancardiers.

– Vous débarquez ici en me donnant des ordres, et vous espérez que je vais aider un fils de pute de nazi ?

– Votre devoir est d'aider tout le monde. »

Il crache par terre.

« Le voilà, mon devoir », lance-t-il.

L'homme en noir sort de la voiture, pose lourdement la main sur le toit, jette un coup d'œil dégoûté au ciel, comme s'il en voulait aux nuages, puis se tourne lentement vers le jeune homme.

« Et tu embrasses ta mère avec cette bouche-là ?

– Vous êtes qui pour me demander ça ?

– Mon nom est O'Flaherty. » Il ouvre son manteau, révélant sa soutane et son col.

« Mon père. Pardonnez-moi, mon père. » Il se signe. « Je savais pas.

– L'uniforme allemand de cet homme n'est qu'un déguisement. Il effectuait une mission de surveillance quand il est tombé gravement malade.

– Mon père…

– Dis-moi, le gros dur. Y a-t-il un dentiste dans cet hôpital derrière toi ?

– Pourquoi donc ?

– Parce que tu vas en avoir besoin quand je t'aurai fait rentrer les dents au fond du crâne. Espèce de brute ignorante, te comporter comme ça devant une femme. Tu iras te confesser dès demain, en attendant, *tu vas lui présenter illico tes excuses.*

– Je vous demande pardon, *signora.* » Il baisse sa tête rubiconde. « Je n'ai pas mangé ni dormi depuis trois nuits.

– Excuses acceptées, répond-elle. Est-ce qu'on peut avancer, maintenant ?

– Notre passager est un prisonnier britannique évadé, le major Sam Derry du régiment royal d'artillerie. La vie de milliers de personnes dépend de cet homme. Si tu aimes l'Italie, envoie-le en salle d'opération. Tout de suite. »

Le jeune soldat le fixe droit dans les yeux.

O'Flaherty file vers l'ambulance, ouvre grand les portes.

« *Andiamo, ragazzi,* dit-il en leur montrant la Daimler. Debout, messieurs. Soyez bons garçons. On a besoin de renforts. »

Derry sort du véhicule d'un pas mal assuré, crachant des flots de sang, serrant son ventre et la nuit.

2

La voix de Delia Kiernan

7 janvier 1963

Transcription d'un entretien de recherche de la BBC (extrait), questions inaudibles, White City, Londres

C'est vrai, sans doute que je bois trop. Voilà tout ce qu'on peut dire. Ils vous en ont parlé, c'est certain. Inutile de faire semblant.

Nous préparions une mission – un « Rendimento », c'était le nom de code, un mot en italien qui signifie « performance » – pour la veille de Noël, dont le coup d'envoi était à vingt-trois heures précises. Mais le dimanche, cinq jours plus tôt, Derry, celui qui devait conduire ce Rendimento, est tombé malade alors qu'il était en plein travail de reconnaissance, et on a fait appel à Angelucci pour le remplacer.

Vous vous demandez sans doute comment on en est arrivés là. C'est une bonne question.

Avec l'âge, j'ai parfois une chauve-souris dans la mansarde, hélas. Non que j'oublie les choses, mais parfois je me les rappelle de travers. Si bien que je ne suis pas tout à fait certaine de savoir quand j'ai rencontré Monseigneur pour la première fois. C'était à Rome, pendant la guerre. Ne me demandez pas de développer davantage, il faudrait d'abord que je fasse une bonne sieste.

Non, je ne tenais pas de journal, mon petit. Je n'ai jamais eu la patience pour ça.

Par hasard, vous n'auriez pas une cigarette ? Si nous devons vraiment approfondir.

Merci. Non, ça va. J'ai des allumettes.

En tant que femme du diplomate irlandais le plus gradé du Vatican, je faisais souvent la potiche lors des réceptions officielles, je conversais avec les archevêques en feignant de les écouter. Mais j'estimais qu'il était de mon devoir d'aider au maximum les jeunes Irlandais présents à Rome, qui pour la plupart avaient prononcé leurs vœux.

Oh, je dirais qu'il y avait environ cinq cents prêtres et religieuses. Beaucoup de séminaristes. Avec le rationnement, la vie pendant la guerre n'était pas très drôle – on pouvait passer des mois sans voir la tête d'un chou ni le moindre aileron de poulet. De pauvres bouts de navets. Des biscuits trop durs, au goût de sciure et de cendre. Des saucisses qui contenaient si peu de viande qu'on aurait pu les manger un Vendredi saint.

Et la plupart des jeunes dont je parle étaient à peine sortis de l'enfance. Aujourd'hui, on dirait que ce sont des adolescents. Mais à l'époque, on n'employait pas ce genre de mot. Et donc ils avaient l'air… comment dirais-je ?… Un peu perdus. Et épuisés. Un gamin à l'esprit religieux est en général doué pour passer des nuits sans sommeil, parce qu'il faut pas mal d'imagination pour avoir la foi.

Un ou deux venaient à peine de troquer leurs culottes courtes pour des pantalons et déjà ils contemplaient le tunnel de la prêtrise. Chez plusieurs, d'ailleurs, c'était à se demander si l'idée ne venait pas plutôt de leur maman. Et souvent, même si certains n'apprécieront pas de m'entendre dire cela, les nonnes étaient les filles cadettes de familles pauvres qui n'avaient pas d'autre perspective. Et puis on est tellement influençable à l'adolescence, comme nous l'étions nous-mêmes pour la plupart. Une vieille bique de mère supérieure part à la chasse aux vocations dans une petite école d'Hutchesontown, à Glasgow. Annie lève la main, elle a treize ans à peine. Annie aime Notre-Dame et toutes ces fleurs sur l'autel. Et la voilà envoyée au couvent pour le restant de ses jours. Ce n'était pas toujours le cas, bien sûr, mais on était en droit de se poser la question. Oui, on se posait la question.

Enfin bref, voilà la situation, j'étais une simple compatriote éprouvant de la compassion pour ces jeunes. À l'époque, à Rome, les gens avaient très peur et souffraient de la faim. En outre il faisait terriblement chaud cet été-là, une vraie fournaise. Dans les jardins de notre magnifique villa de la légation, il y avait une piscine, et je faisais savoir à chaque occasion formelle que les jeunes Irlandais et Irlandaises présents en ville pouvaient venir en profiter, en ajoutant le numéro du tram qu'il fallait prendre sur la piazza del Risorgimento, à un jet de pierre du Vatican. Mon pauvre Tom a failli en perdre l'esprit et il insistait pour qu'au minimum, les deux sexes ne viennent pas le même jour. « Tu n'es pas drôle, je lui disais. Mais bon, c'est pour ça que je t'ai épousé. »

En réalité, j'étais heureuse d'accepter ce compromis. Voir ces pauvres corps si maigres s'éclabousser et plonger, ça aurait fait pleurer un œil de verre.

Ensuite, j'ai instauré une soirée hebdomadaire qui leur était dédiée, une sorte de table ouverte à la résidence tous les jeudis soir.

Je leur proposais des soupières de délicieux minestrone et ce succulent pain italien allongé, vous savez, et puis des fruits quand j'arrivais à en trouver au marché noir les domestiques de la légation m'apportaient leur aide en la matière : avec quelques billets, on obtient à peu près tout ce qu'on veut en Italie. De grands chaudrons de pâtes – quelques sous de spaghettis, vous nourrissez un bataillon entier. Des olives et un ou deux fromages en plus n'étaient pas pour leur déplaire. Une monstrueuse platée de lasagnes, bien chaude. Et puis parfois du bacon frit et des saucisses de Limerick lorsque je parvenais à en faire venir par la valise diplomatique. Une table garnie de glaces ou de pêches au sirop avec du sabayon, voire une tarte au citron. Oui, du vin aussi. Pourquoi pas ? Je voulais qu'ils se sentent bien accueillis chez moi. S'ils avaient envie d'*un bicchiere di vino rosso* ou d'une bière brune, ce que la plupart refusaient, je voulais qu'ils puissent en profiter et partager avec eux tout ce dont nous disposions, nous. C'est ainsi que j'ai été élevée.

Je suis catholique, j'aime ma religion autant que je peux, mais je ne suis pas très forte pour baiser la clôture d'autel. Vraiment pas. Je ne ferais pas une bonne sainte Marie. Il y a des braves gens dans toutes les religions, et puis il y a des salopards vingt-quatre carats, si vous voulez mon avis. La vie vous en apprend plus que n'importe quel catéchisme.

À la légation, nous disposions d'un budget modeste pour les réceptions. Je rendais fou mon infortuné seigneur et maître en dépassant les limites chaque semaine. Alors, d'après mes souvenirs, Dublin se montrait parfois un peu sec, ensuite. On recevait ces télégrammes urgents du département des Affaires étrangères exigeant un reçu en triple exemplaire pour telle bouteille de Prosecco : « à savoir », « jusqu'à présent », « en outre » – tout en majuscules bien serrées. Ah, mon cher, je m'en fichais comme de ma première chemise. C'est vrai, on va tous mourir un jour. Je suis une fille qui n'a jamais eu la réputation de faire ce qu'on lui dit de faire. Et un petit rond-de-cuir de scribouillard s'imagine qu'il peut commander votre servante ? Et mon cul sur la commode !

Ce soir-là, j'avais plein de choses en tête. Je m'apprêtais à passer la matinée dans les studios d'enregistrement de Radio Roma car je préparais un disque de deux chansons qui devait être produit en Irlande. Eh oui. J'étais une chanteuse professionnelle avant de me marier. Je ne voulais pas tout abandonner.

Ce jour-là ? Oh, je ne m'en souviens plus à présent, mon petit, sans doute *Danny Boy* et *Boolavogue*. Peut-être *The Spinning Wheel*. Il faudrait que je vérifie.

J'avais une belle petite carrière en Irlande, j'en tirais beaucoup de plaisir et d'épanouissement. Pour être honnête, les concerts et les tournées me manquaient terriblement. Mais en 41, j'avais dû faire une pause, entre une chose et une autre, la guerre qui empirait, la mutation de Tom à Rome. Je chantais à Belfast la nuit où la Luftwaffe a bombardé la salle de concert. Voilà ce qu'on appelle une critique mitigée.

J'ai parcouru l'Irlande, en long, en large et en travers, il n'y a pas une ville où je n'aie chanté. L'été, c'était l'île de Man, Liverpool, Manchester, souvent Dundee ou Ayrshire, peut-être quelques nuits à Cricklewood, dans des bals. J'ai donné des concerts à Durham, Kilmarnock, Northampton, partout. Une femme perd confiance en elle en restant à la maison toute la sainte journée. Et comme je dis toujours, si vous avez une âme de chanteuse, il faut chanter.

Enfin bref, lors d'une de ces soirées débarque ce monsieur poli qui se présente : monseigneur O'Flaherty du Saint-Office. Ça refroidit tout de suite l'ambiance.

« Monseigneur » est un titre que l'Église donne à un prêtre lorsqu'il est administrateur depuis cinq ans. Donc, c'est un titre important. Quant au « Saint-Office », c'est le département du Vatican où l'on garde un œil sur ce qu'on appelle « l'adhésion à la doctrine » afin de s'assurer que tout le monde file droit. C'est ce qu'on nommait autrefois « l'Inquisition ». Donc, ce n'est pas rien. Rares étaient ceux qui avaient envie de voir un inquisiteur débarquer à nos petites fêtes.

En temps normal, je n'aimais pas recevoir trop de beau monde, car en présence de la vieille garde, les jeunes étaient moins détendus et ils ne s'amusaient pas autant. Un jour, par exemple, un certain cardinal que je ne nommerai pas a pointé son nez ; strabisme à tous les étages, de terribles dents de lapin, du jamais vu, bassinant comme un boisseau de puces : son arrivée a eu l'effet d'une lance à incendie sur des enfants de maternelle. Et son sourire : à vous geler le cœur dans la poitrine. Et cet air de supériorité ! Si c'était une banane, il se serait pelé tout seul.

Mais ce monseigneur-là était différent. Les pieds sur terre. Affable. On voit ça chez les gens du Kerry, cette espèce de courtoisie. À l'époque, trop de prêtres se considéraient non pas tels des apôtres de miséricorde, mais comme de sévères petits magistrats de banlieue aux lèvres pincées. Hugh n'était pas follement emballé par l'autorité.

Encore une différence intéressante, le mode de transport qu'il avait emprunté pour nous rendre visite ce soir-là : il était venu à moto. Le voilà qui grimpe d'un pas vigoureux les marches de la résidence, gris de poussière des bottes au casque, avec ces énormes gants de cuir tel un as de la voltige, et il se signe avec l'eau de Lourdes dans le bénitier de l'entrée. Comme si on voyait tous les jours défiler des prêtres ainsi vêtus. Et l'odeur d'huile de moteur qu'il dégageait. Pas banal.

Il s'est adressé à mes domestiques dans un très bel italien. Je ne le savais pas encore, mais jamais je n'avais rencontré un cerveau aussi bien conçu : Hugh possédait trois doctorats et parlait couramment sept langues, son esprit était pareil à la lame d'une tondeuse : il tranchait toutes les questions, et s'il y avait une solution, il la trouvait.

Et le voilà donc qui se jette au milieu de la soirée, verre de *limonata* en main, discute un peu ici, plaisante là. Deux étudiants de Liverpool jouaient aux échecs ; il les a observés un moment et, à la fin, il a demandé au vainqueur de lui expliquer quelle stratégie il avait suivie. Il ne touchait pas à l'alcool mais ça ne le dérangeait pas que les autres boivent une bière.

Allez-y, posez vos questions. Ce que vous voudrez.

Il y avait là une jeune femme de Carrigafoyle, novice chez les carmélites, ils s'en sont payé une bonne tranche ; en fait, il avait connu un de ses oncles défunt en Irlande grâce au golf. Hugh a grandi sur un terrain de golf, vous le savez sans doute. Son père, un ancien policier, travaillait au club Killarney. Ensuite, Hugh et la jeune carmélite – je les revois encore ce soir-là dans mon salon comme s'ils étaient présents – ont montré aux autres comment faire un putt avec des cannes. On a abordé beaucoup de sujets légers sans rapport avec la guerre.

Oh, j'allais oublier, plus tard, quand on a commencé à avoir des noms de code, celui de Hugh était « Golf ».

Il était obsédé par l'idée que les Allemands nous écoutaient. Les prisonniers évadés étaient des « Livres », leurs planques des « Étagères ». Nous n'utilisions jamais les vrais noms des rues de Rome, nous les avions rebaptisées en ayant recours à des chiffres, à la manière des rues de Manhattan. Ou on leur attribuait les noms de grands compositeurs italiens. Et on mélangeait ces codes pour garder un coup d'avance sur la Gestapo. Mais nous y reviendrons plus tard.

Ce soir-là, Tom était absent, il rendait visite à trois gars de Dublin qui avaient manqué de respect aux fascistes et qu'on avait enfermés à Regina Coeli, la prison de Rome, après une bonne raclée ; de toute façon, il assistait rarement à mes petites sauteries. Il aimait faire semblant de désapprouver mais il ne s'y opposait pas réellement.

À un moment de la soirée, les jeunes ont commencé à me demander de chanter. Certains d'entre eux possédaient mes 78 tours, là-bas, en Irlande, enfin, plutôt leurs parents. Un de mes enregistrements, « La voix de Delia Kiernan », était passé tout l'été sur Raidió Éireann, et même sur les ondes de la BBC et des forces américaines. Le grand Richard Tauber en personne avait dit dans une interview que ça lui plaisait, et c'était un grand honneur pour moi. Monseigneur m'a encouragée à leur faire plaisir. « Allez-y, miss Kiernan, avant qu'ils se mettent à casser le mobilier. » J'ai répondu que je n'avais pas d'accompagnateur et que cela me rendrait nerveuse de ne pas avoir de filet de sécurité. En réalité, j'avais déjà bu deux whiskeys.

Il m'a dit qu'il n'était pas Paderewski mais qu'il improviserait de son mieux un accompagnement si je lui donnais la note. Le morceau auquel je songeais avait été écrit en *la* bémol, ce qui n'est pas facile quand on n'a pas répété, mais j'ai ajouté qu'on pouvait le jouer en *la*. Donc, on s'est installés au piano, un très beau Bösendorfer ancien, et on s'est lancés. C'était une vieille chanson d'amour, une petite aria de Bellini que je chérissais dans mon cœur depuis longtemps – une très jolie mélodie, facile comme un chant traditionnel, qui s'enroule doucement. Cela me rappelle toujours mon père, que Dieu ait pitié de lui, c'était l'un de ses morceaux préférés. Petite, je l'avais appris grâce à un vieux 78 tours à la maison, dans la version de John McCormack – et parmi les jeunes, certains m'ont accompagnée.

Vaga luna, che inargenti
Queste rive e questi fiori
Ed inspiri agli elementi
Il linguaggio dell' amor

Ce n'était pas de la fausse modestie de la part d'Hugh, il faut l'avouer. Certes, j'ai connu mon lot de mauvais pianistes en mon temps, mais lui, c'était une vraie casserole, Dieu le préserve. Il avait des mains énormes, comme des pelles, et il était maladroit. Malgré tout, ce fut une merveilleuse expérience. De celles dont on se souvient. Quand j'y pense, Rome m'évoque une musique quotidienne : le battement d'un volet par un après-midi étouffant, le soupir d'émerveillement lorsqu'on se trouve à l'intérieur du Panthéon et qu'il commence à pleuvoir. Les pigeons en chaleur qui roucoulent, les fontaines qui glougloutent. Mais jamais on n'a entendu plus douce musique que cette salle qui chantait ce soir-là.

Quand les gens se mettent à chanter, il se passe quelque chose. Cela transforme l'atmosphère à la manière de la pluie, du crépuscule. Certains diront que c'est une forme de rêverie, mais à mes yeux, ça rend la vie plus réelle.

Pardon. Cela m'émeut d'y repenser.

Voilà donc comment on s'est rencontrés, et très vite, nous sommes devenus de bons camarades. Il venait à mes soirées de temps en temps, amenait un copain ou deux avec lui. Des prêtres, naturellement – un Japonais franciscain une fois –, ou des pèlerins de chez nous ou de ses bien-aimés États-Unis, et toujours il apportait une bouteille d'excellent chianti, Dieu sait comment il se les procurait alors même qu'il ne buvait pas. Souvent, il apportait également une flasque d'eau-de-vie.

Un comte haut placé, lié au pape, avait offert à la légation irlandaise un abonnement dans une loge luxueuse à l'opéra, et nous y invitions souvent d'autres diplomates et leurs familles. Il faut garder à l'esprit que l'Irlande indépendante était encore un pays très jeune qui n'avait gagné sa liberté qu'en 1921. La solidarité des autres était non seulement nécessaire, mais aussi mise à l'honneur. Une femme de diplomate se devait de jouer les hôtesses. On peut dire que Verdi était un bon allié.

En cette occasion particulière, nous devions être sept, mais l'ambassadeur du Portugal souffrait de cette terrible chaleur qui occasionne parfois des maux de tête à vous clouer sur place et gêne la respiration, aussi j'ai invité Monseigneur à se joindre à nous car il adorait Puccini, et *Tosca* se passe à Rome, comme vous le savez. Il y avait l'ambassadeur de Suède et sa femme, l'attaché culturel suisse – voilà un travail à temps partiel s'il en est –, une amie, Monseigneur, votre servante et mon mari. « Un soulèvement de neutralité, a dit Hugh en plaisantant alors qu'il serrait la main des invités. On ne pourrait se sortir d'un piège à souris. »

Ce qui a fait rire l'ambassadeur de Suède. Mais pas l'attaché culturel suisse, si je me souviens bien ; celui-ci semblait à juste titre mal supporter le fait qu'Hugh ne cesse de prendre des notes dans son petit carnet pendant toute la représentation. C'était l'une de ses particularités : si une chose n'était pas notée, elle ne s'était pas passée. Même dans sa bible, il griffonnait partout dans les marges. Enfin bref. Ceci est une autre histoire. Où en étions-nous ?

Ah oui.

Ça devait être fin 42, il a traversé une phase sombre comme je ne lui en avais jamais connu. Pendant une période à l'automne, il avait rendu visite à des prisonniers de guerre dans les camps de l'Axe en Italie. Ce n'était plus le même homme. Il a cessé d'assister à mes soirées et il a disparu un moment. On m'a dit qu'il avait été malade, qu'il avait été hospitalisé pour un cancer, ou encore qu'il envisageait de partir travailler dans une paroisse du Massachusetts. Mon Tom a entendu une rumeur qui courait au Vatican selon laquelle il pensait abandonner la prêtrise. Mais quand enfin il a accepté de me voir, il m'a dit qu'il n'en était rien ; il était très préoccupé par ce qu'il appelait un problème personnel.

Lorsque nous nous sommes retrouvés, il pleuvait depuis des jours, le fleuve avait grossi, c'était une de ces nuits où le Tibre vient caresser les racines des arbres. Avait-il des problèmes ? Je me rappelle lui avoir posé la question. Avait-il besoin d'une amie ?

Parce que, soyons honnêtes, parfois on entendait parler d'un prêtre qui avait une femme dans sa vie. Il en va ainsi de la nature humaine. On ne va pas changer les choses à présent. Nombreux sont les hommes bien qui ont découvert un jour que le célibat ne leur convenait pas, mais l'Église les rejetait dès qu'ils renonçaient à leurs vœux.

La procédure les dépêchait alors dans un hôtel miteux au fond d'une ruelle, dans une chambre précise, là ils trouvaient un costume acheté chez un vendeur d'occasion, et sur le lit, trois billets d'une livre. Ils devaient retirer leurs vêtements sacerdotaux, les plier sur le lit, enfiler le costume du mort, et quitter l'hôtel par la porte de derrière. Il était entendu qu'aucune des personnes qu'ils avaient connues dans leur vie précédente ne garderait contact avec eux. On ne leur facilitait pas la tâche. Voilà pourquoi ils étaient trop nombreux à rester.

Après tout ce temps, je dois reconnaître que je pensais à une dame en particulier, une jeune contessa, devenue récemment veuve, qu'on avait vue en compagnie d'Hugh dans des galeries d'art et tout ça, à travers Rome, chacun habillé en noir pour des raisons différentes. C'était une beauté, avec une allure que les Français qualifieraient de *gamine*[1], un peu à la garçonne comme ces stars de cinéma dans le genre Leslie Caron. Elle et moi sommes devenues de grandes amies ; je lui ai parlé au téléphone il y a à peine deux heures. Le Vatican, de même que tous les kremlins, est une citadelle grouillante de rumeurs et d'envie. Je sais de source sûre que sa relation avec Hugh ne méritait pas la façon dont on en parlait. « Il n'y a pas de fumée sans feu », dit-on. Moi, je réponds toujours : peut-être qu'il n'y a pas de fumée et peut-être que vos lunettes gagneraient à être nettoyées.

Évidemment, il a ri quand j'ai mentionné son nom. Le problème personnel qu'il avait évoqué n'avait rien à voir avec ça, m'a-t-il assuré. « Mais merci, Delia, pour le compliment. »

---

1. Les mots en italique suivis d'un astérisque sont en français dans le texte original.

Puisque j'insistais, il m'a montré un morceau de la lettre d'un pauvre Écossais, un jeune soldat prisonnier de guerre qui allait être exécuté, et qu'on lui avait remise sous le manteau. Il voulait que sa lettre soit transmise à sa mère. Ces mots, les faits – pardonnez-moi – se dressaient entre Hugh et le sommeil.

J'ai pleuré en la lisant. Je la lui ai rendue et j'ai pleuré. Il n'est pas un jour de ma vie où je n'aie prié pour cette mère.

L'été suivant, nous avons subi les bombardements américains. Ça, je ne l'oublierai jamais. Parce que, si vous n'avez pas vécu un raid aérien, je ne pense pas être capable de vous dépeindre toute ma terreur. Aucun film ne peut l'évoquer réellement. Les hurlements. L'odeur. Pendant des semaines, vous aviez les nerfs en pelote.

Un bombardier Mitchell B-25 fait la taille d'un bus londonien. Vous levez les yeux et vous en découvrez quarante, qui font pleuvoir des bombes de cinq cents kilos. Les rues ne sont pas endommagées : elles sont pulvérisées. Anéanties. Des décombres de fumée nauséabonde et de poussière de brique. Les avions passaient la veille, lâchaient quatre-vingt mille tracts annonçant ce qui arriverait le lendemain. De cette manière, la peur avait le temps de vous gagner. Une fois, il y a eu un raid pendant l'une de mes soirées. Je n'oublierai jamais l'effroi des jeunes ; ils étaient en larmes, terrifiés.

À cette époque, Hugh avait compris que certaines personnes à Rome – un prêtre ici, quelqu'un d'autre là-bas – aidaient les prisonniers alliés évadés et les Juifs à quitter le pays pour passer en Suisse, et il leur prêtait assistance de temps à autre dans la clandestinité. De petits gestes comme acheter un billet de train sous un faux nom, trouver des vêtements, pas grand-chose. C'était très improvisé, vous savez, pas du tout organisé. Hugh comptait beaucoup d'amis à travers la ville ; il ne faisait pas partie de ces prêtres qui mangent, dorment et meurent dans leur église. Il envisageait plus ou moins de monter un vrai réseau, susceptible de trouver de temps à autre de l'argent pour les fugitifs, des objets de première nécessité, sans éveiller l'attention.

En toute discrétion. Rien de formel. Tout ça reste entre nous. Peut-être vaudrait-il mieux ne pas en parler à Tom ni aux personnes de l'ambassade. Ça ne sera pas dangereux, on restera en retrait, à la manière d'un organisme caritatif.

Je ne savais pas dans quoi je mettais les pieds, sinon, je serais partie en courant à travers les collines.

Il cherchait une couverture pour ces activités.

Le Chœur.

3

Lundi 20 décembre 1943

6 h 47

112 heures et 13 minutes avant le Rendimento

Dans les heures qui suivent la course folle vers l'hôpital, un rhume de cerveau l'assaille. Quintes de toux, yeux brûlants, tremblements, éternuements violents. La peur que ce soient les prémices de cette redoutable grippe romaine qui a tué l'hiver dernier une douzaine de ses étudiants africains de première année et neuf de ceux de Chicago.

Quelques minutes avant l'aube, épuisé, il se force à dormir. La Daimler vrombit à travers ses cauchemars.

Peu à peu, elle devient la Mercedes d'Hauptmann, le chef de la Gestapo. Ils parcourent les longues spirales des rues terriblement étroites d'une ville qui est Rome sans l'être. Chênes. Éclairs. Sang sur le sable. Dessins de la pluie sur une fenêtre. De grandes tours. Un puits aussi profond que la lune est haute. Des visages qui se changent en pierre sur fond d'un nocturne de Chopin, l'air inexpressif et brisé de ceux qui n'ont plus d'espoir. Maintenant Hauptmann est à son chevet, une présence, un virus. Ne pas respirer de crainte de l'inhaler. *Dites-moi qui vous avez rencontré. Dites-moi pourquoi vous les avez rencontrés.* Les yeux gris du nazi. Sur ses manches, le galon gris de l'infanterie. La fumée grise de ses cigarettes grises. La louve qui nourrit Rémus et Romulus dans une fresque prend vie et bave sur ses bébés affamés avant de les dévorer.

À dix heures, il quitte sa chambre, se rend d'un pas incertain au séminaire, se plonge dans la conférence de trois heures qu'il doit donner en latin sur Thomas d'Aquin devant une classe de quatre-vingt-dix séminaristes. Le grésil de la veille s'abat encore dans sa tête, il s'accroche au lutrin pour ne pas défaillir, les fenêtres jaunes et ternies de la salle palpitent. Les étudiants de troisième année sont brillants ce semestre. Leurs questions grouillent comme un essaim de guêpes. Le verre d'eau chaude parfumée au citron qu'il a apporté sur l'estrade a un goût de boue et de pelures de crayon.

Plus tard, enveloppé dans une couverture, il commence à noter leurs dissertations de fin de semestre mais, au bout d'une trentaine, il est obligé de se remettre au lit. Il corrige les soixante dernières entre deux phases de somnolence vacillante entrecoupées de quintes de toux violentes. Sa respiration râpeuse fait surgir un chien geignard dans les recoins de la chambre. Sa poitrine est en feu.

Pas de nouvelles de Sam Derry.

Survol de bombardiers.

Peut-être en saura-t-il plus demain.

Transcription d'une communication enregistrée sur un Allgemeine Elektricitäts-Gesellshaft AG Magnetophon

Obersturmbannführer Paul Hauptmann à l'attention de Dollman, confidentiel. Vingt décembre quarante-trois, quartier général de la Gestapo, Rome.

Himmler a rappelé. Très en colère, menaçant. Furieux que les prisonniers ennemis s'évadent en nombre des camps basés en Italie. Il dit que la plupart se dirigent vers Rome pour chercher asile au Vatican. Je sais que vous êtes occupé mais j'ai changé d'avis et j'aimerais que vous enquêtiez sur les suspects dont nous avons parlé récemment, en particulier ce prêtre nuisible que j'ai déjà évoqué. Je sais bien que vous le croyez inoffensif. Vérifions.

Fouillez un peu partout. Tapez sur les doigts. Les informateurs habituels. Voyez s'il utilise une fausse identité.

Je vous transmets le dossier dans lequel j'ai noté ce que je sais déjà à son sujet. Complétez les sections vides et renvoyez-le-moi avant Noël.

Soyez discret. Restez dans l'ombre.

Nous allons arracher cette mauvaise herbe.

Nous n'avons pas besoin de fauteurs de troubles.

Heil Hitler.

Mardi 21 décembre

3 h 04

91 heures et 56 minutes avant le Rendimento

En s'éveillant aux petites heures de la nuit, il réalise qu'aujourd'hui, c'est le dix-huitième anniversaire de son ordination. Ses pensées enfiévrées balaient des océans. Il se revoit prosterné devant l'autel ce matin-là, dans la cathédrale, puis repartant par les bas-côtés, les mains jointes, les visages d'aigles des évêques illuminés par les cierges.

À l'aube, il glisse dans une zone rouge battante, crépitante, qui n'est pas le sommeil, une contrée où les candélabres ont une voix. Lorsqu'il émerge, il prend un verre contenant un remède qu'on a déposé sur son coffre et parvient à boire deux gorgées avant de vomir de la bile.

Le quartier de citron dans la cuillère en cuivre posée à côté de son réveil est l'objet le plus étrange qu'il ait jamais vu, si jaune qu'il en est vert, si vert qu'il en est bleu ; son arôme s'insinue dans ses sinus tel un cambrioleur nocturne, avant de déployer ses mille pattes d'insecte fourmillant sur les oreillers dans un vrombissement sordide, irritant, qui se transforme en ronron flûté de hautbois.

Rêve de mots qui sortent de ses oreilles en rampant comme des vers.

L'air de la chambre est fétide. Il ouvre la fenêtre.

Dans la rue pluvieuse en contrebas, la Mercedes noire d'Hauptmann.

Il la regarde, et ses phares s'éteignent.

Transcription d'une communication enregistrée sur un Allgemeine Elektricitäts-Gesellshaft AG Magnetophon

Vingt et un décembre quarante-trois, quartier général de la Gestapo à Rome, Hauptmann à l'attention de Dollman. Confidentiel.

Cette nuit, j'étais en voiture près du Vatican. Sur un coup de tête, j'ai décidé d'aller en reconnaissance du côté du collège où vit HO'F. Bâtiment austère. Un cimetière rien qu'à eux. Un peu gothique. Le genre d'endroit où on imagine des prêtres vampires. À minuit, le portier est sorti mais n'a pas verrouillé la porte derrière lui. J'ai saisi ma chance, je suis entré. Le couloir était sombre. Des tableaux religieux, un crucifix sanglant, la camelote habituelle. Une pile de courrier destiné aux résidents : j'ai regardé mais je n'ai rien trouvé qui soit adressé à HO'F. J'ai commencé à monter l'escalier, mais en entendant des hommes bavarder (des étudiants je suppose), j'ai fait demi-tour. Voyez si l'on peut retourner quelqu'un. Un domestique, un factotum. Peut-être un prêtre. Nous paierons.

Mercredi 22 décembre

11 h 49

59 heures et 11 minutes avant le Rendimento

À son réveil, la fièvre est tombée. Sa peau semble comme neuve. Dans la pièce, une odeur de feu de bois et de cire d'abeille.

Les cloches de Saint-Pierre sonnent tristement midi. Des femmes chantent l'angélus.

Des pages de son carnet semées sur l'édredon. Horrifié, il s'aperçoit qu'elles sont couvertes de son écriture : les noms des choristes, les adresses des planques. Il les attrape, les déchire, lave l'encre sur ses doigts. Les draps et l'oreiller sont également maculés de traces noires. Le stylo trop bavard est posé sur son coffre.

À Rome, certaines journées d'hiver ont des yeux d'un bleu gelé, un regard qui vous glace sur place.

Du tiroir de sa table de nuit, il extrait ses fléchettes, se poste en tremblant face à la cible accrochée à la porte. Les fléchettes froides et lourdes, bien plus lourdes qu'elles ne devraient l'être, fusent en poursuivant un chemin volant de ses doigts jusqu'aux secteurs de la cible.

Tchac.

Tchoc.

Double vingt.

Cent.

Puis l'iris rouge et livide du double centre.

C'est comme écrire sur du papier. Clouer l'air dans les chiffres. Pas étonnant que cela calme ses craintes. Il tire sur les fléchettes, elles se détachent de la cible. Il les lance avec précision, et elles s'y plantent à nouveau. Champ de bataille de liège et de câbles où le regard est une rapière, et où les points marqués ne valent pas la peine d'être additionnés.

Pendant de longues minutes, il joue. Une heure se dérobe. Mesurer, réfléchir, planifier les tirs. Essayer de raisonner comme Hauptmann, de penser comme Hauptmann, d'*être* Hauptmann.

Franchir mille mètres de linoléum entre la ligne et la cible, la cible et la ligne, entre le pas de tir et la porte, projectiles garnis d'un empennage entre les mains, itinéraires clandestins en tête, chaque fois qu'il en lance un, un fugitif est sauvé et le *tchac* pétrifie Hauptmann de fureur.

Du tiroir de son bureau, il sort le dossier qu'il a rassemblé dans la section allemande de la bibliothèque du Vatican, des coupures de la presse germanique sur Hauptmann : régionale, locale, publications du parti, une référence d'une ligne ici, un bref paragraphe là, et même l'extrait de son album de promotion lorsqu'il était étudiant à Stuttgart. Connais ton ennemi, dit-on. Vois à travers ses yeux. Une photo de lui menant les jeunesses hitlériennes en promenade. La publication des bans de ses fiançailles. Sa femme s'appelle Elise. Deux enfants, dont une adoptée. Engagé dans les SS en 34. Diplômé de la Führerschule der Sicherheitspolizei en 38. Ancien Kriminalkommissar. Le Jeune Homme Prometteur.

De temps à autre, il enfile une robe de chambre élimée et se rend pieds nus dans le couloir sous prétexte qu'il attend une lettre de chez lui pour Noël, mais aucun message concernant Sam Derry – ni rien d'autre – n'est arrivé.

Il essaie de téléphoner à l'hôpital, puis à Delia Kiernan ou à la Contessa, mais les lignes téléphoniques du Vatican sont mortes ; nul ne sait quand elles seront réparées. L'éditorial dans le *Messaggero* de ce matin laisse entendre que ce sont les nazis qui ont coupé les communications, que l'invasion du Vatican est imminente.

Il y a trois semaines, début décembre, il a présenté une demande d'autorisation pour aller chez le coiffeur, ainsi que doivent le faire tous les résidents du Vatican, processus compliqué qui implique une lettre en triple exemplaire adressée à la curie. D'habitude, il se coupe les cheveux lui-même dans un petit miroir, maladroit, mais ses étudiants commencent à faire des remarques. Si elle lui est accordée, la permission de quitter le Vatican pour se rendre à Rome sera d'une heure et dix minutes. Des soldats armés l'escorteront à l'aller et au retour.

À quatorze heures, il se rend à la conciergerie pour voir si son autorisation est là et, surprise, le *portiere* la lui remet.

« Vous n'avez pas l'air dans votre assiette, *Monsignore*.

– Je vais mieux, Giancarlo, *grazie*.

– *Con rispetto*, je peux vous couper les cheveux, si vous voulez, *Monsignore* ? Pour vous éviter de vous déplacer.

– Sortir me fera du bien.

– Parfait, je vais envoyer un message pour dire que vous êtes prêt. À quinze heures ?

– Quinze heures, d'accord. *Grazie*, Giancarlo.

– *Prego*. »

Les deux soldats qu'on lui envoie en guise d'escorte sont jeunes et empotés. Casques mal attachés, tuniques sales, pas à leur taille. Ils trébuchent sur les pavés romains, ne savent quelle direction prendre, leur confusion occasionne des arrêts et d'âpres querelles à mi-voix au sujet de la carte militaire mal imprimée qu'on leur a donnée et qui n'est plus à jour depuis vingt ans. Il pourrait leur indiquer la bonne direction par gestes, en leur montrant du doigt, mais il craint que cela ne les fâche encore davantage alors même qu'ils font demi-tour et repartent en sens inverse, et puis il espère tomber sur quelqu'un qui pourrait transmettre un message à l'hôpital, mais soudain, alors qu'ils franchissent une arcade pour pénétrer sur une piazza éminente et froide, ils croisent un groupe d'officiers SS tout vêtus de noir qui photographient les statues ornant la façade d'une église, les têtes de mort scintillant sur leurs casquettes. Tout à coup il aperçoit Hauptmann, celui-ci est avec eux mais il paraît solitaire, l'air distrait, de mauvaise humeur, griffonnant dans un carnet, ne parlant à personne.

Orlandi, le coiffeur, embonpoint de lutteur, essoufflement humide, doit être le seul de sa profession à Rome qui n'ait pas grand-chose à dire. Dans le miroir, une photo de l'équipe de la Lazio découpée dans un journal et scotchée au mur surplombe le lavabo, à côté d'une image de la Vierge noire et d'une carte postale de Betty Grable en maillot de bain.

« Tu es supporter de la Lazio, Orlandi ?

– Pour mon malheur, mon père.

– Je n'ai jamais vu meilleur buteur que Piola. »

Un des soldats siffle, met le doigt sur sa bouche. Interdiction de parler.

« Ces bouffeurs de saucisses croient qu'ils peuvent nous donner des ordres », chantonne doucement le coiffeur en italien, à croire qu'il essaie de se rappeler une aria entendue longtemps auparavant. « Ce gosse a la moitié de mon âge, petit crétin impudent, et il me dit quand je peux parler ? Et chez moi, en plus. Vous voulez que je vous rase, tant qu'on y est, mon père ? »

Après avoir mélangé le savon dans le bol, il affûte le rasoir sept fois en continuant de fredonner. « Tournez-vous vers moi, mon père. Voilà. » Il lui rase la nuque. « C'est bientôt fini. De grands coups de pied au cul pour ces mangeurs de saucisses. Alléluia. »

Orlandi entame un paquet d'Old Golds, en allume une, tire dessus, la pose dans une coquille Saint-Jacques qui sert de cendrier – et, comme s'il y avait pensé dans un second temps, en propose aux soldats.

« Allez-y, servez-vous, leur dit-il en italien d'un ton aimable. Espèce de salopards de fils de putes.

– *Danke schön* », répondent-ils, comprenant ses gestes mais pas ses mots. Même si on n'est jamais tout à fait sûr qu'ils ne comprennent pas. Certains font semblant ; ça fait partie de leur formation, une autre manière d'espionner les vaincus.

« Et ta sœur, murmure Orlandi. J'espère que tu vas te faire buter. »

Dans un nuage de fumée, les soldats sourient, hochent la tête, toussent de gratitude.

« *Allora*, poursuit-il. Vous êtes allé au cinéma récemment, mon père ?

– Pas depuis un moment.

– Moi, je n'irai pas ce soir. Si vous voyez ce que je veux dire. Mon petit doigt m'a prévenu qu'il valait mieux éviter le cinéma de Prati.

– Et pourquoi ça ?

– Des gens qui ne sont pas de la ville fréquentent cet endroit. Je crois qu'on leur a préparé une réception. Le genre de cadeau de Noël où on allume la mèche et puis on part en courant. »

Sur le chemin du retour vers le Vatican, il aperçoit de nouveau Hauptmann, à présent assis devant un café avec un homme en civil. Les soldats le saluent au passage mais Hauptmann et l'autre ne semblent pas les voir. Hauptmann boit de l'eau à toutes petites gorgées, son subordonné un verre de vin rouge tandis qu'il manipule une calculatrice mécanique en l'écoutant, hoche la tête, retire la pince d'un dossier et s'arrête pour fumer. Une mendiante les approche. Hauptmann lui donne une pièce.

Une demi-heure après le départ du prêtre et des soldats, le coiffeur, toujours sifflant et jurant, va chercher de la monnaie dans sa caisse. Sur un billet, six caractères qu'il n'avait pas vus quand Monseigneur le lui a tendu.

« Bach 21. »

Selon le code que seuls connaissent les choristes et leurs partisans, « 21 » signifie « urgent ».

« Bach », qu'Enzo Angelucci doit entrer en contact avec lui de n'importe quelle manière.

Orlandi ferme le salon de coiffure et se met en route.

Jeudi 23 décembre

7 heures

Exactement 40 heures avant le Rendimento

Tchac.

Tchoc.

Il retire les fléchettes de la cible.

Les lance à nouveau.

Toujours pas de message.

L'attaque à la grenade de la veille au cinéma n'est mentionnée nulle part dans les journaux mais il sait qu'elle s'est produite, un jeune prêtre a été appelé sur les lieux. Trois soldats allemands, une Romaine et le projectionniste ont été tués. Il se demande pourquoi l'information a été censurée et quelles seront les représailles de Hauptmann.

Peut-être sera-t-il appelé aujourd'hui au chevet d'un mourant, motif légal pour quitter le Vatican, à peine quarante-quatre hectares au sein desquels il est confiné depuis si longtemps. Il est indécent de prier pour que quelqu'un soit aux portes de la mort, même si à Rome ils sont plus nombreux qu'ils ne le croient. Et bien d'autres encore le seront sous peu.

Il lance des fléchettes invisibles à travers la ville en direction d'Angelucci. *Viens à la piazza. Tu es attendu en urgence. Derry est malade, peut-être mort. Nous avons besoin que tu mènes la mission de la veille de Noël. Sois présent sur la piazza demain à midi. Attends près de la colonnade. Ne pars pas.*

Il ouvre sa bible au hasard et son doigt se pose sur un verset. Matthieu 27.52 : « Et les tombeaux s'ouvrirent et de nombreux corps de saints trépassés ressuscitèrent. »

Il se rase dans une bassine, s'habille, traverse à la hâte les cent mètres battus par la pluie dans la cour qui sépare le Collegio du Saint-Office, là il allume la lumière, gravit l'escalier de marbre et, dans la chapelle privée sur le septième palier, dit la messe seul, à l'exception de son ombre.

Sa main gauche tremble. Ses paupières frémissent. La migraine émerge aux lisières ; il redoute son retour.

La peur décampe comme un rat dans un abattoir.

D'aucuns prétendent qu'on a vu bouger le crucifix sur l'autel. Ce matin-là, cela pourrait se produire. D'autres disent que la croix miraculeuse a été remplacée par une copie il y a des années et que la vraie est cachée à de telles profondeurs que nul ne sait plus où elle est.

En jetant un coup d'œil par la fenêtre de la chapelle, il voit trois chars allemands se mettre en position via Rusticucci. Des soldats arrachent les pavés, montent des barricades de sacs de sable autour de postes de mitrailleuses. Un Panzerjäger à canon antiaérien est posté au bout des trois cents mètres qui mènent aux portes de Saint-Pierre. La veille au soir, Radio Algérie a diffusé une information « gravée dans le marbre » selon laquelle l'invasion du Vatican est « absolument imminente. » Les employés ne sont pas venus travailler.

Regarde bien, babille son ombre. *Le crucifix ne bouge pas.*

La messe est dite, il quitte le Collegio et franchit le passage qui mène à l'annexe désaffectée, une *casa del pellegrino* du quattrocento dont la démolition, depuis longtemps prévue, a été remise à plus tard en raison de la guerre. Le recteur, un Allemand, plaisante parfois en disant qu'il aimerait qu'une bombe s'abatte dessus. « Nous ferions des économies considérables ! »

À nouveau l'escalier, un long couloir où sont stockées des statues en mauvais état, jusqu'au grenier où il s'est aménagé un espace privé. Il remet la tâche à plus tard depuis des mois : il a plusieurs documents à rédiger.

Il se limitera à ce qui peut être écrit en quarante minutes et lu en trente. Si l'invasion a lieu, il veut au moins que sa famille sache ce qu'il pense.

Pour ne pas dépasser le temps imparti, il sort de sa poche son réveil et le remonte – les engrenages rouillés grincent. Le jeune coq dans la cour pousse un cri désolé.

Il écrit vite, en latin, déposant les feuilles une par une dans une boîte en métal, comme un caissier, qu'il verrouille enfin avec une grosse clé courte. Dans une heure, il postera cette clé à sa sœur en Irlande, accompagnée d'un message en gaélique inversé, la langue codée de leur enfance, pour qu'elle sache où trouver la boîte.

Il ignore que la clé se perdra en chemin, que pendant des décennies la boîte attendra derrière la cloison qu'il va déplacer dans quarante minutes pour dissimuler la boîte en question, jusqu'au jour où les travaux de rénovation de l'annexe seront mis à l'arrêt par une pandémie, que le sol s'effondrera et qu'une partie soutenue par les arcboutants du pignon est s'écroulera, vomissant dans la cour pavée de mosaïque en contrebas des ardoises, des briques d'autrefois, les structures en plomb des vitraux, d'anciens codex et bibles, un crucifix prétendument miraculeux, une boîte en métal rouillée et noircie et des halos de statues en plâtre.

4

Mon testament – en quoi je crois

23 décembre 1943

Puisque je ne possède presque rien, j'ai peu de choses à léguer. Je souhaite que mes livres aillent à ma sœur, Bride, à mes frères, Jim et Neil, à mes parents, James et Margaret, 11 Henn Street, Killarney, comté de Kerry, Irlande. Je demande que pendant trois ans, à la date de mon ordination, une messe soit offerte pour la rémission de mes péchés dans l'église où je fus baptisé. Ce sont là mes dernières volontés.

Quant à ce en quoi je crois, j'aimerais évoquer un homme que je n'ai jamais connu, un chef d'orchestre, Romain de naissance, dont la présence dans ma vie – ou plutôt son absence – a transformé ma vision du monde, la façon dont je pense que nous devons agir ici-bas, si tant est qu'aucun événement en dehors de la Résurrection puisse avoir tel effet.

Entre vingt et trente ans, d'abord enseignant, puis aspirant à la prêtrise, je vins faire mes études doctorales à Rome alors que je n'avais jamais quitté ma terre natale. Avec un chou en guise de cerveau et les cailloux du Kerry rural dans mes chaussures, je restai bouche bée quand le train entra en gare de Tiburtina.

La multitude des clochers, cet horizon en forme de pique-aiguilles. Jamais je n'oublierai l'exaltation de ces premières semaines. Le quatuor des basiliques majestueuses au crépuscule, les centaines d'églises sombres et magnifiques, la nourriture, l'art, la vie piquante, les nombreuses langues, les splendeurs de la bibliothèque du Vatican : c'était comme se réveiller au pays des merveilles.

Pour moi, Rome est une palette de peintre, un clair-obscur de roses lustrés, de cuivre vieilli, de brou de noix, de miel, d'ivoire, de moka. C'est aussi une musique, une sonate pour piano. Je ne peux écouter Clementi sans voir ma cité d'adoption bien-aimée et être transpercé par la lance du désir.

Après avoir été missionné en Palestine, à New York, en Haïti et en d'autres lieux, à trente ans passés, on me rappela à Rome. Le soir de mon arrivée, un petit incendie causé par un câble électrique se déclara dans le dortoir où je devais être logé au sein d'un couvent médiéval guère modernisé, on m'envoya par conséquent avec sept autres prêtres dans une vieille *pensione* via Pompeo Magno à Prati, non loin du Vatican. Mais suffisamment à l'écart.

À l'instar de tous les mariages, la prêtrise a ses hauts et ses bas, effets contre lesquels personne ne vous met en garde. Certes, il y a des soirées d'été où vous pouvez toucher les étoiles du firmament en tendant la main, mais il y a aussi les mois de février. On voudrait pouvoir être son propre guide spirituel dans ces moments-là. La solitude de la prêtrise peut parfois vous geler le cœur. Ma Rome l'a fait dégeler, m'a permis de respirer à nouveau.

Je vivais donc dans cette pension dédiée à l'accueil des pèlerins, tenue par des religieuses congolaises qui avaient fait le vœu le plus sacré entre tous : le vœu de silence. Elles vous montraient du doigt la table du dîner ou le salon où se trouvait un poste de TSF, ou bien au moyen d'un crayon vous indiquaient sur la carte l'emplacement de l'église ancienne que vous cherchiez. Ces femmes douces et déconcertantes dirigeaient du regard. Je prie Dieu pour qu'il les épargne dans les jours qui viennent.

La joie régnait dans cette maison grâce au bon esprit de mes confrères mauriciens et romains et aux voyageurs de passage. Comme le savait Chaucer, les pèlerins sont rarement les saints d'une ennuyeuse pureté que nous imaginons ; en général, ce sont des gens qui ont vécu pleinement, de tout leur cœur. J'adorais donner des cours au collège pour la propagation de la foi, j'adorais l'intelligence de mes étudiants, leur courage, combien ils étaient faciles à aimer, mais plus encore j'aimais la Rome qu'on m'avait offerte, le chant des cloches pour les vêpres, les visages des voyageurs du monde entier, leur langue si étrange à mes oreilles qu'on se demandait s'il s'agissait vraiment de langues et comment deux personnes auraient pu commencer à les apprendre, ainsi que le théâtre qui se déployait par les rues.

La vie à Rome était facile, tout s'absorbait par les sens, le nom même de la ville, métaphore de la patience. Car cette ville ne s'est pas construite en un jour.

Mes promenades me faisaient emprunter l'escalier de la Trinité-des-Monts, où je disais une prière silencieuse en mémoire de cet homme hanté, John Keats, mort dans une maison des environs. Certes, pécheur – qui ne l'est pas ? –, mais un poète plus grand que Wordsworth, à qui je n'ai jamais pu pardonner ses *Daffodils.*

Les noms des lieux et les panneaux de direction étaient des joyaux sertis de mosaïque : Quirinale, Orti Farnesiani, fontana di Trevi, arco di Costantino, Santa Maria Maggiore. Dire ces mots à voix haute me mettait en transe.

Arpenter la via Cola di Rienzo, ou les allées du Mercato Rionale, découvrir la grande beauté et la profusion des fruits et légumes, les délicieux *prosciutti*, les fromages aux saveurs éclatantes, la sensualité intense de tout endroit en Italie où l'on vend et achète de la nourriture, voir les belles Romaines aller et venir, leurs disputes moqueuses avec les vendeurs, soupeser un artichaut ici, là une grappe de tomates gourmandes, se rafraîchir près de la fontaine de la piazza Navona, s'asseoir un moment le long du Tibre, à moins d'une demi-heure de ma pension. Et les amoureux ardents, main dans la main, gestes amples, yeux étincelants, irradiant la vie dans leur besoin de l'autre, ou les jeunes pleins d'un silence paisible, comme peuvent l'être les Italiens contre toute attente, contemplant sereinement une fontaine. Les gens à Rome semblent sortis d'un tableau du Caravage, avec leur charme, leurs longs nez, leurs manières courtoises. Chanteurs des rues, vagabonds, hommes se querellant avec véhémence. Le problème douloureux avec le bonheur, c'est qu'on s'aperçoit rarement qu'il est là. À Rome, nous saurions bien assez tôt qu'il n'y était plus.

À l'époque, pour quelques sous, en semaine, on pouvait aller assister aux répétitions à l'opéra l'après-midi. J'aimais voir les jeunes musiciens, attentifs et sérieux – nous sommes tous attirés par ces talents que nous ne possédons pas – et je trouvais fascinant non seulement d'entendre, mais aussi de regarder l'orchestre. Du moment qu'on ne les interrompait pas et qu'on restait discret, on pouvait s'approcher jusqu'au bord de la fosse pour les observer. Leur méticulosité me touchait, le soin qu'ils mettaient au plus petit détail. Par exemple, cela m'intéressait de voir la manière particulière dont les musiciens tournaient les pages des partitions, tapant dessus deux fois avec le doigt ou l'archet pour éviter qu'un courant d'air les retourne dans l'autre sens.

Ce genre d'occasions servait également à tester de nouveaux jeunes chefs du Conservatorio. Leur rôle m'ensorcelait.

À quoi sert un chef d'orchestre ? Je ne le savais pas vraiment. En dépit de ce que nous croyons, enfants, il ne donne pas le rythme ni ne bat la mesure, mais il découpe, souligne, met en valeur, crée un style. Sa version du morceau ne sera pareille à nulle autre sur terre, même si deux orchestres jouent la même partition. Voilà pourquoi il doit parfaitement connaître celle-ci, mieux que le compositeur lui-même. Existe-t-il métier plus difficile ?

Le professeur de ces jeunes chefs – qui tous l'adoraient, nonobstant son intransigeance – s'appelait Vittorio Proietti.

Il était imposant, la petite quarantaine, le genre d'homme dont on remarquait la présence. C'était ce qu'on appelait à l'époque un « célibataire endurci », et il avait la sensibilité et la grâce particulière qu'on rencontre souvent chez les personnes homosexuelles. Artiste courtois, d'une ferveur digne et distinguée, le mot latin « gravitas » semble avoir été inventé par lui, mot qui a été repris dans bien des langues car nous comprenons aussitôt de quoi il s'agit quand nous en avons l'illustration sous les yeux. Un jour, au moment où je passais devant l'entrée des artistes du Teatro, j'ai vu maestro Proietti descendre de sa longue Maserati noire, vêtu de sa longue cape noire, tenant sa longue canne noire à la main – vision qui ferait danser les vagues.

Ce soir-là, j'étais allé déguster un simple repas dans une trattoria près de la piazza Mazzini avec deux compagnons, un ami du Kerry qui me rendait visite, le Dr Maurice « Moss » Trant, avec lequel en des temps plus heureux j'avais fait mes études au séminaire, et un autre dont j'ai un peu oublié le nom à présent, un prêtre de Chicago, le père Valentini, je crois. Souvent des gens arrivaient dans mon orbite qui ne connaissaient pas Rome, et j'éprouvais l'agréable nécessité de leur montrer un ou deux petits musées que les guides ne mentionnaient pas, les chapelles et galeries cachées, et d'aller manger en leur compagnie quelque part en ville.

Peu de temps après cette soirée, l'emblème fasciste a été accroché en haut de la loge royale à l'opéra, désacralisation qui a offensé de nombreux habitués, et ravi, j'imagine, certains autres. Quant à moi, à l'époque, je considérais que tous les systèmes politiques étaient à peu près équivalents, différentes formes de folie, du babillage de singe destiné à maintenir les primates moins évolués au rang inférieur qui était le leur. Honteuse stupidité de ma part. J'en suis venu à considérer que la neutralité est le pire des extrémismes ; sans elle, nulle tyrannie ne peut s'épanouir.

Quand mes deux compagnons et moi-même avons pris place au Teatro ce soir-là, une bonne partie des membres de l'orchestre étaient déjà installés dans la fosse, d'où montaient ces sons si spéciaux qui apportent une joyeuse excitation car ils plaisent aux enfants qui sommeillent en nos cœurs : le bruit d'un orchestre qui s'accorde. Ce son qui susurre : Laissez la Raison à la porte, les Merveilles sont en passe de commencer. Une trompette claire et solennelle. La plainte des violons impatients. Un crescendo d'arpèges à la harpe, ondoyants comme des vaguelettes, auquel répond la corne de brume d'un basson. Mon Dieu, vivre de tels moments.

Un conventicule de brutes fascistes est arrivé dans la loge royale, fumant avec ostentation, ils ont bruyamment ouvert un jéroboam de prosecco, dérangeant tout le monde afin de montrer leur importance, mais le public a feint de ne rien remarquer. Les lumières se sont éteintes. Proietti a fait son entrée d'un air hautain. Il est monté sur l'estrade tel un roi romain des temps anciens, saluant le public d'un léger mouvement de tête avec ce curieux mélange de reconnaissance et de dédain que manifestent les plus grands.

L'ouverture a commencé, puis le premier acte de *I Capuleti e i Montecchi* de Bellini. Pendant un quart d'heure, tout s'est passé somptueusement, jusqu'à ce que ces ânes se mettent à braire dans la loge royale ; les fascistes étaient ivres. Ils avaient amené avec eux des dames de petite vertu ; les infortunées créatures, embarrassées par les sifflets ébrieux de leurs compagnons, ont tenté de les faire cesser, mais leurs supplications n'ont eu pour effet que d'enhardir ces rustres.

À un moment, l'un de ces goujats a même crié : « *Me ne frego* », slogan fasciste qui signifie « je m'en fous », et ces fieffés imbéciles se sont mis à hennir de leurs gros rires gras et à glousser indistinctement. La remarque, qui avait atteint son but, a été beuglée une deuxième fois. De nouveau, explosion d'hilarité. L'appréciation fugitive de leurs pairs insignifiants est toujours un puissant accélérateur chez les malotrus car ils vivent dans la grande crainte de n'être rien, même parmi leurs semblables.

La troisième fois où cette expression fasciste a été proférée, Proietti a tapoté sa baguette huit ou douze fois sur son lutrin. L'orchestre s'est tu peu à peu, la soprano a interrompu son chant. Proietti a croisé les bras. Il avait l'air d'attendre le tramway, sans afficher aucun désespoir, homme noble ne prenant pas la peine de consulter sa montre. Certains dans le public se sont mis à siffler, d'autres à murmurer, chuchoter. Sans même se retourner vers la salle, il s'est écrié avec une brusque sévérité : « *Signore e signori, silenzio ! Abbiate rispetto per i musicisti !* »

Applaudissements et cris d'encouragement ont succédé. L'orchestre a repris.

Après que Proietti a quitté l'opéra cette nuit-là, on l'a vu monter dans une voiture sous la menace d'une arme.

Son corps n'a jamais été retrouvé.

Dans mes rêves, je vois souvent le rivage de Banna Strand ou les récifs de la côte du Kerry, minuscules îlots telles des taches d'encre répandues par un cartographe peu soigneux. Cette partie du monde où j'ai grandi est connue pour ses collines sévères et austères, ses lacs pareils à des miroirs, ses contours découpés sur la carte, l'attaque de ses violons offensifs, et pour le caractère impérieux de sa population qu'on confond parfois avec l'orgueil, alors qu'il s'agit de quelque chose de bien plus fort, sorte d'identification païenne aux lieux. Il existe l'idée que la terre et ses habitants sont l'expression, la traduction l'une de l'autre.

Les gens du Kerry sont avant tout des gens du Kerry.

Dans ma jeunesse, les comtés voisins étaient raillés, dénigrés, leurs habitants, souvent proches parents, en butte à des plaisanteries pas toujours bienveillantes. Les gens de Cork ? Arrogants. Ceux de Limerick ? Des pharisiens. Quant à se moquer de la capitale, cela faisait partie du quotidien. Dublin était « l'ouest de la Grande-Bretagne ». Ses citoyens, des vendus. Des poneys qui paradaient devant leurs seigneurs de l'autre côté des flots, ces derniers se gaussant de leurs efforts. Mon père avait l'habitude de raconter qu'il ne pourrait se résoudre à acclamer l'Angleterre qu'en une seule circonstance : si une équipe anglaise était opposée à Dublin lors de la finale du championnat d'Irlande de football gaélique. « Je me draperais dans l'Union Jack. »

Le reste du temps, on méprisait l'Angleterre, la perfide Albion, la despote. Comme le jurait ma pauvre grand-mère, Dieu ait son âme, virulente devant sa tasse de thé : « Je brûlerai tout ce qui est anglais sauf leur charbon. »

Qu'importait que nos oncles aient creusé les rues et les égouts de Coventry, que nos tantes aient soigné les malades à Poplar et Camden Town. Leurs enfants, nos cousins, avaient l'air et l'accent anglais, et comment en aurait-il pu être autrement ? L'argent qu'ils envoyaient depuis les terres des conquérants permettait d'acheter des chaussures à des enfants qui seraient sinon restés patriotiquement pieds nus, il évitait à bien des veuves la misère et la faim, ou l'appel à la miséricorde soigneusement rationnée des contribuables. Mais chez moi, nous avons une capacité de déni sans limite, comme tous les peuples qui un jour ont été soumis.

La junte anglaise était un objet de haine – c'était là sa raison d'être. Nous étions unis dans cette haine, elle nous fournissait une bannière sous laquelle nous rassembler lorsque nous redoutions ou percevions ce que d'autres avaient compris depuis longtemps : que ce qui nous liait était en réalité superficiel et empreint de clichés. Notre différence avec l'ennemi est une illusion puissamment efficace, la gnôle qui circule autour du feu de camp à l'heure où le petit jour frisquet se lève.

On avait laissé mourir de faim des dizaines de milliers de gens dans ma ville, des familles entières que ma grand-mère connaissait depuis l'enfance ; un million à travers tout le pays. À notre grande surprise, on nous avait informés que nous n'étions pas des « gens du Kerry » mais ce qu'on appelait des « Britanniques », peu importait ce que cela signifiait, sujets d'une famille habitant à huit cents kilomètres de là dans l'un de ses nombreux palais, et qui revendiquait notre allégeance alors qu'elle n'avait rien fait pour la mériter. Nous n'avions jamais vu aucun de ses membres. Et eux non plus ne nous avaient jamais vus.

Mais le contrat qui nous liait à cette famille d'incapables basée à Londres ne pouvait être rompu. Nous pouvions bien trimer chaque heure du jour, eux ne faisaient littéralement rien. Les fruits de votre labeur seraient adressés à leurs acolytes sous forme de loyer, afin de ne pas trop les incommoder. Si nous avions des terres, on nous les volait pour les donner à leurs hommes de main. Notre religion serait écrasée, la leur mise en valeur ; notre langue serait bannie, la leur établie ; mais quand la famine arriva pour nous détruire, les choses devinrent plus claires : nous n'étions pas des Britanniques dans le même sens que, disons, les bonnes gens du Hampshire. Nous étions en surplus, sortes de détritus, plus vite nous serions exterminés, mieux ce serait. Dans chacune de ses douzaines de colonies à travers le monde, l'Angleterre et ses propriétaires travaillaient dur à se faire haïr. En Irlande, ils reçurent leur dû.

Nous pourrions mettre cette haine – aussi constante et étouffante que la fumée de tourbe en octobre – sur le compte de la proximité, de l'Histoire, ou des sentiments humains ordinaires ; pourtant cette Histoire s'est affûtée malignement au cours de ma jeunesse lorsqu'une troupe de bâtards dépravés, la lie des prisons anglaises, fut envoyée en renfort auprès de la police pour pacifier la colonie par la force et le sang. Cela s'était déjà produit au cours du passé de cet archipel maudit, mais les choses ne se déroulèrent pas comme prévu.

Leur cruauté envers les populations des campagnes était légendaire. Si quelqu'un jetait une pierre sur l'un de ces Black and Tans, on brûlait le village. Les prisonniers étaient exécutés sans procès, les catholiques arrêtés sans raison, les femmes agressées, les hommes battus. Un jour, j'avais une vingtaine d'années et je rentrais au séminaire avec un ami après être allé présenter nos derniers respects lors d'un enterrement dans la ville de Limerick, quand une patrouille de Black and Tans a surgi dans la rue, nous a attrapés et jetés en cellule avec force coups de crosse et pluie de crachats cockney. Le lendemain matin, nous étions libérés grâce à un télégramme de l'abbé. Voilà une nuit qui ne s'oublie pas facilement.

La haine de l'Angleterre était profonde comme une tombe, l'exécration de ses armées plus abyssale encore.

Ainsi donc lorsqu'il y a deux ans le secrétariat du pape m'a nommé visiteur officiel du Vatican dans les camps de prisonniers de guerre britanniques en Italie, je n'ai pas eu envie d'obéir. J'étais pour la neutralité du Vatican, pour la neutralité de l'Irlande, même si dans ces deux cas, les dirigeants n'avaient consulté personne. Avoir été prêtre à

Londres et dans la région de New Forest avait instillé en moi une affection et même un amour pour ces lieux et les gens qui y vivaient. Mais cela entrait en contradiction avec un héritage beaucoup plus sombre. Et la vanité, qui est la sirène de l'ego, me tirait comme un chien en laisse : ce genre d'affectation au Vatican échoit rarement à des non-Italiens. Mais pouvais-je déshonorer ma patrie ? J'étais sur le point d'écrire à Sa Sainteté pour demander à être relevé de mes obligations quand le recteur de mon collège m'a donné un conseil sévère mais juste. Un prêtre fait vœu d'obéissance.

Le jour J est arrivé. Je suis parti avec le chauffeur du Vatican, un photographe officiel et un autre prêtre, un Milanais, pour le camp de Passo Corese, à trente kilomètres dans la campagne autour de Rome. Je n'avais pas passé une bonne nuit.

La région qui environne ma cité bien-aimée est l'une des plus belles sur laquelle des yeux fatigués puissent se poser : oliviers et citronniers, champs d'aubergines, vignes, aqueducs en ruine, un paysage qui rappelle celui de *La Joconde*, des routes flanquées d'étals où s'empilent noix et citrouilles. Le musc chaud des agrumes et le nectar des pins embaumaient lorsqu'on ouvrait la fenêtre de l'automobile le long des petites routes ondoyantes bordées de hautes haies. Si l'on plantait la canne d'un vieil homme dans la terre, on peut imaginer qu'elle donnerait naissance à un saule magnifique.

J'ai grandi à la campagne ; pour moi, il n'est rien de plus beau qu'une ferme. Celles de l'arrière-pays romain sont agréables et ravissantes, avec leur sol d'argile rouge et leurs champs tenus avec soin, leurs petites granges peintes en ocre, leurs vaches paisibles et plantureuses, leurs beaux paysans bien bâtis. Par une autre journée, un sentiment d'euphorie m'aurait saisi. Mais ce qui m'attendait allait me marquer au fer rouge.

J'avais déjà œuvré dans des établissements pénitentiaires. Mais pas ainsi. À la prison de Durham, j'avais passé une nuit terrible en compagnie d'un homme qui devait être pendu à l'aube. À Haïti, j'avais vu des choses innommables. Mais l'après-midi que j'ai passé à Passo Corese a diminué mon existence de cinq ans, d'autant d'heures passées là-bas.

Quatre mille prisonniers effrayés comme des bêtes abusées, à demi morts de faim, entassés dans deux champs pierreux délimités par des barbelés. Un médecin, pervers alcoolique. Pas de courrier. Deux latrines. Travail forcé. Pluies de coups.

Peut-être le plus cruel : l'absence d'occupation érigée en règle. Pas de journaux, rien pour écrire, pas de cartes à jouer ni de livre de prière. Posséder un jeu d'échecs signifiait dix jours à l'isolement dans une cellule à peine plus grande qu'un cercueil. Pas de rideaux aux fenêtres, si bien que ces pauvres diables ne pouvaient même pas dormir pour passer le temps. On donnait à chaque prisonnier un litre d'eau par jour, pas plus, aussi ne pouvaient-ils même pas se laver, là encore une règle calculée. Le chef des gardiens était une brute vicieuse à l'œil vitreux, un certain Müller, qui plus tard deviendrait le commandant régional de la Gestapo avant d'être envoyé sur le front russe. On l'imagine déjà écolier perturbé sciant les pattes aux chats.

Avec le photographe, nous avons déambulé en silence tandis qu'il effectuait ses prises de vues. J'étais incapable de parler.

Que dire à ces hommes émaciés, d'une effroyable maigreur, dont certains étaient à peine sortis de l'enfance ? Je suis entré dans leurs baraquements, dans les cours, j'ai vu leurs paillasses, leurs os décharnés, leur bienveillance les uns envers les autres, leurs peurs. La règle voulait que je ne discute avec eux en aucun cas, mais je pouvais prendre des notes et donner la sainte communion. Mes notes seraient compilées dans un rapport.

Quant au prêtre qui m'accompagnait, je ne le juge pas. Il avait de la famille à Milan et ne voulait pas attirer sur eux la colère des nazis, aussi regardait-il au loin les oliviers et les aqueducs en ruine, ses lunettes embuées de honte. Je ne vaux pas mieux que lui, Dieu le sait, et je suis même peut-être pire. Je brûlais de détourner également le regard, mais j'en étais incapable.

Même un aveugle aurait compris que les prisonniers avaient fait l'objet de menaces et qu'ils étaient contraints de nous mentir. Ce que tous ont fait, insistant pour nous dire qu'ils gardaient le moral, étaient bien traités et correctement nourris. J'ai hoché la tête et répondu des platitudes. Parfois nous devons nous autoriser à mentir les uns les autres. Je ne voulais qu'aucun d'eux soit ensuite battu pour m'avoir dit ce que je savais déjà.

Je n'oublierai jamais la puanteur dans les baraquements, ni la peur dans les yeux de ces prisonniers. Leur dignité avait été systématiquement piétinée ; ils étaient tels des orphelins soumis à la badine. Même parmi les gardes, certains avaient la décence de paraître honteux et refusaient de croiser mon regard. Tout à coup, un garçon de Liverpool âgé de dix-sept ans est venu vers moi. Autour du cou, une médaille de saint Michel, patron des forces armées de l'air : il m'a demandé de la bénir et je l'ai fait. Au cours de notre échange, il est apparu que ce garçon portait en réalité le même nom que mon père. Il a demandé à recevoir l'eucharistie.

Je me suis agenouillé dans la poussière et nous avons prié, James O'Flaherty et moi. Les gardes allemands n'ont pas apprécié et m'ont agoni de regard furieux et de rudes murmures. Certains ont commencé à me crier dessus comme s'ils voulaient mordre l'air. Mais le courage de ce garçon m'a donné de la force et j'ai continué.

Ensemble, nous avons dit un dizainier du rosaire, lui comptant les *Je vous salue Marie* sur une longueur de ficelle pourvue de nœuds, puis il s'est mis à chanter doucement le vieux cantique *Abide With Me* et, malgré ma voix de crécelle, je l'ai accompagné. Il est une coutume émouvante lors de la finale de la Coupe d'Angleterre de football : tout le monde chante ce cantique avant le match. Jamais personne dans le stade de Wembley ne l'a chanté d'une manière aussi vibrante que ce jour-là le soldat James O'Flaherty de Bridgewater Street, à Liverpool.

Que Dieu bénisse ce garçon, où qu'il soit à l'instant où j'écris ces mots. Il a montré la force de sa foi en cet instant mieux que je ne saurais le faire en toute une vie.

Bientôt, son courage en a donné à ses compagnons. Certains sont sortis en boitant de leurs baraquements, par groupes de deux ou trois d'abord, clignant les yeux dans la lumière aveuglante, s'aidant les uns les autres. Un prisonnier originaire de Dundee qui ne pouvait marcher m'a été amené dans une brouette. Avant la guerre, il était instituteur. D'autres s'étaient fabriqué des béquilles de fortune avec des branches ou des planches cassées. Ils avaient l'accent de Birmingham, Manchester, Coventry, Londres, Tyneside, de tous les coins d'Angleterre, avec parmi eux des intonations écossaises et galloises. Ils avaient été faits prisonniers en Afrique du Nord, pour bon nombre d'entre eux à El Alamein ou dans le désert, au sud de Tobrouk. Pour me témoigner leur respect, beaucoup s'adressaient à moi en m'appelant « Padre », terme en vigueur dans leur Église, si ce n'est la mienne. Certains parlaient avec une affection timide de l'Irlande, des affrontements sportifs entre nos deux pays au football, au rugby, sur l'hippodrome ; d'autres ne disaient rien car ils étaient pétrifiés par la peur, mais me jetaient des regards implorants.

Je me suis retrouvé à leur dire que la guerre avançait bien, que les Alliés arracheraient bientôt l'Italie aux fascistes ; qu'avant longtemps, ils rentreraient chez eux auprès de leurs familles. J'avais dans mes poches des barres de chocolat et deux paquets de cigarettes américaines – je ne fume pas, mais c'est comme une monnaie à Rome ainsi que dans toutes les prisons, et je fais attention à ne jamais sortir sans en avoir sur moi –, je les ai distribuées et les hommes se sont jetés dessus. J'avais également un flacon d'antibiotiques sulfamidés, un médicament contre la diarrhée ; il a été accueilli avec une gratitude bouleversante. Nous avons continué à parler de football et de cricket. Certains prisonniers avaient fait de la boxe. Un homme mûr qui était devenu aveugle, la tête enveloppée de bandages ensanglantés, m'a tenu les mains tandis que nous parlions d'Everton, de Stoke et de Kop, des jours glorieux de Freddie Steele et de Tommy Lawton. Une discussion houleuse concernant les infortunes de Manchester United a suivi et, face à la rancœur des gardes médusés, c'était bon de voir ces soldats rire et se moquer les uns des autres, se montrer du doigt et mimer leurs camarades.

Trop vite, l'heure de conclure notre visite est arrivée, cela m'a été signifié par un sergent nazi qui a tapoté sa montre puis, d'un geste du pouce, a désigné le haut portail d'acier qu'il est allé ouvrir. J'ai proposé aux prisonniers de se rassembler en cercle pour prier ensemble notre Seigneur, chacun était invité à participer, quelle que soit sa religion et même s'il n'en avait pas.

Un aviateur londonien originaire de l'East End, dont l'appareil avait été descendu en Tunisie, m'a murmuré à l'oreille qu'il était juif et protégé par ses camarades qui avaient fait croire aux gardes qu'il était méthodiste, mais il voulait que je sache la vérité et ne pouvait prier car il ne connaissait pas les mots. Je lui ai répondu que le plus grand homme qui ait foulé cette terre était né juif, ce n'était pas grave qu'il ne connaisse pas les mots, nous allions tous prier à notre manière, ou simplement en gardant le silence pour faire notre examen de conscience, avec la volonté de nous aider les uns les autres quand nous le pouvions.

Alors l'un des gardes m'a ordonné dans un allemand agressif et mordant d'arrêter tout ça, il a bondi en avant, son fusil pointé sur moi. Je lui ai proposé de se joindre à nous dans la prière. Un instant, j'ai cru qu'il allait accepter.

« Je vous tends la main, ai-je dit. Prenez-la. Prions ensemble.

– Je n'ai pas besoin de vos prières.

– Ça viendra. Bientôt.

– Qu'est-ce que ça veut dire ?

– Rien de plus que ce que je vous ai dit.

– Vous me menacez ?

– Avec une prière ? Il ne vous en faut pas beaucoup. »

Entre-temps, on était allé chercher le directeur du camp, Müller, à son bureau qui, si je me souviens bien, était situé au pied d'un mirador surveillant l'entrée principale. Il s'est avancé vers moi, levant le bras pour faire le salut nazi, avec cette fausse bonhomie qui est l'apanage de ceux qui, au fond, sont dépourvus de courage.

« *Heil Hitler* », a-t-il déclaré en essayant sans vraiment y parvenir de claquer les talons.

Je n'ai pas répondu.

« *Sie sind willkommen.* »

Je ne disais toujours rien.

« Vos papiers, mon père.

– Je les ai présentés en arrivant.

– Vous allez les présenter avant de repartir, s'il vous plaît. À moi.

– Et pourquoi me demandez-vous de présenter mes papiers avant de repartir ?

– Pour être sûr que vous ne les avez pas donnés à un prisonnier.

– Vous accusez un représentant de Sa Sainteté d'infraction aux règles ?

– J'espère n'avoir jamais à le faire.

– Votre absence de courtoisie envers un émissaire de Sa Sainteté sera dûment notée dans mon rapport.

– Je ne vous ai pas volontairement manqué de courtoisie. Que le révérend père m'excuse. »

De ma mallette, j'ai sorti mon portefeuille avec toutes les accréditations du Vatican, et je l'ai vu faire semblant de les lire, tout en faisant également semblant de prendre des notes. J'ai remarqué qu'il était inquiet. Ce qui m'a fait plaisir.

« Le révérend père est irlandais.

– Ma nationalité ne vous concerne nullement. Je suis ici en tant qu'envoyé, représentant du Vatican.

– Le parti et le Führer ont beaucoup d'admirateurs en Irlande. Votre peuple a combattu ces chiens de

Britanniques pendant des siècles. Toute personne qui réfléchit connaît et admire la lutte des Irlandais. »

Je n'ai pas mordu à l'hameçon.

« Les prisonniers ne se sont plaints de rien, je suppose, a-t-il fait observer en me rendant mes documents sans me regarder dans les yeux.

– Aucun ne m'a dit qu'il était maltraité », ai-je répondu. Ce qui était vrai.

« Bien. C'est parfait. Et gratifiant. Évidemment, ici ce n'est pas… » Il m'a adressé un sourire onctueux comme du beurre. « … un hôtel de luxe. C'est évident.

– En effet, c'est évident.

– Néanmoins, nous faisons de notre mieux. Avec des ressources limitées. À Berlin, on écoute rarement mes demandes de nourriture et d'assistance médicale. Et je n'ai pas assez d'hommes, vous l'avez constaté vous-même. J'envoie un télégramme chaque semaine. Autant le jeter dans la rivière. À Berlin, beaucoup, hélas, sont des bureaucrates et des carriéristes, rien de plus. Ils ne comprennent rien à la guerre. Autant essayer de parler à des femmes.

– Vous osez critiquer le Reich ? Cela aussi sera mentionné dans mon rapport. »

J'entendais presque les engrenages grincer dans l'enfer intime de son cerveau. Des corbeaux perchés sur les barbelés croassaient lugubrement.

« Bien sûr que non. Je suis un loyal serviteur du Reich. Je voulais juste que le révérend père sache comment se passaient les choses ici. Ce n'est pas facile, vous savez. C'est la guerre, et tout ça. Souvent nous avons les mains liées.

– J'informerai Sa Sainteté le pape qu'en temps de guerre on ne peut donner d'eau à ces hommes.

– Il faut de la discipline.
– Le faut-il ?
– Évidemment.
– Où placez-vous la limite entre discipline et torture ?
– Aucun homme n'a été torturé. Prétendre ça serait nous calomnier.
– Il y a cinq minutes on m'a ordonné de quitter les lieux. Laissez-moi passer.
– Mais en l'honneur de la visite du révérend père et en témoignage de mon respect auprès du Vatican, j'augmente pour aujourd'hui les rations d'eau à deux litres. Inutile de se montrer trop dur sans raison.
– Vous êtes une honte. Espèce de misérable, de pitoyable lâche. Vous feriez mieux de dégainer votre arme et de me tuer tout de suite. Parce que, même si c'est la dernière chose que je dois faire, je vous ferai renvoyer de vos fonctions. Je vous en donne ma parole. Espèce de vermine.
– Mon révérend père !
– Je reviendrai dans une semaine. Assurez-vous que cet abattoir soit en ordre. Et faites en sorte de ne pas être présent. *Auf Wiedersehen.* »

J'ai visité beaucoup d'autres camps de prisonniers, environ quatre-vingts installations à travers le Latium et même au-delà. Dans certains cas, j'ai constaté que les prisonniers étaient bien traités, dans le respect des lois internationales, mais je suis au regret de dire que c'était rare. Encore plus rare, les attitudes tout simplement humaines, qui ne devraient pas avoir besoin d'être inscrites dans la loi mais le sont souvent quand même.

La plupart du temps, plutôt que des violences physiques, il s'agissait d'humiliations quotidiennes écrasantes, les gardiens jouant les petits chefs auprès des prisonniers, se mettant en travers de leur route, leur adressant des remarques de cours d'école au sujet de leurs femmes et de leurs mères, etc. De temps à autre, on rencontrait un Göring en herbe qui avait besoin d'être remis à sa place. En tout cas, voilà la manière dont je voyais les choses.

Pendant ce temps, la situation à Rome empirait.

J'avais pour habitude à l'époque, pour raison de santé, de marcher d'un bon pas du Collegio jusqu'au monument à Victor-Emmanuel (« l'autel de la patrie »), aller-retour, promenade d'environ six kilomètres. Lorsqu'il faisait chaud, je m'accordais une pause dans mon calvaire dans un petit bar de la via del Portico d'Ottavia, dans le quartier juif, un de ces lieux où on est debout devant le zinc et où l'on peut engager la conversation avec son voisin sur la pluie et le beau temps, ou bien rester tranquillement dans son coin.

Un midi où j'étais installé au comptoir à lire un exemplaire du *Chicago Tribune* que quelqu'un avait laissé là, des bruits dans la rue ont attiré mon attention. Des membres de la police fasciste avaient arrêté un tram, fait descendre les passagers et forcé un vieux couple, un rabbin et sa femme, à se mettre à genoux ; ils se moquaient d'eux et les traitaient de tous les noms. L'un de ces porcs leur a donné une brosse à dents en leur demandant de nettoyer la chaussée et ses acolytes ont ri à gorge déployée devant tant d'esprit. Je suis sorti et j'ai demandé à cette brute son nom ainsi que celui de son officier supérieur – je portais mes vêtements de prêtre, ce qui, je l'espérais, pourrait assouplir un peu les choses –, et pendant la bruyante dispute qui s'est ensuivie, le vieux couple a réussi à prendre la tangente par une ruelle. Ce genre de cruauté me rendait malade. Le fait que ces innocents Romains soient ainsi maltraités en pleine rue, à midi, devant des centaines de personnes, était en soi une forme de poison.

Un après midi, fin 42, il y a un peu plus d'un an, peu après mon retour d'une visite dans un camp de prisonniers, le recteur du collège, un homme bon à présent décédé (il est mort de la grippe il y a deux mois ; que le Seigneur ait pitié de son âme), m'a fait parvenir un message en me demandant de venir le voir. J'avais faim, j'étais las, couvert de poussière après dix-neuf jours par monts et par vaux, le moral au plus bas, épuisé à force de visiter ces camps. Les supplications des prisonniers hantaient mes nuits. Je me suis débarbouillé du mieux que j'ai pu et j'ai revêtu ma soutane la plus propre. S'entretenir avec le recteur, théologien et exégète savant originaire de Berlin mais plutôt dépourvu d'humour, relevait rarement de la discussion légère.

Lorsque je suis entré dans son bureau, il m'a paru troublé, plus anxieux que jamais. Le fait qu'il fume m'a inquiété. Il m'a fait signe de venir m'asseoir à son bureau. Notre relation était toujours civile, en dépit de mon mauvais allemand, ou peut-être grâce à cela, aussi étrange que cela puisse paraître. Parfois, j'en ai fait l'expérience, quand deux personnes ne parlent pas bien la langue de l'autre, les conversations se limitent à de simples plaisanteries.

Sur la table, une pile désordonnée de mes rapports sur les conditions de vie dans les camps de prisonniers. Cela m'a paru fort étrange que le recteur les ait lus, quelqu'un avait dû les lui traduire car ils étaient écrits en anglais. En outre, je ne les lui avais pas transmis. Je me suis demandé qui s'en était chargé.

S'adressant à moi par mon nom, il a dit se trouver *in Schwierigkeit*. Ce qui signifiait « en difficulté ».

Je lui ai fait comprendre de mon mieux que je voyais bien qu'il était dans le plus grand embarras, que j'étais désolé qu'il porte ainsi ce fardeau et que ce serait pour moi une bénédiction d'en prendre ma part s'il le permettait.

Il a commencé à me parler doucement en latin.

Était-il véridique qu'à quelque temps de cela, je me sois opposé à l'arrestation d'un couple dans le quartier juif ? Une plainte officielle des autorités avait été déposée contre moi.

J'ai répondu que le rabbin et son épouse avaient été brutalisés en pleine rue, que j'interviendrais à nouveau si un tel outrage venait à se reproduire.

« Vraiment ?

– Oui, père recteur.

– Je vois. »

Il l'a noté.

« Vous n'êtes pas sans savoir, ai-je poursuivi en latin, quel est le sort réservé aux Juifs. »

Ne pas répondre a semblé lui causer une douleur physique. Les yeux fermés, il s'est balancé sur sa chaise en inspirant par le nez.

Était-il également véridique que, selon la plainte officielle, j'aie distribué des livres et des vivres aux prisonniers alliés dans les camps des douzaines de fois, en dépit des règles acceptées de part et d'autre ?

« Sans doute que oui. »

Deuxième note.

Il s'est arrêté, a arraché la page où il avait écrit cela et l'a déchirée avec soin en petits morceaux avant de me regarder.

« Ce ne sont pas là les bonnes réponses, Hugh.

– Avec tout mon respect, père recteur, quelles sont les bonnes réponses ? »

Il a alors pris une clochette sur son bureau et l'a fait tinter. Une très jeune religieuse que je n'avais jamais vue est entrée et s'est postée près de la fenêtre. Elle a expliqué qu'elle servirait d'interprète lors de cet entretien.

Détail terrible de ce moment surréaliste : la jeune sœur n'avait pas de main droite.

Le recteur a joint les siennes et m'a dit qu'il n'était pas un nazi.

Je n'ai su quoi répondre.

Il méprisait les nazis et tout ce qu'ils faisaient. « À l'Allemagne, à l'Europe, et au Peuple du Livre. » Tout chez eux était *schrecklich*.

« Horrible, a traduit la religieuse.

– *Abscheulich, entsetzlich, fürchterlich*, a-t-il poursuivi. *Grässlich. Schauderhaft. Widerwärtig.* »

À mesure qu'elle traduisait ces mots, tous variations du premier, le visage du recteur s'est mouillé de chagrin. Il pleurait.

La papauté était neutre, a-t-il continué. Il fallait respecter cela. Il s'agissait d'un traité international qui ne saurait être débattu. Le Vatican (« Notre Mère ») devait être protégé de l'invasion des nazis et des bombes. Au-delà du devoir des prêtres, visiter les malades, etc., ce qui se passait à Rome ou en Italie n'était pas de notre ressort. Quoi qu'il advienne, nous n'y pouvions rien.

En revanche, nous devions défendre le Vatican, c'était son droit de par la volonté de Dieu, et notre devoir le plus solennel en tant que soldats du Christ. Il fallait éviter jusqu'à la plus petite provocation. Les nazis brûlaient de trouver un prétexte, « comme un dragon enragé ». Imaginez ce qui arriverait si c'étaient eux qui transgressaient le traité, par exemple en franchissant la frontière, en rassemblant leurs panzers devant Saint-Pierre. Les Musei vaticani pourraient être réduits en cendres. Voire pire encore.

« Représentez-vous cela, Hugh, la croix gammée flottant en haut du dôme de Saint-Pierre. »

Ce serait particulièrement obscène, j'en convenais.

« Donc vous allez me donner l'assurance que vous résisterez à l'envie d'entreprendre quelque action qui nous mettrait en difficulté. N'est-ce pas, Hugh ?

– Je n'ai jamais eu l'intention de nous mettre en difficulté.

– Cela signifie-t-il que oui ?

– Je regrette que vous me posiez la question.

– Pourquoi, Hugh ?

– Parce que je préfère ne pas avoir à vous dire quelque chose qui puisse vous causer de l'inquiétude. »

Il a hoché la tête.

« S'il vous plaît, Hugh, levez-vous », a-t-il dit en allant ouvrir la porte de l'antichambre.

Dans le bureau est entré le Saint-Père.

La jeune religieuse a fait une génuflexion. J'étais tétanisé.

Quand on regarde le pape sur les photos, son visage semble l'incarnation de l'austérité, mais il est capable de tendresse lorsqu'on le voit en personne, ce qui ne m'était arrivé qu'une seule fois, à une distance de cinquante mètres, alors que j'assistais avec une centaine d'autres prêtres à la grand-messe de Pâques. Toutefois, ce soir-là, dans le bureau du recteur, il ne dégageait nulle aménité. On aurait cru une statue de granit.

Tel un front froid se déplaçant lentement, il est allé à la fenêtre en vitrail pour regarder la place Saint-Pierre en contrebas.

J'ai ravalé mes larmes. Le sang battait dans mes tympans. Une terrible soif m'a soudain envahi, et j'aurais pu boire l'océan noir que je me suis soudain imaginé.

Il s'est retourné.

Pendant un moment qui m'a paru très long, le Saint-Père m'a regardé sans ciller, une expression de réprobation absolue scintillant dans ses yeux, ses longs bras ballants, tel un soldat de la garde d'honneur. Loin au-dessus de nous, j'ai entendu un bombardier, puis le hurlement émoussé des sirènes antiaériennes de Parione. Il n'a même pas frémi. La jeune sœur lui a apporté une chaise. Il a hoché la tête en guise de remerciement mais n'y a pas prêté attention. Lorsqu'enfin il a bougé, c'était pour épousseter quelque chose d'invisible sur sa robe d'un blanc immaculé.

« Le célèbre monseigneur O'Flaherty. Nous sommes heureux de faire votre connaissance. »

Je me suis approché pour lui baiser la main, mais j'ai senti qu'il la retirait.

« Connaissez-vous Shakespeare, mon fils ? » m'a-t-il demandé d'une voix douce en latin, et j'ai répondu que je connaissais un peu son œuvre, que j'avais lu quelques pièces quand j'étais jeune et que je me préparais à l'enseignement.

« Lesquelles ?

– *Macbeth*, Très Saint-Père. *Le Marchand de Venise.*

– Vous devez apprécier celle-ci. Elle parle des Juifs. »

Il m'a semblé que l'atmosphère changeait de couleur.

« Nous jouions la comédie, a-t-il repris en affichant un sourire glacial qui m'a fait froid dans le dos. Au lycée. Nous n'étions pas très doué. »

Il a marqué une pause, m'octroyant un espace à combler, mais j'étais sûr que si je tentais de dire quelque chose, il m'interromprait aussitôt, ainsi que je l'avais souvent entendu faire au cours des audiences hebdomadaires avec les fidèles que diffusait la TSF. C'est une manière qu'ont les hommes de souligner leur pouvoir.

« Ensuite, a-t-il poursuivi, j'ai joué un peu au séminaire. On nous avait autorisés à monter un club de théâtre. Sous la responsabilité de nos supérieurs, bien sûr. Des classiques qui ne posaient pas de problèmes. Ce genre de pièces. »

Je n'avais pas la moindre idée de la réponse à donner.

« Avez-vous jamais joué la comédie, mon fils ?

– Jamais, Saint-Père.

– Vraiment ? Voilà qui paraît étrange.

– Dans le spectacle de Noël quand j'étais enfant, rien de plus.

– "Dans le spectacle de Noël quand j'étais enfant, rien de plus" », a-t-il répété, autre tactique que je l'avais déjà vu employer.

« Non, Saint-Père.

– J'ai pourtant l'impression que vous jouez la comédie, en ce moment.

– Très Saint-Père, pardonnez-moi, mais je ne vous suis pas.

– *NON, BIEN SÛR !* »

Je ne l'avais jamais entendu crier. J'étais sous le choc. Il ne s'était pas contenté d'élever la voix, il avait rugi, presque un hurlement, et tous les objets en verre ont vibré. Le recteur a baissé la tête, la jeune sœur était terrifiée. Le Saint-Père s'est essuyé la bouche avec un mouchoir.

« Avez-vous l'intention de tout gâcher ? *Répondez quand nous nous adressons à vous.*

– Très Saint-Père…

– Souhaitez-vous que notre Vatican, où reposent les ossements de notre plus grand pontife, un saint qui connut Jésus *en personne*, un homme qui assista à la Transfiguration, soit dévasté par le feu et les gaz empoisonnés ? Que les bottes des soldats piétinent les tombeaux des martyrs ? Que deux mille ans de règne du Christ soient détruits en une seule nuit dans des tempêtes de flammes ?

– Non, Très Saint-Père.

– Non, Très *Saint*-Père. Non, Très Saint-*Père*. L'ironie noire de votre prétendu respect. Mais dans ce cas pourquoi vous adressez à nous ainsi, alors que vous êtes de toute évidence le seul prêtre au monde qui n'a jamais respecté le vœu d'obéissance ? Que vous avez une propension particulière à édicter vos propres règles et procédures ? À ignorer délibérément les décisions et les ordres de vos supérieurs ? Sans doute est-ce nous, l'évêque de Rome, qui devrions nous agenouiller devant *vous*. *È bene.* »

Là-dessus, il a posé la main sur le bureau pour tenter de s'agenouiller, alors la religieuse et le recteur se sont précipités pour le supplier de ne pas se livrer à un geste aussi consternant. Les lèvres de la jeune sœur tremblaient, son visage, sous le choc, était dévasté par le chagrin.

« Sans doute que notre Sauveur en personne et tous les saints devraient offrir des prières à O'Flaherty, a-t-il poursuivi. Nous vous supplions, O'Flaherty. *Ora pro nobis,* O'Flaherty. Intercédez en faveur de vos inférieurs depuis la chaire de vanité où vous priez. *Avez-vous une explication à offrir quant à vos immondes arrogance et insolence ?* »

J'ai voulu répondre. Il m'a interrompu.

« Nous vous retirons sur-le-champ votre titre de représentant du Vatican. Jusqu'à ce qu'on vous informe du contraire, vous demeurerez dans ce collège et serez autorisé à parcourir les cent mètres qui vous séparent de votre bureau au Saint-Office chaque matin et chaque soir, mais vous n'irez nulle part ailleurs, je dis bien *nulle part*, sans autorisation écrite obtenue au préalable. Vous ne mettrez plus les pieds en dehors des murs du Vatican tant que cela ne vous sera pas permis. Vous réfléchirez à la gravité de vos erreurs et expierez vos fautes. *Vous m'entendez ?*

– Oui, Très Saint-Père.

– Par *votre* faute, ces prisonniers ne recevront plus de visites. »

J'ai cru qu'il allait me frapper au visage.

« Comme il est plus acéré que la morsure d'un serpent d'avoir un enfant ingrat, a-t-il dit d'un ton amer. *Le Roi Lear.* Acte un. Scène quatre. »

Sur ce, il a quitté le bureau d'un mouvement brusque. Le recteur n'a rien dit. Son silence, son respect même me brûlaient tel un fourneau tandis qu'il fixait ses mains et le plancher. En me murmurant que l'entretien était terminé, il a eu suffisamment pitié de moi pour ne pas dire que j'avais attiré l'opprobre sur le Collegio.

Je me suis aussitôt rendu dans ma chambre, et j'ai essayé d'absorber le choc de ce qui s'était passé ainsi que la gravité de mon péché de désobéissance. Les paroles du Saint-Père avaient ébouillanté ma suffisance, et je me suis mis à prier pour que son inflexibilité soit récompensée. Il m'est venu à l'esprit que ce que nous appelons commodément charité n'est qu'une forme de vanité déguisée, une simple manière d'envelopper de fumée les signes de notre supériorité, peut-être *pour* nous-mêmes, afin que cette fumée dérobe aux regards notre laideur.

En larmes, j'ai revu ces hommes dans les camps de prisonniers, leurs visages épuisés, leurs mains blessées qui se tendaient vers moi en guise de supplication ou de simple amitié. J'ai prié avec ferveur pour tous les prisonniers, aussi ardemment que j'ai pu, pour tous ceux qui étaient privés de liberté, y compris le misérable pécheur que j'étais.

Pendant six mois, je n'ai pas quitté le Vatican. À force, le recteur a eu pitié de moi et a allégé ma sentence. Après le début des bombardements aériens en juillet de cette année, j'ai été autorisé à me rendre à la légation irlandaise tous les quinze jours, puis de manière hebdomadaire, afin d'offrir un soutien pastoral aux jeunes prêtres et religieuses irlandaises et à leurs hôtes, à condition que je ne parle à personne d'autre et n'attire pas sur moi l'attention des autorités.

Je dois dire en toute honnêteté que j'ai fait tout mon possible pour respecter la seconde clause. En ce qui concerne la première, je dois à présent l'avouer, en chemin pour me rendre à la légation, je me suis permis parfois de discuter avec des personnes qui, je le savais, s'efforçaient de venir en aide aux prisonniers et à d'autres fugitifs qui essayaient d'atteindre la côte. Il s'agissait juste alors de quelques lires ici et là, parfois de vêtements. Je savais que je contrevenais aux ordres qu'on m'avait donnés, pourtant je persistais. Je demande le pardon pour ma désobéissance.

Le 13 septembre, deux jours après l'invasion de Rome par les nazis, un message urgent est parvenu à notre collège disant que beaucoup de frères dominicains de San Clemente étaient gravement malades après avoir attrapé la grippe qui semblait frapper toute l'Italie. Or il y avait à cette époque un groupe de pèlerins qui ne pouvaient quitter la ville, et l'aide d'une personne parlant l'anglais était requise pour entendre leur confession. Celui qui accepterait cette mission recevrait un laissez-passer de deux heures pour s'absenter du Vatican.

Ce lundi-là était pour moi un jour de repos. J'avais l'intention de me consacrer à l'étude et à la prière car j'avais très peur de ce que cette invasion allemande pourrait signifier, mais au lieu de cela, je me suis porté volontaire pour me rendre à San Clemente. Dans le fond, je pense que j'espérais y rencontrer un compatriote. Peut-être aussi était-ce pour moi un moyen de voir si j'étais à présent pardonné, si la sentence d'exil interne imposé par le Saint-Père pourrait être officiellement levée. J'ai téléphoné à la curie et expliqué la demande urgente des frères dominicains. Une heure s'est écoulée avant qu'on me rappelle. La permission m'était accordée, mais je ne devais parler absolument à personne en dehors de San Clemente. Promettais-je devant Dieu de n'en rien faire ? J'ai promis.

En route sur ma moto, j'ai croisé beaucoup de soldats allemands dans les rues aux abords du Vatican, débraillés, mal rasés, une véritable engeance. Certains maltraitaient les femmes, ou hurlaient sur les propriétaires des cafés pour obtenir à boire. D'autres étaient plus âgés que moi, frêles quinquagénaires, et puis il y avait des garçons affublés de hardes grises. À un moment, j'ai aperçu un homme que je connaissais dans la rue, John May, nous nous sommes salués du regard mais ne nous sommes pas arrêtés pour engager la conversation. Il avait l'air effrayé, épuisé, ce qui m'a fait mal car d'habitude c'était un charmant Londonien plein de gaieté.

En passant devant une ruelle, j'ai entendu le fracas brutal et glaçant d'une mitrailleuse.

Arrivé à l'église, je me suis rendu directement à la sacristie. Souvent, je songe que San Clemente est mon lieu de prière préféré à Rome. C'est loin d'être l'église la plus belle, la plus vaste, la mieux décorée, mais elle me paraît toujours plus fraîche et aérée qu'elle n'est, il s'en dégage une atmosphère qui redonne courage aux esprits las, telle une louche d'eau fraîche après un banquet. De nombreuses personnes entraient et sortaient, ou priaient paisiblement, certaines admiraient les fresques ou faisaient la queue devant les confessionnaux, et comme il n'y avait là aucun moine, je suis entré dans le premier confessionnal libre et j'ai commencé à entendre les fidèles.

Pendant une heure, tout s'est déroulé normalement. C'était pour moi une bénédiction de pouvoir offrir le pardon des péchés. Puis a émergé la beauté surnaturelle d'un chœur et d'un organiste répétant un morceau que j'aime depuis l'enfance, le *Missa Eucharistica* de Perosi, le magnifique timbre des barytons donnant de l'épaisseur à la musique. Ensuite, il s'est produit un événement si effrayant que je me dois de le coucher sur le papier. Si jamais il m'arrivait quelque chose dans les temps à venir, cet épisode pourrait bien l'expliquer.

J'ai ouvert la petite grille de bois qui sépare le prêtre du pénitent. Comme le veut la coutume, je n'ai pas regardé au travers, je n'ai pas tourné la tête mais suis resté immobile, les yeux fermés. Le silence s'est prolongé un moment, ce qui n'est pas si inhabituel. Les gens sont parfois en proie au trouble avant la confession.

« Mon ami, ai-je dit au bout d'un moment. Laissez vos inquiétudes derrière vous. Sachez que vous vous adressez à l'Infinie Compassion, pas à moi. »

Une voix d'homme a commencé à réciter la prière d'introduction d'un ton monotone, à croire qu'il la lisait.

Suivant la procédure habituelle, je lui ai demandé depuis combien de temps il ne s'était pas confessé.

« Je ne suis pas là pour répondre à des questions, m'a-t-on répondu.

– Mon frère, vous êtes loin de chez vous.

– Vous aussi.

– Ouvrez votre esprit. Nos péchés sont un tombeau. Faites rouler la pierre qui en bloque l'entrée. »

Il n'a rien dit.

Le silence était tel que j'entendais le tic-tac de sa montre-bracelet de l'autre côté de la cloison. À mon grand étonnement, en jetant un coup d'œil à travers la grille, j'ai découvert l'uniforme d'un chef de la Gestapo.

« Je m'appelle Paul Hauptmann », a-t-il déclaré en anglais.

Je n'ai pas répondu.

« Nous ne nous sommes jamais rencontrés, a-t-il poursuivi.

– Vous êtes dans un lieu de culte.

– La porte était ouverte. Je suis entré.

– Comment osez-vous ? »

J'ai voulu refermer la grille, mais il m'en a empêché de sa main gantée.

« Je n'en ai pas fini, Monseigneur.

– Je ne veux rien avoir à faire avec vous.

– J'aimerais que vous sachiez quelque chose. Il s'agit d'un fait important. Quand vous avez été désigné représentant du Vatican dans les camps de prisonniers de guerre il y a deux ans, j'étais alors l'officier de la Gestapo qui supervisait la région du Latium, et c'est moi qui vous ai choisi parmi la liste des personnes suggérées.

– Vous ?

– Je voulais qu'un Irlandais dirige cette délégation. Pour des raisons qui me paraissent évidentes.

– Lesquelles ?

– Le risque que vous sympathisiez avec l'ennemi était moins grand.

– Quittez ce lieu saint immédiatement.

– Je vous ai mal jugé. Vous étiez faible. J'avais oublié qu'un homme intelligent peut aussi être naïf – en réalité, il l'est même souvent.

– Je n'ai rien à vous dire.

– Moi non plus, Monseigneur. Mais permettez-moi de vous donner un conseil. C'est moi, à présent, qui contrôle cette ville. Vous feriez bien de vous en souvenir. À l'avenir, ne créez plus de problèmes, pour vous ou pour les autres.

– C'est-à-dire ?

– C'est-à-dire que nous devons garder la tête froide car nous avons des responsabilités. Vous devez tenir compte de la réalité. Votre habitude d'humilier les commandants de la Wehrmacht qui dirigeaient les camps de prisonniers devant leurs hommes vous a sans doute donné l'impression d'être moralement juste. Je sais que vous l'avez souvent fait. Sachez que le commandant qui a succédé à Müller après que vous aviez demandé son remplacement dans votre rapport est la pire brute qui ait jamais endossé un uniforme. Tout ce que vos pitreries ont réussi à faire, c'est aggraver les conditions de vie de ces prisonniers. De manière considérable, pour des milliers d'entre eux. Quand il n'y avait nul besoin de cela. Quel dommage.

– En avez-vous terminé ?

– Posez-vous donc la question, incidemment : qui a causé votre retrait de la délégation.

– C'est le pape qui m'a démis de mes fonctions.

– C'est ce que vous croyez ? »

Sa question, qui n'en était pas une, est restée en suspens entre nous pendant un moment.

« Je sais qu'il existe une filière d'évasion. Je la briserai. Soyez-en sûr. »

Je n'ai pas répondu. Sa voix s'est faite plus basse.

« Berlin a donné des ordres : aucune filière d'évasion ne sera tolérée. Ou bien j'en souffrirai les dures conséquences. Ce qui signifie que ma famille souffrira à son tour, et je ne puis permettre que cela se produise. Je ne subis pas les conséquences. Je les inflige.

– J'ai remarqué.

– Je suis responsable de l'ordre à Rome. Ne me compliquez pas la tâche, Monseigneur. La moindre assistance à cette filière d'évasion aurait pour conséquence une condamnation à mort. Si vous vous apercevez que ce genre de choses tente vos amis – ou vous-même –, rappelez-vous cette conversation.

– Il y a des personnes qui attendent pour se confesser. De nouveau, je vous demande de partir.

– Votre entêtement, Monseigneur, se met toujours en travers de votre chemin. Il brouille votre réflexion. Vous vous enivrez de fausses vertus. Notre mouvement ne peut être arrêté. En réalité, beaucoup de prêtres catholiques nous soutiennent. Vous seriez très étonné si je vous en disais plus.

– J'aurais honte et je serais dégoûté, mais pas étonné.
– Ma femme est catholique.
– Dans ce cas, elle devrait avoir honte, elle aussi.
– De son mari ? De son pays ?
– Et d'elle-même.
– Rome est tombée, Monseigneur. L'Empire britannique tombera également. Ainsi que bientôt l'Union soviétique et les États-Unis. Tous les empires s'effondreront. Sauf un.
– Le vôtre s'écroulera bientôt. Plus tôt que vous ne le pensez.
– Vous n'en semblez pas certain, Monseigneur. J'entends le doute dans votre voix. Cela fait partie de ma formation d'entendre le doute dans une voix. Et cela fait partie de la vôtre, non ? D'écouter de pauvres âmes prisonnières ? Lorsqu'elles viennent balbutier leurs petits écarts dans ce confessionnal ?
– Il n'y a pas ici d'autre prisonnier que vous-même.
– Rejoignez le mouvement, Monseigneur. Ou tout au moins ne vous mettez pas en travers, je vous préviens.
– Vous n'appartenez à aucun autre mouvement que celui de votre haine envers vous-même et de votre inanité. Parades, processions et déguisements. »
Éclat de dire lugubre : « Et c'est un prêtre qui dit ça ?
– Chacun d'entre vous est seul dans la fosse de vos insuffisances.
– Rhétorique que tout ceci, Monseigneur. Descendez de votre chaire. Je ne fais pas partie des moutons qui se laissent impressionner par du babillage de vieille dame, et en vérité vous n'êtes pas un bon gardien de troupeau.
– Sortez. Avant que je vous jette dehors.
– Vous aimez vous entendre parler ainsi, n'est-ce pas, Monseigneur ? Vous n'essaieriez même pas. Les beaux

parleurs sont des peureux. Et les prêtres ont peur de la vie.

– Nous verrons qui a peur le jour où vous monterez à la potence.

– Sachez seulement que je peux vous faire liquider à tout instant, Monseigneur. Ce serait comme souffler un de ces cierges que certains fidèles crédules paient quelques lires et allument en tremblant devant les idoles tachées d'or que vous et vos semblables avez édifiées pour les terrifier afin qu'ils obéissent à vos commandements. Vous êtes vivant parce que je le tolère. Vous êtes le cierge que je choisis de faire brûler. Et il me revient aussi de choisir le moment le plus opportun pour vous éteindre. En attendant, je vous souhaite une bonne journée, Monseigneur. Considérez que vous êtes prévenu.

– Vous ne me faites pas peur.

– Ça viendra. »

Après son départ, je suis resté là plusieurs minutes à essayer de me calmer. Quand je suis sorti, ma moto était la proie des flammes.

Dans le lointain, j'ai entendu le bruit répétitif des mitrailleuses.

5

Tandis qu'il s'éloigne de la motocyclette en feu, à l'extérieur de San Clemente, Paul Hauptmann s'essuie les doigts sur un lambeau de papier arraché à une affiche décollée : « MORT AUX ENVAHISSEURS FASCISTES ». Il est content de ne pas avoir pris la voiture. C'est une bonne journée pour faire quelques kilomètres à pied.

Le soleil de septembre est chaud et doré : l'automne romain ; les lauriers embaument l'air lorsqu'il traverse le petit parc près de cet escalier de marbre où l'on prétend que le Christ a marché. Idiotie, bien sûr, mais laissons-leur leurs histoires. Un vers de Shakespeare lui revient à cette pensée : « Que ces mortels sont fous. »

De temps à autre, ils le regardent, ces Romains vaincus et leurs enfants. Qu'ils le regardent donc ! Ils s'y habitueront. Ils n'ont pas le choix. Il est encore nouveau, inconnu, à la tête de cette ville depuis quelques jours seulement ; on peut leur pardonner une certaine morosité ; leur vie n'est pas facile. Il pourrait se déplacer accompagné d'un garde du corps, mais ce serait un aveu de faiblesse. Le Luger sur sa hanche est le meilleur des gardes du corps. Cela, et la réputation qu'il s'est taillée avec soin grâce à quelques indiscrétions auprès de la presse fasciste. Si un Romain s'en prenait à la Gestapo, sept pâtés d'immeubles seraient dynamités et ses parents seraient condamnés à la mort par pendaison en représailles.

Au quartier général qu'il a établi à l'institut culturel allemand, via Tasso, il donne des directives à ses hommes : pas de pillage, pas de vol dans les commerces romains. Les femmes doivent être respectées. Un viol prouvé sera puni par la mort. L'ennemi aura la permission d'enterrer les soldats tombés au combat dans la dignité. Des permissions seront accordées, mais il faudra se comporter en soldat de l'Allemagne. Je suis fier de vous. Commandant Paul Hauptmann.

Lui reste en tête l'accusation du prêtre d'être seul. Il ne devrait pas laisser cela le troubler mais quand il est fatigué et sous pression, ce genre d'insanité peut l'atteindre plus profondément.

Les dactylos arrivent, les ingénieurs de la radio, les employés nazis. Les maçons de la Wermacht installent des barreaux aux fenêtres des petites pièces à chaque étage, des menottes et des fers pour les pieds, ils recouvrent les murs de couvertures pour l'isolation sonore. Un fauteuil de dentiste a été vissé au sol de la cave, des lanières seront bientôt fixées au niveau des poignets et du cou. Son second, Dollman, voudrait qu'une potence soit érigée sur la scène de ce qui auparavant était la salle de concert, davantage pour la peur que cette vision inspirerait aux prisonniers que pour l'usage habituel, mais ce serait peut-être un peu excessif, la salle jouxte le bureau des secrétaires après tout. Le réseau électrique qui alimente le bâtiment est mort ; des hommes sont en route pour le remettre en marche. Il aime voir les hommes au travail, la structure qui dirige. Une nouvelle couche de peinture ne ferait pas de mal ; il enregistre un mémorandum à ce sujet. Peut-être de nouveaux meubles. Ces rideaux sont miteux. Dans le jardin, le cadran solaire est cassé.

Quant à ces horribles reproductions bon marché qui ornent partout les murs, il faut les retirer, dit-il à une secrétaire, nous sommes dans la ville de Michel-Ange. Bouquets de fleurs et Madones d'emprunt dans chaque pièce publique du quartier général. « Ma femme dit que je ne suis pas humain… » Il marque une pause. « Tant que je n'ai pas bu mon café du matin. Faites-en sorte que je n'aie pas besoin d'attendre trop longtemps. »

À quinze heures, on amène devant lui un jeune soldat de Brême, un déserteur qui a été capturé. Il écoute le garçon en sanglots plaider sa cause, regrette de ne pouvoir lui accorder sa clémence. « J'écrirai à vos parents pour leur dire que vous êtes mort au combat, ainsi le déshonneur leur sera épargné. Quelle tristesse d'en venir là, faites au moins preuve d'un peu de courage. » Il lui serre la main avant de l'envoyer en bas dans la cour pour y être passé par les armes. Que la guerre est sordide. Quel misérable gâchis répugnant. Alors que tous autant que nous sommes, nous connaissons des moments où nous aimerions déserter nos vies si seulement nous le pouvions, s'il n'était pas déjà trop tard. Hélas. La rafale des coups de feu bouleverse une des dactylos, mais on n'y peut rien. Mon Dieu, à quelle bassesse on en arrive. À la guerre comme à la guerre.

L'idée le tente de faire venir sa famille à Rome. Est-ce réalisable ? Où vivraient-ils ? Le danger serait-il si grand ? C'est un risque à courir, mais toute chose ne comporte-t-elle pas une part de risque à présent ? La chaleur, le soleil, les statues, les temples anciens. Ce serait peut-être bon pour les enfants de passer une saison ou deux à l'étranger.

Au téléphone depuis Berlin, sa femme semble perdue. Leur fille a un rhume, leur fils a encore des problèmes à l'école, il a du mal avec ses lettres, se montre désobéissant, renfermé. Il entend l'anxiété dans la voix de son épouse, elle tente d'exprimer une joie forcée lorsqu'il l'appelle. Il se demande si elle s'est remise à boire. Elle a l'air fatiguée.

« Est-ce que tu manges correctement, Paul ? »

Il répond que oui.

« Le baraquement est-il correct ?

– Ça va.

– Tu me manques. J'aimerais que tu sois à la maison.

– *Wenn ich mir was wünschen dürfte* », murmure-t-il, titre d'une vieille chanson d'amour qui leur rappelle l'époque où il lui faisait la cour. « Si je pouvais faire un vœu. » Cette phrase est devenue pour eux le symbole de leur tendresse.

« Tu es gentil, dit-elle.

– C'est parce que je t'aime.

– Paul, est-ce que Himmler t'a rappelé ?

– Je ne peux pas en parler au téléphone.

– Avons-nous des ennuis, Paul ?

– Non.

– Dans ce cas pourquoi continue-t-il de t'appeler ?

– Inutile de t'inquiéter. Il s'agit d'un problème précis à régler.

– C'est pour ça qu'on te file plein d'oseille, chéri, plaisante-t-elle. Pour les résoudre.

– C'est pour ça qu'ils me filent plein d'oseille, tu as raison. »

Une réplique d'un film de gangsters américain qu'ils ont vu lorsqu'ils étaient en voyage de noces à Guernesey. À force, c'est devenu une de leurs phrases récurrentes.

« Est-ce que les prisonniers ont cessé de s'évader ?

– Mon cœur, je ne peux pas en parler.

– C'est tellement injuste de leur part, quels maudits enquiquineurs, à causer tous ces problèmes à mon Paul. Tu me dirais la vérité, n'est-ce pas ? Si tu avais des problèmes avec Himmler ?

– Je te dirais la vérité. Et ce n'est pas le cas.

– Si ces prisonniers continuent de s'échapper…

– Elise, ne parlons pas de ça.

– Est-ce que les Romaines sont belles ?

– Pas autant que toi.

– Menteur. » Elle éclate de rire. « J'ai envie de t'embrasser.

– Moi aussi, ma chérie. De couvrir ton corps de baisers.

– Ne dis pas ça, Paul, alors que je me sens si seule sans toi.

– Ma petite fille, va te reposer. Je t'adore.

– Moi aussi, je t'adore.

– Allez, bonne nuit, ma colombe. Nous nous parlerons demain. J'ai une idée à te soumettre, ça pourrait être bien pour toute la famille.

– Encore une fois, tu peux m'assurer que nous n'avons pas de problème avec Himmler ? Parce que j'en mourrais d'inquiétude, Paul. Ces maudits fauteurs de troubles qui s'évadent. Mais pourquoi ne restent-ils pas dans leurs prisons, pourquoi faut-il toujours qu'ils créent des problèmes ? Ne veulent-ils donc pas que leurs femmes et leurs petites amies *sachent* qu'ils sont en sécurité, loin de la guerre ? Si toi tu étais dans un camp de prisonniers de guerre, je serais heureuse de te savoir à l'abri.

– Elise… »

La communication est coupée.

Sur son bureau, un télégramme d'Himmler.

« Führer furieux après évasions récentes. METTEZ FIN À CETTE SITUATION GÊNANTE. Vous êtes prévenu. »

Dans un tiroir il prend un dossier de photos qu'il a constitué au fil des derniers mois. Ces gens valent la peine qu'il les regarde à nouveau, ce sont des suspects, peut-être des traîtres. Il les classe méticuleusement par ordre alphabétique, s'arrête de temps en temps pour extraire une photo du dossier et la punaiser sur le panneau de liège au-dessus de son bureau. Des personnes qui présentent un intérêt particulier. Sa galerie de portraits personnelle.

Il s'arrête à la lettre O.

Affiche cette photo-là.

« O'Flaherty, Hugh », est écrit sur l'étiquette. Au crayon, il ajoute ces mots : « Fauteur de troubles. Obstiné. »

Il souffle la bougie.

Au lit.

Mais il a du mal à dormir cette nuit. Difficile de savoir pourquoi.

Ce n'est pas vraiment de l'anxiété. Pas non plus de l'insomnie. Ce n'est pas la cloche solitaire de l'église qui sonne les heures dans la nuit, ni le silence qui s'ensuit, l'attente. Une sorte de malaise qu'il ne peut nommer a pénétré en lui telle une écharde.

Obscurité.

Glapissement de renard.

Trois heures du matin à Rome.

Un homme dans un confessionnal dit : « Vous ne me faites pas peur, Hauptmann. »

Silence après la cloche.

6

Voix d'Enzo Angelucci

7 novembre 1962

Extrait d'une transcription d'un entretien de recherche de la BBC, bande 1, réalisé à Bensonhurst, New York

Où c'est que je parle ? Là-dedans ? Vous m'entendez ?

Allora, je m'appelle Enzo Gianluca Alessandro Angelucci. Cinquante-quatre ans, c'est ça.

Je vis depuis dix-sept ans à Brooklyn, mais je suis né là-bas, à Rome. En Amérique, les gens m'appellent Johnny.

Un Italo-Américain ? Ah oui ! Tu soulignes « Italo ».

Quand je suis arrivé, j'ai travaillé dans la construction, j'étais plaquiste, c'est bien payé. Mes trois frères et moi, on vivait dans une pièce au-dessus d'un *deli* à l'angle des rues Mulberry et Broome, on bouffait des pâtes bolognaise et du thon en boîte.

Après, les choses ont été mieux. J'ai réussi. Maintenant, ma femme et moi, on a une boutique de matériel pour les restaurants sur Bowery, et une quincaillerie sur Mott Street. « Angelucci Peinture et Carrelage ». Je dois rien à personne.

Avant la guerre, j'avais ce kiosque à journaux à l'angle du largo del Colonnato et via di Porta Angelica, juste à côté de la place Saint-Pierre, un bon emplacement. Y a plein de monde qui passe par là. C'était un bon travail honnête. J'aimais ça. C'était mes parents qui avaient démarré. Ils s'appelaient Sandro et Antonella, *che Dio li benedica.*

Et ma mère, c'était la plus dure en affaire que vous avez jamais vue. Son truc à elle, c'était travailler dur, Dieu t'a donné deux oreilles pour que tu écoutes deux fois plus que tu parles. Lève-toi de bonne heure, aime ta famille, pas de conneries.

C'est mon vieux qui avait construit le kiosque avec des vieilles barriques en chêne qu'il avait récupérées chez un vigneron du domaine Principe Pallavicini à la campagne, du Castelli Romani, alors le stand, il était pas droit, et ça faisait parler. Les gens aimaient ça. C'était bon pour les affaires, pour engager la conversation.

Moi et mes sœurs et mes frères, on travaillait là le week-end, et l'été, ou après l'école, et lorsque mes parents sont devenus trop vieux, je les ai remplacés. Je devais avoir vingt ans. J'étais un petit con. Bourré d'énergie. J'ai monté tout ça en huit, neuf ans, à peu près. Je me suis marié le jour de mes vingt ans, ma femme est morte dans un bombardement en mars 44. On était des gamins à l'époque où on s'est rencontrés. Ah oui, je pense toujours à elle, bien sûr.

Le genre de trucs qu'on vendait ? Oh de tout, de tout. Tous les journaux. Les Italiens adorent les journaux. Même quand ils étaient plus très frais, si y avait un acheteur, je vendais. Même vieux d'une semaine ou dix jours, si on pouvait en tirer cinq lires. Évidemment.

Des magazines de mode. Des guides. Des mots croisés. Des revues cochonnes pour les vieux. Des billets pour le Vatican. Des biographies des Césars et des saints. Des images pieuses. Des vieilles cartes. Tout.

Sì, c'est comme ça que j'ai rencontré le *Monsignore*.

Il se met à venir le matin de temps en temps, pour acheter la *Gazzetta dello Sport*. Un grand type, bien bâti. Avec la figure un peu rouge. Nous, les Romains, on a des petits os. Mais lui, il fait la taille d'une porte. On le voit. Avec son parapluie de golf bleu et blanc quand il pleut, un machin énorme.

« J'ai reçu une carte de rationnement supplémentaire aujourd'hui, qui me dit. Vous la voulez ? Prenez-la. »

Je lui dis que j'ai pas besoin, ça va.

« Prenez-la pour vos enfants. Un supplément de lait. Ou de pain. Sinon ce sera gâché. »

Il est un peu dégarni, mais il a les cheveux aussi noirs que le raisin de Sicile, comme on dit chez nous. Avec ses vieilles lunettes à écailles avec double foyer. Et puis il savait rigoler. Et faire sourire les autres.

« Dites-moi, mon ami, combien pour vos cartes postales ?

– Cinq lires les deux, que je lui réponds.

– Et pour une seule ?

– Quatre.

– Alors je prends l'autre. »

Des fois, il sifflote en regardant la marchandise. Ou est-ce qu'il chante tout seul.

Un homme qui chante, ça me plaît. *Ma*, je suis italien.

Autre chose que je me souviens, il marchait au pas de course, très viril, vous savez, la tête relevée, les bras qui se balancent. Sûr de lui. Quand on s'est présentés, ça fait une semaine qu'il vient me voir, sa poignée de main est forte, pareil qu'un paysan qui vend une vache. En vous parlant, il vous regarde droit dans les yeux ; il cligne même pas derrière ses carreaux. Y a peut-être cinquante ou soixante mille personnes sur la piazza : tu es le seul qu'il voit. Il te transperce, avec ses yeux comme des caisses enregistreuses. En italien, on a un mot pour ça, *sprezzatura*, c'est un mot que j'aime bien. Ça veut dire comment est-ce qu'on a l'air naturel.

Place Saint-Pierre, des curés, on en voit toute la journée, hein ? Moi, à l'époque, j'étais communiste, mais ça me dérangeait pas. Tu veux acheter un journal, mon frère, je te vends un journal. Si je veux me confesser ? Je te ferai savoir ça.

Et puis celui-là, le *Monsignore*, c'était dur de pas l'aimer. Ce grand gars de la campagne qui rigole, qui se donne pas des airs supérieurs, il te parle d'égal à égal en italien. *Come sta, signor Angelucci, amico mio ? Come stanno sua moglie e i suoi figli ?* Oh, épatant. Nan, on parlait pas de la politique ou de la religion, rien que les trucs du quotidien.

Pas très longtemps après, j'ai découvert en parlant à d'autres gars sur la place qu'il donnait régulièrement ses cartes de rationnement le matin. Qu'est-ce qui se passe, on s'est demandé, est-ce qu'il mange qu'un jour sur deux ? Le lendemain, il va le ventre vide. Oh, sainte mère de Dieu.

Un autre truc que j'aimais bien, il était fana de sport. La boxe, c'était son truc. Une véritable encyclopédie de tous les combats. Il adorait les Cubains. Et le football. Et puis le tennis, le vélo, le Tour de France, toutes les courses. Les chevaux, pas trop. Je sais pas pourquoi. Parce que y a plein de prêtres qui sont gagas des courses de chevaux. Mais la boxe, oh là là. Qu'est-ce qu'il aimait ça !

C'était fatigant quand il se lançait sur les poids lourds célèbres. Joe Louis, les gars dans le genre. Et puis les welters, il avait vu Rocky Graziano dans un combat amateur. Graziano, il est né ici, à Brooklyn, et puis, petit, on l'a emmené habiter la 10e rue est et la première avenue, de l'autre côté du pont, c'est un grand quartier italien où est ce que ma sœur et son mari habitent. Elle faisait le ménage pour une famille qui s'appelait Barbella, et c'était le nom de naissance à Graziano. Le *Monsignore*, il adorait ces histoires-là.

Pour un étranger, il connaissait Rome sur le bout des doigts, c'était incroyable, incroyable, je vous dis. Telle rue, tel quartier, les petits *vicoli* comme on les appelle, *vicoli e incroci*, les passages qui se croisent entre les vieilles maisons et derrière les églises, y en a qui sont si petits que même un scooter, y peut pas passer. Rome, c'est pareil qu'un fromage, tu sais, plein de trous. Tu peux vivre mille ans à Rome et tu connaîtras pas toutes les ruelles. Mais ce gars-là, il était pas loin, je peux te dire. Son truc à lui, c'était les vieux plans de la ville ; si j'en dégotais un pour le kiosque, je lui donnais. Il voulait toujours me payer, mais c'était juste des pages découpées dans des bouquins, pas des originaux. On les encadrait pour les fourguer à des Américains. Le truc qui me cassait les couilles, c'était qu'il me disait tout le temps que les guides que je vendais étaient de la merde. Il voulait en écrire un lui-même, peut-être que j'en vendrais mille exemplaires à vingt lires pièce et qu'on serait riches tous les deux et qu'on pourrait avoir des bonnes places pour les combats de boxe. Voilà le genre de type que c'était. Les pieds sur terre.

On passait le temps en discutant, en comparant les résultats des matchs dans les différents journaux. Quand je préparais du café le matin et qu'il faisait frisquet, il en buvait une tasse avec moi, bien sûr. Et puis la guerre est arrivée, le café était horrible, c'était même plus du café. Du jus de gland. Mais on se forçait à le boire, c'était quelque chose, au moins c'était chaud, hein ? Des fois, on faisait des paris. Ça faisait partie du jeu. Un matin il me dit : « Angelucci, tu te trompes, Armstrong ne va pas tenir quatre rounds contre Montanez, je te fais le pari. » Et moi je le plaisante, je lui renvoie la balle. « Frère, vous êtes un prêtre, les paris, c'est pas un péché ? » Et il me répond : « Pas avec des dollars invisibles. »

Et il me parie cinquante dollars invisibles, pareil qu'un amerloque, et j'y donne du quatorze contre un, comme un bookmaker. Le lendemain, il me dit : « Angelucci, tu as fait de moi un Rockefeller, donne-moi mes gains invisibles », ou « Enzo, tu as ruiné ma banque ». La vérité, on tenait les comptes dans un carnet. Il allait jamais nulle part sans son petit carnet et un bout de crayon derrière l'oreille. Et on pariait, comme des princes. C'était ridicule, tu sais. Rien qu'un truc pour passer le temps. Je lui écrivais une reconnaissance de dette d'un million de dollars. Il me disait : « Donne-moi une tasse de ton horrible café, et nous sommes quittes. »

Et puis, les fascistes ont foutu par terre mon kiosque et brûlé ce qui restait. Parce que je refusais d'arrêter de vendre les journaux étrangers. Personne dit à un Angelucci qu'est-ce qu'il doit faire. Chez nous, on dit : « *O mangi questa minestra o salti dalla finestra* », ça veut dire que tu acceptes la merde ou tu sautes par la fenêtre. Ma femme avait un cousin qui travaillait dans une vieille fabrique de bougies dans le Trastevere, ils faisaient des cierges pour les églises et il me filait une caisse ou deux à prix coûtant. Je les faisais bénir, j'allais sur la place Saint-Pierre comme un vendeur ambulant et je les vendais pour quelques lires aux pèlerins qui faisaient la queue. Avec deux bébés à la maison et un troisième en route ? On fait ce qu'on peut. Pour nourrir sa famille. Je disais : « *Buongiorno, signora*, dans la basilique, ça coûte dix lires. Je vous en donne deux pour cinq. Ils ont été bénis par le cardinal Ventucci. »

Parce que les gens, ils aiment les bonnes affaires. On apprend ça dans le business. Surtout les vieilles dames, vous savez, elles ont pas beaucoup d'argent, alors on leur propose un bon prix, et tout le monde est content.

« *Nonna*, je vous en donne quatre pour huit, *che Dio protegga tutti.* »

La vérité, des fois, les cierges étaient bénis par Enzo Angelucci. Mais si je pouvais trouver un prêtre pour le faire, je le faisais. C'est drôle, je me souviens pas que j'aie jamais demandé à *Monsignore*. Peut-être bien que je voulais pas, disons, le compromettre. Mais je suis sûr qu'il l'aurait fait si j'avais demandé.

Allora : un après-midi, je suis sur la place, et Dieu me préserve, le soleil me tape dessus à croire que je lui dois de l'argent. C'est un de ces jours où même votre sueur vous brûle. Je remonte la queue, quand je le vois près de la colonnade à essayer de se rafraîchir à l'ombre, ce jeune gars qui est tout seul, avec des vêtements sales, déchirés, même qu'il a l'air malade, la figure blanche comme la lune, le bras en écharpe dans un sac à patates. Y a des clochards à Rome, c'est partout pareil. Mais lui, c'est autre chose. Ses yeux.

La vérité, je suis occupé : les gens achètent mes cierges – magnifique – mais il y a son visage si triste, si désespéré. Il a dix-neuf, vingt ans. Un beau gars. Les cheveux touffus. Il me fait penser à mon frère, Marco, qui se met toujours dans la mouise. Et alors, qu'est-ce que tu vas faire, hein ?

Je vais vers lui, il se recule, il a peur. Il sue pareil qu'une cascade. Il a la fièvre.

« Qu'est-ce qui se passe, petit ? Tu as faim ? »

Je lui offre une poire.

Le gamin me regarde longtemps avant de la prendre, et puis il l'engloutit en cinq bouchées. Un tatouage sur le poignet qui dit : « *Viva l'Italia* ». Dans ma poche, j'ai un sandwich à la *porchetta* qu'elle m'a préparé pour mon déjeuner, et je lui donne aussi, et une gourde d'eau fraîche, et mon mouchoir pour qu'il s'essuie la figure et le cou.

« Assieds-toi une minute, *paesano*. Calme-toi. Essuie-toi le front. Tu as une insolation. Tu veux une cigarette ? »

Mais on dirait qu'il m'entend pas. Il a les yeux qui roulent comme une poupée. J'ai peur qu'il tombe dans les pommes. Ah mon Dieu.

En fait, il est terrifié. Il tremble. J'ai le cœur qui va craquer. Si je vivais jusqu'à deux cents ans, jamais j'oublierais qu'est-ce qu'il m'a dit alors.

Pardon, c'est encore… quand j'y pense…

[*Le sujet est pris par l'émotion.*]

« Pour l'amour de Dieu, mon frère, je t'en supplie, ne me trahis pas. »

Ces mots. Pareils que des flammes.

C'est un prisonnier de guerre évadé, juif, à moitié Italien. S'ils l'attrapent, il est mort. On sait ça tous les deux. C'est fini.

Merde, qu'est-ce que je peux faire ? Je suis un gars qui vend des bougies à la sauvette. J'ai pas d'amis puissants, ni d'argent, ni de relations. J'habite à cinq kilomètres, près de Termini, et de toute façon, y a pas de place chez moi, ma femme me tue si je ramène le gosse à la maison. Je peux pas faire ça. C'est impossible.

Et là, c'est vrai, je suis tenté de foutre le camp. J'ai une famille, une vie. L'Italie, maintenant, c'est un pays où il faut faire gaffe. Si tu cherches pas les ennuis, tu les trouves pas. Toutes sortes de pensées me passent par la tête. Tout à coup, tu te retrouves au cœur d'une tempête de sable. Jusqu'au moment où t'es plus qu'un grain de sable toi-même. Ou bien tu contemples l'instant. Et t'as intérêt de savoir qu'il va y avoir des conséquences. Les larbins à Hauptmann peuvent te coller une balle dans la tête avant le petit déjeuner et se mettre à table ensuite. T'es que de la merde par terre, pour eux. Sauf que je peux pas m'en empêcher.

Je regarde la place – je suis désespéré, en pleine confusion – et voilà qu'à trois cents mètres, je vois le *Monsignore* qui fait les cent pas près de la fontaine en lisant son livre saint – le bréviaire, ça s'appelle –, celui que les prêtres doivent lire tous les jours. Je dis au gamin de me suivre sans rien dire, de faire semblant qu'il me connaît pas, et on traverse la place en passant au milieu de la foule, et ça prend un moment, parce qu'il boite vraiment. Ça grouille de nazis. La police fasciste. Tout ça.

Le soleil cogne sur le granit comme un salaud. Le genre de chaleur qu'on sent à travers la semelle de ses chaussures. Je donnerais cher pour être loin d'ici, dans une pièce fraîche aux volets clos avec ma femme. Quand j'arrive à peu près à vingt pas, le *Monsignore* lève les yeux, à croire qu'il m'attend depuis le début.

« Alors, Angelucci, dit-il d'un visage impénétrable mais de bonne humeur. Tu es venu me dévaliser après le combat de Sugar Ray, sacripant. Et tu me dois déjà quatre millions. Espèce de voleur. »

Je m'approche et je lui explique la situation.

Il regarde le gosse, derrière moi. Puis il me regarde moi, en colère. Jamais je lui ai vu cette expression-là avant.

« Est-ce que tu as perdu l'esprit ? M'amener cet homme, à moi ?

– Ils vont le tuer. Faut pas les laisser. Y a bien quelque chose à faire ? Vous êtes prêtre. »

Je vous jure que je vois l'orage dans ses yeux. Je sais pas encore s'il va me suivre ou me mettre un poing dans la figure. On reste là deux, trois minutes. C'est long, planté en plein soleil. Essayez, pour voir.

Et là, sans changer d'expression, il fait un signe de tête. Le gamin acquiesce et le suit. Et ils partent en direction de la basilique, ce grand gars de la campagne charpenté comme une porte, et le môme tout cabossé, qui boitille après lui. Il y a un passage à gauche de Saint-Pierre qui mène au Campo Santo. Je me souviens plus comment ça s'appelle. C'est là qu'ils vont.

Je raconte à ma femme qu'est-ce qui s'est passé, ce soir-là, et elle explose de colère. Et je suis un ceci, et je suis un cela. Ah ça, elle savait jurer, pour une fille. Mets donc en rogne une *Italiana*, tu m'en diras des nouvelles. Mais elle aurait fait la même chose, la vérité. Je le sais. C'était une bonne personne, pleine de gentillesse. Elle aurait fait pareil. Elisabetta Monti. *Possa riposare in pace.*

Je revois le *Monsignore,* deux jours plus tard, il me dit : « Angelucci, le petit est en sécurité à l'infirmerie du Vatican, on lui a fourni des faux papiers. La seule chose qu'il ait à redouter à présent, c'est qu'une carmélite tombe amoureuse de lui. Et j'ai décidé de former un chœur.

– Un chœur ?

– Tu en fais partie.

– Mais *Monsignore*, je sais pas chanter.

– Je ne sais pas danser, et pourtant je le fais quand même. Tu vas apprendre.

– Je vais y réfléchir, que je lui dis.

– Ne réfléchis pas trop longtemps. La tempête fait rage. J'ai besoin d'aide. »

Pas un brin de vent là où on est. Un beau soleil. Un temps calme. Mais bien sûr, je sais de quoi il parle.

Est-ce que j'ai peur ? Ah, *madre mia*, oui. Qui est-ce qui aurait pas peur ? Les temps étaient durs. Si Hauptmann découvre toutes ces conneries, rideau, *ciao a tutti*. Pas de procès, pas de peine, t'es mort. Mais bon, le regard de ce gamin. Et merde, c'était quoi, ta vie ? Est-ce que je croyais à quelque chose, est-ce que je m'étais jamais rebellé contre quelque chose ? Parce que, mon frère, le jour viendra où tes enfants te poseront la question, et t'auras intérêt à répondre, tu sais, et c'est vrai, j'allais dire quoi ? Dans ma tête, ça faisait des va-et-vient, mais à la fin, j'ai accepté. Et voilà : j'ai rejoint le chœur. Une fois dedans, c'était plié. C'est pareil que prendre un penalty au foot : tu choisis d'où tu tires, tu vises, tu laisses le goal danser un peu s'il a envie, ça change rien à ta décision. Alors c'est bon. J'en suis. *O la va o la spacca*. Pour le meilleur ou pour le pire. *Il Coro*.

À partir de ce jour-là, dès que les cloches sonnaient midi, le *Monsignore* sortait du Collegio et commençait à faire les cent pas sur les marches de la basilique. Ou bien il restait planté là, si grand et costaud dans sa soutane noire, avec sa ceinture rouge, et tous ceux qui arrivaient sur la place pouvaient le voir, impossible de le rater même en le voulant. Il se cachait à découvert. Pareil qu'un phare.

Quand il pleuvait, il avait cet énorme parapluie de golf avec lui, comme un champignon géant, bleu et blanc. Autant se tenir au balcon du pape avec les spots braqués sur lui, tellement qu'il était visible. On aurait dit une de ces damnées sopranos, perché là-haut.

Et là, ils débarquaient par deux ou trois. Ou tout seul. Des gars évadés des camps de prisonniers. Par les rues adjacentes, les ruelles autour de Saint-Pierre. Déguisés en éboueurs, ouvriers, charbonniers, chauffeurs de tramway, peintres, prêtres, *muratori* – notre mot à nous pour les maçons, les types qui font les murs –, vendeurs de rue, fermiers venus au marché, je sais pas où est-ce qu'ils trouvaient leurs vêtements. Ils s'approchaient de *monsignore*, et il les emmenait, sous la passerelle.

Bientôt, je sais pas non plus comment, mais les fugitifs ont su que j'étais parmi ceux qui l'aidaient, alors ils sont venus me voir sur la place, ils disaient qu'ils voulaient acheter un cierge, mais qu'ils devaient « le faire bénir ».

Je me disais, tu vas voir comment je vais te bénir – à coups de pied au cul, oui ! Mais ensuite je leur indiquais le Patron.

C'est comme ça que ça a démarré. Le Chœur.

Tous les jours il en arrivait, l'un après l'autre. Avant longtemps, j'ai perdu le fil.

Mais le Rendimento de la veille de Noël ? En 43 ?

On avait planifié tout dans les détails. Et pendant ce temps-là, le destin rigolait bien.

Ça me fout en l'air rien que d'y penser. Je parviens toujours pas à croire qu'est-ce qui s'est passé.

Voilà le *monsignore*. Ce fou d'Irlandais. Le genre de gars qui veut pas entendre raison.

7

Veille de Noël 1943

9 h 11

13 heures et 49 minutes avant le Rendimento

Le réfectoire est vide à l'exception de trois prêtres japonais anxieux qui discutent en regardant un journal. Il les évite, va se chercher un ersatz de café dans la cafetière de cuivre bulbeuse sur le comptoir, une déflagration vaporeuse de chicorée et de pelure de pomme de terre l'assaille et le suit jusqu'à une longue table au fond de la salle, que surplombe une reproduction de *La Tentation de saint Antoine* de van Craesbeeck. Des relents de vieille serpillière empuantissent l'atmosphère. Trois tubes fluorescents émettent un vert bilieux que nul ne saurait qualifier de lumière.

Une religieuse qu'il n'a jamais vue vient vers lui et lui parle en allemand, mais très vite s'aperçoit qu'il ne comprend pas et passe à l'italien. Voudrait-il un biscuit ?

« *No, grazie.*

– Nous n'avons rien d'autre à manger aujourd'hui, mon père.

– Ça ira. Auriez-vous du papier ? »

Elle lui en apporte.

Il a besoin de cette longue table pour être seul avec ses pensées, d'espace où laisser se déployer les contingences. Il est temps de se mettre à réfléchir.

En haut de la page, il écrit un mot : « RENDIMENTO ».

Qui selon le code des choristes désigne une mission.

N'ayant aucune nouvelle de Derry, il doit changer les plans, et si Angelucci ne se montre pas, le changer de nouveau. Il passe en revue les possibilités une par une, ses associés, les remplaçants. Le Rendimento est trop dangereux pour les femmes, mais elles sont si courageuses qu'aucune d'elle ne refuserait, il le sait. Peut-être Delia ? La Contessa ? Marianna ? C'est une dure à cuire, plus qu'aucun des hommes, elle est intelligente, réfléchit vite. On ne peut pas envoyer May, il ne connaît pas encore assez le terrain. Hors de question de demander à Osborne. À moins que…

Hors de question, semble lui dire Marianna de Vries qui prend place au-devant de son esprit. *Il est trop vieux et il parle trop.* La brusquerie néerlandaise de Marianna le fait rire, sauf aujourd'hui.

Il barre, marque, griffonne, esquisse, noircit le moindre millimètre carré de spirales, de listes incomplètes. Le Rendimento doit absolument avoir lieu cette nuit, ensuite il sera trop tard. Hauptmann ne s'attendra jamais à ce qu'ils tentent quelque chose dans la nuit de Noël. Il a beau reprendre les éléments dans tous les sens, la réponse au problème est toujours la même : Enzo Angelucci.

Il se sert un autre café, évalue en profondeur Angelucci. Loyal, courageux, débordant d'une juste haine – mais il n'est pas rusé comme Derry, ne possède pas cette discipline de fer au cœur de l'action enseignée à la dure aux officiers britanniques. Derry sait escalader une façade, franchir des barbelés, semer un poursuivant, disparaître dans l'ombre, il affiche déjà dix-sept Rendimenti au compteur. Angelucci ne possède ni technique de combat ni expertise du contre-espionnage. Pourrait-il fanfaronner à l'avance, ou laisser échapper des informations après coup ? Son tempérament de feu ne constitue-t-il pas une faiblesse ?

Dans la colonne des points positifs, il est romain et connaît la ville sous toutes les coutures. Il est si impatient de mener une mission qu'il ne faut pas attendre davantage pour lui en confier une, il y a des mois que le danger rôde. Il en a assez de n'être que guetteur, glorieux informateur, notant le mouvement des camions nazis, comptant les soldats des patrouilles, cassant les lampadaires au lance-pierre pour que la police ne voie pas qui entre dans un bâtiment. Les Italiens parlent avec emphase, mais quand Angelucci se sent frustré, ses mains moulinent dans tous les sens, ses émotions le dépassent. « Comme un écolier ! se plaint-il souvent. On me traite comme un enfant ! De grâce ! Confiez-moi un *Rendimento,* mon père ! Un *solo.* »

Et s'il était capturé par Hauptmann, parlerait-il ?

Mais bon, qui résisterait ?

Même Derry pourrait craquer. Il le dit toujours lui-même : « Ne me racontez pas tout, Padre, parce qu'ils commenceront par les tenailles et le chalumeau. Je tiendrai aussi longtemps que possible, mais vous savez comment sont les fritz. Une fois qu'on vous a amené via Tasso, l'efficacité allemande n'est pas une légende. »

L'ancien institut culturel allemand, via Tasso. Jeune séminariste fasciné par cette ville, il a souvent assisté à des concerts là-bas, Brahms, Schubert, cette fragile claustra de la musique. À présent, plus de concerts.

Barbelés, sentinelles cagoulées, fenêtres murées. Les gens qui habitent trois rues plus loin sont réveillés par les cris. Le camion du boulanger apparaît devant le bâtiment chaque matin à l'aube pour ramasser les carcasses de ce qui naguère furent les corps d'étudiants, de partisans, de résistants. On raconte que l'intérieur du véhicule a été imperméabilisé avec du caoutchouc, mais ces précautions n'empêchent pas toujours le sang d'éclabousser les rues qui mènent de la via Tasso jusqu'aux jardins et aux parcs de la ville où Hauptmann exhibe les cadavres massacrés pour que tout le monde les voie.

Sur des bancs. Sous des abribus. Pendus à des réverbères.

Enzo ne risque-t-il pas de finir ainsi ?

Peut-on solliciter un homme marié ?

Qu'arriverait-il à sa femme et ses enfants si le pire se produisait ?

Derry sait précisément combien de Livres se cachent et où, il possède une technique de mémorisation apprise durant sa formation à Sandhurst, mais chaque fois qu'il essaie de l'expliquer, les autres choristes le supplient de se taire. La vitesse à laquelle les chiffres augmentent est trop effrayante.

À l'autre table dans la salle, les prêtres japonais se mettent à glousser en montrant quelque chose du doigt. Il semble qu'on ait aperçu une souris dans l'angle, près du pupitre où le recteur, avant la guerre, avait l'habitude de lire les Écritures pendant le souper. La sœur inconnue sort de la cuisine en courant et une pantomime de chasse à la souris s'engage, une passoire en guise de piège, un fouet servant de gourdin, mais la souris – si elle existe – se refuse à apparaître malgré les cris et les tentatives en plusieurs langues pour la faire sortir.

Les gens sont délicieux quand on les laisse faire. Leur sottise innocente. Fatigue et émotion font planer la menace des larmes ; il se retourne vers la fenêtre givrée.

La via Tasso lui paraît si proche.

Le camion du boulanger, moteur vrombissant.

Il se rend à la cabine téléphonique sous l'escalier, s'attend à ce que la ligne ne fonctionne pas, mais si, elle marche, elle ronronne comme un animal qui somnole.

Il se demande pourquoi les nazis l'ont rétablie. Sans doute un appât. Hauptmann est à la pêche aux infos. À ce stade, il n'a d'autre choix que de mordre à l'hameçon.

Il passe un appel codé au numéro privé de la Contessa, l'entend décrocher, donc il sait qu'elle est chez elle ; il raccroche et compose à nouveau le numéro, laisse sonner quatre fois. C'est un signal d'extrême urgence.

Un coup. Deux coups. Trois. Quatre.

C'est urgent. L'endroit habituel.

Il remet le combiné en place, demeure un moment immobile dans cette cabine téléphonique sous l'escalier, coincée entre imperméables et annuaires jaunis. Il prie pour elle, ou du moins essaie, ainsi qu'il le fait tous les jours de sa vie, mais les mots se transforment en fumée dès qu'ils lui viennent en tête. Elle lui semble étonnamment présente pourtant ; il la sent qui le rassure : *Je vous ai entendu, j'arrive, ne vous inquiétez pas.* Il la voit enfiler sa gabardine dans la vieille demeure sombre, descendre en courant l'escalier de marbre bien qu'il soit trop raide pour ça, déboucher dans la rue, lumière aveuglante, bruit, et la vieille porte qui se referme en claquant derrière elle. Il est trop timide pour mettre un nom sur les sentiments qu'il éprouve à son endroit et se demande souvent s'ils sont réels. Nombreux sont les cœurs qui abritent une douleur là où une petite fille aurait eu sa place. Il ignorait cela jusqu'à ce qu'il rencontre Giovanna Landini.

Il retourne dans sa chambre, prend son bréviaire et son rosaire, puis revient sur le palier, redescend l'escalier grinçant, traverse la tempête bavarde de l'aile grouillante d'activité – des étudiants qui se disputent et plaisantent dans les couleurs froides et ternes, ou quittent en hâte les derniers cours du semestre.

« *Guten Morgen, Monsignore. Guten Tag. Salve.*"

Dans les jardins derrière Saint-Pierre, les fontaines immobiles ont gelé et l'eau est du même gris de suie que le marbre qui la contient. Le gravier crisse sous ses pas, ses pensées le singent, se moquent de lui, le banc de pierre glacial le raille.

Un rêve qu'il a fait émerge des feuilles mortes : Londres, la brume se déroule à travers Hyde Park, chevaux de cavalerie à l'exercice, une jeune femme voilée vue de loin depuis l'autre rive de l'étang. Il veut qu'elle retire son voile, mais elle refuse.

Farm Street, Brompton Oratory. Vieilles librairies. Résultats du cricket. Charing Cross Road à l'automne, le crépuscule rallume les lampes dans les vestibules des théâtres. Lugubrité consolatrice des cieux gris ardoise. Un soir, à la station de métro de Leicester Square, une femme s'est trouvée mal, il s'est agenouillé auprès d'elle sur le quai en attendant l'ambulance, mais elle lui a dit avec une immense délicatesse – cette politesse anglaise – qu'elle n'était pas croyante, et même si elle l'avait été : « Dieu a mieux à faire. » Ils parlaient d'Händel et de fleurs sauvages quand elle est morte.

De la poche de sa soutane, il sort un paquet de cartes postales vierges et le stylo à plume que sa mère lui a envoyé aux Pâques dernières, acheté lors d'un séjour à

Dublin à l'époque où elle s'est fait opérer, et il commence à passer en revue toutes les possibilités.

De temps à autre, il vérifie que nul ne vient. Les oiseaux crient et décrivent des cercles dans les cyprès.

À eux deux, Osborne et Giovanna ont organisé la dernière livraison de fonds – il ne sait pas comment, ne veut surtout pas savoir –, qui se présente sous forme de coupures usagées via une ville non identifiée. Delia Kiernan a un contact aux bureaux d'American Express, qui a accepté de fermer les yeux lorsqu'un certain paquet arrivera. John May l'apportera au QG des opérations.

S'ils parviennent à mettre la main sur Angelucci, celui-ci se chargera du Rendimento. Sinon, ils parieront sur un ancien soldat que connaît Marianna de Vries, un dur, tireur d'élite engagé, qui connaît bien les rues de la ville et insiste depuis longtemps pour être admis dans le Chœur. Le baptême du feu sera peut-être leur seule option. Avec Angelucci, pourtant, ce serait nettement mieux.

Trois arrêts pour en décharger une partie, la première à Prati, la deuxième à Parioli, puis faire le plein de billets, enfin, le dernier arrêt au Campo Marzio, mais personne ne sait exactement où avant la dernière minute. Et rendez-vous avec un passeur, « le pilote », pour effectuer les derniers kilomètres et rentrer chez soi.

Si tout le monde est encore en vie.

Au loin, à la même distance que la jeune femme voilée de son rêve, il voit la silhouette mince et méditative du pape, tout de blanc vêtu, qui marche seul le long des oliviers dénudés, s'arrêtant de temps à autre pour jeter un coup d'œil au ciel tel un fermier s'attendant à découvrir quelque chose sur le temps.

Il devrait y avoir des gardes. Pourquoi n'y a-t-il pas de gardes ?

Le pontife se meut avec peine, très raide, l'air bien plus vieux qu'il ne l'est en réalité, jusqu'à une pergola de roses près de laquelle on a laissé une brouette de fumier avec une bêche plantée dedans. Il s'assied sur le rebord d'une fontaine, ses longs bras ballants, puis se relève, s'approche de la brouette et se met à pelleter le fumier. À mesure qu'il enfonce la lame et retire son chargement, de la fumée s'échappe de sa bouche tandis que son torse las décrit de lents arcs de cercles réguliers.

Deux gardes suisses et une religieuse sortent en hâte du palais avec un pardessus. Le vieil homme ne leur prête aucune attention, il pellette, pellette, sa calotte à présent couleur de neige sale.

Dans le ciel, des bombardiers, très au-delà de la portée des mitrailleuses. Un vieil homme bêche des épines.

8

La contessa Giovanna Landini

Mémoires non datés, non publiés,
rédigés après guerre (extrait)

Nous étions mariés depuis moins d'un an quand mon époux est décédé. Le lendemain de ses obsèques, j'ai perdu l'enfant tant désiré que je portais. J'avais trente ans, j'étais en proie à des tempêtes de chagrin.

J'avais des domestiques, des robes de chez Chanel et Elsa Schiaparelli, des bijoux, un palais, une villa à San Casciano dei Bagni, un yacht amarré à Ostie, un vignoble prospère. Sans Paolo, tout ça n'avait plus d'importance.

Lorsque la guerre s'est déclarée, je me suis portée volontaire pour conduire une ambulance. Sans cela, je serais devenue folle. Les horaires irréguliers servaient de couverture au fait que le sommeil m'était devenu étranger. Il n'était pas de théâtre des opérations vers lequel je ne sois prête à m'élancer. À la fin, ils ont dû me renvoyer.

Pendant quelque temps ensuite, j'ai été coursière à moto pour la Croix-Rouge, j'apportais des médicaments dans les parties de la ville bombardées où les camions ne pouvaient aller. Paolo m'avait appris à conduire la Triumph Tiger que je lui avais offerte en cadeau de mariage, une petite moto vive et très maniable. Mais à cause de la guerre, il était devenu impossible de trouver les pièces détachées britanniques et à la suite d'un problème d'alimentation en carburant, le moteur est tombé en panne, j'ai dû remiser la moto dans le vieux garage au fond du jardin, où les araignées ont trouvé dans les rayons des roues le parfait endroit pour tisser leurs toiles, tandis que les souris grignotaient la selle de cuir tant et si bien qu'elles l'ont transformée en dentelle noire.

Si vous connaissez Rome en plein été, je n'ai pas besoin de vous expliquer la chaleur épuisante, vampirisante, qui règne dans les semaines qui précèdent Ferragosto. Ma maison, via del Corso, est construite autour d'une cour du quattrocento, avec une fontaine et une colonnade où boudent des paons moroses, mais je ne supportais pas cette cour, jeune et jalouse que j'étais, car elle avait été rénovée par une ancienne amante de Paolo, une fille qui l'avait quitté de manière un peu trop glamour, je trouve, pour entrer dans les ordres et partir mourir en Chine en tant que missionnaire.

Par ces après-midi où la température devient torture, quand presque tout Rome se retire dans les cafés, au lit, ou dans des pièces fermées, je prenais ma bicyclette pour me rendre dans les jardins de la villa Umberto et m'étendre dans l'herbe entre les pins somptueux. La chaleur arrachait à la terre un arôme limoneux. Alors je me sentais proche de Paolo. J'avais l'impression de l'entendre murmurer. La vie me paraissait moins insupportable.

En fait, je n'avais qu'un seul désir, le rejoindre, où qu'il soit. La seule chose que je n'avais pas décidée, c'était comment procéder à ma propre autodestruction. Il m'avait offert un revolver, un petit Beretta à la crosse de jade. Peut-être que cela me ramènerait à ses côtés. Dans les jardins, il me murmurait que je devais rester là ; l'espoir reviendrait, si sa présence était requise. La chaleur, les senteurs, la terre sous mon corps me rendaient apte à croire aux fantômes.

Inutile d'emporter avec moi ses lettres d'amour ; en réalité, je les connaissais toutes par cœur. Elles faisaient rougir ma mémoire comme le jus de grenade teintait le prosecco des cocktails que nous avions partagés sur la Terrazza dell'Infinito à Ravello avant de nous retirer pour notre nuit de noces.

C'était dans ces jardins que nous nous étions rencontrés, Paolo et moi, par un jour d'automne 1936. Je marchais avec ma sœur quand un soldat d'une beauté fracassante s'était approché en poussant un fauteuil roulant où se trouvait un vieux monsieur, une couverture sur les genoux – son père. Elisabetta leur avait demandé le chemin de Casina delle Rose – nous voulions assister là-bas à un concert – car nous étions perdues et notre conversation tournait en rond, frisant la dispute ainsi qu'il plaît parfois à deux sœurs. Dans ses yeux, une gentillesse féroce, si tel paradoxe est possible, dans ses manières tant de noblesse, et ce que je ne saurais nommer autrement que de la clairvoyance – mais assez sur les jours heureux.

Par ces après-midi de mon récent veuvage où je continuais à me rendre dans les jardins de la villa Umberto pour pleurer son absence sur un banc, en compagnie du sirocco, parfois, au bout d'une heure ou deux, je me rendais à la Galleria pour m'y laver le visage ou contempler les œuvres magnifiques. Quand il faisait chaud, les grandes salles étaient souvent désertes, ce qui conférait aux statues une tristesse délectable dans cette effluence de vieille poussière recuite qui, pour moi, représentera toujours Rome. Parfois deux étudiants dessinaient ces statues, un garçon ébouriffé, une fille qui fumait ; envier leur jeunesse apaisait mon cœur.

Un jeudi (je m'en souviens très bien), je suis entrée dans la sala Bernini, et la seule personne présente était un prêtre. Un homme grand au teint fleuri, aux lunettes à monture métallique, vêtu d'une soutane noire dans laquelle il devait littéralement fondre ; il avait la figure aussi rouge que sa ceinture de monseigneur, et ses cheveux noirs paraissaient humides. Il était debout devant ce chef-d'œuvre de la sculpture, *Apollo e Dafne*, que Paolo avait toujours aimé, donnant souvent un billet aux gardiens pour qu'ils le laissent le photographier.

Naturellement, à Rome, on croise tous les jours des prêtres. Mais quelque chose a attiré mon attention sur celui-là. Il n'avait pourtant rien de particulièrement frappant, de prime abord. Peut-être était-ce seulement le fait qu'il paraisse avoir trop chaud, ait l'air mal à l'aise, ou parce que la présence d'un prêtre dans un musée d'art, pour Dieu sait quelle raison, n'est pas si fréquente. Bref, il m'a regardée, et il m'a souri.

« Avez-vous jamais rien vu de si beau dans toute votre vie, a-t-il dit dans un bon italien très formel qu'il avait appris dans un livre et auquel il manquait ce je-ne-sais-quoi qu'ont les Italiens. On aurait beau suivre chaque jour les enseignements d'un maître pendant un million d'années, jamais on ne parviendrait à créer un seul millimètre carré de cela. Imaginez que c'était auparavant un bloc de pierre dans une carrière.

– *Vero, è bellissima*, ai-je acquiescé.

– *Meravigliosa*. Les détails sont à couper le souffle ; on jurerait qu'ils sont vivants.

– Il m'est arrivé de les voir se mouvoir et respirer. Si vous les regardez pendant une heure, pareilles choses se produisent. Ou bien quand vous entrez de manière très soudaine. »

Avec un air de joyeux ébahissement, il m'a indiqué le détail le plus stupéfiant de la statue, là où la main gauche du dieu touche la chair de Daphné.

« C'est miraculeux. On douterait de ses propres yeux. Une telle douceur ne peut être de marbre. »

Il a secoué la tête, incrédule, puis s'est à nouveau tourné vers moi.

« Madame est française ? a-t-il demandé d'un ton aimable.

– *Sono italiana.*

– Pardonnez-moi, *Signora*, j'ai mal interprété votre accent.

– Ma famille est parisienne du côté de ma mère. Ma sœur et moi sommes allées à l'école à Nantes.

– Oblate chez les sœurs franciscaines, je suppose ? D'excellentes personnes. Avec qui on ne plaisante pas.

– Un peu strictes, ai-je confirmé.

– Très bien. »

Il semblait que nous ayons dérivé vers ce genre d'impasse de la conversation qui souvent, quand on rencontre quelqu'un, est le prélude à un au revoir. Mais, fait étrange, je n'avais pas envie qu'il parte. Et fait encore plus étrange, j'avais le sentiment qu'il le savait.

« Vous vivez à Rome depuis longtemps ? ai-je demandé. Vous aimez la ville ?

– J'ai fait mes études de séminariste ici à la fin de la préhistoire, et j'y suis revenu il y a quelques années pour mes recherches postdoctorales. Je suis rattaché au collège allemand, vous connaissez, dans l'ombre de Saint-Pierre ? J'aime beaucoup Rome. Mais qui ne l'aimerait pas ?

– Pourrais-je vous parler, mon père ? » lui ai-je dit tout à coup.

Soudain, j'étais en larmes. Cela n'a pas eu l'air de le surprendre. J'étais terrassée par une « crise », je ne vois pas quel autre terme employer. J'avais le sentiment de me noyer, et cela m'a fait peur. Je me souviens qu'une employée du musée est accourue, mais repartie aussi vite, peut-être chercher des secours. La poussière chaude et ancienne me piquait les yeux.

« *Signora*, a-t-il dit doucement avec un respect et une grâce infinis. Mais bien sûr. Voulez-vous que nous fassions quelques pas dehors ? »

Dans les jardins, je me suis trouvée incapable de parler pendant un moment. Il a mouillé un mouchoir dans la fontaine pour le rafraîchir, me l'a donné sans un mot, puis il m'a emmenée vers un banc de granit sous des lauriers cerise. Il a fallu une minute ou deux avant que mes pleurs s'apaisent, laps de temps qui a dû s'avérer difficile pour lui, je le crains ; plus d'un passant nous a fusillés du regard, comme si mes larmes avaient été causées par celui qui me consolait.

« Vous êtes très jeune pour être si profondément troublée, a-t-il dit. Je suis désolé que vous soyez la proie d'une telle douleur. Elle vous accompagnait dans la salle. À la manière d'une musique. »

Ma voix refusait de se faire entendre, seuls d'amers sanglots pleins de tourments sourdaient. Je me suis rendu compte que je déchirais son mouchoir.

« Essayez de me croire, *Signora*, ce trouble passera.

– J'ai peur que non.

– Avec le temps.

– Vous ne savez pas de quoi il s'agit, et vous me parlez du temps.

– C'est juste. *È vero.* Pardonnez mes présomptions. Il me semble qu'une seule chose peut causer pareille souffrance. La perte d'un être cher. Trop tôt.

– *Pourquoi* ? ai-je dit en pleurant.

– Je ne sais pas.

– Pourquoi ne le savez-vous pas ?

Cela aussi, je l'ignore. »

Il a marqué un temps avant d'ajouter : « Il ne nous est pas donné de le savoir. Certains diraient que partager la crucifixion est une grande bénédiction ; ça l'est également de partager la résurrection.

– Assez, ai-je rétorqué. Ne me servez pas ce genre de mensonges ! »

Il a hoché la tête, regardé autour de lui. « Nous ne sommes pas obligés de parler, si vous préférez ; je peux rester assis avec vous à contempler les arbres. »

Et c'est ce que nous avons fait pendant un moment tout en gardant le silence. Je fumais. Pas lui. Je pleurais. Il avait la tête baissée. Puis il est allé jusqu'à une grille près de laquelle était garée une vieille moto datant de la Première Guerre mondiale, qui ne tenait plus que grâce à du scotch et des morceaux de cintre, le réservoir était cabossé, le guidon dépareillé, sur les pneus, des rustines de différentes couleurs ; dans une des sacoches, il a pris un carnet, et sur une des pages a écrit l'adresse et le numéro de téléphone de son Collegio.

« Puis-je vous demander d'accepter ceci, *Signora*, a-t-il dit en reprenant sa place à côté de moi, au cas où un confrère ou moi-même puissions vous apporter notre aide. Je vous présente mes excuses sincères si je me suis montré présomptueux ou intrusif. Parfois, je parle à tort et à travers, avec maladresse. Vous avez sans doute entendu parler de la grippe romaine ? »

J'ai hoché la tête.

« Quant à moi, je souffre de la grippe irlandaise.

– Qu'est-ce que c'est ?

– Le cerveau se met en vacances alors que la bouche fait des heures supplémentaires. »

Devant cette image ridicule, je n'ai pu réprimer un rire. Je lui ai dit que mon défunt mari était motard, que je l'étais plus ou moins aussi moi-même. Pour être honnête, il a semblé un peu choqué qu'une femme puisse affirmer chose pareille, mais il a réussi à le dissimuler.

« Est-il temps pour vous de vous en aller ? ai-je demandé.

– Bientôt.

– Pourriez-vous entendre ma confession ? »

Cette requête a semblé le surprendre, mais il a aussitôt accepté, s'est détourné de moi, a fermé les yeux, et s'est mis à murmurer une prière en latin. J'ai remarqué qu'il avait sorti de sa poche un rosaire en perles de bois qu'il a gardé dans sa main tout en m'écoutant.

Un prêtre ne peut révéler ce qu'on lui a révélé lors de la confession, mais bien sûr une pénitente le peut. Je n'avais jamais tué personne, ni j'espère péché contre le commandement le plus important entre tous – à mon sens, le seul qu'on ne puisse vraiment transgresser : *Tu ne porteras point de faux témoignage contre ton prochain.*

Quant à mes infractions aux autres commandements, qui semblaient tout interdire depuis la solitude jusqu'à la nature humaine, j'en ai fait la liste avec le plus grand soin possible. Je concevais cela non comme des péchés, mais comme des fantômes qui nous attiraient dans leur orbite. Et à l'époque, un grand fantôme me tenait dans ses griffes. Le prince suprême des fantômes. Le désespoir.

Le désespoir paré de ses diamants de glace et de chagrin, de ses robes de brume scintillante. Dans ses yeux, l'étrange lumière qui attire les navires vers les brisants ; dans son deuil, dix mille chœurs. Vous pouvez tenter de jouer avec lui, mais les cartes sont truquées ; il sait qu'il finira par gagner. Ce qu'il vous offre, c'est de l'opium, mais cent fois plus fort. Il n'est rien d'aussi enivrant, d'aussi étourdissant qu'un parfait désespoir.

On ne comprend jamais que l'espoir, si tant est qu'on le rencontre, apparaît dans les petites choses du quotidien, pas à la manière d'une annonce venue d'en haut. Dans l'arôme d'un plat qu'on cuisine, une phrase de Vivaldi. Une poignée de main. Une conversation.

Voilà ce qui s'est passé ce jour-là dans les jardins de la villa Umberto. L'espoir m'attendait dans la sala Bernini.

En entrant dans ce parc, je ne le connaissais pas. Quand j'en suis repartie, j'avais serré la main au meilleur ami de toute ma vie, qui au cours de ces terribles mois me donnerait un objectif, une raison de continuer à vivre. On ne sait jamais quel miracle se cache dans le quotidien. Parfois, c'est une simple question de regard.

J'ai remis à Hugh le revolver qui se trouvait dans mon sac, chargé d'une seule balle, tout ce dont j'avais besoin pour mettre fin à mes jours. Mon plan consistait à me retirer parmi les pins et attendre qu'il n'y ait plus personne alentour.

Il a ôté la balle et l'a lancée au milieu des lauriers.

Je pense encore à cette balle qui rouille là-bas, après toutes ces années, les tempêtes, le soleil de plomb et les nuits de ma ville. Peut-être qu'un glaneur la trouvera un jour et s'interrogera sur sa présence, sur les événements qui l'ont conduite à l'endroit où elle gît.

Nul n'en saura rien.

Mais vous qui me lisez, vous savez.

Ces mots n'auraient jamais pu être écrits sans Hugh O'Flaherty. Leur autrice serait poussière dans l'atmosphère de Rome.

9

Veille de Noel 1943

11 heures

12 heures précises avant le Rendimento

Depuis l'autre bout de la place Saint-Pierre, il la voit attablée à une terrasse de café. Toute vêtue de noir, elle lit un magazine en fumant. Elle repousse une mèche derrière son oreille. Comme si elle sentait sa présence, elle lève les yeux mais ne lui fait pas signe. Il démarre dans sa direction d'un pas pressé, chassant des nuées de pigeons mais, près des barrières qui bordent la piazza, un soldat allemand l'arrête, levant sa main gantée.

« Restez à l'intérieur du Vatican, *bitte*. Vous n'êtes pas autorisé à franchir cette ligne.

– Je suis en mission épiscopale.

– Avec tout mon respect, les ordres directs de l'Obersturmbannführer Hauptmann interdisent à toute personne de franchir la frontière aujourd'hui. Vous en aurez peut-être la possibilité demain, ou plus tard dans la semaine.

– Pour l'amour de Dieu, “frontière”. Ce n'est qu'une ligne tracée par terre.

– Je regrette, mon père. Aucune exception aujourd'hui. Revenez demain vers midi.

– Puis-je parler à votre supérieur ?

– Cela ne servirait à rien, je vous l'assure. »

Il s'aperçoit qu'elle a demandé l'addition, paie le serveur, qui la contemple avec un désir rempli de tristesse lorsqu'elle pose négligemment un billet dans la soucoupe et s'éloigne. Un gosse des rues la siffle, elle ne regarde même pas. Bibi noir à voilette ornée de perles, pardessus gris ouvert, d'élégants richelieus noirs qui négocient les pavés gelés, un parapluie sous le bras qu'elle tient à la manière d'une canne.

Ne vous approchez pas, pense-t-il, *on nous surveille.*

Elle s'approche.

Rester là ? Repartir ? Faire semblant de ne pas la connaître ? Soudain, il est trop tard, elle n'est plus qu'à quelques mètres, lui adresse un signe de tête.

« *Signora*, dit le soldat, je vous préviens, restez à Rome. Ne franchissez pas la frontière avec le Vatican. Si vous faites cela, il vous faudra un permis spécial pour revenir.

– Contessa, pas *signora*, dit-elle.

– Contessa, dans ce cas. Veuillez m'excuser. Les instructions sont les mêmes. »

Elle acquiesce sans regarder le soldat, allume une nouvelle cigarette, souffle un rond de fumée qui s'enroule autour d'elle, de la même couleur que son écharpe et que ses yeux. La brise plaque une feuille de lierre contre le col de son court manteau croisé.

« *Buongiorno, Monsignore,* dit-elle d'un ton formel destiné au soldat. Vous ne vous souvenez sans doute pas de moi, mais nous nous sommes rencontrés une fois lors d'une réception avec mon défunt mari, le comte. C'était il y a de cela plusieurs années, à l'hôpital San Giovanni, je crois.

– Bonjour, contessa Landini.

– Quelle agréable surprise de vous croiser de façon si inattendue. Comment allez-vous ces temps-ci ? »

Elle se tient du côté de Rome ; lui, du Vatican, telle deux personnes séparées par un filet au tennis.

« Vous n'avez pas autre chose à faire, graine de voyou ? fait-elle sèchement au soldat. Dans ce cas, allez donc débarbouiller votre figure crasseuse. »

Un siècle s'écoule. Le soldat hoche la tête, leur tourne le dos et s'éloigne.

« Qu'y a-t-il ? demande-t-elle.

– Avez-vous des nouvelles de Derry.

– Peut-être qu'il va se remettre.

– Y a-t-il un moyen de le savoir ?

– Je vais voir ce que je peux faire. Laissez-moi une journée.

– Il faut aller voir Enzo.

– Vous n'avez pas eu mon message ?

– Non.

– J'ai téléphoné au Collegio et j'ai laissé un mot pour vous hier matin. Je l'ai trouvé près de chez lui. Il est d'accord.

– Pour quoi ?

– Pour mener le Rendimento, évidemment.

– Mais qu'a-t-il dit d'autre ?

– "Ne vous inquiétez pas."

– Comment diable ne m'inquiéterais-je pas ? Je n'ai pas eu la moindre nouvelle de lui.

– Il va vous contacter dans la journée.

– À quelle heure ?

– Je ne sais pas.

– Avez-vous la moindre idée d'où il se trouve, le bougre ? Je ne l'ai pas vu sur la place depuis une semaine.

– J'irai voir près de chez lui dans une heure.

– Attention de ne pas être suivie. Ils surveillent tout.

– On ne me suivra pas.

– Comment pouvez-vous en être sûre ?

– J'ai caché d'autres vêtements derrière la citerne dans les toilettes des dames d'une *osteria*. Je vais les utiliser. Vous n'avez pas l'air en forme.

– J'ai eu de la fièvre.

– Soignez-vous bien. J'ai ici mille dollars dans mon sac, y a-t-il un moyen de vous les remettre ?

– Le soldat nous observe, je vous préviens. Mieux vaut partir. »

Un éclair zèbre le ciel au-dessus de la basilique, grondement sourd du tonnerre. Les serveurs se pressent sous les auvents des cafés. Un membre de la police montée fasciste émerge de l'obscurité d'une ruelle, les sabots de son cheval noir fumant résonnent lourdement. Derrière le centaure, la parade misérable d'enfants pieds nus, la jambe tendue très haut, faisant la roue, fusils invisibles à l'épaule. Elle lui confie son parapluie et tire par-dessus son chapeau une ample capuche qu'il n'avait pas remarquée, puis, sans un mot, elle s'éloigne, longe les tramways, les camions poubelles, traverse la parade des gamins des rues qui avancent au pas de l'oie, en direction de la via dei Penitenzieri.

Quelques minutes plus tard, de retour dans sa chambre, il ouvre le parapluie. Dedans, une enveloppe contenant dix billets de cent dollars qu'il dissimule dans le double-fond de son placard.

Il quitte sa chambre, se hâte vers l'hostellerie du Vatican où sont réfugiés l'ambassadeur de Grande-Bretagne et son valet, mais son excellence n'est pas disponible, insiste John May, le valet. Sir d'Arcy est en train de rédiger son rapport de décembre, il est en retard. Il ne faut pas l'interrompre.

De là jusqu'à la salle de conférences, une heure sur sainte Catherine de Sienne avec les quatrième année, mais répondre aux questions des séminaristes revient à jongler avec de la boue. Son esprit ne cesse de retourner sur la place. Quelque chose ne va pas ; il ne sait pas très bien quoi. La sentinelle a-t-elle remarqué quelque chose ? Le serveur est-il une taupe ? Et ce fasciste sur son cheval, que faisait-il là, et cet objet qu'il a sorti de la poche de son manteau quand l'averse a commencé à tomber plus fort, était-ce une radio, un appareil photo ?

À la fin du séminaire, il souhaite aux étudiants un Noël paisible et retourne sur la place.

Miroirs de pluie grise.

Le même soldat en faction.

Aucun signe d'Angelucci.

« Vous êtes revenu, dit le soldat. J'espérais que vous reviendriez.

– Pourquoi donc ? »

Il plonge la main dans sa poche et en sort un stylo à plume.

« Vous l'avez laissé tombé. Tout à l'heure. Je vous ai appelé, mais vous étiez parti. »

Les goélands descendent en piqué.

« La plume est plus puissante que l'épée, dit la sentinelle avec un regard froid. Que je ne vous revoie plus ici. »

10

Sir D'Arcy Osborne

Veille de Noël 1943

12 h 32

Message codé envoyé par courrier diplomatique

De : Sir Francis D'Arcy Goldophin Osborne, ambassadeur de Sa Majesté près le Saint-Siège, désormais réfugié au Vatican.

À : Bureau de la Guerre, section italienne, Whitehall, Londres.

Date : 24 décembre 1943, 10 h 32, GMT ; 12 h 32, heure de Rome.

Je dois d'abord vous présenter mes excuses pour le retard qu'a pris ce rapport. L'hiver s'est avéré inhabituellement rigoureux à Rome cette année, et j'ai souffert d'une bronchite extrêmement invalidante. Le manque de nourriture adéquate et de vivres frais rend la vie difficile par moments, puisque, bien sûr, suite à l'invasion allemande de la ville en date du 10 septembre, le personnel de l'ambassade et moi-même n'avons eu d'autre choix que de nous réfugier au Vatican, où nous vivons dorénavant dans la promiscuité.

Nous partageons un ancien hospice (au sens romain de maison accueillant les pèlerins) de quatre étages avec des hordes de souris et de puces, ainsi que des diplomates du Portugal, d'Uruguay et de Cuba, aussi, comme vous pouvez l'imaginer, nous devons nous accommoder d'une certaine quantité de bruit.

Il y a également un problème avec l'eau. Nous souffrons tous d'eczéma.

Je ne voudrais pas m'appesantir sur nos infortunes, mais je me dois d'ajouter que nous ne possédons aucun moyen de nous chauffer dans ce bâtiment, ni d'obtenir de l'eau chaude. Une boulangerie située tout près traite la pâte à pain à la vapeur chaque matin à l'aube. Quotidiennement, une généreuse religieuse va chercher pour nous l'eau chaude qui résulte du processus. C'est uniquement ainsi que nous pouvons nous laver ou nous raser. Un litre de cette eau coûte autant qu'une bouteille de Veuve Clicquot 1929.

Il y a quinze jours, en regardant par la fenêtre, j'ai vu que les nazis avaient donné l'ordre à des prisonniers de peindre une ligne blanche large de soixante centimètres le long de la limite de la place Saint-Pierre, marquant la frontière entre le Vatican et Rome ainsi que l'ont fixée les Patti Lateranensi, ou Accords du Latran, ratifiés le 7 juin 1929. Des pancartes ont été plantées depuis, stipulant que les citoyens d'une ville n'ont pas le droit de pénétrer dans l'autre sans avoir au préalable fait une demande d'autorisation écrite, laquelle doit porter le triple cachet des autorités militaires et s'accompagner d'une jolie somme. L'ambassadeur de Suisse est descendu avec plusieurs témoins pour s'enquérir auprès de l'officier SS qui commandait ce que signifiait cet outrage et si nous devions tous demeurer à l'intérieur.

« *Nein*, a répondu le Hauptsturmführer. Vous devez demeurer à l'extérieur. »

Et les pèlerins ?

Des accords seraient conclus.

« De quelle nature, ces accords ?

– Vous le saurez quand vous en serez informé.

– Je suis un diplomate appartenant au Corpo Diplomatico et j'ai des lettres de créance.

– Je me fiche que vous soyez Jésus-Christ en personne. Franchissez cette ligne et vous vous retrouvez dans un camp de concentration. »

Une équipe de journalistes d'Associated Press avait posé sa caméra non loin de l'endroit où avait lieu cet échange. On leur a ordonné en termes crus de décamper. Ils ont voulu résister, alors le Hauptsturmführer a brisé la lentille de leur appareil avec le canon de son revolver, sous les gloussements de ses subordonnés. « Ce que vous montrez, ce sont des mensonges ! a-t-il crié. Retournez à Hollywood. »

Depuis, les patrouilles allemandes surveillent la ligne, montent la garde en se comportant comme des sagouins, se prennent en photo avec des prêtres, voire leur demandent, à eux ou à d'autres passants, de les photographier. Nombreux parmi les représentants de la Race Supérieure qui finissent à Rome sont des plus stupides, dépourvus d'intelligence, assemblage imbécile de conscrits nostalgiques de leur bière et de leurs shorts tyroliens. Certains, hélas, sont pires.

Il y a une semaine, à quinze heures, avec mon valet, John May, nous nous sommes rendus devant l'obélisque sur la place Saint-Pierre où nous avions donné rendez-vous à Golf par message codé le matin même. Celui-ci était peu désireux de nous retrouver dans l'une ou l'autre des deux pièces qui font office de résidence officielle de la légation, certain qu'il est que des micros y ont été dissimulés par des taupes de la Gestapo. Je trouve cette idée fantaisiste, il fréquente trop les salles de cinéma. Néanmoins, l'on ne saurait se montrer trop prudent.

Golf était en retard, ce qui lui arrive très souvent. Tout en discutant avec May, nous avons fumé plusieurs cigarettes American PX, dont il semble avoir d'infinies réserves malgré un rationnement sévère. Elles ne me plaisent guère, mais ainsi que beaucoup d'entre nous l'ont appris à l'école, il est agréable de fumer en compagnie d'un camarade, cela passe le temps et donne à l'autre une raison de plus de vous apprécier.

Je me permets de dire officiellement que May, enfant impénétrable de Whitechapel, s'avère un véritable génie plein de ressources quand il s'agit d'obtenir quelque chose en toute discrétion, un voleur d'un calibre qu'on n'a pas vu depuis le Renard de Dickens. À sa manière, c'est un érudit des langues anciennes, qui a l'habitude de citer ou tout au moins de paraphraser ce vieux dicton qu'on nous a enseigné à Haileybury College : *Dii facientes adiuvant.* Les dieux aident ceux qui s'aident eux-mêmes.

Parmi la liste des objets obtenus grâce à l'astuce de May on peut citer : un bidon d'essence, un bidon de graisse, des perceuses, des outils pour travailler le métal, des amphétamines, des bottes, des chemises, des lames de rasoir magnétisées qu'on peut utiliser comme boussoles, des sous-vêtements, de la pénicilline, des tickets de rationnement, un total de trente-deux mille cigarettes, des cartes d'identité suisses et andorranes, des plans et cartes d'état-major imprimés sur de la soie (du type fourni au commandement des bombardiers dans l'éventualité où ils seraient parachutés au-dessus de l'eau), des bicyclettes de dame, un uniforme de la police fasciste, des uniformes allemands (trois), un uniforme de garde suisse, un habit de moine dominicain, une boîte de grenades Gammon n° 82. J'ajouterai que la légation de Sa Majesté réfugiée au Vatican possède un cabinet excellemment garni en boissons depuis que May est là, dont un scotch Strathisla de trente-quatre ans d'âge tout à fait exceptionnel élevé dans des fûts de sherry, le genre de nectar à cinquante guinées la bouteille qu'on trouve rarement de nos jours en dehors des clubs les plus sélects de Whitehall. On ne pose pas de questions à un homme de talent.

Qui plus est, May possède la qualité la plus agréable chez un valet, en ce sens qu'il fait toujours mieux que ce qu'on attend de lui. Perdu dans la jungle amazonienne après un accident d'avion, si vous lui demandiez d'aller vous chercher un guide, il reviendrait avec Rita Hayworth.

Quand Golf s'est enfin présenté, il était d'humeur étrangement silencieuse. Je lui ai demandé s'il allait bien et à quoi il s'occupait. Il paraissait épuisé, il était assez mal fagoté et pas rasé, c'était la première fois que je voyais pareille négligence chez un homme d'Église. Au cours de notre conversation, il s'est montré nerveux, visiblement sous pression. Nous avons examiné une difficulté.

Le nombre de Livres dans la Bibliothèque s'accroît de jour en jour, m'a-t-il dit, et nous approchons la capacité maximale. Deux Livres sont arrivés le matin même (tous deux britanniques) et ont demandé à être conservés au Vatican, d'où le retard de Golf.

Les Livres en provenance des États-Unis sont de plus en plus nombreux ces temps derniers. La Bibliothèque en contient désormais plus de soixante-dix, peut-être quatre-vingt. Les maintenir tous en place n'est pas sans difficulté et deviendra bientôt impossible en raison de l'augmentation des effectifs prévus, importante et irrémédiable, et la perspective de milliers de Livres affluant à Rome. À ce stade, il nous faudra compter les boucles du Nœud Gordien. Plus aucun d'entre eux ne pourra être installé au Vatican qui, étant neutre, n'est pas censé en accueillir. La solution est que tous les Livres dispersés à travers Rome soient exfiltrés à la campagne afin de dégager de la place. Ceci fait, nous pourrons déplacer ceux qui sont actuellement sur les Étagères du Vatican vers les Bibliothèques désormais vides de Rome.

L'entreprise nécessite des fonds.

Ah, ai-je fait avec ironie. La racine du mal.

Quatre-vingt mille dollars américains.

Je me suis étranglé, et j'ai demandé à Golf s'il avait besoin d'autre chose, par exemple d'une fée ou d'un couple de griffons ?

Ce trait d'esprit a été accueilli avec consternation.

J'ai souligné qu'une telle somme ne pouvait se trouver sous les coussins du divan de la légation, et que la question devrait être posée en hauts lieux.

Il faudrait créer des comités, ai-je insisté, instaurer une hiérarchie, de la paperasse, des copies au carbone, un système, un protocole, sinon Whitehall aura besoin qu'on lui fasse respirer des sels. De nos jours, on ne peut acheter un piège à souris sans demander un reçu. Je lui ai rappelé que j'étais un serviteur de l'État, pas un cow-boy solitaire dans un western. Et que May n'est pas Tonto.

Ce dernier a poussé une espèce de jappement, gloussement de malaise tel un chien qui rêve à des chats.

Golf est ensuite devenu un peu pontifiant, ce qui ne m'a pas plu, il s'est soudain montré autoritaire, avec force mimiques vengeresses, a brandi son doigt pour nous gourmander. Son discours abondait en : « Puis-je attirer votre attention sur le fait que », « J'aimerais vous apprendre que », telle une ménagère qui rapporte au magasin un objet défectueux et prend soin de se faire remarquer par ceux qui attendent dans la queue. Golf est du genre calme et réfléchi, d'habitude, c'est le meilleur partenaire qu'on puisse rêver d'avoir sur un green (c'est ainsi que je l'ai rencontré), mais il a cette propension qu'on rencontre parfois chez les anciens enseignants à confondre persuasion et logorrhée ininterrompue. Il est de ces hommes capables de faire sonner le mot « Sir » comme une insulte par une sorte d'inflexion de la voix à demi ironique et tout en flatterie, accompagnée d'un certain regard fixe un peu étrange, paupières mi-closes. Attitude qu'on rencontre fréquemment chez ses compatriotes.

C'est alors qu'une volée de cris apeurés un peu plus loin sur la place a attiré mon attention. En découvrant leur origine, Golf s'est tu.

À travers la colonnade, à l'angle du largo del Colonnato et de la via di porta Angelica, j'ai vu une douzaine de motos teutonnes arriver en vrombissant avec deux canons blindés Sturmgeschütz, connus à Rome sous le nom de « StuGs », suivis de trente soldats casqués, armés de mitraillette, certains flanqués de dobermans (de quel atroce aboiement sont affligés ces mâtins), et d'un contingent de la Questura, la police fasciste. Il y avait aussi plusieurs camions de la GNR, la garde nationale, accompagnés d'une douzaine de policiers allemands. De sa Mercedes noire blindée est sorti Hauptmann, le chef de la Gestapo à Rome, en civil, portant des lunettes noires. Nonobstant, je suis certain que c'était lui.

N'étant pas policier de carrière mais nazi professionnel engagé dans le parti un peu plus tard que la plupart des membres de la Gestapo, il montre le zèle du nouveau converti dans des proportions qui n'ont d'égal que son ambition personnelle. Ancien dessinateur industriel pour la compagnie d'électricité de Berlin, il est mince et athlétique, un peu plus petit qu'il n'apparaît au premier abord, il a les pommettes hautes, l'air vif, et a pratiqué le lancer de javelot à l'école. À Rome, tout le monde sait qu'il est le roi du marché noir, il contrôle de vastes entrepôts de biens, nourriture, tabac, spiritueux et médicaments, et a accès à des sommes considérables en faux billets de différentes monnaies, essentiellement des livres sterling. Il s'exprime d'une voix douce. Son outil préféré lors des interrogatoires est la lampe à souder. Il envoie de temps en temps à Hitler un retable de la Renaissance ou une statuette étrusque. Hauptman a deux enfants dont une fille adoptive qu'il dit adorer, issue du Lebensborn, programme eugéniste nazi. Sa femme, ancienne mannequin à Berlin, est une alcoolique notoire. (Malgré la réprobation officielle du Reich pour la mode « non aryenne », ses cosmétiques préférés sont de la marque Elizabeth Arden, et ses couturiers favoris, Kuhnen, Goetz et Grünfeld, sont juifs.) À la main gauche, Hauptmann porte une bague à tête de mort qu'on lui a donnée par reconnaissance pour le rôle qu'il a joué dans la libération du dictateur Mussolini, retenu captif. On dit qu'elle porte l'inscription suivante : « À Hauptmann, de la part d'Himmler », assortie de prétendues runes vikings.

Il se rend régulièrement à la prison de Regina Coeli dont une aile sur les quatre est placée sous la direction des SS. Là, il prend le temps de regarder systématiquement à travers tous les judas, à raison d'un étage par soirée, en prenant des notes sur l'apparence des prisonniers dans une sorte de langage sténo qu'il a lui-même inventé. On raconte qu'il a une mémoire photographique et qu'il parcourt seul Rome en voiture aux petites heures du jour en observant ceux qui transgressent le couvre-feu pour voir s'il reconnaît les visages inscrits dans son carnet. Les criminels de droit commun et ceux qui se sont compromis sexuellement sont enlevés, battus puis emmenés par ses hommes de main dans des grottes près des catacombes de Domitille où on leur offre le choix entre être fusillés tout de suite ou devenir informateurs – résultat, il a la réputation d'avoir un informateur dans chaque rue de Rome. Les individus soupçonnés d'être des partisans ou des résistants sont interrogés au quartier général de la Gestapo, via Tasso, Hauptmann déléguant parfois les tortures les plus viles à un Germano-Italien, un certain Dollman, chef de la police réputé d'une dépravation obscène.

Les deux extrémités de la via di Porta Angelica ont très vite été fermées, rendant toute entrée ou sortie impossible. Des tireurs d'élite boches sont apparus aux balcons et sur les toits. « *Alzate le mani* », a-t-on entendu. Il était clair que nous assistions à ce que les Italiens appellent un *rastrellamento*, ces raids ou rafles tant redoutés. La fouille systématique a commencé sous la menace des armes ; les hommes qui n'avaient pas leurs papiers ont été emmenés. Un garçon d'environ quinze ans qui s'occupait d'un stand misérablement approvisionné en fruits a supplié en hurlant qu'on ne prenne pas son père ; il a reçu un coup de crosse. Une femme s'est approchée d'Hauptmann en protestant avec vigueur. Il l'a giflée de sa main gantée. Face à cette brutalité offensante, Golf a baissé la tête et maudit le nazi.

J'ai remarqué que Hauptmann semblait nous regarder à présent. Ce qui n'était pas pour nous réjouir.

« Du calme, mon vieux », ai-je murmuré à Golf.

Du coin de l'œil, j'ai vu un soldat tendre des jumelles à Hauptmann, qui les a prises pour nous observer. J'ai fait comprendre à mes deux compagnons que nous devrions lui tourner le dos.

May a repris la discussion d'un ton faussement léger, riant et gesticulant en parlant de son équipe préférée, Tottenham Hotspur, les Spurs, et j'ai commencé à l'imiter, ce qui n'a pas été aisé. Grâce à ce stratagème et à sa ténacité de passereau, il a réussi à persuader Golf de redescendre sur terre.

J'étais content que May soit là pour des raisons plus personnelles ; si j'avais eu un revolver sur moi, j'aurais franchi les cinquante mètres qui me séparaient de la frontière du Vatican et j'aurais tiré sur Hauptmann en pleine figure.

J'ai demandé à Golf combien de Livres se trouvaient en ce moment dans notre Bibliothèque. Il a répondu qu'il n'en était pas sûr car certains avaient été évacués, et de nouveaux arrivaient sans cesse, mais qu'il se renseignerait. Je lui ai suggéré de ne pas attendre.

J'ai le sentiment que quelque chose se prépare. Peut-être qu'est venu le moment opportun d'exfiltrer ces Livres, ai-je ajouté, car si la Gestapo découvrait où ils sont, leur sort serait fatal ; comme celui de nombreuses autres personnes.

En outre, le jour est proche où les nazis pourraient envahir le Vatican. Tous les documents compromettants que nous possédons doivent être brûlés sans délai. Ce qui présente une difficulté, car dans l'hospice où nous vivons, l'unique cheminée est scellée. Golf a dit qu'il allait réfléchir au moyen de les enterrer dans les jardins du Vatican.

À ce moment-là, une religieuse en habit bleu marine s'est approchée et nous a demandé avec un formalisme discret si j'étais bien moi-même et si Golf était bien Golf. Nous avons confirmé. Après nous avoir indiqué dans une langue peu conventionnelle qu'elle était heureuse de faire notre connaissance, la sainte dame nous a tendu la main. Cette nonne était en réalité Joseph Thomas Coleman, soldat du premier régiment royal de la reine né à Shrewbury, capturé à Tobrouk, évadé du camp de prisonnier de Bussolengo près de Vérone, qui demandait l'asile au Vatican.

Les mots proférés par Golf en emmenant notre nouvel ami m'ont paru fort inhabituels pour un membre du clergé.

La vie est de plus en plus bizarre, a fait observer May.

Quod scripsi, scripsi, aurait dit Ponce Pilate. Ce que j'ai écrit, je l'ai écrit.

11

Veille de Noël 1943

14 h 06

8 heures et 54 minutes avant le Rendimento

L'aiguille est tordue, rouillée. Sa vue mauvaise. Difficile de se procurer de bonnes lunettes depuis que le rationnement a empiré. Il se penche pour raccommoder le maillot de corps usé, se pique au doigt, jure.

Ça saigne. Ça n'arrête pas de couler.

En bas, le réfectoire est désert. Les quatorze tables ont été débarrassées après le déjeuner et il se rend compte qu'il a oublié de descendre se restaurer. Des prêtres fantômes demeurent assis là jusqu'au moment où il allume la lumière.

Esprits saints et affamés. Les repas ne durent plus guère. Plus grand-chose à manger. Depuis des semaines.

Il entre dans la cuisine aux odeurs froides, déniche la trousse de secours dans un placard, déroule une bande de sparadrap, avise son reflet convexe sur la bouilloire. En remplissant celle-ci à la pompe, ses yeux se posent sur le brûleur ; une forte odeur de gaz jaune vient lui mouiller les yeux. De ses poches il sort l'enveloppe de thé qu'il garde depuis un mois en réserve, cadeau de ses parents envoyé d'Irlande.

Une odeur, peut-être celle du sang, fait émerger un souvenir à sa conscience.

Il s'approche des portes battantes pour s'assurer que nul ne vienne, retourne vers l'évier crasseux, les placards désordonnés, fouille dans les tiroirs. Ses doigts font tinter les couverts gras.

Un petit couteau épais à lame dentelée et poignée vernie de gomme-laque.

Elena, une orpheline un peu boiteuse, a travaillé un moment ici, elle était fille de cuisine. Il y a trois mois qu'elle ne vient plus. Il aimait l'observer affûter les couteaux avec cette pierre à aiguiser de granit en forme de brique, quelle habileté elle montrait, une souplesse presque musicale ; elle était capable de bavarder avec les autres domestiques tout en poursuivant sa tâche, sans même regarder ce qu'elle faisait. Il va chercher la pierre à aiguiser, y frotte le couteau de boucher en oblique, mais la fluidité du mouvement lui échappe, et l'action lui semble étrangement inhumaine, même si c'est vieux comme Hérode. Le bruit attire hors de la caisse de vin qui lui sert de panier la vieille chatte chargée de chasser les rats du Collège, elle pose sur lui ses yeux vert-or-vert, qui, il y a des années, ont inspiré à un jeune prêtre du Ruanda-Urundi ce nouveau nom : Cléopâtre.

Elle s'approche et commence à ronronner, sa queue forme des arabesques autour de sa main, jusqu'à ce que le sifflement de la bouilloire sème la panique dans ses yeux et qu'elle se glisse jusqu'au Nil caché dans le placard.

Il range le couteau dans sa poche de poitrine et va dénicher dans la huche à pain un reste de *focaccia* rassis d'il y a deux jours.

Du thé et du pain. Ça pourrait être pire. Ça le sera sûrement.

Seul dans la longue pièce étroite, il mange, le poids du couteau de boucher près de son cœur, la chaleur brûlante du thé détache un iceberg de la banquise de son enfance. Ce vagabond qui revenait chaque année au village en décembre, les cheveux noirs, les yeux mauves, un vieil homme revenu d'Angleterre, illettré mais capable de guérir les chevaux, d'aider miraculeusement les femmes à accoucher. Il avait participé au creusement du canal de Manchester. À Exeter, on l'avait jeté en prison. Ses mains avaient été bénies par le septième fils d'un septième fils. Il prétendait être capable de faire du cidre rien qu'en regardant un tonneau de pommes, ou bien cette boisson de Cornouailles, le poiré, juste en contemplant des poires. Si vous lui donniez un couteau, pour un shilling, il le mettait sous son oreiller avant de dormir, et la lame ne s'émoussait plus jamais, elle pouvait trancher le diamant. Mais le plus beau, c'était ce conte qu'il racontait en douze parties, une pour chaque veillée de la saison de Noël : comment les rois mages avaient en chemin rencontré un troglodyte mignon en traversant une forêt, et l'oiseau les avait menés jusqu'à une clairière d'où ils avaient pu voir l'étoile de Bethléem.

En chemin, les rois mages avaient baptisé des étoiles mineures, dépourvues de nom, ainsi que les fleurs qui sortaient de terre sur le sentier devant eux : caille-lait, calaments, grande chélidoine, aubriètes, des noms aussi parfumés que les fleurs. Ces mots prononcés avec son accent mâtiné de ceux de Manchester et Munster étaient un chant. Triglochin, genévrier, pourpier.

Les gens se rassemblaient dans le cottage où il logeait chaque fois qu'il revenait, une petite maison héritée par sa sœur, devenue veuve, qui avait épousé un mineur de Cornouailles installé là. D'autres s'agglutinaient aux fenêtres éclairées comme un essaim de papillons de nuit, quels que soient l'heure ou le temps, lui apportant des bouteilles, ou des pipes de tabac, ou des poignées de lierre censées porter chance. Il commençait quand il commençait et il finissait quand il finissait.

Certaines années, toute la ville s'en venait, il y avait foule sur les sentiers, mais même si personne ne se déplaçait, ça lui était égal. « Je le raconterais à l'âtre, s'il fallait. Ça m'est arrivé bien des fois. J'étais dans la marine de la reine à une époque, je suis allé jusqu'en Arctique, où il fait noir la moitié de l'année, à Chicago, au Guatemala, en Australie, en Amérique. J'ai parcouru toute l'Angleterre, j'ai fait cent fois l'aller-retour, Coventry, Birmingham, Hull, choisissez votre destination, j'ai vu des choses à Jakarta qui feraient pousser les ongles aux pieds d'un mort, mais y a rien qui vaut son chez-soi, nom d'un chien, j'en sais quèque chose car je suis allé là-bas, et j'ai raconté partout mon histoire en chemin. » Et c'était toujours la même histoire. Tout le monde la connaissait. Mais sa façon de la raconter lui conférait une dimension sacrée.

Un jour, un professeur était venu depuis la Suède pour écrire cette histoire, mais le vagabond n'avait rien voulu entendre, il voulait casser le stylo du professeur, jeter son carnet dans la rivière. L'histoire des étoiles et des fleurs sauvages ne pouvait être écrite. Sans quoi, il oublierait comment la raconter.

Ivre de thé, il rince sa tasse, regarde par la fenêtre aux volets cassés la lumière douloureuse de l'hiver. Au loin, les étendues grises des jardins du Vatican, pelouse bleu argent, allées de gravier. Onze prisonniers évadés se cachent dans ces jardins, dans des remises, des ateliers de potiers, dans la serre, la glacière vide. Il se demande combien de temps tout cela peut durer.

Ronronnement rude derrière lui. Il se retourne pour accueillir une offrande.

Cléopâtre. Dans sa gueule, une masse de chairs massacrées qui fut un rat.

En remontant les couloirs, il entend des rires et des gens qui toussent à l'étage, une porte qui claque. Il ne veut voir personne, alors il fait un détour pour emprunter l'escalier de service, mais le nouveau recteur, un vieux jésuite du sud de l'Allemagne aux yeux d'autruche, descend en pyjama et robe de chambre.

« Ah, Hugh, dit-il. Vous avez été très occupé ces jours derniers.

– Oui, monsieur le recteur.

– C'est très bien. Vous êtes un exemple. Quels sont vos projets ?

– Terminer les dossiers en attente avant les vacances de Noël. Je dois écrire plusieurs lettres à poster avant ce soir.

– Une fois encore, c'est très bien. Vous aviez quelque chose à me dire ?

– Monsieur le recteur ?

– Vous semblez, comment dit-on, dans l'expectative.

– Non.

– Avez-vous dormi correctement la nuit dernière ? J'ai le sommeil perturbé ces temps-ci. Depuis le début des bombardements, il se trouve que je fais des rêves très intenses.

– J'ai entendu plusieurs personnes dire cela.

– Très intenses. Dérangeants. Mais il n'en va pas de même pour vous ?

– Non.
– C'est très bien. Allez-y. »
Alors que Monseigneur s'éloigne, le recteur le rappelle.
« Pardonnez-moi, Hugh. Il me vient à l'esprit une demande. Puis-je vous en faire part ?
– Je vous en prie.
– Il est prévu que je célèbre un mariage cet après-midi, mais un problème est survenu. Je ne suis pas au mieux, comme vous l'avez sans doute remarqué à ma tenue. Ces insomnies que j'ai mentionnées. Et des maux de tête. Et puis des diarrhées. Pourriez-vous me remplacer ? À trois heures et demie dans la chapelle des Reliques. Je suis désolé de vous prévenir si tardivement. Est-ce trop précipité ?
– Non, monsieur le recteur.
– *Vielen Dank.* »
La cloche sonne quinze heures au moment où il traverse le cimetière du collège, il se signe en hâte, puis franchit la clôture sur le côté pour se rendre sur l'étendue blanche de la place où les pèlerins se massent déjà devant les portes imposantes de la basilique. La file suit la colonnade puis revient dans l'autre sens. Des vendeurs à la sauvette harcèlent les fidèles, leur proposant médailles et missels.

Cent cinquante mètres plus loin, juste de l'autre côté de la frontière, trois camions découverts crachent des spectres de fumée. Sur leurs flancs, la croix gammée rouge et noir.

Un trio de soldats allemands, cigarettes à la main, lui tourne le dos, posture détendue, bras dessus, bras dessous, tandis qu'un quatrième les prend en photo. Saint-Pierre, décors de leur bienheureuse camaraderie. Dans l'un des camions, un haut-parleur diffuse *Lili Marleen*.

Il fait le tour de la piazza en hâte, tête bien droite, respiration rapide, une femme s'approche, qui vend des flacons d'eau bénite en forme de Sainte Vierge.

« *Grazie, no.*

– Vous voulez que je vous donne de l'eau bénite gratis, mon père ?

– Non. Mais je n'ai pas d'argent.

– Dix lires.

– Sincèrement, je n'ai rien sur moi.

– Cinq.

– Je ne peux pas.

– *Madonna mia.* »

Elle lève les yeux au ciel et s'en va, chassant des mouches imaginaires, les pieds chaussés de sandales poussiéreuses, de minuscules grelots tintent, accrochés à ses lourds jupons de velours, un sac rempli de presse-papiers en plâtre représentant le Colisée bat contre sa cuisse. Les pigeons s'élèvent autour d'elle.

À quinze heures quinze s'ouvrent les lourdes portes gigantesques. La gueule de la basilique bâille. Il a son laissez-passer mais il fait la queue avec les pèlerins. Il trouve du réconfort dans la clameur de l'orchestre des langues, les gens sont pleins d'espoir et d'anticipation, comme lorsqu'ils pénètrent dans un théâtre, ou sont émus jusqu'aux larmes devant la vastitude de l'édifice.

Des femmes devant lui saisissent des mains, étouffent un sanglot. Un vieil homme marmonne un Notre Père. Des jeunes filles servant de guides prient en français, dans tous les dialectes italiens, des enfants aux yeux sombres, pleins d'effroi, serrent le poignet de leur père. Un prêtre solennel en habit de pierreries monte la garde à l'entrée, s'assurant que les tenues respectent bien les règles – pas de manches courtes pour les femmes, pas de chapeau pour les hommes – et hoche la tête tel un métronome tandis qu'ils entrent dans l'espace caverneux dont les poumons exhalent l'encens et les siècles passés.

Un chœur invisible interprète un plain-chant qui résonne dans l'abside. Les pèlerins restent bouche bée devant le plafond voûté ; les fresques lointaines scintillent, l'atmosphère est si froide, si austère. En moins d'une minute, cinquante cierges s'allument, bientôt cent, puis mille, une pincée de sel dans ce lac d'ombre au limon d'or. En pleurs, une jeune femme s'agenouille, baise les pieds d'une statue. Le susurrement de sept mille murmures.

Il fait la queue devant un confessionnal près de la chapelle latérale de la Pietà car un prêtre doit se confesser avant de prononcer un sacrement. Le confesseur l'écoute en silence, lui donne cinq dizainiers en guise de pénitence – « Offrez-les pour la conversion de la Russie, mon fils » –, puis il prononce la bénédiction finale et lui donne en hâte l'absolution, comme s'il voulait avoir terminé avant la fermeture de la boutique.

En quittant le confessionnal, il remarque sur un banc près des cierges la silhouette assise de D'Arcy Osborne, qui marque un léger hochement de tête en retirant ses lunettes. L'ambassadeur sort un mouchoir bleu marine de la poche de poitrine de son costume de Savile Row, il nettoie ses lunettes puis les lève vers les vitraux.

Ce geste est un signal. Tout est en place.

Le Rendimento aura lieu ce soir.

Volées de pèlerins roucoulant devant la mangeoire grandeur nature, les Rois mages ébréchés, les dromadaires. La jeune femme qu'il a vu embrasser la statue – on dirait une étudiante en art – s'éloigne de la grille, laissant une sacoche sur les marches de marbre. Elle s'approche de la Madonne, se signe.

Le chant du chœur prend son envol. Il se penche, ramasse la sacoche.

Lorsqu'il se retourne, l'ambassadeur est parti.

12

La voix de John May

20 septembre 1963

Transcription d'un entretien de recherche pour la BBC (extrait), Coldharbour, Poplar, est de Londres

Les gens prennent de ces libertés ! Ils affirment des choses et tout ça. Au fil des années, on a cru que j'avais rejoint le chœur parce que j'étais obligé. Vu que je bossais pour sir D'Arcy, à l'époque.

Mais c'est pas ça.

C'est pas possible d'accepter un boulot où on te donne encore des ordres même quand le service est terminé. En fait, il me l'a juste demandé. Sir D'Arcy, je veux dire. Mais je raconte des bêtises, c'est pas tout à fait ça non plus.

Avant la guerre, je travaillais dans des night-clubs de Soho, dans le West End. Je voulais devenir musicien – je jouais du saxo –, mais il manquait quelque chose. Alors pour joindre les deux bouts, j'ai bossé dans la sécurité. Au Shim-Sham, au Windmill. Pour le Valentino Nude Review. J'ai été agent d'accueil à l'entrée des clubs, ce qui est une jolie manière de présenter les choses. Le roi du coup de poing américain, ce serait plus près de la vérité.

Il y avait un club en particulier, Billie's, sur Denmark Street, où ça chauffait, des fois. Un genre de clientèle particulière, si tu vois ce que je veux dire. Jazzmen, comédiens, homos, voyous, poètes fous, poulets véreux, épaves humaines. Rien de très méchant, quelques cigarettes qui font rire. On braquait pas sa torche dans les recoins sombres, si tu vois ce que je veux dire.

Y avait surtout des gars, et puis, de temps en temps, une stripteaseuse ou une pute. Jamais rencontré des personnes aussi sympas, d'ailleurs. Des fois, y avait du grabuge à la porte avec des mecs complètement brindezingues. Un abruti a eu sa dose, sauf qu'il veut partager avec toi ses grandes idées. Paf. Hors service. Deux trois baffes. Dors bien, ma poule. La plupart des michetons sont honnêtes, mais y en a toujours un avec qui c'est silence plateau, moteur, et accroche-toi mon vieux. C'est là qu'on crie « Coupez » !

Les homos m'ont jamais dérangé : moi, je dis toujours, il faut vivre et laisser vivre. Fous la paix aux autres et occupe-toi de tes fesses. Quand j'étais mioche, y avait cette vieille chanson du music-hall qui était à la mode dans l'East End. *A Little of What You Fancy Does You Good.*

Sir D'Arcy Osborne était un régulier. Gros pourboire. Mec sympa. Respectueux, de bonne humeur. Très courtois avec le personnel. Ce que j'avais dûment noté. Si tu cherches un indice pour savoir si un gars est un connard, catégorie geignard, regarde la façon dont il traite les gens qui peuvent pas l'envoyer sur les roses, comme les serveurs ou les filles qui vendent les cigarettes. Sir D'Arcy était réglo, il prenait toujours le temps de leur sourire ou de leur adresser un mot gentil. Le genre de truc qu'on appréciait. Les bonnes manières, ça coûte rien. Y a des michetons qui étaient mariés, d'autres non. Évidemment. Sir D'Arcy disait qu'il avait jamais rencontré la bonne. Ou encore qu'il était « marié à sa carrière ». On posait pas de questions.

Des gars qui dansent avec des gars dans un night-club, moi, ça me dérange pas. Si ça te gêne, t'as qu'à pas y aller, mon vieux. Tu peux bien danser avec ta garde-robe, et puis la mettre dans ton pieu si c'est OK pour elle, pour ce que ça me fait. Bonne chance à vous deux. On est dans un pays libre.

Et donc un soir à minuit, sir D'Arcy est là, accompagné de deux vieux potes de son école, et ils rigolent avec des travelos. On navigue un peu dans les territoires de la jaquette flottante, eh ben c'est du propre, ça, Gladys, et ils appellent sir D'Arcy « Francesca », bref ils s'en payent une bonne tranche, mais y a du grabuge dehors au moment où ils partent. Une bande de fachos veut leur dire deux mots. En langue de briques. J'ai pris les choses en main avec efficacité, comme me l'a dit plus tard sir D'Arcy. Je n'étais pas ce qu'on appellerait le plus élégant pugiliste, mais disons qu'après ça, ils n'ont pas pu danser le fox-trot pendant un moment.

La surprise pour moi est venue de Sir D'Arcy qui a démarré au quart de tour. Pendant la baston, j'ai levé les yeux, il avait presque mis KO un de ces abrutis en lui enfonçant la tête dans le trou d'une boîte aux lettres. Avalanche de crochets. Le deuxième, sir D'Arcy lui avait flanqué sans pitié un direct dans les parties. Les règles de Queensbury ? Tu oublies. Quand ils ont mis les bouts, il a rajusté ses boutons de manchettes, refait son nœud papillon dans la vitrine d'un barbier et essuyé le sang et la morve sur ses richelieus brogues avec son écharpe. Je vais vous dire : j'étais impressionné. « J'ai pratiqué la boxe à l'école, il m'a expliqué. Je n'ai jamais pu supporter les petites brutes. »

N'empêche, on avait besoin de quelques points de suture, rien de méchant, juste des éraflures, donc on a pris un taxi pour aller à l'hôpital, où on a attendu un sacré bout de temps. Le gardien lui a demandé : « C'est votre fils, monsieur ? » Sir D'Arcy a répondu : « Non, mais je serais fier qu'il le soit. Puis-je vous présenter mon associé, monsieur John May de Whitechapel, un véritable chevalier. » Y a un panneau sur le mur où c'est marqué « Silence », mais sir D'Arcy veut pas s'arrêter de jacter ; il baragouine en latin, ou bien il me fait rigoler. « Ces malotrus, tout ce qu'ils veulent, c'est une bonne baise. Alors pourquoi ne le demandent-ils pas tout simplement ? Peut-être qu'un peu de brutalité ne serait pas désagréable ? Ah, heureux de vous rencontrer, madame l'infirmière, bonsoir, *enchanté**. »

Deux jours plus tard, il passe me voir le soir et me propose de travailler pour lui, il vient d'être affecté en Italie, est-ce que ça me plairait ? En fait, j'avais tout un tas de pépins à cause de l'oseille qui avait disparu au cours d'une certaine opération, du côté de Deptford, un copain à moi était tombé par le plus grand des hasards sur un entrepôt d'alcool et de clopes en ouvrant la porte avec un pied-de-biche, et il en était reparti avec tout un chargement de scotch. Quinze jours plus tard, il nous fourgue la marchandise à surveiller, la maison poulaga le renifle d'un peu trop près, s'ensuit toute une cascade de malentendus. En plus, j'ai un peu abusé des cigarettes qui font rire ces derniers temps. Et puis, une femme avec qui j'avais une liaison me dit qu'elle n'aime plus son mari. Moi, j'arrête de l'aimer aussi sec – si jamais je l'avais aimée. Ce serait pas mal d'aller voir ailleurs si l'herbe est plus verte qu'à Soho.

« Un détail, John, j'ai un nom à coucher dehors. Je me présente, sir Francis D'Arcy Godolphin Osborne. D'ordinaire, ainsi que vous le savez, on s'adresse à moi en disant « sir D'Arcy », mais je préfère que mes amis m'appellent Frank. »

J'ai répondu que ce ne serait pas correct de m'adresser à lui en tant qu'ami.

« J'aimerais pourtant vraiment que vous le fassiez, John.

– Non merci, sir.

– Que diriez-vous de « sir Frank », dans ce cas ? En guise de compromis ? »

J'ai réfléchi. Ça me paraissait réglo. Ça sonnait bien.

« Marché conclu, j'ai dit.

– Splendide. »

On s'est serré la main pour sceller notre accord au sujet de sir Frank, et une semaine plus tard on a pris la direction de l'Italie. Mais les choses ont pas été si simples. Ça se passe jamais comme prévu.

Le problème c'est qu'on était à Rome quand les fritz ont débarqué et qu'on a dû s'esbigner au Vatican en cinq sec. Pour être honnête, c'était bondé là-bas. Mais bon, quand il faut, il faut. C'est tout. J'ai créché dans des endroits pires que le Vatican.

Vous croyez peut-être qu'on s'emmerde au Vatican ? Vous avez bigrement raison. Rien à faire le soir, à moins d'être chauve-souris ou sonneur de cloches. Ça me courait sur le haricot, toute cette monotonie. Consacre-toi à un truc intéressant. Ah, au fait, je suis juif, sauf que je suis pas religieux, je l'ai jamais été. Donc j'allais pas m'exciter sur le catholicisme.

Pour un jeune gars lâché dans Rome, les soirées sont très occupées, si vous voyez ce que je veux dire. Un type présentable, avec quelques billets dans sa poche ? On s'amuse à Rome, pour sûr, et après on a des histoires à raconter. Et soudain, rideau.

Y a plus que moi et sir Frank, et cet affreux clébard, Sirius, un mélange entre un jack russell et un gnome. Jamais eu le malheur de croiser un être vivant à qui il soit plus agréable de flanquer un coup de savate. La quantité de merde qui sortait de ce chien ! Fallait le voir pour y croire. Tu sors le promener, ça grouille de prêtres et de bonnes sœurs dans tous les coins. J'ai rien contre eux, hein, mais c'est pas la compagnie rêvée pour se bourrer la gueule, par exemple. Danser avec une nonne ? Pas très ragoûtant.

Sir Frank, il avait de la veine, il se laissait emporter par son imagination. Il me parlait de la Côte d'Azur, la vie nocturne à Cannes, le ski avec ce foutu Kaiser en Suisse et tout ça. Un matin, je rentre, et il me dit : « John, je vais passer la soirée à Locarno aux bains et au spa, je vais bien m'amuser, et j'en reviendrai beau, svelte et en forme. » J'ai répondu : « C'est Locarno, hein, pas Lourdes ! »

Au moins, j'avais mon saxo, alors je m'entraînais, je faisais mes gammes. Chromatique, octatonique, pentatonique, tout le tintouin. Deux, trois heures d'affilée. Je jouais jusqu'à en avoir mal aux lèvres. Ce foutu saxo savait parler. Ou couiner. Mais on peut pas jouer une nuit entière tout seul comme un con. Manquent la batterie, le pianiste, la contrebasse. Cracher un blues au Vatican, c'est délicat. Et un peu triste. Je démarrais en *fa* dièse majeur et je voyais Greek Street, les joueurs de cartes dans les clubs, une brune magnifique qui me souriait derrière la vitre du boui-boui d'en face sur Dean Street. Eh oui, un saxo peut faire cet effet-là.

Donc, me voilà avec sir F. à peigner la girafe. Il y a un disque avec ces balades écossaises qui pleurent sur les vallons – ils ont le chic pour ça –, sauf qu'on n'a pas de gramophone pour l'écouter. Rien qu'un seul bouquin qu'une personne normale puisse lire : l'histoire du Vatican au cours des âges. Je vous explique. Enfilez votre soutane. *Buongiorno*, mon chou, je suis cardinal. Y a des papes qui se sont fait ramoner plus souvent qu'une cheminée. C'est sans doute ça, le pouvoir. Et puis ils sont très chics, les papes. Un gars en robe, c'est bath.

En dehors de ça, des quantités de bouquins de théologie, eschatologie, épistémologie, connologie, des bondieuseries que personne voudrait lire sauf à avoir un flingue sur la tempe. Pneumatologie, ecclésiologie. Un suspense insoutenable ! On a réussi à faire entrer une radio en toute clandestinité, mais elle marchait pas. Un soir, il revient tout sourire, cette espèce de cornichon. « Vous ne devinerez jamais ce que j'ai déniché au fond d'un placard, John. Un vrai régal pour vous lorsque vous aurez terminé de ramoner les cheminées. »

C'était notre petite blague à nous. On s'était disputés à propos du fait qu'il me donnait trop de travail.

« Nos difficultés à nous distraire appartiennent désormais au passé, John, mon garçon. »

Un puzzle de cinq mille pièces.

Montrant le Vatican.

Qu'est-ce que j'ai fait, moi ?

J'ai dit merci beaucoup, laissez tomber.

C'est pas longtemps après ça que j'ai remarqué ce Padre qui traînait par là comme un after-shave bon marché. Un grand costaud d'Irlandais qui passait voir sir Frank pour boire un thé. C'était plutôt drôle. Et un peu bizarre.

Ou bien sir Frank taillait une bavette avec lui dans la cour, tard le soir, après qu'y avait plus personne, juste lui et le Padre, qui discutaient le bout de gras en latin, jouaient aux fléchettes devant un public de chats assis en rond autour d'eux. Ou c'était en grec ancien. Deux nuits de suite, la même chose, et puis il ne vient plus. Et puis le voilà de retour. À nouveau, il est plus là. Curieux, ça. Je crois qu'ils s'étaient déjà rencontrés sur un terrain de golf. Il avait l'air réglo. Rien de remarquable, pour être honnête. Un peu trop sérieux pour un Irlandais. Ça m'a inquiété.

Le paddy, ça va quand il rigole. S'il est sérieux, faut se faire des cheveux. S'il dit rien, attention les yeux, il peut avoir deux ou trois trucs en tête. Soit il vous en veut, soit il manigance quelque chose. Ou encore il fabrique une bombe. C'est pas drôle. Méfiez-vous des paddys.

Dans un film, ce prêtre-là, il serait joué par Bing Crosby. Pourtant, c'était plus le genre George Raft. Dur. Taiseux. T'as pas envie de lui chercher des noises. Un petit côté Robert Mitchum. Pas bavard.

Pas longtemps après, j'ai commencé à remarquer des choses bizarres chez sir Frank. Telle et telle demandes. Inhabituelles. Un matin, il m'a demandé aussi sec si je pouvais mettre la main sur des chemises. Bien sûr, sir, combien vous en voulez ?

Il me regarde d'un drôle d'air et me répond : quinze.

Cinq petites, cinq moyennes, cinq grandes.

Le genre de chose qui te fait réfléchir. Et justement, t'as du temps à tuer. Quinze chemises, mais qu'est-ce qu'il va faire avec ça ? Monter une équipe de rugby ?

Mais bon, si le patron veut quinze chemises, il aura ses quinze chemises. Ça fait partie du boulot de valet. Tu poses pas de question. Je connais un petit vieux qui vend des vêtements d'occasion au marché, le Mercato Rionale, il me prépare ça au petit poil. Quinze chemises. Dans un sac. *Grazie, Luigi.* Voilà un billet de dix, buvez un coup à ma santé. En Italie, il faut toujours avoir des relations.

« C'est pour les pauvres, m'a dit plus tard sir Frank. Même dans l'adversité, nous devons songer à ceux qui sont moins fortunés que nous, John. »

En tant que valet, on s'attend à certains trucs. Ça fait partie du job. Discrétion assurée. T'as rien vu. Boucle-la.

Y a des patrons qui demandent qu'on leur dégotte une caisse de vodka. Des capotes, un cigare spécial. Des bas pour leur maîtresse, des somnifères, un film de cul et le projecteur qui va avec. Ou bien, si ses goûts le portent ailleurs, ce qu'on appelait autrefois un magazine d'haltérophilie. On n'est pas chez Jeeves et Wooster, si ça a jamais existé.

J'ai fait mon armée comme ordonnance auprès d'un aristo. Si vous l'aviez entendu. Un jour, il m'a envoyé à la pharmacie du village.

Pour chercher quoi, sir ?

Rien.

Pardon, sir ?

Rien. Demandez à parler au pharmacien en personne, expliquez-lui que vous venez du manoir, que vous voulez la même chose que d'habitude, et attendez qu'il vous remette un paquet.

Un paquet, sir ?

Oui.

Contenant quoi, sir ?

Rien.

Rien, sir ?

Cessez de tout compliquer comme ça, vous êtes sourd ou quoi ?

Sauf qu'il est arrivé un moment où je ne pouvais plus me taire. Trente pantalons. Quarante changes de sous-vêtements. Des billets de train pour Zurich aux noms de différentes personnes nommées sur une liste, mémorisez la liste puis brûlez-la. Quarante pardessus, tous différents. Quarante cardigans. Quarante chapeaux.

Je dois ensuite tout emballer et tout porter chez le Padre, au Collegio. Tout laisser devant la porte de sa chambre. Frapper deux fois. Disparaître. Je le trouve rudement secret et mystérieux, ce paddy. Je lui ai trouvé un surnom : « Hughdini ».

Complets. Vestons. Bleu de travail de conducteur de train. Ça devient clair, il n'y a que deux solutions : soit c'est un club d'art dramatique, soit c'est une filière d'évasion.

J'ai tenté des allusions, je sais ce qui se passe, mais sir Frank refuse de me mettre au parfum. Il lâche rien de rien.

Je ne suis pas bête. Bien sûr que je savais. Impossible autrement. Aussi, un matin, en lui versant sa tisane d'ortie au petit déjeuner, parce qu'il était impossible de trouver du café à Rome ni en payant ni en jouant sur les sentiments, je lui ai dit : « J'ai une surprise pour vous, sir. Voilà. »

Aussi sec, je pose sur la table devant lui un sac de chez Barbiconi, une boutique de luxe pour les prêtres située près de la fontaine de Trevi. Exclusivement réservée au clergé. Les frusques de chez Barbiconi, c'est pas pour les pouilleux. Soutanes en soie. Souliers cousus main. Pantoufles de velours. Gants de cachemire noir. Le pape achète ses chaussettes et ses caleçons chez Barbiconi, à ce qu'on raconte. C'est de la fringue pour le gratin du clergé, ça rigole pas. Vous avez besoin d'une brassière de sauvetage ? Cherchez pas plus loin. Sauf que, Luigi, au marché, il m'a fait savoir qu'on peut s'arranger pour avoir des trucs tombés du camion, de temps en temps. Ce que j'ai là, dans le sac, c'est deux douzaines de chemises de prêtres, jolie texture, gris anthracite, tailles assorties.

J'ai déclaré : « Je voudrais vous assister davantage dans les bonnes actions que vous menez avec le Padre, sir. »

Voilà comment je lui ai dit. Discret et poli. Je ne voulais pas le prendre par surprise, oh mon Dieu, non. Sir Frank n'est pas le genre d'homme qu'on bouscule dès le matin. Il lui fallait du temps pour se mettre en route.

Alors, son journal a tressailli – un exemplaire du *Times* de la semaine dernière –, il l'a baissé tout doucement, d'un air théâtral, tendu, et ses yeux derrière ses lunettes étaient tout grands ouverts.

« À quelles bonnes actions en particulier faites-vous allusion, John, si je puis vous poser la question ? »

Les *public schools* font des merveilles, vous ne trouvez pas ?

« En faveur des pauvres, à Rome, que vous avez entreprises avec le Padre. Si vous me suivez.

– Ah.

– Oui, sir.

– Il me semblait pourtant que ces bonnes œuvres étaient clandestines, John, vieille branche.

– Tout ce qui est secret ne craint rien avec moi, sir. Comme vous savez.

– John, très cher, nous attendions depuis si longtemps que ces doux mots franchissent vos lèvres. J'adore votre façon de flirter.

– Je suis très sérieux. »

Il m'a regardé un moment. J'entendais fonctionner la mécanique de son cerveau.

Parce qu'on était à la croisée des chemins, quand on y pense. Dans un moment pareil. On se le rappelle pour le restant de ses jours, selon le choix qu'on fait alors. Un marécage s'étend entre vous et ce bon choix ; jusqu'où allez-vous accepter de vous avancer dans ce marécage ? Ça compte, ce qu'on fait. Ça comptera toujours.

« Allez chercher une autre tasse, John.

– Nous attendons un invité, sir ?

– J'aimerais que nous partagions vous et moi une tasse de cet affreux breuvage, John. Asseyez-vous.

– De quoi on va parler ?

– Mais, de rien. »

13

Veille de Noël 1943

15 h 29

7 heures et 31 minutes avant le Rendimento

Dans la sacristie, il revêt les lourds habits de cérémonie, entame les préparatifs pour le mariage. Le registre doit être complété en latin, et aussi, depuis la victoire du fascisme, en italien. Alors qu'il tourne les pages du vieux livre, il découvre un morceau de papier griffonné à la main qu'on y a glissé, une fausse signature masquant à demi le filigrane.

Il reconnaît l'écriture de John May. Il lui faut deux minutes pour décoder le message.

Sam Derry est de retour, mais il est encore faible et souffrant. Ces adresses doivent être évitées. Angelucci est en route.

Sortant de sa poche une bouteille de shampoing vide, il la remplit à hauteur d'un quart de vin de messe, referme bien le bouchon, glisse le flacon dans sa soutane.

On frappe et le témoin apparaît, accompagné de la mère de la mariée, un coûteux chapeau à la main, cheveux laqués, tel un casque gris.

« Il me semble que nous avons un problème, dit-elle.

– Qui n'est pas grave. La situation est telle que je l'ai expliquée à cet homme.

– Que voulez-vous dire par « alité », mon père ?

– Je porte le titre de Monseigneur.

– Monseigneur, ceci est la messe nuptiale de ma fille. Nous avons pris contact avec son éminence, le recteur, il y a un mois pour lui demander de présider la cérémonie.

– Je comprends, *Signora*, mais on ne prévoit pas de tomber malade.

– Mes invités ont été informés que le prêtre qui dirait la messe serait recteur.

– Ce ne sera pas le cas, hélas.

– Que dois-je leur dire ?

– Ce que vous voudrez.

– Allez vite me chercher le recteur, Monseigneur, nous n'aurons besoin de lui qu'une heure.

– Ce n'est pas possible.

– Mon mari occupe un poste d'importance au sein du parti, je vous préviens. Nous sommes amis avec l'Obersturmbannführer Hauptmann.

– Le parti n'a pas autorité en ces lieux.

– Je… je vous demande pardon ?

– Vous êtes dans la maison du Tout-Puissant, *Signora*, pas à un meeting.

– Le parti a travaillé sans relâche pour améliorer le sort de l'Italie.

– Dieu n'a pas de patrie. »

Elle rougit sous le choc.

« Où sont les enfants de chœur ? J'en ai commandé six.

– *Signora*, on ne « commande » pas les enfants de chœur, ce ne sont pas des sandwiches à la *frittata*.

– Je vais devoir annuler la cérémonie. Le parti sera mis au courant de cet affront.

– Comme il vous plaira. »

Elle se retourne vers le témoin. « Guido, chassez cet air imbécile de votre visage et allez les attendre à l'extérieur. Ne dites rien, faites ce que je vous dis. Dieu du ciel, mais quelle honte. Allez, ne restez pas planté là comme un réverbère !

– Monseigneur, que dois-je faire ?

– Je vous préviens, mon fils, *Tra moglie e marito non mettere il dito.* Malheur à celui qui se met entre un époux et sa femme. *Signora*, si vous désirez annuler la cérémonie, j'insiste pour que vous en discutiez avec le jeune couple. Cessez de me faire perdre mon temps. Sortez à présent !

– Comment osez-vous me parler sur ce ton, pour qui me prenez-vous donc ?

– Je ne vous laisserai pas envoyer un mandataire réaliser vos propres desseins. Si la mariée ou son futur époux vient me voir en personne en me disant que nous en restons là, leur requête sera entendue et l'affaire close. Mais s'ils aspirent vraiment à devenir mari et femme, alors ils le sont déjà aux yeux du Tout-Puissant et de l'Église.

L'officiant qui célèbre la messe n'est qu'un témoin. Qu'il soit curé, recteur, cardinal ou pape. »

Ce dernier mot la laisse bouche bée, à croire qu'on lui a craché dessus.

« Peut-être, s'aventure le témoin, la *Signora* et moi-même pourrions sortir un moment.

– Voici la porte. Je ne voudrais pas vous retenir. »

Ils s'en vont et il reprend son travail sur le registre, inscrit la date, le lieu, les noms des jeunes mariés, puis le sien. C'est le genre de situation où il paraît étrange d'écrire son nom, où on se demande comment il peut nous appartenir, et s'il est vraiment à nous. Un instant, il voit dans la flamme du cierge l'expression radieuse de John May, sourcils froncés. « Relevez le menton, Monseigneur Mitchum. Eh voilà, bien ! » Son courage de Londonien. Son anglais musical. Même sa manière d'allumer une cigarette dégage une sorte de suavité, de respectabilité, une grâce physique, une aisance. « Monseigneur Mitchum, vous êtes un vrai jazzman, même si vous ne le savez pas encore. On ira ensemble faire un tour à Soho quand tout ça sera terminé. N'ayez crainte. »

Guido revient avec un message. Le mariage aura lieu.

Un *Don* sérieux, en redingote, qui ne peut qu'être le père de la mariée, dirige les invités vers leurs sièges dans la chapelle latérale, les laissant lui baiser la main. L'Homme dont la Fille s'est Mariée à Saint-Pierre. Des kilomètres de ruban blanc ornent les grilles en fer forgé. Des dragées porte-bonheur sont disposées dans des soucoupes. Le marié, un soldat moustachu, a perdu une jambe et s'appuie sur une béquille. Une demoiselle d'honneur lui propose d'aller chercher une chaise, mais il insiste pour rester debout. Casquette sous le bras, cheveux noirs aussi lustrés que ses épaulettes. Épée d'apparat miroitante sur la hanche. Derrière lui, six camarades, luisants comme des prunes fraîches, visages rouges et nuques raides, attentifs.

Les demoiselles d'honneur sont alignées le long de la clôture d'autel, des rosaires pendent de leurs mains gantées, autour de leurs poignets fins. De vieux oncles habillés tels des directeurs de banque déçus, à côté de leurs épouses déçues, regardent d'un air morose depuis leurs bancs, ou se concentrent sur leurs livres de prières, à croire que des apparitions jaillissent des marges. C'est leur manière à eux de ne pas remarquer l'invité inattendu. Malgré tous les efforts de la couturière, il est manifeste que la mariée est enceinte.

Éclatant de beauté blessée, le visage du soldat est celui d'un archange de Raphaël, mais avec l'accent du Sud, *siciliano*. Dans sa voix vibrent ses sentiments lorsqu'il prononce ses vœux, et la jeune épousée lui tient la main de tout son amour pour le rassurer.

Attirés par la beauté de la mariée et l'attrait qu'exercent les mariages, les pèlerins s'arrêtent pour suivre la cérémonie, ce qui manifestement irrite les parents. Le premier baiser du jeune couple déchaîne des acclamations depuis les bas-côtés. *Viva gli sposi* ! Vive les jeunes mariés !

Ceux-ci signent le registre et demandent à Monseigneur de poser avec eux sur la photo. Le bras du soldat sur ses épaules, la douce odeur de fraise tiède qu'exhale la mariée.

Ainsi que le veut la politesse en Italie, il commence par refuser l'offrande du père de la jeune épouse, et le *Don* à son tour insiste en lui tendant l'enveloppe.

« Puis-je vous dire un mot en privé, *Signore* ? Venez un moment avec moi.

– *Monsignore* ?

– Une difficulté mineure.

– Comment ça ?
– La somme n'est pas suffisante.
– *Mi scusi* ?
– L'offrande à un prêtre qui célèbre un mariage à Saint-Pierre est de coutume trois fois supérieure. Naturellement, je ne veux pas vous causer de l'embarras devant vos invités.
– C'est tout ce que j'ai sur moi.
– Dans ce cas il vous faudra solliciter vos amis.
– Vous parlez sérieusement ?
– L'ouvrier mérite son salaire.
– Vous vous croyez malin de citer les Écritures ? Même les Juifs savent le faire.
– Cela n'est guère surprenant, car ils en sont en grande partie les auteurs. »

Le *Don* se retourne en grommelant, fouille dans son portefeuille, lui tend une liasse de billets épaisse comme une ardoise.

Il y a pire sentiment que de savoir que l'argent des fascistes servira à un Juif en cavale.

Les victoires vaines ne sont pas tout à fait des défaites.

Il retire en hâte ses habits empesés, les pend dans la garde-robe de la sacristie et quitte la pièce pour revenir dans le transept, sacoche à la main.

La basilique est boursoufflée, des pèlerins s'entassent dans tous les coins, autour de l'immense autel, pour prendre des photos des statues et de l'ostensoir. Des gardes suisses sifflent pour qu'ils cessent. Lui revient le souvenir d'un souk en Palestine où il s'est perdu un jour. Tout là-haut, la cloche sonne seize heures.

Un officier de la marine allemande en uniforme noir mène une femme de chapelle en chapelle, lui montrant les raccourcis des fresques très fines, la dentelle délicate d'une nappe d'autel, sa main gantée de noir désignant les nombreux détails qu'aucun guide de papier ne peut mentionner. De temps à autre, elle penche la tête, montrant de manière presque convaincante qu'elle est suspendue à ses lèvres.

Une religieuse africaine en habit blanc est agenouillée seule sur la pierre dans les bas-côtés tandis que le chœur des garçons atteint l'harmonie dans les hauteurs, près du dôme. Les voyelles anciennes s'allongent, *In Excelsis Deo*, le « o » se réverbère tel l'écho d'un souvenir. Un groupe d'écoliers las tolère les remontrances de leur enseignante, qui a dû payer quelqu'un pour éviter de faire la queue en cette veille de Noël, mais qui a maintenant l'impression d'avoir gaspillé son argent.

Laudámus te,
benedícimus te,
adorámus te,
glorificámus te,
Dómine Deus, Rex cæléstis,
Deus Pater omnípotens.

.

Dehors, il demeure un moment sur les marches, dans le brumeux accord parfait mineur de l'hiver romain. Des alouettes s'élèvent depuis la colonnade, décrivent un cercle au-dessus de la piazza ou fondent sur les Gitans qui vendent des marrons rôtis sur des braseros. Un groupe de pèlerins brandissant un drapeau tricolore qu'il ne reconnaît pas tente de chanter en chœur un cantique, ils hurlent à travers la foule vaste et tumultueuse, mais rares sont ceux qui leur prêtent attention et, au bout d'une minute, ils s'arrêtent et le murmure des prières de masse les remplace.

Il sursaute en découvrant Angelucci, à cent mètres.

Appuyé mollement contre le rebord de la fontaine, il vend des cierges et des cartes d'offrande de messe sur une petite table pliante qu'il transporte avec lui. La casquette de chasse rouge signifie qu'il a bien reçu le message et sait ce qu'il doit faire. Les pèlerins entonnent à nouveau leur cantique.

En sortant de la basilique, l'officier allemand et la dame qui l'accompagne remarquent un monseigneur qui descend les marches en hâte, se fraie un chemin au milieu de la foule et de la fumée des marrons en direction de la fontaine et, tournant le dos à un vendeur de cierges, se signe en regardant la basilique avant de repartir en direction du Saint-Office.

L'énorme portail clouté de la sombre forteresse est difficile à ouvrir, il se referme lourdement en grinçant derrière lui sur un silence sépulcral. La cité disparaît. On se croirait au cœur d'une pyramide. Après seize heures, en cette veille de Noël, il n'y a plus personne.

Les ampoules en cage se mettent à grésiller lorsqu'il allume. Le pied d'éléphant qui sert de porte-parapluies n'en contient qu'un, perdu dans un faisceau de cannes. Le bureau du concierge est drapé d'un tissu, le comptoir du gardien délaissé. Il entre dans la loge, vérifie son casier.

Une carte de Noël de ses étudiants de quatrième année, un roman de Waugh venant du club de lecture, une publicité pour *Newsweek*, un essai sur sainte Thérèse livré avec retard, un volume de poésie d'Housman prêté à un séminariste qui le lui rend au bout de presque un an. Un message de l'écriture du recteur, griffonné au dos d'une enveloppe : « Hugh, j'ai un service à vous demander. Passez me voir. »

Il y a six mois, on a installé un ascenseur dans ce que les vieux prêtres n'aiment pas appeler le hall, mais il s'en méfie, trouve les engrenages et les câbles graissés d'une efficacité redoutable, comme une machine dans un tableau de Bruegel dépeignant le purgatoire. Néanmoins, il est souvent en panne.

Il grimpe les marches raides en granit à travers l'espace désert aux multiples pièces, les murs autour de lui sont substantiels – quatre siècles de silence. Des cardinaux qui ont des relations vivaient auparavant au Saint-Office. Depuis l'invasion, ils ont tous déménagé.

Au quatrième étage, essoufflé, il déverrouille la porte du scriptorium et entre. Les immenses volets de son lieu de travail sont à moitié clos.

Étagères ployant sous le poids des livres. Encriers d'onyx. Piles de dossiers qui moisissent. Mémoires de christologie rongés par les souris.

Registres. Coupe-papier. Volumes. Essuie-plumes et porte-plume. Portraits de martyrs virginaux envahis de toiles d'araignée. Enchevêtrement de scapulaires accrochés à une poignée de porte près d'une trinité de chandeliers branlants. Reliques et pièges à rat. Un crâne qui fait office de *memento mori.* Os. Textes d'encycliques passés au peigne fin. Vitraux qu'on n'a pas nettoyés depuis des lustres. Seuls les téléphones en gomme-laque et le seau rouge en cas d'incendie assurent que le vingtième siècle est bien là.

Un jeune prêtre de Melbourne appelait cette salle : « Le dortoir des vieilles filles ». Il a fait long feu au Vatican.

Cendrier vide sur le rebord d'une fenêtre.

Une copie du catéchisme.

Une tasse de thé au fond de laquelle pousse quelque chose.

Ce tableau ancien de sainte Cécile qui lui fait toujours penser à Marianna de Vries, sa camarade néerlandaise du Chœur. Lorsqu'il lui en a fait part, elle a ri : « Je ne suis pas une sainte, cher ami. » Pourtant, la femme du tableau montre le même stoïcisme, la même force, la mâchoire ferme de la survivante, quelqu'une à qui on ne la fait pas. Pas tout à fait terre à terre, mais dotée d'une fine connaissance de la réalité, une absence de haine, la raison là où devraient se trouver des préjugés. Si le monde était gouverné par des femmes telles que Marianna, pense-t-il souvent, la famine aurait depuis longtemps cessé d'exister. « Ce sont des bêtises, dit-elle. Mais vous racontez de charmantes sottises. Je m'agace tellement moi-même que je vais essayer d'y croire. »

Sur son bureau de comptable sorti de chez Dickens, une pile vertigineuse de papiers imitant le parchemin : des requêtes demandant l'annulation de mariages. Sa tâche, de même que celle des vingt autres fonctionnaires qui travaillent au scriptorium, consiste à lire et à réfléchir, à évaluer et à trier, la plupart des demandes sont rejetées, d'autres prises en compte par des spécialistes du droit canonique, quelques-unes se retrouvent entre les mains des conseillers du pape.

C'est un travail qu'il abhorre, comme n'importe qui à sa place. Et c'est en le menant à bien qu'il en éprouve toute la pesanteur.

À Toulouse, une femme veut mettre fin à son mariage parce que son mari est un ivrogne violent. Un homme au Guatemala « ne vit plus avec » sa femme. Les relations sexuelles ont « depuis longtemps cessé » chez un couple d'Ottawa, elles n'ont jamais eu lieu chez un autre, à Chicago.

Il consulte sa montre. Déjà seize heures quarante. Le téléphone doit sonner à dix-sept heures. Il est important de s'occuper en attendant, de se poser.

Il revoit Angelucci sur la place. Espère qu'il est prêt à affronter le danger. Ce front noble, ces yeux terre d'ombre, Romain impavide dont le profil aurait pu servir à marquer une pièce impériale, un nez de la longueur de l'Italie.

Donnez-moi ma chance, Monsignore. *Je méprise ces salopards.*

C'est pour ça que tu cours un risque.

Rien qu'une chance.

Reste une tâche à accomplir avant de lancer le Rendimento, mais il va attendre l'appel téléphonique avant de s'y atteler, aussi s'attable-t-il devant une liasse de *subpoenas* venant d'une femme de Paterson, dans le New Jersey – seulement il ne parvient ni à réfléchir ni à prendre une décision, car son esprit vole en tous sens comme une guêpe. Les enfants du couple, un garçon de sept ans et une fille de neuf ans, semblent frapper à la fenêtre du témoignage de leur mère, effrayés, suppliants, prêts à signer de mauvais pactes, car ils ne veulent pas que s'achève le mariage qui les a vus naître, en dépit de ses imperfections. Il considère avec soin la lettre de l'évêque, la soupèse, la passe au tamis de ses pensées. Aucun motif valable ; l'annulation du mariage sera refusée. Pourtant, au bout d'un moment, sa conscience le taraude et il change d'avis. Par pitié, rendez sa liberté à cette pauvre femme.

Dix-sept heures sonnent d'un éclat tapageur à la basilique. Il va vers le téléphone, prêt à décrocher et répondre au mot de passe par le sien.

Une minute s'écoule.

Rien.

Cinq minutes.

Silence.

La peur lui étreint le ventre. Il la digère.

Au bout de sept minutes, il prend le combiné, appuie sur le bouton, écoute le ronron. Il compose aussitôt le numéro de l'opérateur pour avoir confirmation que la ligne fonctionne. Celui-ci répond par l'affirmative.

Et quart. Vingt. Quarante.

Il doit se mettre à la tâche maintenant, tant que le bâtiment est désert.

Il s'approche des rayonnages anciens, derrière les panneaux de chêne, dans le recoin le plus sombre du scriptorium, tire l'échelle qui coulisse le long de la bibliothèque, grimpe. Les relents poudrés de moisissures lui infligent une migraine, il éternue si violemment que l'échelle tremble, grince, et il s'y accroche comme au mât d'un navire en pleine tempête. Sur l'avant-dernier barreau, il se poste en équilibre, attrape le lourd in-folio poussé bien au fond, un codex médiéval.

La reliure de veau passée est tachée, usée, et le pesant lectionnaire, aussi grand qu'un atlas, difficile à manier en redescendant l'échelle.

Toujours pas d'appel.

Il dépose le volume sur une table, l'ouvre, tourne les pages avec précaution. Évangélistes souriants enluminés, dragons pourpres, griffons d'argent, lettres couleur corbeau – du noir de charbon. Suit un carnaval de lettres ornementées entremêlées d'aigles et de serpents, des auréoles d'archanges formant des O d'ivoire, jusqu'au creux où le cahier du milieu a été patiemment découpé au rasoir, afin d'y dissimuler onze feuilles de papier d'architecte.

De la taille d'une petite nappe, chacune est couverte de sa minuscule écriture.

Noms, dates, contacts, planques. Régiment, rang, camp d'où chaque prisonnier s'est évadé. Sommes dépensées pour acheter le silence d'untel, pots-de-vin en tout genre, loyers, prix des faux papiers. Rentrées d'argent sous forme de don. Paiements remis à untel. À quelle date, en quelle monnaie, dans quel but. Il utilise un code complexe, écriture en miroir et notes de musique, mais Hauptmann a ouvert un bureau dédié au décryptage des codes dans les locaux de la Gestapo, via Tasso. Ces papiers doivent être détruits avant le Rendimento de ce soir. Trop tard pour les enterrer dans les jardins du Vatican avec les autres.

Chaque feuille est trop grande pour être brûlée d'un seul coup. Il sort de sa poche le couteau qu'il a subtilisé dans la cuisine et se met à découper les immenses pages en deux, en quatre, en huit, en seize, labeur lent et fastidieux, mais qui lui permet ensuite de brûler les morceaux un par un à la flamme d'une bougie, puis au fond de la corbeille à papiers qu'il vide toutes les cinq minutes par la fenêtre.

Les relents de brûlé empuantissent l'atmosphère et demeurent bien plus longtemps qu'il ne l'aurait cru, il aimerait trouver le moyen de chasser l'odeur. Mais une veille de Noël, nul ne viendra ici, ni les femmes de ménage ni les gardes ; de toute façon, il laissera la fenêtre ouverte. Il lui faut à peine sept minutes pour se débarrasser de la première feuille, la sueur perle sur son front, sur sa lèvre supérieure luisante ; il trouve son rythme en passant à la deuxième. Mais sa transpiration rend le papier humide et il refuse de s'enflammer. Maudissant ses doigts maladroits, il le déchire en morceaux, les plus petits possible, confettis qu'il jette par l'oriel à meneaux, puis il s'essuie les mains sur sa soutane.

Le téléphone sonne.

Il traverse la salle, saisit le combiné.

« Bonsoir, Monseigneur, j'appelle juste pour vous confirmer que ce morceau est en *sol* dièse », dit une voix.

Blon Kiernan, la fille de Delia.

« C'est compris.

– Joyeux Noël, Monseigneur. »

La communication s'interrompt.

Il faut se dépêcher.

Il déchire les dernières feuilles en huit morceaux, les mets en boules en serrant fort, les jette dans le seau de métal rouge qui sert en cas d'incendie. Pas malin, il le sait, mais le temps presse.

Angelucci est à présent en place. Derry le met au parfum.

Alors que son allumette jaunit le papier, un bruit métallique reconnaissable entre tous remonte depuis le hall, accentué par la cage d'ascenseur.

Il se fige.

A-t-il bien entendu ?

Les câbles grincent et vrombissent.

Les engrenages de fer crient sous l'effort.

La pluie martèle les fenêtres.

Il file vers la porte du scriptorium et la verrouille.

Fracas métallique assourdi quand l'ascenseur s'arrête à l'étage, au bout du couloir. Claquement de la porte grillagée qui s'ouvre. Se referme.

Bruits de pas.
Poids moyen.
Bottes.
Allure lente sur le palier, tel un geôlier qui fait sa ronde. On ouvre et on referme les portes, cliquetis et tintement d'un gros trousseau de clés. Arrêt devant la porte du scriptorium.
Pas un mot.
Un coucou sonne.
Les feuilles dans le seau se consument mais ne s'enflamment pas.
Volutes de fumée.
La poignée tourne.
Aussitôt il s'assied à son bureau, étale un parchemin devant lui, les lettres noires et les accusations tournent sous ses yeux, miasmes de récriminations. Ses doigts tremblants nettoient une plume, saisissent un pichet, il se verse un verre d'eau mais le liquide lui éclabousse le poignet, goût de vieux, de rance, de graisse et de luisance, et les enfants de ce couple malheureux dans le New Jersey battent en lui, telle l'image rémanente d'un objet sombre vu dans la lumière.
La poignée de la porte bouge à nouveau
Deux fois.
Trois fois.
Bruit de serrure. On pousse le battant, qui ne branle pas.
L'intrus lâche un soupir, s'éloigne dans le couloir, lentement, avec un formalisme fantasque, ses semelles cloutées cliquettent sur la mosaïque.
Inspiration brutale, bruit de bottes qui courent, et le fracas d'un corps qui charge la porte comme un bœuf qu'on écorche, et la statue en plâtre de saint Antoine de

Padoue, haute d'un mètre, vacille dans son alcôve juste au-dessus et se fracasse sur le bureau, et à nouveau l'inconnu se retire, se précipite sur la porte tel un taureau, il grogne, gronde, siffle, crie, mais le chêne clouté, porte d'un bastion impérial, refuse de céder, l'architrave est en granit, le chambranle en marbre, et la volée de coups de pied puissants fait vibrer le verrou véhément dans son châssis en fer forgé mais rien de plus, et l'homme-bœuf se retire.

La porte de l'ascenseur s'ouvre, puis se referme et au bout d'un moment, il redescend dans le hall.

À pas de loup, il s'avance jusqu'à l'escalier. Deux chats devant une porte. Il entend l'intrus en bas, qui va et vient, fouille et déplace des choses, tire et pousse des tiroirs dans le bureau du concierge, entre et sort de la loge du portier, ouvre brutalement un cabinet, puis dans une déflagration de canon, la porte d'entrée se referme.

Depuis la fenêtre du scriptorium, il regarde dehors, mais l'averse est drue et ses lunettes, embuées. Une silhouette protégée par le parapluie qui se trouvait dans le hall traverse la piazza en direction du largo degli Alicorni avec une étrange délicatesse, évitant les flaques et les chiens, tel un assassin se faisant passer pour une dame de qualité.

La neige fondue frappe la lucarne envahie de lierre.

Il vide le seau des feuilles nauséabondes qui se consument, les piétine, en fait une liasse qu'il cale sous son bras maladroit, puis s'empresse de quitter le scriptorium, trébuchant à moitié dans l'escalier. Mieux vaut s'en débarrasser plus tard et quitter le Saint-Office tant qu'il est encore temps. L'intrus pourrait revenir avec un Luger ou un pied-de-biche. Il faut à tout prix éviter le moindre incident.

Plusieurs fois au cours de cette nuit, il se demandera ce qui a bien pu le pousser à revenir dans la loge du concierge pour regarder une fois encore dans son casier, qu'il a pourtant vidé une heure plus tôt.

À présent s'y trouve un sac en papier brun, gonflé comme une sacoche. Le nom et l'adresse écrits à la main sont légèrement incorrects.

Hugo Flaherty
Personnel
Saint Collège
Roma

Dedans, une petite enveloppe qu'il n'ouvre pas tout de suite, contenant ce qui au toucher lui paraît être un rosaire.

La feuille de papier blanc « par avion », pliée en quatre avec soin, lui semble aussi délicate qu'une page arrachée à une bible. Trois mots de la même écriture, soulignés à l'encre rouge.

VOTRE
DERNIER
NOËL

Dans la petite enveloppe, trente-deux dents humaines encore couvertes de sang.

La grêle cogne contre les vitraux.

ACTE II

LE SOLO

14

Marianna De Vries

Novembre 1962

Témoignage écrit en remplacement d'un entretien

Pendant la guerre, j'étais reporter indépendante à Rome. J'ai rencontré Hugh O'Flaherty à l'opéra. On jouait *Tosca.* J'ai oublié les noms des interprètes.

J'accompagnais un diplomate suisse, lui-même invité par Delia Kiernan, l'épouse du consul irlandais. Il y avait là d'autres ambassadeurs et représentants. Je ne sais plus lesquels maintenant.

Peu de temps après, on m'a commandé des articles pour un magazine d'informations américain sur les trésors artistiques des églises moins connues de Rome. « La Rome secrète », voilà le titre de la série. Naturellement, monseigneur O'Flaherty ne possédait pas de carte de visite, mais à ma demande ce soir-là il avait noté des instructions expliquant comment se rendre à Ostia Antica sur un morceau de papier à en-tête du Saint-Office qui lui servait de marque-page dans le livre de Louis MacNeice qu'il était en train de lire, *Autumn Journal.* Le numéro de téléphone y figurait, alors j'ai appelé.

Ce matin-là, il s'apprêtait à donner un cours à des étudiants en doctorat à l'Angelicum, aussi n'avait-il pas le temps de bavarder, mais dans les jours qui ont suivi, il m'a fait parvenir un message me conseillant de faire le Tour des sept églises, pèlerinage établi au seizième siècle par saint Philippe Néri, mais même si la visite incluait des beautés telles que San Sebastiano Fuori le Mura et San Giovanni in Laterano, il n'y avait là rien sur lequel je veuille écrire. Trop de visiteurs. Rien de la « Rome cachée ». J'ai rappelé Monseigneur.

Nous nous sommes retrouvés près de la piazza Venezia. Lorsqu'il vous regardait à travers ses lunettes à écailles, cela avait quelque chose de presque menaçant, comme si on braquait sur vous une torche à un barrage routier à minuit. Nous avons parlé d'Auden et MacNeice. Durant ses heures de loisir, qui je l'ai compris étaient rares, Monseigneur travaillait à une traduction d'*Autumn Journal*, *Diario d'autunno*. Il pensait qu'« on ne connaît pas vraiment une langue tant qu'on n'a pas tenté de traduire un poème vers cette langue ». De même que tous les prêtres que j'ai rencontrés, il avait un côté singulier, mais j'ai trouvé sa compagnie chaleureuse, c'était un homme réfléchi et sympathique dans les deux sens du terme. Il m'a invitée si je le désirais à l'appeler par son prénom, « si cela vous met à l'aise ». Ce n'était pas exactement le cas. « Ugo » s'est avéré un compromis.

À l'époque, j'entretenais une relation peu judicieuse avec un homme marié, en fait le diplomate avec lequel j'étais allée à l'opéra le soir où j'avais rencontré Ugo. Celle-ci a pris fin lorsqu'il a été rappelé au bureau de Zurich. Tout à coup, j'ai eu plus de temps et de liberté.

Je suis moi-même suissesse de naissance, ce qui signifie que mon passeport devait être respecté par toutes les parties présentes à Rome ; je pouvais circuler à travers la ville, peut-être pas exactement à mon gré mais avec beaucoup plus de latitude que les autres. Au bout de deux semaines, après nous être retrouvés deux ou trois fois, Ugo a établi pour moi une liste de ce qu'il estimait être les églises les plus intéressantes et les moins fréquentées – il pouvait s'y trouver une Vierge à l'Enfant de Caravage, une fresque de Raphaël ou une statue pré-Renaissance négligée mais imposante – et je me suis lancée dans ces visites avec le plus grand sérieux. Ainsi par exemple, l'église anglaise de la via del Babuino faisait partie de ses préférées. Je n'en avais jamais entendu parler, mais je l'ai trouvée très belle dans sa simplicité. Il connaissait tous les abbés et révérendes mères, m'avait remis des lettres d'introduction, passant parfois un coup de téléphone avant ma visite en demandant qu'on me prête assistance.

« Demandez le frère untel. Évitez la sœur unetelle. »

J'avais l'impression que ces petites manigances lui plaisaient bien.

Accompagnée d'un photographe inscrit sur une liste de professionnels autorisés, on me montrait alors des tourelles et des chambres secrètes, des cryptes cachées, des voûtes en trompe-l'œil, des coupoles sous lesquelles on nous murmurait que des amants se donnaient rendez-vous à l'époque médiévale, des bibliothèques où, en actionnant un levier dissimulé, un passage s'ouvrait sur un couloir pavé menant aux égouts de Rome, et de là, aux rives du Tibre. Certains secrets nous étaient révélés à condition que nous n'en précisions pas la localisation ; d'autres, insistaient les gardiens, n'étaient destinés qu'à nos yeux car nous étions « des amis de Monseigneur », mais il nous était défendu d'en parler. Dans une chapelle, on nous a montré un âtre pas plus grand qu'un foulard inséré dans un mur, derrière un présentoir à cierges. La personne qui s'y introduisait arrivait dans une chambre tout en marbre qui, chose délicieuse, possédait une lucarne et une minuscule fontaine. J'avais l'impression de voir l'envers de Rome, si je puis m'exprimer ainsi. La cité la plus majestueuse d'Europe porte un masque. Derrière, elle cache bien des secrets. Ainsi un verset de la Bible, Jean, 14.2, a pris pour moi un sens plus vaste. « Dans la maison de mon père, il y a plusieurs demeures. »

J'ignorais comment évoquer la question de la rémunération avec un prêtre, alors j'ai proposé de lui donner cinq pour cent de ce que je touchais pour ces articles, ce qu'il a refusé en glapissant de rire, choqué, avant de m'inviter, si je le souhaitais, à faire une donation à une œuvre de charité.

« Laquelle par exemple ? ai-je demandé.

– Achetez-vous un chapeau. En cadeau de ma part. »

J'ai donné les cinq pour cent aux Filles bleues, pour les pauvres de Rome, et je me suis acheté un chapeau chez Borsalino, un fédora. Quant à Ugo, il persistait à refuser toute rémunération, mais une ou deux fois, il m'a autorisée à lui acheter des billets pour la loterie des hôpitaux, qui comprenait une course de chevaux. Il n'a jamais gagné, sujet sur lequel il aimait à plaisanter. « Si je misais sur la marée, elle cesserait de monter. »

Ma série d'articles sur « La Rome cachée » a été bien reçue par les lecteurs, ce qui a beaucoup plu au rédacteur en chef. Rapidement, un projet de livre éponyme est apparu. L'avance était généreuse, le travail intéressant. Perverse, j'étais contente que mon ex-amant suisse, de retour auprès de son épouse dans son pays, ait vent de mon succès et voie sa petite vie proprette mise à mal, car plus une femme est indépendante, plus certains hommes lui en veulent, et cette rancœur, chez ce genre d'hommes, attise le désir. Mais comme le savent tous les auteurs qui ont la culpabilité au cœur, il est des après-midi où vous êtes censée écrire alors que tout ce que vous êtes capable d'affronter, c'est une tasse de thé et une bonne promenade. Le livre serre les mains autour de votre cou et vous secoue jusqu'à ce que toutes vos idées tombent par terre. Certains écrivains sont certes doués pour les mots, mais nous partageons tous un autre don, celui de la procrastination. Ce que je voulais, c'était repousser l'inévitable.

J'étais toujours en contact avec Ugo de temps à autre, jusqu'à ce que nous finissions par nous retrouver tous les quinze jours pour déjeuner chez Rompoldi, piazza di Spagna, ou à la trattoria Il Fantino, dans le quartier juif, un endroit très simple ainsi qu'il les aimait. Les serveurs querelleurs y chassaient les mouches à coups de torchon, ou soupiraient d'un air magnifiquement lugubre, pleins de vengeance, dans les miroirs Coca-Cola tachés de nicotine.

Ayant vécu dans toutes sortes d'endroits, Ugo avait ce qu'on appelle parfois un esprit bien achalandé, toutefois ses connaissances n'étaient pas disposées dans l'ordre élémentaire que cette expression laisse supposer. Je ne suis jamais allée plus loin vers l'ouest que le cap Finisterre, mais à l'école j'étais amie avec une fille de diplomate qui avait grandi à San Fernando, à Trinidad, aussi les souvenirs d'Ugo des Caraïbes me fascinaient-ils. Il évoquait avec vivacité les crépuscules pourpres et ocre de Port-au-Prince et plus sombrement les prêtres vaudous. J'étais intriguée par ses photos, toutes monochromes, qu'il possédait en quantités. Il avait un vieil appareil photo reflex trouvé chez un brocanteur de Portobello Road à Londres. Il fallait le tenir à la hauteur de la taille et regarder vers le bas, dans la lentille. Le cliquètement de l'obturateur quand on appuyait sur le bouton aurait réveillé un mort. Il se vantait d'être un photographe amateur plutôt doué, ce qui était charmant.

Visiblement, les pauvres de Port-au-Prince l'avaient accepté parmi eux : il avait réalisé des études de femmes portant des jarres d'eau, de marins sur les docks pluvieux, de pêcheurs burinés ravaudant et tirant des filets. Ses photos de Tchécoslovaquie me fascinaient pour d'autres raisons, des fermières aussi stoïques que des statues, leurs enfants sans joie, aux yeux comme des cailloux. Il avait pris beaucoup de photos de New York, squelettes métalliques de buildings inachevés saisissant le ciel, escaliers de secours des immeubles pauvres du Lower East Side, et tout un album pris pendant la Série mondiale de baseball que disputaient les Brooklyn Dodgers. Je ne savais pas vraiment ce qu'était la Série mondiale, ni même les Brooklyn Dodgers et, comme tous les hommes, ce cher Ugo n'aimait que trop tout m'expliquer, lui ne comprenant pas que j'ignorais cela parce que je n'avais pas envie de le savoir, moi ne comprenant pas à l'époque que cela ne l'intéressait guère non plus ; mais il aimait avoir un sujet de conversation. Faire semblant d'aimer les Dodgers lui apportait cette satisfaction.

Ugo n'aimait pas le silence ; cela le mettait mal à l'aise. Bientôt, à Rome, ce serait pourtant un atout essentiel.

Parmi ses photos, mes préférées étaient celles de Londres, ville que j'ai toujours trouvée particulièrement attirante en noir et blanc : les portes de Soho. Tower Bridge. Une file devant un cinéma sur Leicester Square. Des comédiens dans un café. Des fricoteurs à un combat de boxe à Limehouse. Il était capable de vous offrir Chelsea, Tottenham Court Road ou Primrose Hill tandis que vous transpiriez dans ce café d'ouvriers à Rome, et que les nazis s'élançaient enfin sur la ville.

Très vite, ils n'ont plus été qu'à deux kilomètres des murailles. Ugo et moi continuions pourtant à nous voir. Il apportait ses photos dans son portefeuille et nous les regardions en prenant le café, tout en faisant semblant de ne pas entendre l'artillerie au loin, les sifflements et déflagrations d'obus.

Un après-midi, juste avant que les Allemands n'envahissent Rome, je me rappelle qu'il a réussi à décontenancer un barman. Le gars l'a plaisanté, avec cet humour typique des hommes d'ici qui croient avoir inventé le flirt et, pour Dieu sait quelle raison, voudraient se faire passer pour des obsédés : « Est-ce que cette belle dame est votre petite amie, Monseigneur ? »

Ugo a répondu : « C'est sa sœur jumelle. »

Notre amitié était agréable, mais nous n'étions pas intimes, si je puis dire les choses ainsi. Je gardais toujours à l'esprit qu'Ugo était un prêtre catholique romain ayant prononcé ses vœux, avec toutes les limites et les convenances liées à sa vocation. Il n'en faisait pas étalage, mais comme toutes les fondations invisibles, j'imaginais qu'elles étaient inébranlables, quelle que soit la grâce de l'édifice qu'elles soutenaient. Il était de bien des manières plutôt conservateur.

Autre élément d'importance : je n'étais pas croyante, j'avais été élevée dans un athéisme satisfait. Selon ma vision de l'univers, et cela n'a pas changé, il n'y avait rien à espérer et rien à redouter ; vivre cette vie était un miracle suffisant en soi. Aussi, nous nous avancions jusqu'aux remparts de l'autre, mais sans en franchir les portes. D'une certaine manière, c'est ce qui a permis à notre amitié d'être heureuse.

Mon père, natif de Rotterdam, et ma mère, née à Harlingen, dans la Frise, étaient chercheurs en physique à l'université de Zurich. Ils étaient tous deux sourds de naissance, par conséquent je connaissais la langue des signes, mode de communication qui fascinait Ugo. J'ai passé un nombre d'heures agréables mais inutiles sur la piazza Navona à tenter de lui enseigner les rudiments de cette langue en buvant des *cappucini*, à la grande stupéfaction des serveurs, seulement, comme pour toutes les langues, soit on accroche tout de suite, soit cela ne vient jamais. Quand le Chœur a été créé, John May et Delia Kiernan se sont avérés de bons élèves, attentifs. Ainsi qu'aimait à le souligner May, les Italiens possèdent leur propre langue des signes. « On le voit quand on traverse sans prévenir devant une voiture. »

L'italien d'Ugo était le plus parfait que j'aie entendu dans la bouche d'un non-Italien, plein de vigueur, performatif, sachant capter toute la saveur du parler romain (même si des amis romains que nous avions en commun le plaisantaient sur sa manière un peu terne de s'exprimer). C'était un grand plaisir pour moi de l'entendre parler l'anglais clair et gracieux de l'Irlande rurale, coloré, d'une expressivité subtile, d'une amicale gravité.

La formation des journalistes nous pousse à remarquer ce qui sort de l'ordinaire. Parfois, il me semblait qu'Ugo, selon ses propres dires, était entré dans les ordres à un âge relativement avancé, à une époque où la plupart des jeunes gens passaient directement de l'école au séminaire, ce qui explique en grande partie le côté calamiteux de l'Église catholique romaine. C'était à se demander ce qu'il avait fait de ses vingt ans, période que j'avais envie d'appeler avec un ton un peu mélodramatique « les années égarées ». Bien sûr, je ne songeais nullement qu'il ait pu s'engager dans la Légion étrangère, mais son silence ne faisait qu'attiser la curiosité qu'il était censé éteindre. Je savais qu'il avait été enseignant, mais il ne se confiait guère plus au sujet de ses activités. Alors je me posais des questions. Voilà tout.

Comme sans doute dans toutes les amitiés, il était entendu qu'il y avait des sujets à ne pas aborder avant le moment venu, ce qui pouvait ne jamais arriver, ou se produire dans un temps si lointain que nous serions tous deux des personnes différentes et que ces choses n'auraient plus aucune pertinence. L'une des deux fois où j'ai transgressé cette loi implicite – un verre de vin au déjeuner en était peut-être la raison –, ma curiosité impertinente de collégienne m'a poussée à poser une question d'une terrible maladresse à propos du célibat des prêtres. Jeune homme, avait-il connu une relation physique intime ?

En guise de réponse, il s'est contenté de me fixer sans rien manifester. « Même un policier ne poserait pas pareille question. »

Quand Ugo changeait de sujet, on en restait là.

Aujourd'hui encore, je me rappelle le moment où il a baissé la garde et combien j'ai été sidérée par sa remarque tant elle était inattendue – pour lui (j'en suis sûre) autant que pour moi. Nous sortions de la place Saint-Pierre par un bel et froid après-midi, à l'heure où l'école se termine. On avait demandé à Ugo de prononcer le sermon lors d'obsèques à Sainte-Monique, et lui-même nous avait sollicitées, la contessa Landini et moi-même, afin de lui apporter notre soutien. Son appréhension était justifiée : c'était un piètre sermon. Peu après la fin de la messe, la Contessa est partie à un rendez-vous, et Ugo m'a raccompagnée à l'arrêt de tram. Bon nombre de mères de famille et un ou deux pères, un peu gênés, attendaient à la porte d'une école la sortie de leurs chers bambins, qui se mordaient, se battaient, s'insultaient les uns les autres tandis que leurs infortunés enseignants tentaient de les cornaquer tels des bergers essayant de les faire entrer dans un enclos. Nous nous sommes arrêtés au feu.

Avisant son habit de prêtre, certaines mères lui ont adressé un courtois signe de tête plein de respect et se sont signées, coutume italienne bien intentionnée qu'il devait juger un peu embarrassante, à mon avis. Il a toujours existé un certain anticléricalisme en Italie ; résultat, son contraire existe aussi, révérence aveugle et malsaine envers le clergé. En attendant que le feu passe au vert, nous avons observé les actions belliqueuses qui se déroulaient dans la cour de l'école, et il m'a demandé si je souhaitais être mère un jour.

Ou plutôt, il supposait que oui, et m'a demandé quand je me marierais. Il n'était pas bon de trop attendre, a-t-il ajouté sans équivoque. J'avais à l'époque trente-quatre ans, fait qui semblait avoir de l'importance à ses yeux. J'ai répondu que je n'étais pas du genre à me marier, que le célibat me convenait et que j'entendais demeurer ainsi pour le restant de ma vie.

« Et donc vous n'aimeriez pas avoir d'enfant ? »

Je ne lui ai pas répondu qu'un an plus tôt, j'avais avorté.

« Non, je ne le souhaite pas. »

Il a voulu hocher la tête pour faire diversion, je suppose, mais il était visiblement désarçonné par mes paroles et mes certitudes. Ce qui a sans doute été à l'origine de sa remarque suivante : « J'aurais adoré être mari et père. »

J'étais sans voix. Il parlait rarement de lui-même sans ironie, sans botter en touche, sans jeter une espèce de voile brumeux sur les choses, ce qui constitue le meilleur moyen de les dissimuler. Cette réflexion a changé la manière dont je le voyais. Jusqu'à cet instant, il me paraissait tel un roc, intouchable derrière l'armure de ses certitudes, replié dans la forteresse de ses choix, en particulier la décision principale qui définissait sa vie, et à vrai dire tout cela m'exaspérait. Si Ugo avait un défaut – et qui n'en a pas ? –, c'était peut-être cet air hautain de seigneur, cette supériorité d'ermite. On aime les auréoles dans les tableaux anciens, rarement chez ses amis.

Mais cet après-midi-là, j'ai soudain vu en lui un homme sans famille. Ce qui m'avait semblé être de la solidité sourdait des profondeurs du manque. D'une certaine manière, il était bel et bien marié. C'était la première fois que je m'en rendais compte. J'aurais peut-être pris un autre homme par le bras pour lui murmurer de douces paroles. Mais son statut de prêtre rendait la chose impossible, cela lui aurait causé de l'embarras, pensais-je, ou lui aurait fourni un prétexte pour repousser toute forme de consolation – alors qu'il s'agissait peut-être là de ce qu'il voulait. Je regrette souvent de ne pas l'avoir fait. Aujourd'hui, je n'hésiterais pas.

Nous avons poursuivi notre conversation. J'allais prendre le tramway. Chez moi, je le savais, m'attendait le brouillon d'un article pour un dossier urgent. Le temps s'était comme roulé en boule. À son habitude, il a soulevé son chapeau pour me saluer et nous avons encore bavardé pendant une minute ou deux, cherchant sans doute un pont pour revenir vers ce qu'il m'avait dit. Mais le pont, une fois trouvé, a brûlé sous nos yeux. Nous savions tous les deux que nous n'en reparlerions plus jamais.

Dans le tram, je l'ai imaginé revenant dans sa chambre, seul. Il écouterait la TSF. Je me le représentais ainsi, lumière éteinte.

Mes parents avaient beaucoup travaillé pour devenir des savants. Je ne crois pas aux fantômes.

Mais en arrivant chez moi, je suis entrée dans l'église voisine, j'ai allumé un cierge pour Ugo et, agenouillée, j'ai dit une prière de mécréante. Mon dossier était en retard. Mais un autre s'était révélé à moi. Même si je n'en saurais jamais plus.

C'était à l'automne 1943. Bientôt, Rome a grouillé de nazis – en anglais, Ugo prononçait « nazis » à la française. J'ai compris que lui et un certain nombre de ses connaissances avaient l'intention d'entreprendre quelque chose pour résister à la peste brune, et j'ai décidé que, quoi que ce soit, j'en serais. C'était la pensée de mes parents qui m'y incitait, car les nazis n'auraient pas hésité à les assassiner.

J'étais également motivée par le fait que j'avais franchi un certain Rubicon dans ma vie personnelle et j'ai désormais envie de m'expliquer sur cet élément central. Certains de mes amis le savaient ; la plupart l'ignoraient. Ma mère l'avait depuis longtemps deviné mais elle avait réussi à se persuader du contraire. Peut-être que ma résolution venait en partie de cette conversation avec Ugo au sujet du mariage, ou peut-être était-ce la proximité de la mort induite par la guerre. Quoi qu'il en soit, je voulais être sincère. Le matin de l'invasion nazie, nous nous sommes vus à ma demande. J'avais quelque chose à lui dire, et je voulais qu'il m'écoute ; j'avais connu des hommes et je les avais aimés, leur beauté particulière ne m'était pas étrangère, mais depuis longtemps je préférais la compagnie des femmes.

Quelle personne saine d'esprit ne la préférerait pas, a-t-il fait observer.

Il a fallu un moment pour que la fléchette atteigne sa cible. On aurait pu entendre le *tchac* !

« Oh », a-t-il dit.

Une syllabe, glorieuse dans sa rotondité, et ce fut tout. Il n'a plus jamais mentionné le sujet.

À l'époque, Ugo vivait au Collegio Teutonico, sous le bras droit de la basilique Saint-Pierre. Le chœur, bientôt en place, se retrouverait pour les « répétitions » dans une annexe du collège décrépite et depuis longtemps désaffectée, au sein d'un bâtiment séparé, semblable à une forteresse, qui jadis avait servi d'hospice aux malades atteints des fièvres et, à une autre époque, de logis pour les pèlerins. À Rome, la ville de toutes les histoires de fantômes, il se murmurait que l'austère édifice gothique était hanté par une jeune fille de seize ans qu'un cardinal avait mise enceinte, et qu'on avait enfermée dans le couvent qui se trouvait là à l'époque. La pauvre Emerenzia, ainsi qu'on l'appelait, s'était laissée mourir de faim et sa dépouille avait été emmurée.

Je me prenais à imaginer ce qu'elle pouvait voir tandis que nous répétions.

Trois volées de marches de marbre brisées, telle la colonne vertébrale d'un dinosaure, grimpaient à travers le torse d'étages pourrissants. On montait jusqu'à un long couloir lugubre large de cinq mètres, semblable à une galerie, aux carreaux craquelés, où beaucoup de lattes manquaient au parquet de chêne. De vastes tapisseries de champignons étranges garnissaient les lambris. Des meurtrières vitrées laissaient filtrer ce qui naguère avait été de la lumière mais qui désormais s'avérait un miasme fumeux et étouffant, couleur d'huître, grâce auquel on voyait, malgré des draperies de toiles d'araignée d'une épaisseur incroyable, que le passage servait depuis fort longtemps d'entrepôt à toutes les statues d'église mises au rebut, trop endommagées ou trop laides pour que quelqu'un en veuille encore, mais que pourtant nul n'avait pu se résoudre à jeter.

Madones décapitées, Christ à une main. Anges ébréchés dépourvus d'ailes. Prophètes penchés, déboulonnés. Disciples et évangélistes aux orbites vides, Sacré-Cœur sans auréole. Martyrs de plâtre tordus. Saints Sébastien aux flèches brisées. Jean-le-Baptiste au visage de monsieur-pipi. Saint Pierre se démenant comme un fou dans des chaînes depuis longtemps rouillées. Marie-Madeleine rongée par les rats, abritant un nid de guêpes en son sein.

Lazare volé au Mexique, étranglé par les vers, un tablier de peinture décollée oscillant sous les mouvements d'exploration des fourmis grouillantes. Âne arraché à un berceau d'acajou. Enfant Jésus au regard meurtrier.

Au bout de ce couloir se trouvait une porte étonnamment moderne, pareille à ces huisseries en bois bon marché qu'on trouvait dans les écoles fondées par Mussolini dans les années 1930, mais blanchie à la chaux et largement colonisée par les mêmes champignons que les lambris. Elle s'ouvrait sur une vieille salle de réunion pourvue d'une longue table de bois et d'un harmonium enrhumé décoré d'anges et de chouette sculptées.

Si jamais elle nous observait dans la lumière artificielle, Emerenzia avait devant les yeux une étrange coterie.

Notre chœur comprenait huit membres, y compris notre *Kapellmeister*, Ugo, qui avait pour habitude de s'asseoir face à la porte. Delia Kiernan, Enzo Angelucci et moi avions tendance à nous placer sur sa droite, D'Arcy

Osborne et John May à sa gauche. Ce dernier, musicien doué, chantait de sa voix de basse tel un violoncelle, ou bien jouait des trilles sur son saxophone. Sam Derry s'échinait sur l'harmonium, sans doute le seul dans l'histoire à avoir joué avec à la ceinture un Mauser 7.63 millimètres semi-automatique volé à l'armée allemande. La huitième personne, dos à la porte, était ma très chère amie, la contessa Giovanna Landini (« Jo », préférait-elle, à cause de Jo March dans *Les Quatre Filles du docteur March*, un des seuls titres meilleurs dans sa traduction italienne, l'adorable *Piccole Donne*), qui, débordant d'humour noir, aimait à dire que si elle était descendue par la Gestapo, elle préférerait qu'on lui tire dans le dos afin qu'à ses obsèques le cercueil puisse rester ouvert.

Quelle étrange famille nous formions.

La longue table en chêne était décorée d'un archipel d'antiques taches d'encre et de signes gravés dont certains, je le supposais, en grec ancien. L'harmonium démantibulé aux touches jaunes béait sous une lucarne qu'on n'avait pas dû nettoyer depuis que Garibaldi était bébé. Lorsque de fortes bourrasques balayaient le grenier, ainsi que cela arrive à Rome l'hiver, l'instrument émettait un grognement lugubre, une complainte digne d'un morse qu'on titille avec un bâton. Un soir d'octobre, Sam Derry a réussi à ranimer un poêle qui faisait semblant de chauffer la salle avec une grande bravoure mais peu d'efficacité. Pour tout dire, quand il était allumé, notre nid d'aigle paraissait encore plus glacial. La plupart du temps, nous gardions nos manteaux.

Naturellement, il nous était interdit de discuter entre choristes d'autre chose que de la météo. L'occupation nazie, la guerre même, les atrocités commises par la Gestapo, le rationnement des vivres qui aboutissait à une famine contrôlée ne devaient jamais être évoqués. Avant que nous commencions à chanter, l'atmosphère était amicale mais réservée, comme lors d'une partie de bridge ou d'un dîner de fiançailles où les personnes présentes ne se connaissent pas très bien en début de soirée et tentent de se montrer sous leur meilleur jour. Dès que la conversation menaçait de verser dans des domaines qu'Ugo jugeait peu pertinents, il nous décochait un regard noir ou se passait le doigt sur la gorge. Jean Sébastien Bach et le temps étaient des sujets autorisés. Si vous n'y connaissiez rien, vous aviez intérêt à apprendre en vitesse. Rares étaient les musiciens parmi nous, nous sommes donc devenus météorologues. Ça, tout le monde en est capable.

À l'époque, le café à Rome était aussi rare que le sable du désert en Antarctique, une vraie torture pour les Romains, peuple très caféiné, toutefois, de temps en temps, John May ou Delia réussissait à s'en procurer, et Jo Landini venait avec un plateau de *cannoli* faits maison. Sir D'Arcy apportait souvent du vin, mais je ne me souviens pas d'avoir vu aucun de nous en boire. Ugo se tenait en bout de table, partitions en main, et il expliquait le contexte des morceaux ou nous narrait la biographie du compositeur. Comme s'il s'agissait d'une *vraie* répétition. Pourtant, en un sens, c'en était une.

Ce que nous répétions nous aurait valu d'être torturés à mort entre les mains d'Hauptmann.

Tout à coup, Ugo nous disait de regagner nos places et il donnait le *la* à l'harmonica. Quand nous commencions à chanter, en général dix à quinze minutes après l'arrivée au sommet de ces marches hantées du dernier d'entre nous, parfois essoufflé, le visage blême, Ugo faisait systématiquement le tour de la table pour aller de l'un à l'autre, parlant à voix basse ou nous montrant des notes griffonnées sur du papier toilette qu'il pouvait déchirer et brûler dans le poêle après que nous les avions mémorisées. Bien sûr, Rome était un nid d'espions ; la Gestapo d'Hauptmann avait des micros partout. Tout le monde savait qu'ils s'étaient emparés de la compagnie du téléphone et que les opératrices avaient été remplacées par des SS, que chaque conversation était écoutée et chaque groupe de plus de six personnes photographié. Au quartier général nazi, dans une partie de la ville à la mode pourvue de nombreux hôtels, un canal radiophonique sécurisé était directement relié au nid d'aigle d'Hitler, le Berghof à Obersalzberg. Dans les rues et sur les marchés voisins du Vatican, on murmurait que Himmler en personne écoutait tous les soirs ce qui se disait à Rome, changeant de lieu d'écoute au hasard. Ici, dans ce grenier oublié, nous étions à peu près certains que seule Emerenzia nous écoutait. Mais, au cas où nous nous serions trompés, nous chantions.

Le *Miserere* d'Allegri, Dowland, des extraits de plainchant. Des madrigaux du début de l'époque élisabéthaine, des alléluias. Le répertoire habituel d'un chœur de chambre amateur, ou d'un club de chant tel qu'on pourrait en trouver dans une petite ville d'Angleterre, pourtant parfois nous tentions une incursion vers le saint des saints, le *Stabat Mater* de Palestrina. Parfois le *Tantum Ergo*. Un motet de Josquin, un chant grégorien, certaines semaines un chant de Noël médiéval. L'hymne de Cornouailles, *Trelawny*. Cette merveilleuse chanson galloise *Ar Hyd y Nos*. *The Braes of Balquhither*, magnifique chanson d'amour écossaise, même si Ugo insistait sur le fait qu'elle avait des cousines irlandaises. En guise d'assurance, si je puis dire, nous avions appris un chant allemand, *Hupf, mein Mädel*, mais un soir, en me rendant à une répétition, j'ai entendu une colonne nazie la chanter en avançant au pas de l'oie dans la via Flaminia. Nous ne l'avons plus jamais reprise.

En plaisantant à demi seulement, John May s'était insurgé contre Bach arguant du fait que c'était un « fritz ». Ce cher John. Mais lorsqu'il a entendu « Wenn ich einmal soll scheiden » de *La Passion selon saint Matthieu*, les deux minutes de musique les plus sublimes d'austérité jamais écrites, il a baissé les yeux d'effroi admiratif et s'est mis à le fredonner avec solennité comme toutes les personnes qui l'entendaient. Je ne crois pas en Dieu. Sauf quand j'entends ce morceau.

Nous n'étions pas le Coro della Sistina mais nous y mettions du cœur. Le *Crucifixus* de Lotti, le *Haec Dies* de Byrd. Ugo nous dirigeait, chantant joyeusement avec nous, ténor compétent, mais son approche était sévère. Nous prenions les choses avec sérieux à notre manière. Si le rythme comportait des harmonies, nous répétions avec assiduité à la maison. Il avait clairement expliqué que ces répétitions n'étaient pas des moments de plaisir ou d'apprentissage ; les heures que nous passions ensemble étaient précieuses : elles devaient servir à préparer des projets. Donc, nous devions arriver aux répétitions déjà prêts, connaissant si bien nos partitions que nous puissions chanter sans y penser, tout en consacrant notre esprit à autre chose.

Pourtant, même si le chant n'était qu'une diversion et pas notre but réel, je dois avouer que j'adorais ça, que je ne pouvais m'en passer. Et je crois que je n'étais pas la seule. En cette période sombre et violente, j'attendais avec hâte nos rencontres hebdomadaires. Je bouillais d'impatience.

Lorsque des gens se rassemblent pour chanter, où que ce soit et quelles que soient les circonstances, cela console un peu leur âme, leur apporte une forme d'apaisement. Dans un lieu de culte, la tribune d'un stade de football, un grenier rempli d'objets et de courants d'air, survolé par des bombardiers. Toute musique a sa beauté ou presque, mais si elle inclut l'alliance d'un baryton et d'une soprano, d'une basse et d'un alto, d'un chœur et d'une soliste, alors il ne s'agit plus seulement d'élévation par la beauté. L'harmonie est un miracle quotidien, à portée de main. Imaginez être la première personne à y songer, à tenter la chose avec une autre. Moi, je chante ça. Vous, ceci. Il en résultera quelque chose de plus grand que vous ou moi. Et comme chaque être qui a jamais chanté dans une classe le sait bien, même si nous ne sommes pas de grands interprètes, pas même doués pour la musique, il y a dans le chant quelque chose de sacré, de terriblement émouvant. Quand nous chantons, nous cessons d'être seulement de l'écume.

Et nous chantions, menés par Delia Kiernan et sa voix de soprano pure et puissante. J'adorais la regarder dans de tels moments, les yeux clos, ses mains qui se serraient et se desserraient, la façon dont elle bougeait les épaules, légère et joyeuse. La sérénité de son sourire parmi ses rides. Je jure que lorsqu'elle chantait, toutes les marques sur son visage s'effaçaient, elle paraissait rajeunir de vingt ans, devenait en quelque sorte sa propre fille (qui parfois assistait à nos répétitions). Delia n'était plus une épouse, une femme accablée par la guerre, elle irradiait ce qu'elle croyait avoir reçu. Il n'est guère étonnant que l'on parle de la musique en termes de « don ». Souvent, mon maquillage était emporté par l'émotion en écoutant ma merveilleuse Delia. Je me demande comment j'ai pu me retenir de l'applaudir.

Un soir, D'Arcy Osborne l'a fait. Ugo lui a décoché un regard terrible. « Je n'ai pas pu m'en empêcher, mon vieux. » Il s'est essuyé les yeux avec son mouchoir. « Ça me rappelle pourquoi nous sommes en vie. »

« *Bravissima* », a murmuré la Contessa, émue jusqu'aux larmes. Angelucci et Johnny May avaient les yeux rivés au plancher. Derry secouait la tête de révérence, pétrifié d'admiration. L'harmonium émettait des sifflements graves.

Ugo passait parmi nous sous couvert de la musique, expliquant le plan, les routes à suivre, les faux noms, les contacts, les adresses que nous devions mémoriser sans jamais les écrire. Tel sergent évadé souffrait d'emphysème et demain, au crépuscule, il devait être exfiltré du garage humide où il était logé ; tel caporal américain était « fou des femmes », obsédé, et il fallait lui intimer de rester dans sa planque de la via di San Marcello et de ne plus s'aventurer à l'extérieur pour rendre visite à l'une ou l'autre des amantes qu'il avait Dieu sait comment réussi à rencontrer depuis qu'il était entré dans la clandestinité. Un soldat sud-africain souffrait d'une rage de dents et avait besoin de consulter un dentiste. Un autre était atteint de la syphilis et mourrait si on ne lui trouvait pas de la pénicilline. Chacun d'entre nous savait quelque chose, une partie du programme de la semaine. Ugo était le seul à tout connaître.

Au début notre nombre était variable, atteignant même parfois jusqu'à seize ou dix-sept choristes, dont des prêtres de temps à autre, mais pour l'essentiel de simples habitants de Rome. Parfois la situation devenait dangereuse pour l'un ou l'une d'entre nous ; peut-être que la

Gestapo la surveillait depuis l'appartement d'en face, ou avait posé des questions sur le lieu de travail de son mari, ou à l'école de son enfant. Alors, c'était la retraite anticipée, comme disait Ugo. Parfois, il rencontrait des objections, mais le Chœur n'était pas une démocratie. Quelle que soit l'importance de ce membre, il refusait de lui faire courir le moindre risque. Le noyau dur était toujours le même, les huit personnes mentionnées précédemment.

Le travail d'Angelucci consistait à lire toutes les petites annonces classées dans les journaux qui proposaient des logements, ou de circuler dans Rome pour identifier des appartements qui pourraient être loués sous des faux noms. Sir D'Arcy et Jo Landini avaient pour mission de lever des fonds parmi des donneurs sympathisants de notre cause ; Sam Derry allait chercher l'argent dans le plus grand secret, souvent déguisé, et l'apportait au propriétaire de l'appartement qui servait de planque, que nous nommions en langage codé le « Benoît », d'après le nom du propriétaire dans *La Bohême.* Quand il s'agissait d'une Benoîte, je ne sais pourquoi, les choses semblaient plus simples. Même si ce n'était jamais vraiment le cas. Le délit de « fausse location », dans le langage des nazis, était puni de la peine de mort. Par conséquent, le prix des loyers était substantiel.

Ensuite – c'était là un travail auquel je m'attelais fréquemment – venait le dossier des maisons abandonnées et autres cachettes à répertorier. J'ai bien dû parcourir mille kilomètres à travers Rome cet automne-là, protégée par mon passeport suisse et ma carte de presse internationale, prenant note des lieux bombardés, des sorties d'égouts, des pavillons dans les parcs, des citernes rouillées, des ravines, des éboulements dus aux tempêtes derrière les immeubles, des écuries, des poulaillers, des viaducs, des entrepôts, des barges à l'abandon sur le Tibre, des wagons hors d'usage, des anciennes manufactures, et du tunnel désaffecté de la via del Traforo. Les parcs offraient un triste spectacle : tous les bancs avaient été arrachés pour servir de bois de chauffage ; il y avait parfois une remise ou une serre oubliée où des prisonniers pouvaient être cachés. Rome est construite sur une garenne de roche volcanique où des douzaines de carrières souterraines ont été creusées au cours des âges ; en posant des questions à droite et à gauche, j'ai découvert comment avoir accès à certaines d'entre elles. Sous la basilique dei Santi Giovanni et Paolo se trouve un réseau d'anciennes rues romaines préservées : elles figuraient aussi sur ma liste. L'aqueduc caché derrière l'escalier de la Trinité-des-Monts. L'égout tout en marbre qui, il y a longtemps, servait de thermes. J'avais entrepris de me lier d'amitié avec l'ingénieur fasciste chargé d'établir un plan du métro de Rome et de lui emprunter – si je puis dire – ses dessins.

Les faux papiers constituaient également une partie importante de notre répertoire. Souvent, pendant qu'on glorifiait notre Seigneur en plain-chant, Ugo procédait tranquillement à un tour de table – on redoutait un peu son passage – et murmurait que cette semaine, nous avions besoin d'un laissez-passer d'employé du Vatican, de deux passeports suisses aux noms de Franz et Heinrich Untel et Untel, de dix mille francs et d'un lot de documents attestant de l'appartenance au parti fasciste dans les premières années. Aviez-vous une idée ?

Il s'attendait à ce que vous en ayez une. Sans quoi, il devenait maussade.

John May connaissait un imprimeur véreux dans le Trastevere qui, disait-il, « vous sort une bible de Gutenberg pour trois livres ». May était bel homme mais, étrangement, ce n'était pas cela qui faisait son charme : c'était plutôt son humour noir, cette espèce d'assurance qui chez les hommes se dissimule sous l'autodérision. Rarement dépourvu de compagnie féminine, pendant un moment, il avait fréquenté une *signorina* qui travaillait comme dactylo au bureau du maire. Celui-ci aimait les déjeuners plantureux et c'était le genre de monsieur qui ne prête guère attention aux papiers qu'on lui demande de signer dans l'après-midi, surtout quand c'est l'incarnation de la beauté romaine qui les lui met sous le nez. Je suis au regret de dire qu'il a signé beaucoup de nos laissez-passer sans le savoir.

La demande de vêtements était épuisante, inépuisable, et ceux-ci devaient être distribués dans la plus grande discrétion. Ugo avait édicté une consigne selon laquelle chaque choriste devait venir aux répétitions vêtu au moins d'une chemise ou d'un veston d'homme. On en trouvait au marché aux puces et dans plein d'autres lieux. May les emportait ensuite chez un blanchisseur où l'on s'occupait de les teindre et de les recoudre. D'ailleurs, une couturière allait jouer un rôle capital dans le Rendimento de la veille de Noël. Mais nous n'en sommes pas encore là.

À Rome, pour des raisons évidentes, la prostitution masculine était florissante. Beaucoup de ces hommes ont participé à la filière d'évasion en prenant des risques insensés, et certains y ont trouvé une mort horrible. Quant aux femmes qui exerçaient cette profession, il n'est pas exagéré de dire que leur courage, leur ténacité et leurs informations toujours parfaitement exactes ont permis de sauver des centaines de vies.

Au cours de ces répétitions, Ugo et moi passions en revue nos derniers plans. Rome abrite des milliers d'institutions religieuses – églises, abbayes, monastères, couvents, collèges, séminaires, lieux d'accueil des pèlerins –, certaines nous avaient fait savoir qu'elles étaient prêtes à nous aider dans notre entreprise mais désiraient limiter les risques. Ugo, Derry et la Contessa avaient mis au point une sorte de protocole avec un système de feux de signalisation qui permettait de sécuriser les lieux.

D'abord, nous dénoncions de manière anonyme tel couvent ou église à la Gestapo en prétendant y avoir vu entrer des gens à des heures tardives. Un raid s'ensuivait, qui ne débouchait sur rien. Une semaine ou dix jours plus tard, nouvelle dénonciation plus virulente : une lettre fielleuse dénonçait les moines, censés abriter des fugitifs, se livrer au marché noir, être en possession d'un appareil radio interdit ou d'une presse à imprimer manuelle. Un plan détaillé des lieux et des cachettes possibles était fourni ; les sbires d'Hauptmann défonçaient les portes de l'abbaye. Cette fois, outre le fait qu'on n'y trouvait aucun fugitif, on avisait la présence sur le bureau de l'abbé d'un exemplaire de *Mein Kampf* usé et annoté de la main même de l'abbé. Notre faussaire avait fabriqué six douzaines de photos signées par le Führer ; nous nous arrangions pour que celles-ci se retrouvent dans les couvents objets de nos lettres de dénonciation. La guerre offre d'étranges spectacles, mais l'on ne s'attend pas à rencontrer un portrait d'Hitler encadré au-dessus du lit de la révérende mère. Nous faisions en sorte que ce genre de gâterie soit offert à un certain nombre de soldats allemands.

Les fausses lettres de dénonciation se succédaient quatre fois, jusqu'à ce que nous soyons certains que les Allemands ne s'intéressaient plus à ce lieu. Alors, le monastère se retrouvait envahi de fugitifs, de la crypte au beffroi, et les fausses dénonciations changeaient de cible.

Il y avait aussi à Rome des légions de braves habitants, souvent pauvres, qui n'avaient pas la place d'abriter un fugitif mais qui souhaitaient néanmoins nous aider. Derry et Ugo ont trouvé le moyen par lequel toute personne habitant Rome pouvait participer à l'effort. Si l'on était prêt à supporter le désagrément d'un raid de la Gestapo chez soi. Nous proposions en effet aux gens de se dénoncer eux-mêmes de manière anonyme, ou de demander à un parent ou un voisin de le faire. Les Allemands arrivaient, défonçaient la porte, vidaient les placards, grimpaient dans le grenier ou descendaient à la cave, mais il leur fallait une bonne demi-heure pour s'apercevoir que vous ne cachiez personne, que la dénonciation n'était pas fondée. Cela permettait de faire perdre son temps à l'ennemi, de gaspiller ses ressources. Les nervis de la Gestapo s'en repartaient dans la nuit, mais entre-temps Angelucci s'était assuré que tous les gosses du quartier aient semé les rues de chausse-trapes – ces pièges tétraèdres hérissés de pointes en hameçon –, criblant de trous les pneus de leurs jeeps et motos. L'idée venait de sir D'Arcy, version moderne d'une arme romaine antique qu'il avait découverte au cours de ses lectures à l'époque où il étudiait dans ce pensionnat horriblement cher, et qu'il avait vue plus tard dans les Musei vaticani.

Il y avait les mauvais jours, ils étaient nombreux, où tout partait en vrille. Une mauvaise traduction. Un accident. Une séquence mal remémorée. Un Livre caché terrifié – nous appelions « Livres » les fugitifs –, au bord de la folie : il fallait l'exfiltrer sur-le-champ, ou lui passer un savon, voire le menacer d'être traduit devant une cour martiale et exécuté, car nous devions protéger ses compagnons de planque. Les Livres enfermés se querellaient et souvent en venaient aux mains. Pas d'intimité, peu d'espace, un air vicié, parfois pas de quoi se laver. Les désirs naturels des jeunes n'ayant plus le moyen de s'exprimer. Je rougis un peu en me rappelant le jour où Derry nous a rapporté une plainte contre un évadé que ses compagnons avaient vu se livrer à un acte qui n'était certes pas inconnu, et que Derry s'est refusé à décrire autrement que « pratique de pensionnat ». C'est Osborne qui, sans traduire cette expression, a réussi à calmer la tension. « Mon chou, s'il fallait expulser toutes les personnes qui se sont rendues coupables de *ça*, toutes les chambres d'Europe seraient vides ! »

Absence de nouvelles ; nourriture gâtée, semaines de silence, rumeurs de guerre. Dix ou douze paillasses entassées dans une pièce. Ces gens-là n'étaient pas des soldats professionnels mais des conscrits et des volontaires : commerçants, maîtres d'école, postiers, fils de fermiers. Ils n'avaient pas été entraînés à se cacher : leurs yeux avaient vu les horreurs du combat ou du *Stalag*. Dans les histoires qu'on raconte aux enfants qui ne savent encore rien du monde, on laisse souvent croire que l'adversité réveille ce qu'il y a de meilleur chez l'être humain, mais à la guerre, il n'en va pas toujours ainsi. Quand des hommes se retrouvent enfermés ensemble émergent l'envie et le ressentiment, la brutalité, l'ennui, la colère, la peur incessante, l'épuisement à force de ne jamais pouvoir faire une seule bonne nuit de sommeil complète, la faim induite par la nécessité de se partager à huit des rations conçues pour une personne. On ne sait pas qui vaut quoi ; qui est le chef ? Le rang s'avère bientôt une fiction.

Des hommes issus de toutes sortes de nations et de colonies servaient dans les forces alliées. Dès que les préjugés liés à la couleur de peau montraient leur tête hideuse, nous les écrasions. Sur ce point, Ugo se montrait intransigeant ; aucune excuse valable. Le premier qui énonçait ce genre de propos intolérant était exclu. Un jour, un type venu d'Alabama a commis l'erreur de vouloir excuser une remarque ignoble qu'il avait proférée en disant que, chez lui, « c'est comme ça qu'on fait ». Ugo lui a rétorqué en termes brutaux, compréhensibles dans toutes les parties du monde où l'on parle anglais, qu'à présent il n'était plus en Alabama.

D'autres types de comportement nous rendaient fous, aussi bien Ugo que nous autres. Souvent, on nous disait que ce n'était qu'un jeu. Des fugitifs censés garder secret leur lieu de résidence s'envoyaient une balle de base-ball d'un balcon à l'autre, où lançaient des balles de golf au moyen d'une catapulte pour casser le carreau d'en face. Ils s'affublaient de la perruque et des dessous de leur propriétaire pour parader sur le toit. Dansaient la gaillarde entre eux. Embrassaient des balais. Vidaient leurs pots de chambre ou des brassées de rubans de papier dans la rue. Voulaient-ils vraiment se faire prendre ? L'ennui distillait-il un tel poison ? Ces hommes se seraient-ils sentis plus libres en prison ?

Quant à nous, membres du Chœur, nous vivions dans la peur constante que l'un d'eux décède, possibilité hélas inévitable car certains étaient blessés, et qu'il faudrait alors l'enterrer en douce dans une fosse commune de fortune.

Toujours ces responsabilités demeuraient en suspens. Je faisais des cauchemars terrifiants. Je suis devenue accro à la méthaqualone, et ça a été pire.

Il ne faut pas non plus oublier que nous vivions dans la crainte permanente d'être découverts, qu'un de nos partisans, voire un membre du Chœur soit un judas. On a vu des choses plus étranges se produire, et ça continuera. Souvent, quand nous nous retrouvions parmi les fantômes et les statues mortes, la Méfiance prenait place à nos côtés à cette longue table de chêne. Une visiteuse difficile à mettre dehors. Elle réussit à vous convaincre qu'elle est votre amie.

Il y a eu ce jour faste où la Contessa a appris d'un informateur à l'œil affûté que soixante soldats allemands étaient cantonnés dans un grand appartement près de la caserne à Prati. Ils avaient l'habitude de terminer leur journée en cirant leurs bottes avec un cirage affreusement nauséabond – selon la rumeur, l'urine humaine faisait partie des ingrédients. La puanteur était telle qu'ils laissaient leurs chaussures dehors, dans le jardin de derrière, jusqu'à leur réveil à l'aube. Un matin, ils ont eu une surprise, eux et leur *Oberstleutnant*. Une équipe de petits gars des rues extrêmement doués, payés par Angelucci, avaient escaladé le mur éclairé de lune, chacun équipé d'une taie d'oreiller vide à l'aller, mais pleine à craquer au retour. « La vérité est au fond des bottes », a déclaré sir D'Arcy.

Certains diront qu'il aurait fallu faire subir pire sort à ces soldats allemands. Si vous avez assassiné un homme de sang-froid, je consens à vous écouter. Sinon, je vous suggère d'aller vous admirer dans le miroir de vos certitudes – mais sachez d'où vient la lumière.

Nous n'étions pas un groupe paramilitaire. Notre but était de cacher des fugitifs pour les soustraire à la tyrannie. Bien sûr, il y avait parmi nos membres des gens qui soutenaient les *partigiani* romains, la résistance armée largement aux mains des communistes, dont nous détournions les yeux. À juste titre ou pas, ce n'étaient pas nos affaires, et nous ne débattions pas de ce sujet lors de nos répétitions.

Moi, ce que je vois, c'est un groupe de personnes un peu étranges, chantant dans un grenier, tandis qu'Ugo O'Flaherty fait le tour de la table, l'air sévère.

Je me représente cette salle jusque dans ses moindres détails. Le clair de lune nimbant d'argent la table abîmée. La lumière du poêle jaunissant les touches du vieil harmonium décrépi et laissant une nuance de violet dans les yeux de Jo Landini. Parfois, quand nous chantions, je lui prenais la main, car je savais que dans ces moments, elle sentait la présence de son défunt mari. Statues mortes, crucifix cassés sur le palier. Alliance au doigt d'Angelucci. Étincelle sur la monture des lunettes de D'Arcy Osborne. Certains soirs, la certitude qu'Emerenzia nous observait.

Car je me sentais toujours observée.

Enregistrée.

Surveillée.

Sous le feu de sept visages.

Le Chœur.

L'ensemble – pourtant, au bout du compte, on se retrouvait toute seule dehors.

Il y aurait toujours besoin d'une soliste.

15

Veille de Noël 1943

17 h 47

5 heures et 13 minutes avant le Rendimento

Le jour descend, il boit un verre d'eau chaude aromatisée aux clous de girofle, installé seul à une table rouillée dans le jardin du réfectoire. Les corbeaux croassent et se pavanent. Fumée dans l'air froid.

En le voyant par la fenêtre, les autres prêtres détournent les yeux, dînent en silence d'un ragoût de groin et de mou, jouent aux dames. Il n'est pas inhabituel chez les gens qui ont la vocation de se livrer à l'introspection au moment de Noël. Quand votre seul foyer est une chambre au sol de linoléum donnant sur un palier, les fêtes peuvent mettre à l'épreuve votre patience.

À dix-huit heures, on le voit déambuler dans les jardins du pape. Peu après, il entre dans l'école Montessori qui accueille les enfants des employés du Vatican, où l'on donne le spectacle de Noël habituel. Il discute de l'A.S. Roma avec le père de saint Joseph qui est chauffeur, bénit un rosaire pour les frères jumeaux du berger, qui souffrent d'une indigestion de bonbons, s'autorise à se laisser photographier avec la tante de l'aubergiste, une religieuse rentrée d'Afrique, radiologue à l'hôpital de Nairobi – il a assisté aux obsèques de sa mère en avril dernier.

Fée bienveillante de Noël, une Befana cadavérique, agitant son balai, arrive dans une chaise à porteurs ecclésiastique, brandissant la lourde cloche de l'école. Bambino Gesù est joué par la poupée d'une petite fille – il lui manque une jambe. Lorsque les nonnes annoncent la *limonata*, ils demandent en chœur à « *nostro amico, il Monsignore* » de prononcer quelques mots, de leur donner sa bénédiction. Il leur faut un moment pour se rendre compte que Monseigneur est déjà parti.

À dix-neuf heures quinze, il est filmé à son insu traversant les jardins en direction de l'infirmerie. Il pleut, pourtant il ne porte pas de manteau.

Dans le hall d'entrée s'approche une infirmière polonaise qu'il connaît de longue date. Elle lui dit qu'il n'a pas l'air bien, insiste pour qu'il s'assoie un moment, l'examine. Il a 16/9 de tension, son cœur « bat la chamade ». Elle lui conseille de retourner dans sa chambre et « d'éviter toute situation anxiogène », autrement, il pourrait avoir une crise cardiaque en guise de cadeau de Noël.

Dans la salle où reposent les malades, il dit le rosaire au chevet d'un vieux jardinier sur son lit de mort, le rassure de temps en temps : il n'a nul besoin de répondre. « Je peux faire moi-même les réponses, Gino, reposez-vous l'esprit. »

Sur sa table de nuit, du laurier dans une coupe en bois de pommier, près d'un pichet en pierre rempli d'eau provenant de cette source que le vieil homme a découverte derrière la basilique avec ses fils, il y a trente ans, le matin qui a suivi un effondrement de terrain – conséquence d'un orage – et ce jour-là, ils ont creusé le schiste sablonneux et râpeux, heureux comme des pétroliers au Texas.

Les infirmières vont et viennent dans des relents de désinfectant. Le jardinier accepte la communion, d'étranges roses dans les yeux ; Monseigneur porte une serviette trempée dans le calice jusqu'à ses lèvres blêmes et parcheminées.

« *Grazie*, souffle le moribond. Maintenant, mes affaires sont en ordre.

– Le Seigneur ne veut pas encore de vous, Gino. Il n'est pas poli d'arriver en avance.

– J'y vais, pourtant.

– Nous irons à nouveau à la source, mon ami.

– Vous vous rappelez le vendeur de journaux, *Monsignore* ? Il avait son kiosque sur la place.

– Angelucci ?

– Je l'ai vu en rêve cette nuit. Le gars aimait la boxe.

– Il aime toujours ça.

– Il aimait la boxe. Je peux pas me rappeler son nom. Jamais aimé ça, moi.

– Pourquoi ?

– *Bontà mia*, la vie est déjà un combat. Pourquoi en inventer d'autres ?

– Pour le sport.

– Il aimait la boxe, ce gars, sur la place. Qui vendait les journaux. Je peux pas me rappeler son nom.

– Cette belle infirmière me dit que vous devez vous reposer, Gino. Vous ne voudriez pas la décevoir, n'est-ce pas ?

– Je crois que je m'en vais faire une petite sieste.

– Faites, mon ami. Reposez-vous.

– Merci d'être venu, *Monsignore. Buon Natale.* Au revoir.

– Je reviendrai bientôt.

– Non, marmonne le jardinier. *Paesano*, vous êtes trahi. » Et il plonge dans un sommeil baigné de morphine.

Au collège, le poêle a repris vie. Les tuyaux qui longent le plafond dans sa chambre bourdonnent, claquent ; un arôme de poussière roussie s'élève. Dans la chaleur, il se déshabille et s'allonge sur son lit étroit.

Rien que dix minutes.
Pour reposer ses yeux.
Tenter de se calmer.
Une longue nuit l'attend.

Un vrombissement d'hélice
fend l'air glacé de Londres
les moteurs crachent
un cliquetis de fumée
et pleurent une larme d'huile.

Il sait qu'il rêve et se retourne pour tenter de faire surface. Le jardinier est là, parmi les bosquets de lauriers. Les enfants du spectacle jouent, des nazis miniatures entre les mains.

Loin en contrebas, la rivière
serpente comme une phrase
gravée par un joaillier
dans les spirales de l'esprit
un ruban d'argent
sur une robe de bal en roseaux

étendue sur un lit de plumes printanières

Direction la ville
les terrains de football, les demeures
les manoirs, les marchés aux bestiaux
les briqueteries, les terres agricoles
le miracle irrégulier de nouvelles forêts
qui poussent, glorieuses, dans le bêlement des agneaux de mars
quand le fermier lève les yeux
de ses abeilles, faucille en main,
attiré par la chute et l'ÉBOULIIIIIS…

Frissons, poignets tendus, menottés dans les draps humides. Les grosses cloches de la basilique sonnent vingt heures, tous les carillons de la ville leur répondent en chœur.

Tel le souvenir d'un os cassé au cœur de l'hiver, la certitude qu'il n'est pas d'ici, ne l'a jamais été.

D'icing, disent les cloches. Sonnent, tonnent - des battants de la taille d'une ancre de navire de guerre -, tintent - tel un dé à coudre en porcelaine. *D'ing. D'ong.* Orchestre de cloches. Détonation de gong longue, crépitation de la cité. Clameur. Fracas. Déflagration et réverbération, sonneries de clochers, de beffrois, campaniles, tourbillon de carillons ressenti jusque dans le coccyx, un choc, qui se moque, comme d'austères oratorios, tocsin, angélus, glas, nadalet, bourdon, clochette *soprani* ou carillon, roulement *doloroso* de basse sur les os des martyrs, les pierres immémoriales, émanant de sphères d'acier invisibles, à chaque seconde, des océans de son.

Les cloches rugissent huit coups.

Les rêves mugissent à nouveau.

Dans les nuées, un jardinier mort, qui hurle, pointe une direction. Mais ses mots sont noyés de carillons.

De l'autre côté de la ville, un homme pénètre dans un bureau improvisé qui, naguère, servait de cuisine au centre culturel allemand. Il retire sa casquette, s'approche de l'évier.

Évocatrices, ces cloches.

Il compte les coups.

Huit.

Ça sent Noël, bien sûr, comme de la cannelle transformée en son. Berlin doit être magnifique ce soir, mais froide, humide, brumeuse. Mère et Père ont invité les voisins à boire un petit verre de schnaps. Triste moment pour certains, cette veille de Noël.

Sur le gramophone, le concerto pour piano en *la* mineur, Op. 16 de Grieg, la version de Schnabel, un peu démodée mais tout en finesse et en force. Le jaillissement de l'eau contre le métal est agréable, réconfort pour les sens, il atténue les cris qui montent des cellules du sous-sol. Il lave cette odeur de boucherie sur ses mains. Soudain, il s'aperçoit qu'il a oublié d'acheter un cadeau de Noël à Elise. Il maudit sa bêtise, son étourderie.

Qu'aimerait-elle ? Des chaussures ? Un bijou ? Un animal de compagnie, peut-être ? Une antiquité ? Si seulement il pouvait se rappeler quelle est sa taille, peut-être une robe ? Ou des bas. Il est seulement vingt heures, certains commerçants doivent être encore ouverts.

Il y a quinze jours, en menant un commando qui devait effectuer un enlèvement dans le Trastevere, il a remarqué sur un mannequin, dans la vitrine d'un couturier, une robe de bal en soie ivoire plissée, très ajustée, fendue jusqu'à la cuisse. Vêtue d'une telle tenue, une femme avec la silhouette d'Elise aurait l'air d'une déesse. Et ce serait une manière de lui montrer qu'il la trouve encore attirante, bien qu'elle prétende parfois le contraire : « Depuis que la grossesse a détruit mon corps. » Dans pareils moments, il la prend dans ses bras, lui couvre les mains de baisers, la remercie pour sa force, son affection envers leurs enfants, et puis d'être venue le rejoindre à Rome pour être à ses côtés en ces temps difficiles. Cette robe serait une façon de lui refaire la cour.

Mais à quelle occasion la porterait-elle ? Ce n'est pas comme s'ils sortaient. Aller à l'opéra est trop dangereux, trop exposé, lui a-t-on dit. Un tireur d'élite de la Résistance dans les coulisses, une bombe dans la loge du dessus. Les communistes sont de plus en plus incontrôlables ; ils n'ont plus peur des représailles.

Peut-être à un bal à la Villa Farnesina lors de la visite du Führer au printemps ? Tout en fredonnant pour accompagner Grieg, il rince l'odeur métallique du sang sur ses mains, ramasse les mouchoirs tachés, les jette par la fenêtre avant de remarquer sur la table à découper, qui à présent sert selon ses propres termes de « Bureau d'urgence », un document qu'il doit consulter – le dossier à présent complet sur le prêtre.

Maudite soit cette damnée dactylo ! Pourquoi n'est-elle pas rentrée chez elle plus tôt en cette veille de Noël, ainsi qu'on le lui avait ordonné ?

À présent, il est obligé de lire ce dossier, le cadeau d'Elise devra attendre. Une idée lui traverse l'esprit. La dactylo est-elle encore là ? Elle fait la même taille que sa femme, peut-être pourrait-elle l'accompagner chez le couturier afin d'essayer la robe pour lui ? Il la voit debout, bien droite, ses mains gracieuses sur ses hanches, sourire italien mat dans le long miroir fin.

Pour l'amour du ciel, enfin, quel manque de respect ! On ne peut demander à une femme de faire une chose pareille. Reprends-toi et grandis un peu, tu n'as plus seize ans.

Étranges, les pensées souterraines qui le hantent en lisant ce dossier.

Les cloches et le sang ont le même goût.

RAPPORT D'ENQUÊTE
CONFIDENTIEL SOUS PEINE DE MORT

Dossier ouvert par : P. Hauptmann, date de rédaction. Complément d'information : E. Dollman, 24 décembre 1943.

Sujet : Hugh O'Flaherty (nom de famille sur le certificat de naissance : « Flaherty » ; vérification effectuée en personne par un agent du Reich au Public Records Office à Dublin).

Date de naissance : 28 février 1898 ; le sujet est âgé de quarante-cinq ans.

Lieu de naissance : Kishkeam, comté de Cork, Irlande/Éire, mais a grandi dans le comté de Kerry.

Adresse : Collegio Teutonico del Campo Santo, Via della Sacrestia, Rome. L'informateur confirme que la chambre du sujet se trouve au troisième étage, à onze pas de l'escalier, porte numéro 15 ; deux petites fenêtres. Le sujet prend ses repas (souvent seul) au réfectoire situé au rez-de-chaussée, cinq grandes fenêtres. Marche souvent seul dans le jardin du cimetière. Le mur est haut de deux mètres ; une porte donnant sur un passage. Souvent verrouillée, prévoir d'effectuer une copie à partir d'un savon. Voir esquisse de carte et plan de l'étage fournis par l'informateur. (Le bâtiment est situé sur le territoire de l'État de la Cité du Vatican, c'est-à-dire qu'il ne fait légalement pas partie de Rome ni de l'Italie).

Profession du sujet : prêtre catholique romain ordonné en 1925, à présent *Scrittore* employé/professeur/diplomate de la curie, élevé au rang de monseigneur. A travaillé précédemment en Haïti, à Saint-Domingue, en Palestine, en Tchécoslovaquie, à Londres. Rappelé à Rome en 1934.

Lieu de travail : bureau d'annulation des mariages, Sacrée Congrégation de l'inquisition romaine et universelle, piazza del Sant'Uffizio, Rome, connu sous le nom de « La Propagande ». Le bâtiment est situé sur le territoire de l'État de la Cité du Vatican. Les appels reçus et passés depuis le bureau du sujet sont sur écoute (mise en place il y a sept semaines), des transcriptions peuvent être fournies dans les trente-six heures.

Passeport : Irlande/Éire. Possède peut-être de faux papiers suisses et une *carta di identità* du secrétariat du Vatican sous un faux nom mais comportant sa photo. (Le sujet parle italien, espagnol, français, tchèque. Pas l'allemand. Il est capable de tenir une conversation en latin et en grec ancien.)

Taille : 1,88 mètre.

Poids : environ 90 kilos.

Yeux : bleus. (Le sujet est myope et porte des lunettes. Photographie d'une ordonnance récente en pièce jointe.)

Teint : rougeaud.

État de santé : le dossier de son médecin (photographie jointe) indique une tendance à l'hypertension, des varices à la cuisse gauche, des prédispositions à la bronchite l'hiver, autrement le sujet est en relativement bonne santé. Capable de supporter un interrogatoire sévère.

Occupations : lecture, galeries d'art (il possède trois doctorats), dirige une chorale. Fait de la moto dans la campagne romaine. Assiste à des combats de boxe. Ne boit pas d'alcool, ne fume pas. L'opéra, le bridge, le golf, par le biais duquel il a rencontré et sympathisé avec des alliés ennemis habitant Rome comme sir Francis D'Arcy Godolphin Osborne (envoyé britannique extraordinaire et ministre plénipotentiaire près le Saint-Siège), Mrs Delia Kiernan, née Murphy (chanteuse professionnelle, épouse du « ministre » diplomate irlandais, ancien terme pour désigner l'ambassadeur), la Contessa Giovanna Landini et son cercle (où l'on fait l'apologie du communisme).

Opinions politiques : proaméricain. Assiste fréquemment à la diffusion de films américains. A été représentant officiel du Vatican auprès des prisonniers de guerre alliés au stalag 369 à Trieste et dans de nombreux autres camps, mais il remontait le moral aux prisonniers, leur distribuait des livres, des cigarettes, des partitions de chansons, acceptait qu'on lui remette des lettres afin de les poster, désobéissant ainsi à la politique pontificale de stricte neutralité, tentait de démoraliser les gardiens. A été remis à sa place par le Vatican fin 42, s'est vu retirer ses prérogatives de visiteur dans les camps et a depuis été confiné au Vatican, mais, selon la rumeur, il continuerait de désobéir dans la clandestinité. Des informateurs l'ont entendu se moquer de Mussolini. Il ne se lève pas quand on joue l'hymne fasciste *Giovinezza* au cinéma Clodio. Prétend avoir visité le sous-marin de la marine britannique qui a abordé à Ostie en 1934. A été vu en possession du journal socialiste dégénéré *Avanti*. Depuis longtemps soupçonné de complicité auprès d'un réseau qui aide des prisonniers ennemis et des Juifs à se cacher, désobéissant ainsi au décret de la loi martiale section IV, paragraphe 10, ce qui est passible de mort.

Ces derniers mois, cette complicité s'est intensifiée.

D'après des renseignements récents rassemblés grâce à la surveillance et autres méthodes, le sujet serait désormais au centre d'une filière d'évasion disposant de fonds importants, les modes opératoires et les sources de financement précises sont encore inconnus. Les conspirateurs appellent l'ensemble du réseau la Bibliothèque, les fugitifs sont des Livres, les cachettes des Étagères. Le chef de mission est sans doute un officier britannique évadé dont le nom est peut-être Kerry, Terry ou Bury (comme le suffixe des noms de lieux anglais). Plusieurs doublures sont en formation, toutes italiennes.

Points faibles : à découvrir. L'enquête continue. Ne semble être ni homosexuel, ni agresseur d'enfants, ni coureur de jupons. Ne porte aucun intérêt à l'argent.

Action proposée : le sujet a reçu une visite de choc à son lieu de travail ce soir dans le but de lui inspirer de la peur/ de le désorienter. Conseil : mettre le sujet sous surveillance accrue pendant trois semaines, dès réception de ce dossier désormais complet, suivi par une discrète arrestation de nuit et un interrogatoire musclé de la Gestapo.

L'exécuter au cours d'une tentative d'évasion.

16

Veille de Noël 1943

20 h 31

2 heures et 29 minutes avant le Rendimento

Sur le toit de l'hôtel, de l'autre côté de la via di porta Cavalleggeri, les sentinelles allemandes se relaient dans la lumière de la lampe à arc.

Les rayons éblouissants passent à travers les fentes des volets, grille de blancheur chimique sur le sol de marbre et les lambris. Sur le Sacré-Cœur, les yeux tristes de sainte Bernadette Soubirous. La photo de mariage encadrée de ses parents.

Il en va ainsi depuis la mi-septembre. Et c'est chaque nuit pareil. Ce regard qui ne cille pas, qu'on ne peut tuer. Ils ont volé cette lampe lorsqu'ils ont pillé les studios de cinéma de Cinecittà, l'ont emportée par les rues comme en otage, arrimée avec des cordes sur un semi-remorque, déesse de verre, ampoule de phare en tungstène de plus de mille watts. Son éclat perturbe les oiseaux, qui chantent et trillent toute la nuit, il illumine la façade du Collegio, la porte d'entrée et le jardin, le cimetière.

Naguère, il n'y a pas si longtemps, l'hôtel était une *pensione* accueillant les pèlerins, à présent il sert de bordel et de lieu de beuverie. (« On dit que le vin est meilleur », ironise Jo Landini). Depuis sa chambre, il voit la police fasciste arriver et repartir, entend chanter *Vaterland* avec sentimentalisme et passion, et puis le tonnerre braillard et ébrieux des chansons populaires.

Un Steinway volé à un professeur de musique juif a été hissé un soir à minuit au moyen d'une poulie par des prisonniers sous la menace des armes, un dénommé Klaus l'a malmené de ses mains lourdes, avant de renverser dessus de l'essence et d'y mettre le feu pour rigoler. De l'autre côté de la rue, depuis sa fenêtre, il a regardé ce brave piano brûler, les éructations de fumée à l'aube, parmi le fracas des bouteilles cassées. Et c'est, depuis, le même spectacle chaque nuit. Les chants, les hurlements. Hourra pour le Reich, à bas les communistes. Des prostituées sont amenées de force.

Par de tels soirs, il puise du réconfort en se représentant les bâtiments vieux de cinq siècles qui l'entourent. Les églises et *palazzi* déserts. Les dizaines de milliers de pièces vides. Il compte les fissures dans le plafond en écoutant la BBC ou les Nouvelles d'Alger en italien. Être en possession d'une TSF est désormais passible de dix ans de prison, mais vivre sans la radio lui est insupportable. Il feint d'ignorer que plusieurs jeunes séminaristes ont fait venir en douce leur propre TSF, ou l'ont construite eux-mêmes. On écoute du jazz en sourdine dans le Collegio plongé dans l'ombre, parfois en fumant une cigarette, ou en dégustant une bière avec une certaine vergogne. Il ne lui appartient pas de savoir cela.

À travers les vagissements stridents des ondes, les présentateurs parlent de puissance de feu et de vaisseaux de guerre. Pontons, prises en tenaille, avions de combat. Les grésillements se tissent et se tordent ; étranges exclamations interplanétaires. Entendre les mots « Ici, Londres » le console, comme une pleine lune en mer, la détonation d'un canon ami. Les rues humides de Piccadilly émergent à travers la sibilance, version sépia, tons de mélasse, des aquarelles se dessinent, parfois le Kerry lui apparaît, la fragrance de coco des ajoncs sur la route des tourbières.

Son père, putter en main, sur le quatorzième green de Killarney, lunettes noires et guêtres, coups de soleil dans le rire du mois d'août.

Par un soir de décembre, quelqu'un avait rapporté du mariage d'un cousin à Glasgow une voiture mécanique qu'on remontait et qui vrombissait entre les pieds des chaises, se cognait dans les chaussures des adultes à la fête de la saint Étienne. Après le thé, une troupe de gens costumés étaient entrés, tous en tunique de jute et chapeau de paille, pour jouer la comédie du Wren Day – petit, il avait toujours trouvé cela plus effrayant qu'il n'aurait dû –, mais ils étaient restés immobiles, émerveillés devant ce jouet qui ronronnait sans relâche, fonçant vers le chat somnolant, heurtant de plein fouet les tisonniers. L'un après l'autre, ils avaient fait la queue pour pouvoir remonter le mécanisme, jusqu'à ce qu'un dénommé Mulvey qui, disait-on, était simplet, le remonte trop et le casse, et la petite voiture n'avait plus jamais roulé. Il avait eu envie de frapper Mulvey, de hurler contre cet inconnu. Sa mère lui avait intimé de ne pas pleurer car le « pauvre Michael » se serait senti trop mal.

De l'autre côté de la rue, les nazis larmoient, se querellent, assassinent des chansons populaires. Parfois il les entend tirer au pistolet et il se demande quelle cible ils ont choisie – leurs camarades ? la nuit ? les tableaux accrochés aux murs ? – car le couvre-feu vide les rues. Seules

les femmes les plus désespérées sortent sous les réverbères, squelettiques, l'œil vide, s'offrant pour un quart de miche de pain, mais elles se font battre par les petites frappes des jeunesses fascistes, les *squadre d'azione*, qui brûlent d'impressionner les Allemands.

À vingt et une heures, les cloches de la basilique rugissent telles d'immortelles vengeances, soulevant des lazzi, des chœurs de moquerie à l'hôtel. Il termine une lettre à un vieil ami, Moss Trant, un homme qui a quitté la prêtrise pour se marier, est devenu dentiste et vit maintenant à Détroit. Puis il relit une simple page de notes, mémorise les trois lieux où Angelucci doit déposer de l'argent afin de payer le passage des fugitifs – une poubelle à Prati, une cave à charbon à Parioli, une adresse encore inconnue de l'autre côté du fleuve sur le Campo Marzio –, déchire la feuille en petits morceaux, les avale. En chemin, il y aura une étape de collecte d'argent. Comme quand il va en déposer, ce sera dangereux.

Il regarde sa montre, imagine Angelucci avec Derry.

La basilique ferme.

Advienne que pourra.

La prochaine fois que tu leur parleras, rappelle-moi au bon souvenir de tes parents, Moss. Je t'envoie mes meilleures pensées des jours heureux, et la bénédiction du Prince de la Paix sur Yvette, toi et les enfants. J'ignore quand tu recevras ça, mais puisse cette nouvelle année 1944 t'apporter à toi et aux tiens tout ce que vous souhaitez. Prie pour moi, mon ami, et je prierai pour toi.

Ton vieil ami,

Hugh O'F

PS : Je tiens vraiment à cette demande, Moss. Dis un rosaire pour moi un soir. Je suis certain de courir un grand danger en ces temps troublés. Si jamais il se passe quelque chose, je veux que tu saches qu'à la fin, je penserai à notre amitié, à tous les bons moments que nous avons vécus, et que je t'aime sincèrement comme un frère.

17

Veille de Noël 1943

21 h 17

1 heure et 43 minutes avant le Rendimento

Il ferme les volets, éteint la bougie. Dans les rais de lumière de la lampe à arc, il démonte sa TSF de fortune, cache la bobine dans un ressort du sommier, le condensateur derrière un livre, *Les Carnets du sous-sol* de Dostoïevski.

Il roule en boule la corde à nœud d'urgence qu'il garde cachée tout au fond de son placard, la pose sur l'oreiller et la recouvre avec le drap. Le traversin forme le corps ; il le dissimule sous la couverture et le dessus-de-lit. Le résultat ne tromperait personne de près, mais si l'on se contente de jeter un coup d'œil depuis la porte, on pourrait croire que l'occupant des lieux est assoupi.

Il débouche la bouteille de shampoing, répand le vin de messe par terre ; soudain le silence, il entend les gouttes tomber sur le lino. Ce ne sera pas la première chambre du séminaire à être ainsi parfumée de tels relents. Mieux vaut qu'un éventuel espion le croie ivre. Il soulève deux lattes, attrape son sac à dos en toile.

Il se signe.

Sort.

À chaque étape de ce qui l'attend cette nuit, il faudra que le hasard soit de son côté s'il ne veut pas être repéré. Rien que pour descendre les escaliers, il faut que la fortune l'accompagne. À force de pratique, il sait quelles marches grincent ou craquent, et il zigzague là où c'est nécessaire, évite de tousser.

Dans le hall d'entrée, il glisse la lettre destinée à Trant dans la boîte réservée aux résidents, remplie de cartes de vœux et de petits paquets. L'horloge sonne sobrement vingt et une heures trente. Tout le monde dans le bâtiment est plongé dans ses prières du soir.

Il entre dans la cabine où les résidents peuvent téléphoner, sous le vieil escalier, tire derrière lui le rideau léger. Si l'appareil sonnait maintenant, tout serait perdu. Étrangement, par de telles soirées, ça n'est jamais arrivé, mais la chance n'est pas éternelle. En sueur, il sort son canif. Trois imperméables sont pendus au mur derrière lui. Il les écarte. Il lui faut exactement deux minutes et demie pour retirer les huit vis du panneau.

Il se met au travail.

Claquement de tuyaux dans les murs. Quelque part au-dessus de lui dans le bâtiment, un homme éclate de rire. Ses doigts maladroits laissent choir la troisième vis, il se baisse pour la chercher à tâtons sous le banc, et c'est là qu'une crampe lui vrille le ventre.

Le téléphone se met à sonner.

Comme une coupe de verre qui se casse dans le hall sombre et désert.

Il décroche.

« *Pronto* ? dit-il à mi-voix.

– *Mi chimo Silvia*, fait une jeune femme. *Posso parlare con Maria Elena ?*

– *Non è qui.*

– *Ma...*

– *Mi dispiace, Lei ha sbagliato numero.* »

L'autre voix est soudain remplie d'urgence et de larmes, elle doit parler à Maria Elena. À travers une fente du rideau, il regarde la chatte traverser le couloir d'un air supérieur, yeux jaunes, impérieuse, régalienne. Son interlocutrice raccroche. Une rafale de vent assaille le bâtiment. Il remet le combiné en place, mais légèrement décalé pour qu'il ne puisse plus sonner.

Il enlève les dernières vis, retire le panneau, pénètre dans le minuscule espace situé derrière, dans l'odeur d'humidité et de vieux plâtre. Le silence est tel qu'il entend décamper les écureuils. Il remet en place le panneau et allume le moignon de bougie qu'il a apporté dans sa poche.

Quatre mètres plus loin, il aboutit à un croisement où le boyau donne sur un passage pavé incliné dans lequel résonnent des gouttes d'eau. Dans une anfractuosité entre les briques, sa torche électrique. Il l'allume – la pile est faiblarde – et continue parmi la fange.

Il descend le long d'un puits muni de barreaux métalliques, pénètre dans un réseau de caves qui n'ont pas vu la lumière depuis sept siècles. Il y a longtemps, les domestiques du Vatican vivaient ici, au milieu des réserves et des glacières, des citernes et tonneaux, de barriques aussi grandes que des bateaux ; il n'existe pas de plan de ce dédale, du moins, il n'en a jamais trouvé. Même les armées d'ouvriers romains qui sont venus renforcer la structure après un effondrement il y a trente ans de cela n'ont pas réussi à recenser tous les passages.

Il longe une excavation, y jette un coup d'œil. Trois hommes en uniforme de la RAF en lambeaux jouent aux cartes à la lueur d'une bougie. Le sergent le salue sans un mot ; il lui fait signe de garder le silence, et le soldat hoche la tête d'un air grave, revenant à sa partie comme si l'intrus n'était qu'une ombre.

Regards derrière les grilles.

Pouces levés dans les alcôves.

Hamacs et couvertures roulées.

Un drapeau américain à la craie sur le mur d'une caverne.

Un recoin d'où émerge un murmure.

Bientôt il se retrouve sous la cour pavée qui sépare le Collège de la basilique. Au-dessus de lui, les gardes suisses doivent être en faction, la lampe à arc sur le toit de l'hôtel vaincu faisant ressortir le bleu, le rouge et l'orange de leurs uniformes. La fatigue l'envahit, à nouveau le battement des crampes d'estomac dans son ventre déchiré par une peur acérée ; il est encore temps de revenir en arrière. Pause. Il repart.

Lichen sur les dalles humides. Tapis végétal recouvert de poils blancs. Il doit y avoir des rats, mais, au bout de ces longs mois, il n'en a toujours pas vu ; n'ayant jamais connu la lumière, ils sont peut-être effrayés par sa torche. Le rayon jaunit des plâtres, d'anciennes corniches, des *memento mori*, un relief montrant Remus et Romulus sur une plaque d'égout. Il s'approche d'une porte en chêne sur laquelle, il y a des siècles, on a gravé un dessin obscène : la Gloutonnerie forcée à boire par le diable. Les gonds sont si rouillés qu'ils tombent en poussière ; il réussit à entrouvrir la porte. Derrière, comme dans une mine, un boyau ventilé plonge jusqu'à une crypte austère et glaciale où gisent des papes oubliés, leurs noms inconnus inscrits sur leurs tombeaux de marbre.

À travers la nécropole, la torche luttant contre les ténèbres, son souffle décrit des orbes de buée, et il se glisse derrière le sarcophage de Pie II, plongée étroite et douloureuse qu'il ne peut accomplir sans gonfler ses poumons au maximum. Il se faufile par une ouverture semblable à un passage dans une chambre funéraire, de là, à travers un fossé jusqu'à une crypte plus basse où une bande de cardinaux pirates en disgrâce dorment de leur dernier sommeil. Le quatrième cercueil de marbre possède un faux couvercle en contreplaqué peint ; il le retire, grimpe à l'intérieur, descend doucement à travers le faux plancher au moyen d'une corde à nœuds, jusqu'à un couloir frémissant de chauve-souris.

Trente-deux mètres plus loin, il arrive à un carrefour. Encore onze mètres vers l'ouest.

Il frappe quatre coups sur un tuyau cassé.

Trois coups en réponse.

Il tape encore une fois.

« Beethoven, dit-il.

– Bonsoir, Padre », entend-il.

Derrière lui s'ouvre un rideau noir.

Les Romains de l'Antiquité croyaient que les fantômes ressemblaient aux vivants, mais en plus las. Celui qui ouvre le rideau a exactement cette allure hantée. Dans la lumière de la bougie, Sam Derry a un teint de vieille faïence grisâtre, l'air épuisé, prêt à se briser, héros imparfait de la dernière scène d'une tragédie qui se joue en tenue militaire. Il porte sa veste kaki d'officier sans chemise au-dessous, l'abdomen bandé, et plus bas un caleçon long, avec des bottes volées à la Wehrmacht.

Il y a cinq mois, il a sauté dans un ravin depuis un train de prisonniers ; à présent, il boite. Grimace tremblante, tel un homme qui chasse un moustique. Cheveux à la Shelley, en mèches mouillées irrégulières, lunettes tenues par un fil de fer. Il n'est pas religieux (« Église d'Angleterre à temps partiel ») mais porte une médaille de saint Christophe autour de son cou musclé, cadeau de l'interne génoise qui l'a opéré de l'appendicite il y a quatre nuits, aucun chirurgien n'étant disponible, et qui, tôt ce matin, l'a aidé à revenir au Vatican, caché dans le double fond d'un camion de linge.

« Major Derry. Comment allez-vous ?

– Je n'ai pas à me plaindre, Padre. Et vous ?

– Frais comme un gardon.

– Vous n'en avez pas l'air.

– Jamais. »

Ils échangent une poignée de main et se serrent dans les bras. « Nous étions aux cent coups, Sam, j'ai cru que vous alliez y passer.

– Qu'est-ce qu'on ne ferait pas pour attirer l'attention. »

Il aime les tournures de phrase de Derry, son humour noir, son sérieux. Il est facile de comprendre pourquoi il a été nommé officier commandant par les hommes dans le camp de prisonniers. Les gardes devaient trouver son calme insupportable.

« Comment ça va, la douleur ?

– C'est pire la nuit, je ne sais pas pourquoi, et j'ai du mal à dormir. Mais ils m'ont donné des cargaisons de calmants pour rentrer. Et puis du gin. Alors je suis un peu dans le coton. À propos, est-ce que vous ou le formidable May pourriez mettre la main sur une bouteille de désinfectant, même un produit ménager, et puis de la gaze et une aiguille ? Il faut que la plaie reste propre. Pour quand je retirerai les points.

– Bien entendu.

– Le plus tôt possible, Padre, une infection compliquerait les choses.

– Au fait, pardonnez mon retard.

– Oh, mon carnet de bal est loin d'être plein ce soir, ne soyez pas inquiet.

– Je ne le suis pas.

– *Molto bene.* La Ville éternelle est toujours sur pied ?

– Le pain et l'huile ont disparu. Il pourrait y avoir un arrivage de riz. Un boucher entreprenant du Mercato Rionale a failli se faire lyncher après avoir reconnu qu'il gardait un kilo de joue de porc séchée sous le comptoir. Ah, j'allais oublier. Pour votre réveillon de Noël. »

De ses poches, il sort un petit pain, un morceau de fromage enveloppé dans une page du *Corriere della Sera* de la veille, un paquet de cigarettes Woodbine et une pinte de Scotch.

« C'est la fête, commente l'Anglais. *Grazie mille*, Padre. Vous ne m'en voudrez pas de ne pas me mettre au garde à vous ?

– Repos, soldat.

– En avant, soldats chrétiens. » Il débouche le scotch, boit une lampée.

« Vous avez pris un peu l'air, Sam ? »

L'Anglais secoue la tête. « J'ai essayé ce matin vers onze heures, mais les jardiniers étaient de sortie. Je les ai vus à travers la grille, je n'ai pas aimé l'éclat de leurs faucilles. J'ai pensé qu'il vaudrait mieux que je reste un peu seul avec mes pensées et ma grammaire ritale.

– Et comment cela avance-t-il ?

– C'est très divertissant.

– Présentez-vous, alors, si vous en êtes capable.

– *Mi chiamo Samuele Derry e sono inglese. Buona sera.*

– Il faut y mettre un peu de sentiment, Sam. C'est pour ça que les Italiens parlent avec les mains, ils se dirigent eux-mêmes comme des chefs d'orchestre. »

Rire rauque, Derry mord dans le pain. « Je ne saurai jamais conduire un orchestre. Peut-être un bus ? Oh, cet après-midi, j'ai fini le Marc Aurèle que vous m'avez apporté la semaine dernière, drôle de truc. Mais ça fait aussi réfléchir.

– J'aime beaucoup ce bon vieux Marc.

– Pas étonnant.

– Et pourquoi ça ?

– C'est un Irlandais. C'est vrai : Marc O'Rèle.

– Après la guerre, promettez-moi que vous ne tenterez pas de faire carrière sur scène, Sam, s'il vous plaît.

– Une de ses phrases m'a frappé, c'est un truc qu'on pourrait afficher dans le métro, par exemple. *Considère que tu es mort. Maintenant, reviens, et vis ta vie.*

– Nous bavarderons à ce sujet plus tard. Le temps nous est compté. Où en est votre élève ?

– Venez donc voir. »

Derry le mène à travers un passage aux parois rocheuses, puis une caverne inondée au haut plafond, éclairée par des bougies, traversée par un pont de palettes et de cordes. Puis plus en hauteur, sur un rebord glissant recouvert de dalles, jusque dans une petite cellule.

Angelucci est assis sur le rebord, fumant cigarette sur cigarette. La lueur de sa cendre donne à ses yeux étincelants un éclat rouge tandis qu'il murmure quelque chose à son ombre, tel un comédien apprenant son texte.

Derrière lui, sur le mur de l'alcôve, une plaquette métallique, publicité pour la bière Peroni, et une photo de

Jane Russell, pin-up en chandail moulant. Une ampoule électrique amenée là Dieu sait comment pend au bout d'un fil. Le vieux seau à glace reconverti de force en cendrier déborde. Près d'un foyer de charbon blanchi qui soupire, des vêtements humides et malodorants sont étendus pour sécher sur les rochers. Une bouilloire pousse un sifflement incongru.

« Enzo.

– *Monsignore.*

– Prêt ?

– Pour sûr.

– Tu connais ta mission.

– De A à Z.

– Tu as l'air nerveux. »

Il tire sur sa cigarette, les yeux écarquillés. « Mais non.

– Tu devrais l'être. »

Il hausse les épaules. « Dans ce cas, je le suis.

– Tu n'as rien dit à personne ?

– Non.

– À ta femme ?

– Vous êtes fou ?

– Alors où pense-t-elle que tu es en ce moment ?

– À boire et jouer aux cartes avec les copains.

– Ça ne la dérange pas ?

– Je lui ai pas demandé.

– Enzo…

– Quand j'aurai besoin de conseils sur l'Immaculée Conception, je vous sonnerai, *Monsignore*. Pour ce qui est de ma femme, vous me laissez faire, d'accord ? »

Derry laisse échapper un gloussement, entoure de ses mains la Woodbine qu'il allume, et avec un petit geste du menton, souffle des ronds de fumée. Par l'effet des courants d'air, on entend les glouglous de l'eau dans la caverne, et les flammes des bougies tremblent, projetant sur les anfractuosités une lueur violette frémissante. Angelucci arbore une expression que même ses amis n'aiment pas lui voir, un sourire de défi intense, susceptible de basculer à tout instant.

« Vous avez l'air inquiet, *Monsignore.* Pour un type qui a Dieu dans son équipe. Qu'est-ce qui vous bouffe la couenne comme ça ? Vous avez des doutes ?

– Répète-moi l'itinéraire, Enzo. Sans t'arrêter. »

Avec une patience éprouvée, mise en scène, Angelucci ferme les yeux, lève le visage vers le plafond dégoulinant et commence à réciter la route à suivre, telle une litanie apprise par cœur, d'une voix traînante volontairement monocorde, imperturbable. Il compte sur ses doigts les noms des rues et ruelles, à croire que s'il n'avait plus de phalanges, il serait à court de noms ; à présent les yeux fixés sur Jane Russell, icône à demi couchée, comme si cette liste était un hommage qu'il lui rendait. Le circuit est si détaillé qu'il lui faut quatre minutes pour le réciter. Jamais il ne se trompe ni ne bafouille. C'est parfait.

« Et puis, à la maison. » Sourire de défi. « Avec ma petite femme.

– La via Orsini est bloquée, lance Derry. Quel est ton plan B ? Vite.

– Je prends Farnese, et puis à gauche. Rien de plus simple.

– Les boches ont barricadé le ponte Cavour.

– Ils ne feraient jamais ça.

– Disons que si.

– Je passe par les quais. Non mais franchement. C'est quoi, là, une compétition ?

– Ça n'ira pas.

– *Madonna mia*, je suis *romain* ! Je la connais, *ma* ville ! Laissez-moi respirer une minute, bordel, hein ? Dieu tout-puissant, vous êtes pires que la Gestapo. Vous avez une façon de me regarder, *Monsignore.* Calmez-vous.

– Dans trois heures. Je suis Hauptmann et je tombe sur toi sur lungotevere Michelangelo. Montrez-moi vos papiers. Quel est votre nom ?

– On a repassé ça cent fois, Derry ! C'est quoi ton problème, tu es sourd ?

– Décline immédiatement ton identité, Enzo, ou on annule tout.

– Francesco Lynch.

– C'est tout ?

– Comment ça ?

– Je suis Paul Hauptmann, espèce de raclure ignorante, ta vie et celle de tes camarades sont entre mes mains. Si tu ne m'appelles pas monsieur, je te saigne à mort, trois jours durant.

– Lynch, monsieur. Francesco Lynch.

– Profession ?

– Technicien opérateur, monsieur, pour Radio Vatican, monsieur.

– L'homme qui figure sur cette carte d'identité est plus âgé que toi.

– *Con rispetto*, c'est bien moi, monsieur.

– Je ne crois pas.

– Pourtant, c'est moi.

– Comment fais-tu pour avoir l'air si jeune ?

– En broutant le minou à ta femme.

– Enzo…

– Je me suis laissé pousser la barbe depuis que la photo a été prise, monsieur. Les gens disent que ça me rajeunit.

– C’est étrange.

– Étrange que je me sois laissé pousser la barbe, monsieur ? Ou bien étrange que ça me donne l’air plus jeune ?

– Les deux.

– Avec le rationnement, c’est difficile de trouver des lames de rasoir, comme le sait monsieur.

– Date de naissance ?

– 7 décembre 22.

– Où ça ?

– À Bologne, monsieur.

– Je connais Bologne, j’ai été stationné là-bas pendant un moment. Dans quelle rue ?

– Milazzo.

– Il n’y a pas de via Milazzo à Bologne, dit Monseigneur. Tu mens. Pourquoi ?

– Avec tout mon respect, monsieur, si, ça existe, elle donne via dei Mille.

– Adresse actuelle ?

– Mon immeuble a été détruit dans un raid aérien, alors je vis dans une pièce de stockage à la station de radio, le temps de me remettre sur pied. Monsieur, vous voyez un numéro de téléphone, ici, c’est celui de mon directeur, le père Rainaldi. Il a des amis hauts placés au parti.

– Tu es marié ?

– Oui, monsieur.

– Ta femme vit aussi dans cette pièce de stockage, comme tu dis ?

– Elle est retournée chez ses parents, monsieur.

– On raconte que ta femme est une putain, reprend Derry. Combien est-ce qu’elle prend de l’heure ?

– Ah, c’est une plaisanterie amusante, monsieur. Merci.

– Je suis sûr qu'elle préférerait un bon Allemand qui sache la satisfaire plutôt qu'un pédé italien imbu de lui-même.

– Je pense que vous avez raison, monsieur. Qui est-ce qui ne préférerait pas ça, en effet ?

– Où est situé Radio Vatican par rapport à la cathédrale Saint-Pierre ?

– Saint-Pierre n'est pas une cathédrale, mais une basilique, monsieur. La radio est à cinq minutes à pied. Dans les jardins du Vatican.

– Citoyenneté ?

– J'ai un passeport du Vatican, monsieur. J'appartiens légalement à un État neutre.

– Pourquoi n'as-tu pas respecté le couvre-feu ? Tu ignores donc les règles ? *Tiens-toi droit quand un officier du Reich s'adresse à toi, fils de pute rital !*

– Avec tout mon respect, monsieur, l'article 9 prévoit des exceptions en cas de « nécessité technologique ». Nous avons une panne à la station et il est de ma responsabilité de réparer ça.

– À deux heures du matin ? Tu me prends pour un imbécile ?

– Tout ce dont j'ai besoin, c'est d'un mètre de câble électrique, monsieur, et d'une longueur de fil de cuivre. Je pourrai les trouver sur n'importe quel chantier de construction ou dans la cour d'une entreprise. C'est urgent.

– Mais les chantiers et les entreprises sont fermés pour Noël.

– Peut-être pas tous, monsieur, et c'est mon devoir de chercher.

– Et comment la situation peut-elle être urgente au point de transgresser le couvre-feu ?

– Radio Vatican doit retransmettre la bénédiction de Noël du Saint-Père demain à midi, vous le savez, j'en suis certain. Le Duce en a parlé dans son article mercredi matin dans *Regime Fascista*, comme vous l'avez sûrement lu. L'audience prévue sera de quarante millions de personnes à travers le monde. Ce serait mortifiant pour l'Italie et le Duce que la retransmission soit annulée.

– J'ai jeté un coup d'œil au *Regima Fascista* de mercredi, et je n'ai rien vu de tel.

– Monsieur, j'en ai justement un exemplaire dans ma poche. Voulez-vous le voir ? »

De sa poche, Angelucci sort une feuille de journal découpée aux ciseaux qu'il lui tend, aussi imperturbable qu'un joueur de poker présentant une quinte flush royale.

« Tu trouves ça malin, Enzo.

– Vous êtes qui, à présent, monsieur ? Hauptmann, ou vous ?

– Hauptmann t'aurait collé une balle dans le ventre à l'instant où tu as mis la main dans ta poche, crétin. Restes-en au script. *Ne cherche pas à improviser.*

– Je savais que vous diriez ça. Retournez le papier. »

Au dos de la feuille, l'écriture d'Angelucci : « DONNEZ-MOI MA CHANCE. »

« Ce sont les petits malins qui font tuer les autres, Enzo. Je te l'ai déjà dit.

– Alors ne vous inquiétez pas, *Monsignore.*

– Sam, qu'est-ce que vous en pensez ?

– C'est au-delà de mes responsabilités, Padre. À vous de décider.

– Que vous dit votre instinct de chef de mission ? Est-ce qu'il est prêt ?

– Nous avons repassé tout ça deux douzaines de fois. Pour moi, il faut l'envoyer.

– La marchandise est là ?

– La dernière livraison est arrivée cet après-midi. Je l'ai fait remonter là-haut, comme convenu. Francesco, dis à ce saint homme où tu la trouveras.

– Dans le quatorzième casier, dans le vestiaire près de la porte de sortie des Musei, dans un sac en toile de la poste, les billets sont rangés par liasse de cinq mille, je pourrais réciter l'intégralité de tout ça *en dormant* !

– Trente mille dollars américains, dit Derry. Croyez-moi, Padre, j'ai eu le temps de les compter. Il va récupérer les autres cinquante mille en chemin.

– Je pense qu'il vaudrait mieux remettre l'opération, Sam. Je trouve ça ridiculement risqué.

– Les conditions ne sont pas idéales, concède Derry. Mais les fritz peuvent envahir le Vatican à tout moment. Et alors ce sera rideau pour notre petit club et nous serons sans doute tous morts. Ainsi que chaque prisonnier évadé présent à Rome.

– On ne *peut pas* reporter, dit Angelucci. Tenons-nous en au plan.

– Il ne faut jamais s'en tenir au plan juste parce que c'est le plan. C'est le catholique en toi qui parle, là, le taquine Derry.

– Allez au diable. »

Quelque chose remue dans l'ombre. Les trois hommes se taisent, la main de Derry glisse vers son holster, il en sort son Webley.

Un étourneau perdu se cogne contre les parois de la crypte, piaillant de panique, puis se faufile par une grille.

Derry rallume une Woodbine avec celle qu'il termine, la lueur illumine les courbes isobares sur son visage, les cicatrices et les dents cassées, souvenir des geôliers du camp 21. Dans le train, ils l'ont menacé de lui infliger une mort qui donnerait à ses enfants des cheveux blancs quand on la leur raconterait. Mais il n'y aura personne pour le leur raconter, lui a assuré le chef des tortionnaires. « Ce qui restera de toi, on le versera dans un évier. »

Angelucci le regarde. L'eau glougloute sur la roche.

« Je l'accompagne, dit Derry. Je vais prendre deux cachets.

– Sam, vous pouvez à peine marcher. C'est la plus mauvaise idée imaginable.

– Pourquoi ?

– Si l'un d'entre vous se fait capturer par la Gestapo, il aura peut-être une chance de ne pas parler. Si vous êtes deux, non.

– Ça diminuerait de moitié le risque.

– Ça le doublerait.

– Je suis en granit, dit tranquillement Angelucci. Je méprise ces fils de putes. La hache qui fendra mon armure n'a pas encore été fabriquée. Et si vous croyez que je laisserai ces moins que rien m'attraper, vous vous plantez dans les grandes largeurs. Ce sont des nuls. Des zéros. Je passerai à travers leurs chaînes. Comme de la fumée.

– Prends ça, dit Derry en lui tendant son revolver.

– J'aurai pas besoin de cette pétoire.

– Peut-être bien que si. »

Angelucci secoue la tête.

« *Buona fortuna*, Enzo, dit l'Anglais. Quoi qu'il arrive.

– Je m'appelle pas Enzo. Je suis Francesco Lynch. » Regard fixe. « Tu croyais m'avoir, hein, *Inglese* ? Fais un effort la prochaine fois.

– Bonne chance, Francesco Lynch. J'espère te voir demain.

– Pas si c'est moi qui te vois le premier. *Andiamo.* »

18

Voix d'Enzo Angelucci

8 novembre 1962

Transcription d'un entretien de recherche de la BBC (extrait), bande 3, réalisé à Bensonhurst, New York

Cette nuit-là, je suis en forme.

Jamais je me suis senti aussi bien de ma vie.

Ça fait deux mois que je m'entraîne à fond.

Dans mon immeuble, y a un escalier juste à l'entrée, j'ai suspendu une corde à nœuds de vingt mètres au huitième étage qui descend jusque dans le hall. Dix-sept secondes pour grimper. C'est mon voisin, Mike Festa, qui m'a chronométré, un ami à mon paternel. La semaine de Noël, je mets plus que onze secondes.

Abdos. Squats. J'ai perdu quatre kilos. J'ai pris du muscle. Quand je faisais un temps moins bon ? Je faisais ceinture avec ma femme pendant trois nuits. On était jeunes. On avait tout le temps.

Je remontais pieds nus l'escalier en courant sans réveiller personne. J'étais tellement silencieux qu'une chauve-souris m'aurait pas entendu. Un type du nom de Crivella vivait là aussi, il était bon au saut en longueur. Il a commencé à m'apprendre, on faisait des marques à la craie dans la rue. Il savait pas que c'était la distance entre deux toits.

Moi, rapide ? J'étais capable d'attraper une mouche entre mes doigts sans l'écrabouiller.

Ça signifiait tout pour moi : la chance de m'en sortir vivant.

Je peux rester quarante minutes en tenant deux casseroles d'eau parallèles au sol. Tu crois que c'est facile ? Vas-y. Essaye cinq minutes.

On dit *arrivederci* à Derry. Il est onze heures moins le quart, environ. Je vois bien que le Padre me fait pas totalement confiance, il aimerait que ce soit l'autre qui fasse le Rendimento. Mais qu'est-ce que tu veux y faire ? Pas le choix. L'autre, il a un trou dans le bide de la taille d'un cadran solaire et la tête pleine de morphine trouvée au marché noir.

Cœur qui cogne contre mes côtes quand le Monseigneur et moi on grimpe le tunnel. Il fonce façon locomotive – si tu voyais le gars bouger devant moi –, tout du long il me presse, il se retourne et me dit entre ses dents : « Plus vite, Enzo, plus vite, *Più veloce, andiamo* », et on arrive à cet endroit où on doit ramper entre les vieux tuyaux des égouts, à croire qu'on est des serpents. Je pense à ma femme, je la vois à la maison, avec le bébé. Si la Gestapo me tue pas ? C'est elle qui le fera.

Ici et là, ils ont installé des cordes qu'il suffit de suivre pour se repérer, pareil que dans les coursives d'un bateau. Mais à d'autres endroits, y a rien. Que du noir. Comment diable il sait où est-ce qu'on va, j'en ai pas la moindre idée. Il se balade sous terre comme une taupe. Comme les creuseurs de tunnels à New York. J'imagine qu'il a étudié tout ça, qu'il voit le plan dans sa tête. Lui et Derry, ils connaissaient la nécropole dans ses moindres recoins. Aussi bien que leur image dans le miroir. À croire qu'ils ont fabriqué eux-mêmes ce maudit dédale.

Bientôt, je vois une cage d'ascenseur à l'ancienne, toute noire. On entre dedans et on grimpe aux barreaux. Maintenant, on est dans une espèce de sous-sol, avec des cartons et des caisses en bois. Des ampoules électriques en cage. C'est pas ça qu'on dit ?

Des panneaux « Sortie de secours » sur les murs, des seaux tout poussiéreux, un chariot pour faire le ménage. Pareil qu'un site industriel, vu la manière que c'est peint, avec ce bleu-vert brillant partout, et les extincteurs et les seaux à incendie. Ça sent la pisse de chat et les vieux ermites. Sur un pilier, une hache dans un boîtier en verre.

J'ai toujours pensé que je me sentirais pareil que Sugar Ray quand il faisait son entrée au Madison Square Garden. Mon nom en lettres argentées dans le dos, des gants tricolores, et moi qui me trémousse dans la galerie, à cogner l'air. Foule, flashs, cris, applaudissements, le héros entre en scène. Quel abruti. Y avait pas de flashs, y avait pas de filles. Personne m'a tapé sur l'épaule, ou massé avec une serviette. Le seul entraîneur dans mon coin du ring, c'est le *Monsignore.* J'ai peur. C'est pas du tout une soirée au Garden.

Il me donne une enveloppe et je lui demande de me bénir. Moi, un communiste. Qu'est-ce que ça peut foutre ? Si on me propose une assurance gratis, je la prends, mon pote.

En fait, je pensais que ça lui ferait du bien à lui, si vous voulez savoir. Donc, il dit son truc en latin, il fait ce qu'il a à faire. Pour moi, y a aucune différence. Mais c'est pas ça, le truc. Quand quelqu'un veut te donner quelque chose, prends-le, laisse-le te l'offrir. Parfois, c'est tout ce qu'ils ont.

Et là, ce qu'il me donne, c'est sa conscience, il veut pouvoir se dire qu'il a fait tout son possible. C'est ça la différence entre nous et les animaux, on a envie de faire plus que le minimum syndical.

« Enzo, qu'il me dit, reste là pendant vingt minutes très exactement. Ensuite, tu ouvriras l'enveloppe. Quelques instructions de dernière minute. Et sois courageux. »

Et il me serre dans ses bras, ce grand escogriffe. Et moi, je le serre aussi, pour sûr.

Parce que ce mec-là, je l'adore. Même s'il rend les autres complètement dingues.

Dans un film de Dick Powell que j'ai vu un jour, y a un flic qui dit à propos de la femme d'un gangster : « Elle pousserait un évêque à casser un vitrail à coups de pied. » Le gars qui a écrit ça, il devait connaître le *Monsignore*.

Après qu'il est parti, je fais ce qu'il a dit, je reste là où je suis pendant dix ou quinze minutes. Jamais j'ai vu le temps passer si lentement. Y a une horloge sur le mur : je la vois encore, claire comme le jour. Mon vieux, on dirait que l'aiguille est collée tellement elle bouge pas.

Je m'approche pour regarder la hache de secours accrochée au mur dans son boîtier en verre. Je me dis, et si je cassais la boîte pour la prendre, ça pourrait être utile. Y a des mots écrits sur la poignée, au moins, je sais où est-ce que je suis. « Propriété des Musei vaticani. » Donc, je suis sous le musée, juste à côté de la basilique. Je pense à toutes sortes de trucs complètement dingues, j'ai l'esprit sens dessus dessous. Mes parents, mes bébés. Ma femme, bien sûr. Ses parents à elle. Ils m'ont jamais trop aimé. C'est réciproque.

Et je me demande : est-ce que tu pourrais utiliser cette hache pour défoncer le crâne à un autre gars en le regardant en face ? Angelucci ou Francesco, quel que soit ton nom, est-ce que tu pourrais tuer ton prochain, même un nazi, à coups de hache ? Hein, toi qui joues les durs, tu pourrais ? Qui t'essaies de tromper ? Un jour, ta grand-mère t'a demandé de tordre le cou à un poulet. Tu te rappelles comment tes doigts tremblaient ? Mais bordel qu'est-ce que tu crois que tu vas faire, à mener ce Rendimento dans cet état ? Tu peux même pas mener un poulet à l'abattoir ! T'es qu'une mauviette. Et si Hauptmann t'attrape ? Il a des trucs pour te faire mourir très lentement. Tu le supplieras de t'achever. Et il te lâchera pas tant qu'il aura pas fini. Il te videra comme le poulet.

J'ai la trouille, alors je m'imagine le monde. C'est un truc que mon paternel faisait quand il était inquiet. Je commence ici, à Rome, puis je remonte vers le nord, à travers toute l'Europe, la Norvège, l'Angleterre, jusqu'à l'Arctique, puis cap sur le Canada. À travers les States, Chicago, les Grands Lacs qu'on voyait sur le globe terrestre à l'école, à travers les océans, puis l'Australie, la Chine, la Birmanie, des mers immenses pleines d'îles, tous ces endroits que je verrai jamais, et ces gens qui me verront pas non plus. Et après, qu'est-ce que ça peut foutre ? T'as des gens qui vivent dans des igloos, des tipis, des cavernes, des palais à Los Angeles, des cabanes en torchis dans les îles. Ils pensent pas à toi, *stronzo*, et toi tu penses pas à eux. Ils ont leurs problèmes, toi, t'as les tiens. Ils se battent, ils font les cons, trouvent des solutions. Et là je me dis, Angelucci, t'es rien du tout, un petit point sur le cul du monde, tu comptes pas. Et finalement, tu sais quoi ? Ben c'est pas grave. Le monde existe depuis longtemps, il a pas l'intention de s'en aller, *vaffanculo* les nazis, même s'ils t'attrapent et qu'ils te tuent. Au moins, tu seras mort au combat. *Andiamo.*

La cloche retentit. Round un, vas-y, les poings en avant, baisse le menton.

Ben oui, je suis jeune et con. Je voulais en être. Jouer les durs. J'ai tenu jusqu'à dix-neuf minutes et demie avant d'ouvrir l'enveloppe. Et c'était là, de sa main. Mon vieux, j'oublierai jamais ça.

J'ai pleuré. Comme un bébé. Ce gars m'a fendu le cœur en mille morceaux.

« Enzo, tu es un héros. Mais tu n'es pas prêt. Une autre fois.

Rentre chez toi en prenant un itinéraire différent.

Mes respects,

GOLF »

19

Veille de Noël 1943

23 heures

Le Rendimento

Affublé d'une coule de moine, il ouvre la grille d'aération, pénètre dans l'immensité froide où résonne le silence, revisse la grille derrière lui.

À quatre-vingt-dix mètres, sur un pilier, près des marches de l'autel, une lampe rouge luit dans sa haute coupe d'argent.

Sa torche illumine les appliques de marbre gris fumé tandis qu'il traverse la basilique, se hâte à travers la nef. Le long des chapelles latérales en bois de rose sombre, des confessionnaux et des corbeilles pour faire la quête empilées les unes sur les autres, des brûloirs métalliques râblés ornés de cierges éteints.

Sous les yeux fous des martyrs, les mains croisées des vierges. Épées dressées, serpents terrassés, bûchers allumés. L'orgue en surplomb contemple cent tombes, murmures sifflants des tuyaux sur son passage. Les présentoirs et rangées de cierges projettent leurs ombres dans son sillage. L'austère Madone de marbre berce son fils brisé.

Il foule les dalles lissées par les sandales des fidèles. Les pierres tombales aux noms effacés. Le clair de lune illumine les indigos et les ocres des vitraux, les violets, l'or enflammé de l'autel. Un silence tel qu'il entend le froissement de sa coule. Les fantômes se penchent sur leurs vies passées.

Quel affront à l'immensité d'être la seule créature mortelle dans cette forteresse vaste comme un stade. De longs bancs ont été installés pour la grand-messe de demain ; la haute croix noire, les mains clouées, les sièges déserts, les pharisiens sourcils froncés, pointant le doigt. Les candélabres et les lances des fresques romaines donnent une atmosphère de chambre d'exécution.

Le vent hurle au-dehors. Les gigantesques tuyaux de l'orgue grondent. Les pages de dix mille missels s'agitent sur les bancs. Il se voit depuis tout là-haut, grain de sable dans un colisée, il voit aussi la rage insultée d'Angelucci, Derry faisant les cent pas en fumant dans les profondeurs, la Contessa en prière silencieuse. Delia Kiernan boit. Marianna frappe des phrases à la machine. D'Arcy Osborne et May restent silencieux.

Dans les relents d'encens et de cire, l'odeur froide de la pluie, un secret qui refuse d'être tu. Génuflexion hâtive devant la lampe rouge, frisson, à présent gravir les marches pour pénétrer parmi les ombres de la sacristie où de lourds habits sacerdotaux en soie accrochés sur des cintres oscillent dans les courants d'air ; l'odeur madérisée du vin de messe alourdit l'air. De longues commodes reflètent le clair de lune. Tic-tac d'un réveil.

Porte cloutée du tabernacle. Agenouilloir médiéval. Deux armoires tels des cercueils verticaux.

Il ouvre la première, n'y trouve rien, que l'accusation des cintres en pleine conversation, dans le second un costume gris d'employé de bureau, un feutre et un pardessus. En hâte, il se change. Dans la quatrième bible, sur la onzième étagère près de l'ostensoir, est dissimulée une clé qu'il utilise pour ouvrir la porte de l'escalier. En haut des marches, l'accès à la chapelle Sixtine est verrouillé ; de la poche de sa veste, il sort un double en bois. Elle est longue et mince, il faut la manipuler avec le plus grand soin de crainte qu'elle se casse. « Imaginez que c'est de l'eau », a dit le faussaire à May.

Il prie pour que la clé fonctionne, sent le mécanisme opérer ; se hâte vers la sacristie de la chapelle. Au-dessus de lui, *La Création d'Adam*, le doigt de Dieu tendu pour l'éveiller. L'enfer derrière l'autel, tridents rougis, peaux écorchées, chambre des tortures obscurcie par les siècles et par la nuit.

À deux kilomètres au-dessus de la voûte vrombissent de lourds bombardiers. Il marque un temps d'arrêt, écoute, aux aguets.

La Luftwaffe retournant à la base ? La RAF ? Les Américains ?

Ce ronron lui rappelle sa chambre, la corde enroulée sur l'oreiller, la lampe à arc dessinant une grille au travers des volets. Mais assez, il est vital de se presser, le plan doit être mené à bien. Dans sept minutes la ronde des gardes passera par la basilique. Puis l'octuor de vieux moines silencieux qui doivent préparer l'autel pour la grand-messe de Noël.

Il emprunte l'escalier qui mène aux Musei vaticani, les longs couloirs étroits, traverse la Sala delle mappe : cartes de tous les océans et terres connues en ce monde, monstres marins, légendes, devises, phylactères ; puis à travers la poussière de la Sala rotonda : manuscrits dans des vitrines, reliques ornées de rubis, calices.

Chefs-d'œuvre ligotés de cordes, « DÉFENSE DE TOUCHER ». Sur une tapisserie, le Christ le suit des yeux. Alcôves de dentelle et de broderie.

Près du recoin où Michel-Ange a vécu sept ans, dit-on, des torses de marbre tors, des chasseurs grecs castrés, des déesses nues sans bras, des urnes en lapis-lazuli de la taille d'un tramway, un cygne qui viole la reine de Sparte.

Sa torche faiblarde vacille, menace de mourir. Il l'éteint, se dirige grâce au clair de lune qui nacre les longues fenêtres du pays magique du Vatican.

Des hommes discutent.

Murmures et rires assourdis des gardes qui font leur ronde – il se cache derrière un pilier d'albâtre pour les laisser passer. Deux minutes perdues. Il opte pour un raccourci.

Porte de côté, boudoir des anciens appartements des papes, couloir de cérémonie. À pas lents, tête baissée, mains rentrées dans les manches de leur coule, l'octuor des moines pieds nus, yeux bandés, précédés de trois sœurs, bougies en main, chantant l'*Ave Maria*, et d'une abbesse transportant un enfant Jésus en plâtre de la moitié de sa taille.

Il recule dans l'obscurité, patiente.

Et benedictus fructus ventris
Ventris tui, Jesus…
Ora pro nobis
Ora pro nobis…

En hâte à travers le Museo gregoriano egizio. Longeant les momies et les masques funéraires de pharaons à tête de chien. Figures de Nobodaddy, ibis, sphinx chauve concupiscent, panneaux irréguliers de hiéroglyphes fendus. Dans le hall d'entrée tout en marbre, le long des guichets de vente des billets, des vestiaires. Entrant dans les toilettes des femmes, il vérifie qu'il n'y a personne avant d'ouvrir le placard du fond.

Dans des seaux de métal, des balais.

Au-dessus, des crochets.

Les mots *Uscita di Emergenza* en vert fluorescent sur une porte.

Il la pousse. Elle s'ouvre.

La nuit tente d'entrer, étrangère et fraîche.

Il prend une allumette dans sa poche, la positionne de manière à ce que le battant reste très légèrement entrebâillé. S'avance dans la rue.

L'argent !

Il retourne en hâte dans les toilettes, cherche l'alcôve mentionnée par Derry. De nouveau, il entend les gardes discuter entre eux, bat en retraite dans un long vestibule étroit sans fenêtre.

Dans le noir, d'étranges bruits – un souffle, un gémissement. Une jeune femme, robe ouverte, dos à un sarcophage, un garde agenouillé devant elle, leur urgence et leurs murmures, ses doigts dans ses cheveux, elle tremble.

Ce n'est pas seulement cette vision qui le choque, mais les mots qu'ils se disent :

Sì.

Sì.

Dio.

Sì.

Il retourne en hâte dans le hall d'entrée.

Sonné, il voit le sac de grosse toile replié sur les étagères où les visiteurs rangent manteaux et chapeaux.

Quelques minutes plus tard, à nouveau ce moment où le danger atteint son seuil maximal car il n'a aucun moyen de voir dehors, dans la rue, aucun moyen de savoir ce qui l'attend.

Une patrouille. Un nazi. Une pluie de balles.

Il sort.

La nuit a une odeur amère.

La cloche d'un tram retentit.

Des moineaux imitent une machine.

Quelque part à mi-distance, des jeunes poussent des cris.

Au pied d'un arbre municipal, un rat détale vers une plaque d'égout cassée, en surplomb une fresque du Duce couvrant tout le mur d'une maison.

La rue redevient silencieuse, comme si elle obéissait à un ordre.

Les jambes en coton, il traverse la via dei Bastioni di Michelangelo. Il se glisse dans le renfoncement de la porte d'une boucherie, essaie de recouvrer son calme. Compter à l'envers aide à ralentir le cœur, lui a dit un jour Derry.

À l'envers depuis cent, paupières serrées, il compte. À travers la vitrine, il voit les tabliers, les crochets et les couteaux luisants, la masse bronze de la caisse. Sur un tableau, au fond de la boutique, là où le boucher note les prix à la craie, un dessin obscène.

Le couple du Museo brille et se tortille, leurs tremblements, le feu de leurs *sì*.

Un camion de nettoyage passe en vrombissant, jets d'eau sur le trottoir, puanteur du désinfectant qui assaille ses yeux et sa gorge, lui soulève l'estomac, et il déglutit, tousse dans ses gants, pris de haut-le-cœur, espérant que les hommes dans le camion ne l'entendent pas par-dessus le fracas du moteur.

Le véhicule s'arrête, poussif, les vitres noires s'ouvrent, il vibre comme s'il digérait les ordures dans ses entrailles, des clignotants rouges se reflètent dans les miroirs derrière le comptoir de la boucherie. Les noms des viandes grossièrement peints, une statuette de l'Enfant-Jésus de Prague.

Le chauffeur, masque noir, sort de la cabine, son apprenti, qui porte un passe-montagne, descend de la plate-forme arrière. Ils nettoient le pavé avec de longs balais sales, le plus âgé sifflote une chanson populaire, l'autre marmonne des paroles blasphématoires. Ils frottent les poteaux télégraphiques avec un chiffon au bout d'un bâton, s'agenouillent pour gratter du chewing-gum sur une grille. Le moteur ronronne. Les clignotants cliquettent. Le vieil éboueur chante la mer :

Andiamo a vedere la spiaggia
mentre splende la luna piena

Il les voit qui s'approchent. Si près qu'il entend leur bavardage.

Les gens sont des animaux. Regarde-moi cette crasse. Sainte Mère de Dieu, cette poubelle pue encore plus que ta gueule. Ferme-la et continue à frotter, bourricot.

Au-dessus de la boucherie, au troisième étage de l'immeuble, une fenêtre s'ouvre et une femme interpelle les perturbateurs.

« *Deficienti*, c'est la veille de Noël, pourquoi faites-vous autant de bruit, retournez dans vos taudis et laissez les braves gens en paix. »

Le plus âgé, masquant sous l'ironie le fait qu'il est blessé, lui répond :

« Et pourquoi t'as pas de mari, toi ? Oh, je crois que j'ai trouvé. Je te rends service, espèce de mégère. Ferme-la, maintenant. »

Bientôt, la repartie vire à la scène de théâtre dans l'intention de distraire son subordonné. « Ramène tes fesses à la messe demain et prie pour qu'on t'envoie une nouvelle figure. Celle que t'as là, elle fendrait une cloche. » Il savoure le rôle qu'il s'est attribué, l'Homme-Qui-Dit-Ce-Qu'il-Pense. Passé un gloussement de circonstance, le jeune gars n'est plus intéressé. Par terre, il trouve une cigarette cassée, retire à moitié son passe-montagne, allume son clope, aspire de longues bouffées profondes, contemple la lune, écrase le mégot, et retour au travail.

Coups de balai nonchalants et réguliers devant la *trattoria*, l'épicerie, le tabac dont la vitrine a été brisée car le propriétaire était juif, la quincaillerie où l'on vend sous le manteau des billets de loterie, puis le bar, l'agence de voyages murée, le bureau d'American Express. Nonchalants, réguliers, réguliers, nonchalants, la régularité alimentant la nonchalance. Il s'arrête, prend son balai comme un crooner son micro, murmure une phrase empruntée à une chanson d'amour d'Hollywood, tente de saisir l'air autour de lui.

Sinatra du trottoir, star de Manhattan dans sa tête. Pas nonchalant vers le renfoncement de la boucherie, régulier, nonchalant, batteur à balai, tip-tap, lalala, il crache sur la chaussée qu'il fait semblant de balayer. Chaque seconde le rapproche, jusqu'au moment où il arrive devant le renfoncement.

Paire d'yeux curieux et froids à travers les trous du passe-montagne.

Sans expression.

Sans ciller.

Deux lampes chercheuses.

Un siècle s'écoule.

« Antonello, crie le jeune homme.

– Qu'est-ce qu'y a ? répond le vieux.

– Rien, répond-il sans cesser de fixer l'homme caché là. Pour l'amour de Dieu, faut qu'on y aille. On a déjà assez perdu de temps.

– Ah, vous les jeunes, vous êtes qu'un ramassis de paresseux. S'il fallait travailler pour se coucher dans son lit, tu dormirais par terre.

– Faut qu'on rentre au dépôt. »

Il se retourne, s'éloigne de la boucherie, frappe un caillou avec son balai comme avec un maillet de croquet, grimpe dans la cabine et attend que son chef s'en revienne lourdement, dans une fanfare de dénonciations injurieuses à l'égard de la femme de l'appartement du dessus.

« *Puttana*, hurle-t-il.

– *Cornuto*, rétorque-t-elle.

– Trouve-toi un mari. Et ferme ta gueule ! »

Le camion redémarre dans une quinte de toux poussive. Pour emmerder le monde, le conducteur appuie bien fort sur le klaxon en s'éloignant. Il ignore qu'il y a un troisième passager à bord, un homme qui a grimpé sur la plate-forme arrière et s'agrippe fermement à la poignée, les vibrations irradiant dans sa poitrine, face à un masque de crasse.

Relents d'ordures fétides. Parfois, il se détourne, avale la nuit. Le long des églises et des *piazze* désertes, des bannières arborant leurs croix gammées et des emplacements de mitrailleuses.

À un barrage routier, les sentinelles allemandes laissent passer le camion, se gaussant de la puanteur. Se pinçant le nez en faisant semblant de vomir. Des hommes d'âge mûr, une étrange excitation dans les yeux. Sur les sept, six périront en mars, mis en pièces par une bombe que les partisans poseront via Rasella. Le septième perdra l'ouïe et la vue.

Le long des palais, des monastères, d'un night-club fermé. De fontaines qui jaillissent depuis trois mille ans. D'un couvent d'où observent quatre cents yeux. Par une ruelle donnant via Segundo.

À gauche dans une cour sale cernée de barbelés, assaillie par les goélands, où une douzaine de camions du même genre sont garés en file indisciplinée, les vapeurs méphitiques bleu-vert, presque visibles. Les deux hommes descendent avec leurs balais et leurs seaux, se dirigent en traînant vers la cabane en tôle ondulée près de la barrière tordue, au fond.

Le silence se fait.

Il remonte le col de son manteau et repart.

Parmi les miasmes nauséabonds, bzzzz d'un million de mouches, puis un passage donnant via Agazzari.

De nouveau, le mugissement des bombardiers qui arrivent ou repartent.

Il traverse la rue, emprunte un minuscule passage derrière la via Alessandri, passe par la cour jonchée de balles d'un hôtel à l'abandon. Grimpe les marches branlantes, franchit les cuisines dévastées, dont les éviers, robinets et réfrigérateurs ont été arrachés au pied-de-biche par les pillards ; le cellier a servi de latrine, d'étranges lichens rouges poussent sur des carreaux calcinés, hall circulaire vandalisé, salle de bal en miettes empuantie, contrebasse brûlée, lustres fracassés, tables en verre renversées, chaises au velours pourri empilées ; le long des portes des chambres à la peinture rongée par le feu, près desquelles attendent encore qu'on vienne les cirer des guêtres ratatinées et des talons aiguilles fondus ; par un corridor où nichent des alouettes et où un prédateur a mis en lambeaux la soie moisie qui recouvrait les lambris ; enfin il émerge via Vittoria Aleotti par la sortie de secours branlante.

Une Mercedes noire passe.

Un tramway vide.

Cinquante mètres vers le sud avant de se faufiler dans un espace entre deux taudis, puis, derrière, un dépotoir en forme de Z jonché de vieilles bicyclettes, de chaînes, de tonnelets de bière et de roues de landaus. Longueurs de câbles rassis, tas de tuyaux de radiateur, squelette de Fiat cannibalisé. Un clochard endormi dans un hamac tendu entre deux arbres cadavériques.

Ruelles et venelles, terrain vague.

Le vent se lève lorsqu'il emprunte un passage appelé viccolo Cozzolani, si étroit qu'il n'apparaît sur aucune carte. Il traverse près de l'entrée de l'académie de cavalerie, ralentit à l'approche de chaque réverbère, presse le pas, avec en tête les paroles de Derry après un Rendimento auquel il a fallu renoncer. *La lumière est l'ennemie, il faut toujours l'éviter. Chaque fois que vous voyez votre ombre, vous êtes en danger.*

À présent, alors qu'il accélère, le murmure de l'ombre.

Ta propre vanité t'a condamné. À quoi pensais-tu donc, tu jouais à être Dieu ? Derry est un héros ; tu n'es qu'un imposteur, un clown. Quand ils t'attraperont, car ils y parviendront, ce col stupide ne te sauvera pas. Les fugitifs seront torturés à mort les uns après les autres. Et toi aussi. En offrande à ton orgueil.

Via Stolto. Via Tonto. Via Balordo. Via Morte.

Tu chemines dans la rue de la Mort. Aveugle que tu es.

La Contessa *a bien eu une idée, mais tu l'as étouffée dans l'œuf. Ça ne te plaisait pas que quelqu'une fasse une proposition utile ? Des mendiants payés dix lires pour chaque lampadaire cassé, de cette manière une route dans le noir complet s'ouvrait à travers la ville. Mais Monseigneur n'a pas* voulu l'écouter. *Monseigneur sait tout mieux que tout le monde. Monseigneur est le chef d'orchestre. Baisse la tête.*

La voix de l'ombre s'enflamme, refusant de le laisser tranquille. Il se tourne vers l'air frais qui vient de la rivière.

Une étendue mortelle s'étend à présent, une large artère qui se prolonge. Élégants couturiers, joailliers, chemisiers, hôtels de luxe. Mitrailleuse allemande montée sur pilotis noirs au carrefour nord à soixante mètres. Il voit les trois soldats de la tour de guet.

Silhouettes sur fond de lune.

Miroitements de jumelles à vision nocturne.

Virage dans une petite rue d'immeubles bourgeois. Automobiles éclatantes sous les ormes. Lions de pierre couchés au-dessus des fenêtres à meneaux.

Plaques de cuivre des sonnettes étincelantes flanquant les portes. Sur une bouche d'égout, les lettres SPQR.

Un bébé vagit mais se calme lorsqu'il passe.

Miaulements de chats transis de froid, froissement sans fin du feuillage frémissant. Quelque chose bout dans son estomac. Il consulte sa montre. Une heure dix-sept. Dépêche-toi.

Dans le Kerry, ils rentrent de la messe de minuit, à près de cinq kilomètres à pied de la maison. Du givre sur les sacs de soude caustique près de la demi-porte de l'étable. Ta mère préparant le thé dans la théière d'aluminium achetée à Limerick. L'odeur d'érable du lac près des champs à fleur d'eau en hiver. Pellicule de glace sur les baies des buis, mais ton père te met en garde car c'est du poison.

Tu vois le tableau ? Arrête-toi. Renonce.

Tu t'en souviens, hein, de cette nuit où tu ne parvenais pas à dormir, et tu es descendu boire un verre de lait.

Têtes baissées, mots à mi-voix, papa et maman en prière. La lampe votive devant l'image du Sacré-Cœur qui faisait luire les cadrans rouges de la TSF. Le pain était cuit ; l'air au-dessus de la table à pétrir tel de la gaze. Dans la cuisine, une odeur de farine comme dans une pâtisserie.

Qu'il était bon, ce lait, et les douces remontrances de ton père, les veaux qui meuglaient, nerveux dans la lumière des étoiles. Ta mère vous apportant du lait à tous les deux.

Papa et toi dans le jardin, il fumait ses Players, maman prenait une bouffée de temps en temps, telle une jeune fille devant une salle de bal. Il te retraçait l'histoire des astres, Orion, la Grande Ourse. Écharpes de nuages qui se déroulaient le long de la pièce luisante de la lune. Chant d'oiseaux, chevaux qui grognaient. Et vous trois, pendant une bonne heure, enfin, à ce qui te semblait, mais d'après la montre de maman, seulement dix minutes. Dans l'obscurité d'un bleu indien, l'ombre d'un bleu soyeux, et toi t'émerveillant des mélodies d'un couple de merles têtus qui refusaient de retourner au nid.

Le Noël de tes quatorze ans.

« Tu connaîtras de belles nuits comme celle-là avec tes propres enfants, si Dieu le veut », a dit ton père. Tu ne voulais pas le lui dire, mais déjà tu sentais que tu serais prêtre. Il n'y aurait ni enfants, ni femme, ni foyer. Cela t'effrayait, n'est-ce pas ? Tu ne pouvais en parler à personne.

Dans la même cuisine à présent. Deux personnes âgées en prière.

Notre fils, prêtre au Vatican.
Mets fin à cette folie.
Fais demi-tour.
Rentre chez toi.
Grandis.
Elle peut être à nouveau tienne, cette nuit au verre de lait.
Je suis ton ombre.
Jamais tu ne me perdras.
Arrête-toi.

20

La voix de John May

20 septembre 1963

Transcription d'un entretien de recherche pour la BBC (extrait), Coldharbour, Poplar, est de Londres

Quand on veut être taxi à Londres, y a un examen à passer. Histoire de pas mélanger les torchons et les serviettes. Ça s'appelle « La Connaissance ».

Il faut trois années de pratique et d'approfondissement. Faut se sentir chez soi. Tes rêves sont remplis des avenues, des gares, des ruelles. Y a cinq cents hôtels à Londres, faut savoir toutes les adresses. Cinémas, théâtres, terrains de foot. Tout ça sur le bout des doigts. Y a vingt mille rues à Londres. Crois-moi, mon gars, c'est pas de la tarte.

Ta gonzesse devient folle, parce que tu l'as embarquée dans tout ça. Tu lui dis : pose-moi des questions surprises. Essaie de me piéger.

Puis vient le jour où tu montres de quel bois tu es fait. Tu t'es lavé, récuré, peigné, ciré, tu as mis un faux col et ton plus beau costard. Et c'est parti mon kiki.

Tu t'assois en face de l'examinateur, il a devant lui un plan de Londres aussi grand qu'une nappe. La moindre allée, ruelle, venelle, impasse que tu aies jamais vue et où personne ne met jamais les pieds. Des putain de rues qui existent même pas ! L'entretien est formel, pas de baratin, l'autre est taxi depuis Mathusalem, il en connaît un rayon. Il te demande la route pour aller de Picadilly Circus à Brickfields Terrace, à Maida Vale. Facile, ça commence petit joueur. Et tu rentres dans le jeu.

Tu lui dis à gauche, puis à droite, on fait le tour du parc, puis à droite, à gauche, au nord, à l'ouest, et puis tout droit vers le bazar, là – sauf qu'on ne peut pas emprunter Queensway qui est en sens unique actuellement –, donc il faut prendre Westbourne Gardens et on y est.

Toi, t'as pas de carte à part celle qui est dans ta tête. Tu fais ça de mémoire, sinon tu l'as dans l'os. Le chemin le plus rapide pour aller de Rupert Street à Craven Hill Mews. Facile ? Sauf que là, il te tend un piège. Fais gaffe.

Je suis à la station de Royal Oak, je dois aller chez le tailleur sur Duke Street, à St James, puis à Caulfield Gardens, Earls Court, c'est pas mal animé, je passe chercher ma femme, ensuite Cropley Street, Shoreditch. C'est l'heure de pointe.

« La Connaissance », comme je disais. Voilà comment on trie les postulants.

Et voilà comment le Padre connaissait Rome.

Avenues, allées, parcs, lignes de tram. Près d'un millier d'églises. Je te jure qu'il les connaissait toutes. À Dublin – n'importe où en Irlande –, on t'indique les directions en fonction des pubs. « Tournez à gauche après John Grogan, à droite après le Palace. » Le Padre faisait pareil à Rome avec les églises. « Allez tout droit jusqu'à Santa Maria, traversez la ruelle derrière Sant'Ivo alla Sapienza. »

Me demande pas comment il avait appris tout ça. Il le savait, c'est tout. Par cœur. Ça rigolait pas avec Hughdini.

Et puis, c'était un bon marcheur. Toujours à pinces. Y avait pas un pavé qu'il fréquentait pas. Des gens qui étaient nés à Rome l'arrêtaient sur la piazza pour lui demander quel était le chemin le plus facile pour aller du Trastevere à Prati. Moi, je lui disais : « Si vous étiez pas un homme d'Église, vous auriez pu faire taxi. » Il me répondait : « Mais il n'est peut-être pas trop tard, John. »

S'il s'emmerdait ou qu'il arrivait pas à dormir – à ce qu'il m'a dit –, allongé, les yeux grands ouverts, il conduisait un taxi depuis Buckingham Palace jusqu'à Deptford, aller-retour. « En général, ça suffit. » Le jour où il m'a raconté ça, on était à la pêche, c'était une journée à la campagne, avec sir Frank, la Contessa, le Padre et moi. Miss de Vries et Delia nous ont rejoints plus tard. À Ostie, près de la mer. Un quintette à cordes sous un kiosque. Chevaux de bois d'un carrousel. Des gosses qui courent partout. Ambiance presque normale. Delia a chanté *Danny Boy* et les filles ont pleuré. Monseigneur a entonné *Take Me Back to Blighty* avec un terrible accent cockney. *Take me over there, Drop me anywhere, Put me on the train for London town.* Je l'insulte. Je l'appelle « Aitch » pour rigoler. Il me donne du « Johnjoe », comme on fait en Irlande. Quelle belle journée.

Ce qui est drôle, c'est que quand il pouvait pas dormir, c'était toujours Londres, jamais Rome. Sans doute que penser à Londres, ça le réconfortait, pareil qu'une daronne. C'est ça, les Irlandais. Ils sont libres là-bas.

Un autre truc : c'était un type réglo. Un gars pratique. Et puis, ça se voit pas sur les photos, mais le Padre, il était costaud. Comme on dit d'où je viens, il était ferré à glace. Je pensais à Shackleton, à ces pauvres diables en Antarctique, avec leur baleinière à la coque en bois de Guyane, du chlorocardium, tellement dur qu'on peut pas y enfoncer un clou. C'était ça, le Padre. Du bois de chlorocardium. À l'ancienne, un dur à cuire, ça rigolait pas avec lui. Il s'habillait dans ce genre là aussi. Si, si, c'est vrai. Sur toutes les photos, il a ses fringues de prêtre évidemment, mais lorsqu'il était pas de service, c'était une autre histoire. Manteau en poil de chameau et feutre noir. Carrément. Des chaussures qu'on aurait pu se mirer dedans. Tiré à quatre épingles. Un mec qui en avait.

Coupe classique tous les quinze jours, long sur le dessus, court sur les côtés, fer à lisser, une touche de brillantine. Un Maltais que je connaissais quand j'étais minot, il avait fait son temps à Pentonville pour un casse à Mayfair, et à sa sortie, il faisait le coq, c'était le roi de la basse-cour. Le Padre, c'était un peu ça. C'était le boss.

Tu l'aurais croisé à Whitechapel, tu aurais dit : il a des couilles. Et t'avais pas envie de lui chercher des noises, parce qu'il avait un rasoir dans sa manche. C'est drôle de dire ça vu sa profession, mais il avait la démarche de ceux que les Italiens appellent *il capo dei capi* – le parrain.

Voilà l'impression qu'il donnait : « Je vais pas me laisser emmerder. »

Pourtant cette nuit-là, je peux te le dire, il a dû avoir les foies. J'aime pas penser à ça.

On peut arrêter ?

Faites que le pont soit ouvert, faites que le pont soit ouvert, faites que le pont soit ouvert, prie-t-il.

Sa carte d'identité est fausse mais très bien faite, avec sa photo à lui, seulement ça ne suffit pas. S'il se fait prendre, on lui posera des questions.

Qui est ton père ? Dans quelle ville il est né ? Quelle est la date d'anniversaire de ton frère ? Est-ce que tu es marié ? Avec qui ? Comment ça s'écrit ? Quel âge a ta mère ? Quelle est ton équipe de foot préférée ? Qui est leur capitaine ?

Chaque membre du Chœur qui n'est pas de nationalité italienne s'est vu attribuer une fausse identité, au cas où. Delia Kiernan s'appelle Mary Lavelle ; sir D'Arcy, Robert Melmoth. May devient Kenneth Oliver, valet d'un cardinal caractériel. (« C'est pas si éloigné de la vérité », dit-il). Marianna s'appelle Ann Brunner, actrice et dramaturge, elle dit qu'elle la préfère à sa vraie personnalité.

Tous les matins, avec Derry (alias « John Atkinson », bibliothécaire au Vatican), ils passent une heure rien que sur ces fausses identités. Ils peaufinent les détails de leurs histoires pour que tout soit parfait. Date du premier meeting fasciste auquel j'ai assisté, dans telle ville, j'y suis allé avec tel ami, la durée du discours du Duce. Le nombre de gardes du corps, les raisons pour lesquelles j'ai adhéré au parti, le nom des boutiques que j'ai incendiées, leurs adresses. Un soir, à une répétition, il a demandé aux choristes d'imaginer que leurs alias se rencontraient dans une salle, puis il leur a enjoint de chanter à la manière dont ceux-ci le feraient. Chaque personnage a été soumis à un interrogatoire mené devant les autres par Derry avec sa brusquerie méticuleuse. La Contessa a quitté la pièce. S'en est suivie une dispute âpre et violente : « On ne met pas en scène une *operetta*, Hugh, cette idiotie est une vraie perte de temps !

– Pour l'amour de Dieu, Jo, voulez-vous vous calmer ? Nous avons du travail !

– Arrêtez avec vos bondieuseries ! Vous parlez comme si vous aviez *inventé* Dieu ! »

Se déversent leur épuisement, les terreurs qu'ils portent en eux, une intimité à l'envers.

« Pourquoi jouez-vous toujours la diva ?

– Vous ne savez *rien* de moi, Hugh, vous n'avez jamais rien su.

– Comment pouvez-vous parler ainsi à quelqu'un pour qui vous comptez tant ?

– Compter ? Comment ça, *compter* ? Je dois accepter d'être une marionnette dans votre pièce dépourvue de sens, jusqu'à mon nom que vous changez parce que vous trouvez ça mieux !

– C'est votre nom qui pourrait vous faire tuer ! Vous ne le comprenez donc pas ?

– Alors qu'il en soit ainsi !

– Quoi ?

– Je m'appelle Giovanna Landini et je porte le nom de mon mari. » Ses mots calmes et glacés semblent transpercer l'air poussiéreux. « Je le porterai jusqu'à ma mort, qu'importent les nazis, les voyous ou les prêtres. Ce nom que j'ai librement choisi de porter est à moi. *Vous m'entendez ?!*

– Il y a quelqu'un à cent cinquante kilomètres qui ne vous entend pas, ma chère, pourquoi ne pas *crier un peu plus fort* !

– Hugh, les gens vous appellent « mon père », mais vous n'êtes pas mon père.

– Dieu merci.

– Et je ne vous laisserai pas me baptiser. Mettez-vous ça dans la cervelle.

– *Au moins, j'ai une cervelle où me mettre ça !*

– Voulez-vous entendre mon dernier mot ? Vous allez l'avoir, *Monsignore*. Ne me dites plus jamais ce que je suis ni qui je suis. *Je* décide qui je suis.

– Je vois qui vous êtes, n'ayez crainte.

– Hugh, a dit doucement Delia. Baissons un peu d'un ton. Nous sommes fatigués. Personne ne pense à mal. Allez, venez. Remettons-nous au travail. Jo, ma chérie, j'ai de l'eau dans une flasque, là-bas. Essuyez-vous les yeux, voilà, c'est bien. *Andiamo.* »

Pendant une heure, après des excuses mutuelles et la reprise de la répétition, la querelle est demeurée entre eux, tel l'éléphant dans la pièce. À minuit, ils ont échangé une poignée de main et se sont serrés dans les bras l'une de l'autre en ravalant leurs larmes.

Faites que le pont soit ouvert, faites que le pont soit ouvert.

À droite sur la piazza Corelli, il revêt son autre identité, sent qu'elle l'enveloppe comme une cape.

Marco Mancuso, traducteur, secrétaire du Vatican, né à Glasgow, en Écosse, dans une famille d'immigrants italiens ayant quitté Milan en 33. Parents : Gianluca (ce qui signifie « don de Dieu ») et Elisabetta. Un frère, Giancarlo, décédé, deux sœurs, Catalina et Elena. Pas d'affiliation politique officielle, mais grand admirateur du fascisme. Célibataire, ancien séminariste, a tout abandonné un mois avant son ordination, un beau-frère membre du parti à Brindisi, ayant un rôle officiel mineur. L'entraîneur de l'équipe d'Italie pendant la coupe du monde de 1934 était Pozzo ; Bertolini était milieu de terrain.

Les derniers cafés illégalement ouverts ferment. D'une pièce en étage, le jappement lyrique d'un ténor médiocre massacre *E lucevan le stelle*, avec en contrepoint les aboiements critiques des mécontents qui lui demandent de se taire. Deux ivrognes avancent à pas prudents, à croire qu'ils marchent sur l'eau. Aucun débit de boissons à Rome ne peut demeurer ouvert après le couvre-feu, mais, en Italie, ainsi que dans beaucoup d'endroits, il y a toujours des exceptions. Le patron a des relations. Un magnat vient avec sa maîtresse. Les pots-de-vin ont été généreux. On vous fait sauter si vous refusez.

En traversant la ligne de tram, il trébuche et lève les yeux.

Une femme regarde par la fenêtre.

Les braises de sa cigarette rougissent, s'estompent.

Elle se mord le pouce, geste de mépris envers quelqu'un dans la *strada*, derrière lui. Il est si mal à l'aise, comme s'il percevait une terrible puanteur. Il regarde par-dessus son épaule, mais il n'y a personne.

Le vent tourbillonne, emportant les pages de vieux journaux à travers la piazza tels d'étranges oiseaux.

Au loin, les Musei, le dôme réprobateur de Saint-Pierre.

Un StuG sur une plate-forme passe, fuite d'huile.

Marco Mancuso poursuit sa course.

Sur le quai, face à la masse d'une tempête grandissante, il jette un paquet de Lucky Strike rempli de billets de cent dollars dans une poubelle marquée d'une clé de *sol* – première livraison accomplie, presque à l'heure –, devant le portail verrouillé d'une salle capitulaire augustinienne où sept parachutistes évadés se cachent depuis un mois.

De l'autre côté de la rue, au-dessus de la boulangerie, deux artilleurs d'aviation de l'Iowa et un pilote de B-26 Marauder de La Nouvelle-Orléans qui souffre le martyre à cause d'une dent de sagesse. Il va falloir faire quelque chose pour lui. Mais pas ce soir.

Trois dans une cave à vin sous une *trattoria* via Geminiani ; neuf dans le grenier de stockage d'une boutique qui vend des calices et des vêtements destinés aux prêtres ; un autre derrière une fausse cloison dans une galerie d'art de la via Bellini ; deux dans la cave à charbon d'un vendeur de tabac.

Dix-sept dans le dortoir réservé aux pèlerins du monastère capucin de borgo Scarlatti ; neuf dans les quartiers des moines, quatre sous les cuisines. Deux dans l'arrière-boutique d'un tailleur, parmi les mannequins et les bobines ; sept dans la réserve d'un marchand de fruits. Neuf dans les sous-sols du palazzo Leoncavallo, deux dans l'atelier d'un mécanicien derrière la via Palestrina, trois dans un vieux bateau de tourisme à demi coulé, amarré le long du Tibre. Quinze dans les trois chambres de l'appartement d'une veuve maltaise et ses enfants, qui jeûnent tous les jours pour les nourrir.

Des hommes déguisés en moines, couchant sur des bancs de granit dans des beffrois. Bivouaquant sur les toits, entre cheminées et pigeonniers. Des baïonnettes sous leurs soutanes, des crochets sous l'oreiller. Des hommes aux pistolets cachés, où reste une seule balle. Transformant les cordes des pianos en instrument d'étranglement, des ciseaux en couteaux. Des hommes qui dorment sous les ponts, sur les bancs des parcs, dans les puits des égouts, dans des trams rouillés, des kiosques incendiés, des cimetières envahis de lierre, des autobus défoncés dans des rues secondaires. L'armée des greniers.

Il a l'impression qu'ils paradent tous derrière lui, le long du corso Paganini, hurlant pour se faire remarquer.

Signal lumineux à la dernière fenêtre d'un immeuble, un autre répond depuis un toit, quelques immeubles plus loin. Trois, quatre éclats. Quatre, trois éclats.

Derry a fait passer des messages en urgence leur ordonnant de cesser tout de suite ; ce genre de comportement met en danger tous les fugitifs de Rome. Mais ceux qui courent le plus grand péril ne s'arrêtent jamais longtemps.

Fenêtres hautes, d'où sont envoyés des messages en morse au-dessus d'une *piazza* déserte, par-delà les rives du fleuve, toute la nuit durant. Il suffit qu'un nazi repère vos pitreries pour que cent de vos camarades périssent. Peut-être mille. Alors pourriez-vous…

Pendant deux nuits, les signaux s'interrompent. Mais très vite reviennent, comme la marée.

Injonctions pour garder le moral. Blagues obscènes. Demande de nouvelles. De résultats sportifs. Grossièretés. Insultes feintes.

Comment font-ils pour se trouver les uns les autres ? Il n'en a pas la moindre idée. Certains soirs, c'est pire – « Par le Christ, soupire John May, on se croirait sur Times Square à New York le 31 décembre » –, mais chaque nuit, si vous gardez les yeux seulement à moitié ouverts, vous les remarquez, les étoiles filantes de ceux qui ont peur.

C'est la seule chose qui réussit à faire perdre à Derry son sang-froid. Que c'est étrange de l'entendre jurer. « Mais est-ce que ces petits salopards se rendent compte de ce qu'ils font ? Est-ce qu'ils ne *comprennent* vraiment rien ? Pauvres abrutis. Ils veulent se faire descendre, ces crétins d'égoïstes. C'est vrai, ça, qu'est-ce que ça peut bien foutre ? »

Monseigneur sait que si on leur confisquait leurs lampes torches, ils passeraient aux allumettes. Ils allumeraient des bûchers sur les toits qui les protègent. Il a fini par l'accepter, aimerait que Derry s'y fasse aussi ; s'y opposer est aussi sérieux que de donner un contrordre. Faire vœu de silence, comme pour la plupart des vœux, ne peut être respecté en permanence. Il se hâte sous le bavardage des rayons.

Une prostituée le regarde passer via Boito dans l'ombre d'un mur en culs de bouteilles cassés. Il se hâte, tête baissée, à croire que, dans cette posture, il prend moins de place – elle dira plus tard qu'il avait l'air « d'un homme avec une cible dans le dos ».

Où sont les Alliés ?

Quand viendront-ils ?

Ils ne viendront pas, lui dit son ombre. *Tu le sais.*

Qui crois-tu tromper ? Ton pauvre Dieu assassiné ? Derry, au moins, est un homme. Toi, tu n'es même pas une note de bas de page. Qui a peur de vivre sa vie. Qui geint à l'abri de ses vœux. Ta mission imbécile ne signifie rien. C'est trop tard.

Il se récite un *Je vous salue Marie* à l'aveuglette, la peur au ventre.

Une prière refuge, *ma préférée, allez vas-y, pauvre illuminé. Je prononcerai ces mots* avec *toi, ils ne sont qu'imitation, gloussement de sot. Tes grognements n'ont aucun sens, c'est du* bruit, *de la* mauvaise musique. *Un singe qui jette ses crottes contre les barreaux de sa cage.*

J'étais là bien longtemps avant toi. J'y serai encore après que tu auras disparu.

Métamorphe, on m'appelle.

Changelin.

Traîtresse.

Je ne suis pas ton ombre. C'est toi qui es la mienne.

Son reflet en passant devant la vitrine d'un rémouleur. Gouttes de pluie sur la vitre maculée de poussière.

À gauche dans la via Martucci.

Le sang se fige dans son ventre.

Un barrage routier bloque entièrement la rue. Éructation d'un brasero qui postillonne dans l'ombre cendreuse de l'hiver. Reflets sépia doré sur le mur de brique d'une hauteur inimaginable et sur les flancs d'un camion à la remorque découverte.

Le pot d'échappement tousse de la fumée. Servilité du moteur d'un StuG.

Dans le camion, il découvre une douzaine de prisonniers effrayés, mains en l'air menottées, têtes baissées. Un rottweiler de mauvaise humeur gronde devant celui qui le tient en laisse tandis qu'il allume une cigarette au brasero. On hurle aux prisonniers de se mettre à genoux – *Knien !* –, certains ne comprennent pas ou sont trop pétrifiés pour bouger, alors une pluie de coups s'abat sur eux tandis que le chien lève la patte pour uriner sur un pneu.

Trop tard pour se réfugier sous une porte. Et s'il s'enfuyait ?

Pas le temps.

Un poids welter à l'air sombre, avec une tête massive de requin-bouledogue, l'a déjà repéré et, tranquillement, lui fait signe d'approcher, sans hâte.

Le rottweiler tire sur sa laisse, puis il se retourne et, de sa gueule baveuse, essaie de ronger la chaîne, aussi épaisse qu'une corde.

L'haleine du soldat pue le fromage rance et le café de la veille.

« Nom ?

– Mancuso.

– Prénom ?

– Marco.

– Carte d'identité ? »

Il la présente.

Le soldat examine la photo dans l'obscurité illuminée de flammes, murmure quelque chose pour lui-même dans ce qui doit être un obscur dialecte allemand, jauge le promeneur nocturne et répète son nom, Mancuso, comme pour le soupeser. Dans un glapissement, il appelle un de ses camarades, plus jeune, qui observe à son tour le document. Ils échangent un long regard. Brandissent la carte dans le clair de lune.

« Vous savez qu'il y a un couvre-feu, dit le poids welter.

– J'ai une autorisation. Ainsi que vous pouvez le constater.

– Où est-ce que vous allez ?

– Chercher un médicament.

– Pardon ?

– Monsieur, vous savez que le cardinal Hinsley de Westminster est en visite privée de courtoisie au Vatican avec l'envoyé du pape à Nairobi, sa sœur et son père. Le cardinal est tombé malade ce soir, on soupçonne qu'il s'agisse de la malaria. Aucun médecin n'était disponible, mais un bienfaiteur dans cette ville possède de la quinine. Le valet de Son Éminence m'a chargé d'aller lui en chercher. »

Quand on ment, dit Derry, il y a deux options possibles. Faire simple ou très compliqué. Ensuite, s'y tenir.

« Vous en avez pour combien de temps, Mancuso ?

– Deux heures au plus.

– Faites en sorte que ça dure pas plus. Circulez.

– Qui sont ces prisonniers ?

– Des indésirables. Ils n'ont pas respecté le couvre-feu.

– Que va-t-il leur arriver à présent ?

– Une petite visite touristique.

– Où ça ?

– Ça ne vous regarde pas. Fichez le camp. »

En passant à l'arrière du camion, il entend un murmure en italien : « *Salvami* ».

Il n'y a rien à faire.

S'il s'arrête, tout est perdu.

« Sauvez-moi. »

Les étoiles scintillent.

Il continue de marcher.

Faites que le pont soit ouvert, faites que le pont soit ouvert, faites que le pont soit ouvert, prie-t-il.

21

La voix de Sam Derry

27 septembre 1963

Transcription d'un entretien de recherche de la BBC menée à Newark-on-Trent, dans le Nottinghamshire (extrait)

Sept semaines plus tôt, une informatrice nous a fait savoir via Miss de Vries, je crois, que, durant la nuit de Noël, entre minuit et deux heures du matin, certains points stratégiques dans Rome ne seraient pas gardés par les fritz, ou que les patrouilles seraient au mieux irrégulières.

Elle était dactylo au quartier général des nazis, la jeune femme dont je parle. Elle n'en était pas parfaitement certaine, elle n'avait pas entendu tout ce qu'Hauptmann avait dit, mais alors qu'ils fumaient ensemble dans la cour, un jeune officier de la Gestapo a semblé le lui confirmer. Les ponts principaux seraient bloqués, mais pas le ponte Sant'Angelo.

Cela a donné forme à notre plan.

Un pont sans barrage représente en effet une opportunité intéressante. Selon les règles classiques de la guerre, c'est aussi un piège.

De précédentes informations communiquées par cette jeune femme s'étaient parfois révélées peu fiables. Sir D'Arcy se demandait même si ce n'était pas une agente double, une fasciste. Je n'ai jamais aimé faire confiance à un informateur que je n'aurais pas rencontré en personne, mais, bien sûr, il était impossible de l'inviter au Vatican pour discuter en prenant le thé, et la rencontrer à l'extérieur lui aurait fait courir un danger fatal. Au bout du compte, on ne pouvait se fier qu'à son instinct.

Je me souviens que le Padre avait insisté : « Elle présente un risque, Sam. Un risque réel.

– Et qui n'en présente pas, hein ?

– On ne peut pas lui faire confiance », répétait-il. Il faisait les cent pas, comme à un match de boxe où ça castagne dur. Le désaccord menaçait de tourner à la querelle, à l'accusation. Finalement, puisque le temps pressait, nous avons convenu de jouer ça aux cartes. Monseigneur a tiré un trois, moi, la reine de pique. Nous allions revoir notre plan à la lumière des informations de la jeune femme.

« Et si on ne peut pas franchir le Tibre, Sam ?

– On abandonne la mission.

– Et on en reste là ?

– C'est un coup de poker, je l'admets.

– C'est bien plus que ça.

– Disons que voilà ma vision des choses. Puisque ma vie est sur le fil.

– Pas seulement la vôtre.

– Non, je le sais.

– On ne peut pas lui faire confiance.

– Nous verrons. »

Au bout du compte, tout ce qu'on sait à propos d'un informateur se résume à une chose : c'est un informateur.

C'est la même chose que de tomber amoureux d'une personne qui ment comme elle respire, il ne faut pas être surpris qu'elle mente. Elles savent y faire, elles ont de la pratique. Et la fois suivante, c'est plus facile de ne pas les croire. Elles ont déjà connu ça, et ce n'est pas si terrible. C'est pareil que le léopard et ses taches. Toujours la même histoire.

Et donc, il y a le pont. Et là, il y a une histoire.

Tranquillement par le viccolo Sgambati.

Faites que le pont soit ouvert.

L'adrénaline bouillonne dans son ventre lorsqu'il s'arrête sous un abribus, reprend ses esprits, compte jusqu'à cinq, tourne à l'angle.

Devant lui, des lampes torches, le trio de voitures blindées avec leurs croix gammées rouge et noir. Les silhouettes magnifiées de policiers à cheval sur le mur du quai distant.

L'informatrice s'est trompée. Ou bien elle a menti.

Sur sa droite, le Tibre décrit un virage soudain et brutal, et il voit alors que le ponte Vittorio Emanuele II est lui aussi barré par un panzer, comme le ponte Umberto, à quelques centaines de mètres sur sa gauche.

Il descend les marches glissantes et irrégulières qui mènent au fleuve, odeur nauséabonde d'humidité et des mousses gorgées d'eau qui pourrissent. Une ligne de bittes d'amarrage dans les ténèbres qui gargouillent, les cancans formels des canards.

Pourrais-tu nager jusqu'à l'autre rive ? Cent mètres ? Deux cents ? Plus ?

Essaie donc, ricane l'ombre. *J'aimerais assister à ta noyade.*

Dans l'agitation noire des flots, une nichée de barques et de radeaux attachés par des chaînes, de bancs improvisés avec des planches et des caisses à poissons découpées. Un trio de petites embarcations regroupées par les vaguelettes.

Les cordes, épaisses et mouillées sous ses doigts froids et ignorants. Plus il tire fort, plus les nœuds se resserrent. Les vieux canots oscillent en le raillant.

Soudain, loin sur sa droite, il voit deux soldats descendre l'escalier sous le pont, fusil à l'épaule, leurs casques noirs bas sur le visage. Derrière lui, entre deux portions du vieux mur du quai, une anfractuosité de la taille d'un homme ; il s'y glisse, attend.

Murmure de leur conversation alors qu'ils approchent.

Il essaie de ne pas respirer.

Ils ne peuvent être à plus de vingt pas ; il entend le mot « *Hurenhaus* », auquel répond un fracas de rire qui éclate comme une toux. Cigarette allumée ; il sent l'odeur soufrée de l'allumette. Ils s'arrêtent, lui tournent le dos.

Ils commencent à s'embrasser.

Ils s'enlacent, se caressent, font semblant de gémir, puis ils reprennent leur patrouille ; un bus vide passe là-haut, sur le quai venteux.

À trente mètres de lui maintenant, disparaissant dans l'ombre. Il grimpe dans un canot crasseux, noir, le plus proche, *Santa Maria* peint sur la coque par un amateur. L'embarcation tangue si méchamment que ses bras font de grands moulinets.

À genoux, il revient à la corde ; elle refuse de céder. De sa poche, il sort sa torche, casse le verre, essaie de scier le nœud, mais il est aussi épais qu'une racine de chêne, refuse de s'effilocher.

Au bout de la rive, les soldats réapparaissent, fusil à l'épaule, avançant lentement. D'un mouvement brusque, il s'aplatit, bras le long du corps, le visage à quelques centimètres de la fange salée. Deux longues minutes plus tard, bruit de bottes sur leur passage, d'une boucle de métal, du fusil qui racle le mur.

Aux aguets, il les observe qui remontent l'escalier de pierre irrégulier jusqu'au pont. Combien de temps avant la prochaine patrouille ?

Éclaboussures. Rudes et froides. Comme si quelqu'un avait jeté un caillou dans le Tibre. Nouvelles gouttelettes, puis une volée de graviers. Un galet frappe la barque. Un autre atterri derrière lui. La lune sort de derrière la coupole.

Il regarde à travers le petit trou laissé par un nœud dans le bois, voit une pluie de graviers s'abattre depuis l'autre rive.

À présent, un signal lumineux. Trois courts, un long. Les premières notes de la Cinquième de Beethoven.

Le mot de passe que frappent les membres du Chœur à la porte de la salle de répétition. Derry l'a choisi parce que tout le monde le connaît, un code impossible à oublier.

À nouveau, le signal à la torche. Trois points, un tiret. Le point jaune bien net émergeant des ténèbres sur la berge d'en face où l'on ne peut distinguer la rangée d'entrepôts et de remises en ruine.

Il s'agenouille et voit, sortant de l'obscurité, la proue noire d'une barque propulsée avec fermeté, qui vient droit sur lui, le rameur penché le plus bas possible dans l'effort, lui tournant le dos. Étrange crissement quand les dames de nage pivotent. Le canot est pris dans un tourbillon, tourne soudain sur lui-même en un cercle fou. Le rameur baisse son passe-montagne avant de reprendre, ramant plus fort, toussant d'efforts râpeux face au Tibre qu'il combat et soumet.

Est-ce une ruse ? Un piège ?

L'ombre glousse.

Qui a mis ce trois de carreau dans ta main ? C'est moi qui ai toutes les cartes.

Il jette un coup d'œil au pont où un *Panzerkampfwagen* se met en position.

« Padre, susurre une voix depuis la barque. Du nerf. Montez. »

Suite de grommellements à mesure que la silhouette s'approche.

« Bien le bonjour, Aitch », murmure-t-il.

22

La voix de John May

20 septembre 1963

Transcription d'un entretien de recherche pour la BBC (extrait), Coldharbour, Poplar, est de Londres

Tu vois, mon vieux, le Tibre, c'est pas le genre de fleuve où t'as envie de te baigner. Tu peux développer des photos dedans, mais pas y nager.

Pas envie de m'attarder sur cette histoire. J'avais mes sources, un point c'est tout. Au suivant.

Bah, y a là rien de mystérieux, juste une affaire personnelle. Disons seulement qu'il y avait à Rome une jeune dame, et puis voilà.

Elle travaillait au guichet de la banque où notre ambassade avait ses comptes. Tout ça sous des faux noms, ce qu'elle devait savoir – la filière d'évasion avait un compte au nom de Vincento Bianchi & Company –, mais elle a jamais posé de questions, juste un feu d'artifice de sourires. Voilà comment on s'est rencontrés. Non, je te dirai pas son nom. Je préfère pas. Je pense qu'elle est toujours en vie.

Ah… ce sourire, à te consumer sur place.

Je dirais qu'elle avait peut-être trente ans. J'ai jamais demandé. Son mari était indisponible, vu qu'il était dans un camp de prisonniers à l'époque. Alors nécessité fait loi, à ce qu'on dit, à la guerre comme à la guerre.

J'avais pas un physique de jeune premier. Mais elle, c'était une vraie bombe. Le portrait de l'actrice Laura Nucci, avec des yeux bruns où on aurait pu se noyer. C'était vraiment une très belle dame. J'aime les gens en Italie. Avec eux, on sait où on met les pieds. Ils aiment la vie, c'est naturel chez eux. Ils vous emmerdent pas. Ils sont exubérants.

Aussi, l'après-midi de la veille de Noël, je me suis débrouillé pour venir la voir en loucedé, histoire de passer un petit réveillon discret, voilà le programme. J'ai mes trucs pour circuler à travers la ville, de jour. Des faux papiers. Un faux nom. Peu importe. J'ai sur moi une bouteille de bulles et une jolie boîte de chocolats, et les instincts naturels de la saison. Donc, on a dansé un peu, on a bu un peu, et une chose en entraînant une autre… Naturellement.

Seulement après, on est au lit, à écouter un disque, et elle dit qu'elle a entendu raconter que les teds allaient fermer le pont, cette nuit.

Les « teds », c'est les fritz, c'est comme ça qu'on les appelle, à Rome.

Chiedo scusa ? Ils vont quoi, ma chérie ?

Barricader le pont. Elle tient ça de sa copine, qui bosse chez le coiffeur où on teint les perruques. Apparemment, tout le monde est au courant dans le quartier. Donc, si je veux rester dormir là, je suis le bienvenu, on se fera une petite bouffe et on s'écoutera un disque d'Ella qu'elle aime bien, du moment que je déguerpis avant que sa sœur, son connard de beau-frère et leur armée de connards de mioches débarquent au matin pour l'emmener à l'église et ensuite chez sa mère.

J'ai fait : T'en es sûre ?

Si tu peux dormir ici ?

Non, à propos du pont qui sera fermé.

Sì, sì, c'est cette fille qui bosse chez le coiffeur qui a entendu son frère le dire, il tenait ça de Pierluigi, qui le tenait de Massimo. Les teds barricadent le pont cette nuit, c'est du sûr.

Et voilà, maintenant, j'ai ça dans la tête. Et j'ai une petite idée de plan. Après que Derry est tombé malade, il était évident que la mission devait revenir à Angelucci – il me plaît, ce gars-là. Pas besoin d'être madame Irma pour comprendre ; c'est clair comme le jour qu'il va lui falloir traverser le fleuve à un moment donné et puis c'est clair qu'il va pas lui pousser des ailes.

Alors qu'est-ce que j'ai fait ? Je suis descendu sur la berge et j'ai attendu, et c'est tout. Je voulais pas faire du grabuge. Juste jeter un coup d'œil.

La nuit était si tranquille qu'on aurait entendu une souris pisser sur du coton.

Il faisait de plus en plus sombre. Le ciel était aussi noir qu'un four. Le cœur qui bat la breloque, et je me gèle les couilles. Il fait tellement froid que je sens plus mes doigts. Je pense à mon héros, Shackleton, et à ces pauvres cornichons en Antarctique. J'ai vu une photo de leur bateau, dans un livre que lisait sir Frank. Leur vaisseau pris dans les glaces. Coincé là-bas. Ça fend le cœur à voir. « Assaillis de toutes parts », c'était le titre du chapitre.

Et je pense à *la mia lei*, à quelques rues de là dans son appartement, dans un grand lit de plumes avec plus d'oreillers que t'en as jamais vus. Dans le pyjama en soie verte que je lui ai offert. Pauvre de moi. *Madonna mia.* Ça me dérangerait pas d'être coincé là-bas.

On avait des projets pour ce soir. C'est cuit. Je crève de faim, en plus, j'ai rien mangé depuis ce midi, des *bucatini* réchauffés et du porc en boîte, j'ai fait semblant d'aimer ça. Donc, tout ça m'a bien l'air de partir en quenouille.

J'attends, et j'attends.

Et tout à coup, qu'est-ce que je vois ?

Je reconnais son allure. J'ai la berlue ou quoi ? Nom d'un chien. Le Padre !

Le voilà, de l'autre côté du Tibre, qui fait le joli cœur. Et les teds qui sont juste à côté sur le pont.

Mais qu'est-ce qui est arrivé à Angelucci ? Où est-ce qu'on va, là ?

Je balance quelques cailloux, mais il me voit pas, bougre d'andouille. Qu'est-ce que je peux faire ? Impossible de crier. Je lui fais des appels avec ma torche, mais il me voit pas non plus. Je fais le sémaphore avec les bras. Je saute en l'air. Je veux qu'il me remarque ! Je danse un putain de fandango sur l'autre rive du Tibre, mais il veut toujours pas me regarder, ce fichu couillon.

Ah, il se passe quelque chose sur le pont, je vois les lumières qui bougent. Je remonte en cinq sec sur le quai derrière moi.

Et qu'est-ce que je vois maintenant ? Deux fridolins qui descendent en face, rien que ça. C'est la fin des haricots, rideau, *arrivederci* ! N'empêche, ils passent devant lui, ils continuent droit devant, et lui, il grimpe dans une barque.

Fais pas le con, Aitch. Le courant est trop fort.

C'est un costaud, le Padre, mais il a pas la force de ramer. D'où je viens, tu te fais les bras en grandissant. On gagne pas une bagarre si on a la main molle.

J'ai repéré ce petit canot, là-bas, à dix mètres, j'ai réussi à défaire les amarres. Sauf qu'y a pas de rames.

Et alors, qu'est-ce qu'il a fait, bibi ? J'ai traversé ce foutu Tibre en ramant avec le banc du bateau. Croix de bois, croix de fer. C'est comme ça que ça s'est passé.

Les frisés avaient un problème avec leur char, la tourelle arrêtait pas de tourner. Un problème de transmission. Ça arrive avec les panzers, y en a beaucoup qui sont allés dans le désert, ils se sont foutus du sable partout. Aussi, tous les boches avaient l'œil là-dessus. Et je me suis faufilé de l'autre côté du Tibre ni vu ni connu je t'embrouille. J'ai chargé le Padre. Et on a retraversé.

Il a failli faire dans son froc tellement qu'il était secoué. Mais il a insisté pour continuer. Je lui ai demandé où il allait, mais pas moyen de lui tirer la plus petite info, « seulement ce que vous devez savoir », c'est tout. Il s'était coupé la main sur un bout de verre, je lui ai demandé si ça irait, il m'a répondu qu'il se ferait soigner plus tard « chez Lonnie », si besoin. J'avais pas la moindre idée de qui c'était et, dans le Chœur, on posait pas de question. D'ailleurs, il n'aurait pas dû prononcer son nom, c'était une erreur.

Non, j'ai pas proposé de l'accompagner, je ne vais pas mentir là-dessus. Je n'ai rien dit. De toute façon, il n'aurait pas accepté. Il m'a remercié au moins une douzaine de fois, et puis il est reparti. Il a insisté. Je l'ai supplié de ne pas y aller, mais c'est pas le genre de gars qu'on fait changer d'avis. Et je suis retourné à l'appartement.

Non, je voyais pas ça comme de l'héroïsme. Pas du tout. Ton pote a des problèmes : tu vas l'aider.

On avait tous des motivations différentes pour entrer dans le Chœur. Pour certains, c'était religieux – pas bien rigolo, mais bon, on est à Rome, donc c'est normal –, pour les autres ça pouvait être toutes sortes de raisons. Politiques. Patriotiques. Et puis il y a ceux qui cherchent toujours à faire le bien. Pour moi, c'était rien de tout ça.

L'un était communiste, l'autre socialiste, le troisième conservateur. Sir Francis D'Arcy Godolphin Osborne ? C'est pas un prolo d'Old Kent Road. Moi, je me mêle jamais de politique : au final, c'est tout la même salade. Et puis, pourquoi est-ce qu'on aimerait le pays des autres ? Regardez les Gallois. Même leur pays à eux, ils l'aiment pas. N'empêche, la première chose qu'ils ont faite en débarquant en Australie ? C'est en baptiser un morceau « Nouvelle-*Galles*-du-Sud ».

Je m'en tamponne le coquillard de savoir quel temple les gens fréquentent. Synagogue, église catholique, méthodiste, et je ne sais quoi encore. Moi, j'étais dans le Chœur pour une bonne et simple raison.

Je vais pas te mentir, ma poule. Les fritz, c'est pas ma tasse de thé.

On n'a pas le droit de dire ça, mais à mon âge, je prends le gauche.

Le plus drôle, c'est que je m'en foutais quand j'étais jeune. Après avoir monté ce trio de jazz, on allait de temps en temps donner un concert en Allemagne, on jouait un ou deux soirs, on faisait une tournée. On était bien payés, rubis sur l'ongle, le public nous écoutait, applaudissait, c'était bath. Des gens très polis, jamais d'embrouilles. Les autres mettaient les bouts dès qu'on avait fini, moi j'étais libre comme l'air, pas d'attache, alors je traînais un jour ou deux, je musardais. Un jour – on était venus soutenir Nat Gonella et son groupe, The Georgians –, je me retrouve à Düsseldorf, dans le très joli quartier de la vieille ville, je vais dans un petit restau de poisson. Très bon *Seezunge mit Mandeln*, choucroute, pickles, un peu de coleslaw, de bonnes câpres, du pain de seigle. Tout ça préparé aux petits oignons. Respect. Une demi-bouteille de Weissburgunder, un paquet de clopes, cet article sur Coleman Hawkins que j'avais mis de côté. Dehors, il fait pas chaud, j'ai l'intention de rester là, tranquille, jusqu'à l'heure du train. Mais tout à coup, y a du bruit dehors.

Une bande de demeurés en short tyrolien qui gueulent sur tout le monde. Ils chantent *Die Fahne hoch*, brandissent un drapeau avec une grosse croix gammée dessus. D'abord je les ai trouvés comiques, pareil que chez nous, les Morris *dancers*. Des abrutis. Plutôt pathétiques. En voie d'extinction. Mais bientôt, ça tourne au vinaigre. Ils crachent sur les vieux qui passent. Je parle pas allemand, mais je sais ce que *Juden* veut dire.

Je me retourne vers le serveur, un vieil excentrique en costard, et je lui demande ce qui se passe, si c'est une mauvaise blague. Il me répond : « C'est l'avenir, *mein Herr.* »

Je suis de Londres, de l'East End. Tu me dis qu'Hermann est honnête ? J'ai quatre mots à lui répondre. Avec deux F.

C'est pas les Quakers qui ont balancé une bombe incendiaire sur Whitechapel. On sait tous qui c'était.

Ah, je suis certain qu'il y a des gars bien chez eux. Enfin, qu'il y avait. Avant qu'ils les aient tous assassinés.

C'est ça, les fritz : ils se contentent d'obéir aux ordres.

Pardonner à l'ennemi, tendre l'autre joue ? Dans tes rêves, ma poule. Pas John. Si on te mord, mords deux fois plus fort, voilà ma devise.

Et puis d'abord, je suis pas britannique. Je suis pas anglais. Je suis londonien, moi. Tu t'en prends à moi et aux miens ? Je te donne ma bénédiction. À la mitrailleuse.

Tu mets un couteau sous la gorge à ma mère ? J'espère que la foudre te tombera dessus avant moi. Je te fiche mon billet que je t'aurai, une de ces nuits.

De nos jours, les fridolins sont tout sourire. Ça parle que de paix et de nouveau départ. Et mon cul, c'est du poulet ? Circule. J'y crois pas.

Des fois, mes petits-enfants me demandent ce que j'ai fait pendant la guerre. Je leur dis qu'y a pas un jour où j'ai pas fait chier les boches.

Et je leur dis qu'ils devraient faire pareil.

Voilà ma politique.

Je donnerais pas un demi-pouce de Whitechapel en échange de toute cette putain d'Allemagne. Sois le bienvenu, ted. Va te faire foutre.

Ben oui, c'est comme ça que j'étais. Et me voilà de retour chez *mia bella amore*. Sauf qu'au bout d'un moment, ça me turlupine, il est là dehors, tout seul face aux fritz, aux fascistes et à Dieu sait qui d'autre. Alors je me fais des cheveux gris. Y a personne avec lui. Et puis d'abord, c'est qui cette Lonnie dont il a parlé ?

Et je me dis que c'était peut-être la dernière fois que je le voyais. J'aurais dû l'accompagner, ou l'empêcher de continuer. Et j'ai rien fait.

Tout s'est passé si vite. Je pensais pas droit. Et maintenant, ça me bouffe la couenne. Un vrai tourment.

Aucun moyen de contacter Derry. Et Angelucci a pas le téléphone. Je pourrais bien partir après lui, sauf que j'ai pas la moindre idée d'où il va, qui il doit retrouver. Je m'en veux de pas l'avoir accompagné. Mais je sais qu'il aurait pas voulu. Je m'en veux de pas l'avoir obligé à tout arrêter, rentre chez toi, reste tranquille.

Tout ça, c'est des conneries. Il est têtu comme une mule, le Padre. Jamais il veut entendre raison, il nous met tous sur des charbons ardents. Ce qui est typique des paddy. Il est dans son monde. Demandez à un paddy de faire un truc sensé, évident ? Autant vider la mer à la petite cuillère.

Et puis, tout d'un coup, je sais où il va. C'est pas Lonnie qu'il a mentionné, mais Blonnie. « Je me ferai soigner chez Blonnie. » Laisse-moi te dire que je me suis redressé d'un coup dans le lit, pareil qu'un diable qui sort de sa boîte. « Blonnie », c'est la fille à Delia.

J'ai demandé à *carissima* si elle avait un plan de Rome, mais non, alors elle m'a dégoté un stylo à plume et un bloc-notes dans un tiroir. Et ça me faire marrer de m'en souvenir, mais elle n'avait plus d'encre, aussi elle m'a filé un crayon à sourcils, c'était tout ce qu'elle avait sous la main. Je nous revois encore, tous les deux assis là, complètement à poil, à dessiner les quartiers tandis qu'elle me dit les noms des rues.

Maintenant je suis certain de sa destination.

Et là, j'ai demandé à ma douce de passer un coup de fil. Une voix de femme, en italien, les frisés se méfieront pas. Je lui ai dit, parle le plus vite que tu peux, ma chérie, c'est plus dur de comprendre l'italien si vous parlez vite. C'était un coup de tête, un coup de folie. Tout ce plan était dingue, de bout en bout. Sauf que j'avais pas le choix. Quand il faut, il faut.

Je lui donne le code. Elle décroche le téléphone. Je la regarde composer le numéro, c'est comme voir les choses au ralenti en attendant une réponse, tout en me disant que je commets peut-être là la plus grosse erreur de ma vie.

Si tu passes ce coup de fil, deux cents prisonniers risquent de mourir d'ici demain.

Une partie de moi espérait que personne ne décrocherait.

Mais si.

Je jure que je n'ai pas dormi une seconde cette nuit-là.

Ne pas savoir, c'est le pire des tourments.

Toujours.

En se hissant maladroitement hors du canot, il remercie May par gestes et lui fait signe de s'en aller, celui-ci proteste puis s'y résout, il s'éloigne mains dans les poches sur le chemin, dans les griffes du froid, tandis que sur le pont, le panzer titube d'un mètre en avant, ses rouages grinçant de partout.

Les manches trempées, il gravit les marches, traverse le quai, prend une ruelle près de la poissonnerie, un *passaggio* étroit et tortueux bordé d'entrepôts.

Dix-neuf minutes de retard.

Il se met à courir.

Courir la nuit est toujours suspect, dit Derry. Aucun membre du Chœur qui entreprend un Rendimento ne doit jamais courir, sauf sous le feu ennemi.

Vingt minutes de retard : il est sous le feu ennemi.

Il a l'impression que ses pieds font un bruit de pétards en traversant la *piazza*, tête baissée. Énormes stands de souvenirs fermés, nouveaux kiosques recouverts de toile huilée, statue d'un général oublié dont le socle a été barbouillé de faucilles et de marteaux, fontaine qui se gausse de l'injure écrite sur le petit ventre de son chérubin.

Il glisse, essaie de se rattraper.

Ghiaccio.

Verglas.

Entaille à la pommette.

Il en voit trente-six chandelles.

En un instant, la douleur l'envahit. Sous le choc, une soif abyssale, l'écho de son cri se répercute.

Dans la chute, son menton a heurté le rebord de la fontaine. Nouvel embrasement de douleur, comme un coup de matraque à la colonne vertébrale. Le mal rugit dans sa mâchoire, à travers les os de son crâne. Minuscules lumières incendiaires, le bruit de ses yeux dans leurs orbites, la *piazza* s'efface, devient noire, l'humiliation de ce juron. Le général scintillant sur son cheval scintillant.

Faites que je ne m'évanouisse pas.

Tu perds connaissance, le titille l'ombre.

Premier assaut de la nausée. Du sang dans la gorge.

Appuyé sur un coude, il vomit, la jambe droite de son pantalon est déchirée de la cheville au genou, griffure blanche de la taille d'une main sur son mollet. Il réussit à se relever. Se rince la bouche dans l'eau amère de la fontaine qui l'a mis à terre. La douleur lui étreint les côtes, lui tord la colonne vertébrale, mais il réussit à repartir en boitant à travers la *piazza* gelée, passe devant une église qu'il connaît, seulement le choc a chassé son nom de sa tête, puis à nouveau dans les ténèbres d'une ruelle étroite qui est celle de son rendez-vous, hautes maisons de chaque côté, cordes à linge entrecroisées.

Trois, quatre secondes.

Il sait qu'il s'est fait repérer.

Un garçon siffle depuis l'issue de secours, lance un caillou dans le noir, qui atterrit à grand bruit sur le toit d'en face, près de l'épi de faîtage.

Là, une fille se penche sur le rebord, répond par un sifflement.

L'ombre ricane.

La nuit vacille. Odeur de charbon.

23

Marianna de Vries

Novembre 1962

Témoignage écrit en remplacement d'un entretien

La première livraison devait avoir lieu à Prati. J'habitais à la lisière de Parioli et je m'étais portée volontaire pour recevoir la deuxième. S'ajoutait au danger et à l'anxiété le fait que le Chœur ne se réunissait jamais dans la semaine qui précédait un Rendimento. Il fallait donc faire confiance à son instinct, quel qu'il soit. Et au plan que vous vous étiez ancré dans le crâne.

À l'heure prévue, j'ai quitté mon appartement comme convenu en laissant la porte légèrement entrebâillée, et je suis descendue par l'escalier de service jusqu'à la cave où l'on stockait le charbon, à côté de la chaufferie.

Pour tuer le temps au cours des heures précédentes, j'avais lu *Roméo et Juliette.* « Par Dieu, il est si tard que l'on va bientôt pouvoir dire / Qu'il est très tôt. Bonne nuit, Bonne nuit. » Ces vers étaient gravés dans mon esprit.

Il était à présent une heure moins le quart en ce matin de Noël, mais certains de mes voisins écoutaient encore la radio ou se querellaient. Mon plan, si jamais j'étais découverte, ce qui me paraissait peu probable, consistait à dire qu'il régnait un froid glacial chez moi, et que je pensais que la chaudière ne fonctionnait pas. Voilà pourquoi j'avais laissé le radiateur éteint toute la journée et toute la nuit – en réalité, j'avais cassé les valves avec un tournevis. Du givre s'était même formé à l'intérieur de la fenêtre, ce que je n'avais jamais vu en cinq hivers passés à Rome.

Je suis descendue dans les ténèbres en catimini, claquant des dents, enveloppée dans une couverture. J'ai trouvé la clé de la cave à charbon sur le chambranle, au-dessus de la porte où la laissait le gardien – il ne vivait pas dans l'immeuble. J'ai ouvert, je suis entrée et j'ai attendu.

L'atmosphère était si poussiéreuse qu'il était difficile de respirer et il faisait un froid de loup. Dans la rue, quelques passants bravant le couvre-feu, mais pas le moindre signe d'Angelucci. D'après leur pas, je pouvais dire que toutes étaient des femmes, ou bien des hommes plus frêles qu'Enzo. Un StuG est passé lentement, en grondant. Gémissements et gargouillis terribles, les cris des Allemands m'ont rendue malade de peur. Où était Enzo ? Le plan avait été orchestré dans les moindres détails, et pourtant, Angelucci, le plus fiable du Chœur après Derry, n'était pas au rendez-vous. Certes, il avait parfois le sang chaud, mais c'était une ruse. Quand Angelucci disait qu'il allait faire quelque chose, il le faisait, aucun doute. Qu'est-ce qui avait mal tourné ? Je me suis mise à craindre le pire. J'avais beau me trouver dans une cave à charbon, j'ai fumé deux cigarettes, mais j'ai pris soin de ne pas les éteindre n'importe où.

Au bout d'un moment, avec une demi-heure de retard, j'ai entendu un choc contre les tuyaux du plafond. Cela signifiait que la jeune fille qui faisait le guet sur le toit avait vu Angelucci tourner à l'angle de la rue. Avec difficulté, je me suis hissée tout en haut du tas de charbon crissant, jusqu'à la trappe dans le mur, que j'ai poussée de quelques centimètres.

J'ai entendu un homme s'approcher. Impossible que ce soit Enzo. Un pressentiment monstrueux m'a saisie : devais-je donner suite au plan ? Avions-nous été trahis, et ce boiteux était-il un nazi, une taupe ? J'étais sur le point de quitter la cave lorsque j'ai entendu un mot bref.

« *Sol.* »

Mon nom de code au sein du Chœur.

Je n'arrivais pas à déterminer qui l'avait ainsi glapi, je savais juste que ce n'était pas Angelucci. Le sentiment très étrange m'a envahie qu'il s'agissait d'Ugo, mais ma raison soumise au feu ennemi me disait que ça ne pouvait pas être le cas, qu'il était forcément au Vatican, à faire les cent pas. Tout s'est passé en quelques secondes. Je devais prendre la décision la plus dangereuse de ma vie.

Quand j'ai jugé qu'il était à environ deux mètres, j'ai saisi ma chance et ouvert tout grand la trappe. Sans un mot, il y a jeté la sacoche que j'ai enveloppée dans une taie d'oreiller apportée dans la poche de mon peignoir. J'ai quitté la cave, verrouillé l'accès, remis la clé en place au-dessus du jambage de la porte et, parmi les bruits de la nuit, je suis remontée chez moi en tapinois.

Luigina, la jeune sentinelle sur le toit, était à présent dans ma chambre en compagnie d'un beau garçon que j'avais déjà croisé dans le quartier mais dont j'ignorais le nom. Ils ont attendu que je prenne une douche rapide (à l'eau froide) et passe des vêtements propres, puis, à mon signal, ils m'ont rejointe dans la salle de bains.

Le garçon, qui devait avoir dans les dix-sept ans, portait un bleu de travail. La fille l'appelait Eugenio, et parfois Beppe, donc l'un des deux devait être son *nom de guerre**. Sans un mot, nous avons déposé la sacoche crasseuse dans la baignoire vide et sorti ce qu'elle contenait, rangeant les billets en liasses égales que nous entourions d'un élastique. J'ai aidé la jeune fille à en dissimuler trois dans ses sous-vêtements ; le garçon en a pris quatre, qu'il a réparties dans de larges poches cousues sur les cuisses et les mollets de son pantalon. Sortant un cran d'arrêt, il a commencé à découper habilement la sacoche, dont il a jeté deux ou trois lambeaux par la fenêtre, puis il en a donné un paquet à la jeune fille, et ils sont repartis par les toits, comme ils étaient venus. J'ai caché les dernières liasses dans la chasse d'eau et mis au sale mes vêtements tachés.

Dans les jours qui ont suivi, j'ai distribué les dollars par paquets de cent ou deux cents, en petites coupures, aux différents contacts que je connaissais par cœur pour avoir pendant des nuits et des nuits mémorisé les listes d'Ugo et Derry. Il s'agissait de laisser une enveloppe adressée sous un faux nom au barman de tel café près de la fontana di Trevi, d'introduire deux billets de cinquante dans un exemplaire de l'*Inferno* de Dante, puis de le remettre sur son étagère dans la librairie pour bibliophiles située dans une petite rue près de Scala Santa. Une vieille carmélite visitant le Colisée est venue près de moi tandis que notre groupe improvisé écoutait le guide faire revivre des merveilles trop souvent évoquées : quatre-vingt mille Romains hurlant, brandissant le poing, dévorant des entrailles encore chaudes, l'arène transformée en bassin pour de spectaculaires combats navals. La sœur est rentrée au couvent avec trois cents dollars qu'elle n'avait pas en arrivant au Colisée, flanquée d'un artilleur d'aviation canadien déguisé en moine.

Le dimanche, je suis allée six fois à la messe, dont cinq le matin et une le soir, pratique inhabituelle chez une athée. Comme prévu, j'ai déposé de grosses enveloppes au moment de la quête : chaque fois, le sacristain, sympathisant du Chœur, avait reçu des instructions pour continuer à distribuer l'argent ; au bout du compte, l'essentiel servirait à verser des pots-de-vin et payer des faux papiers qui permettraient aux fugitifs de quitter Rome et de se cacher à la campagne.

Ce fut un dimanche intéressant. Enfin, pas tout à fait. Le niveau d'ennui jamais atteint était en soi intéressant. Cela m'a dégoûtée à vie du plain-chant. En outre, chacun des six prêtres avait prononcé ce jour-là un sermon sur un passage précis des Évangiles, et chacun en avait une interprétation, parfois très différente, y compris dans son développement, le plus compétent y consacrant cinq minutes, le pire, une demi-heure. Je me suis demandé ce qui se passerait si une pécheresse se présentait à dix confesseurs distincts en avouant chaque fois exactement les mêmes fautes. La pénitence varierait-elle en fonction de celui qui l'aurait écoutée, de son humeur, de son âge, de la qualité de son petit déjeuner ? Je crois que nous connaissons la réponse. Wittgenstein (il me semble que c'est lui) a été très clair là-dessus : sur les sujets dont il vaut mieux ne rien dire, il est bon de se taire.

Un matin où je devais retrouver l'une de mes sources pour un article en préparation, j'ai aperçu le garçon qui était sur le toit devant un bistrot du voisinage, mais il m'a regardée sans me voir. Le plus étrange, c'est qu'il était en compagnie d'un groupe de jeunes qui chantaient l'hymne fasciste tout en jouant bruyamment aux dominos de la manière la plus désinvolte qui soit. J'ai pris peur et pendant un jour ou deux je me suis demandé si nous avions été trahis.

Chaque bruit de pas dans l'escalier de l'immeuble me plongeait dans des abîmes d'effroi. Dès qu'une femme me regardait sur la *piazza*, j'avais envie de partir en courant. Une employée au guichet des bureaux d'American Express m'a demandé d'un ton brusque d'épeler à nouveau mon nom de famille, puis elle a semblé vérifier s'il figurait bien sur une liste dans un dossier ; j'en ai eu des sueurs froides et des maux de tête qui plusieurs fois m'ont assaillie au cours de la journée. La panique jaillit en temps de guerre, surtout je suppose quand on vit seule. Mais peut-être est-ce pire pour les gens mariés.

Un soir en rentrant de promenade, j'ai eu la certitude qu'on avait déplacé ma machine à écrire en mon absence, que les feuilles de papier carbone sur mon bureau avaient été retournées, examinées, qu'on avait ouvert et fouillé l'armoire de toilette de la salle de bains, qui contenait des médicaments et des affaires personnelles. J'avais l'impression de voir des traces de doigts sur le miroir de la petite porte, que tout l'appartement puait la sueur rance et la fumée de cigare. L'oreiller sous lequel je rangeais ma chemise de nuit avait changé de place, j'en étais convaincue. Peut-être qu'en ce moment même, on m'observait.

Y avait-il un appareil photo espion, un micro ? Un trou minuscule pratiqué dans le mur ? Il n'est pas de pire paranoïa que celle engendrée par la crainte de voir notre vie privée épiée. La Gestapo en était tout à fait capable, Ugo nous le répétait depuis longtemps : « Les murs ont des oreilles », c'était là l'une de ses mises en garde.

Dès que j'essayais de dormir me venaient en tête les photos prises, imaginais-je, par les espions, ce qui me tirait brutalement du sommeil. D'étranges murmures, des rires moqueurs hantaient mes insomnies. Bientôt, j'ai envisagé *à mon tour* d'aller me cacher, ou bien de quitter Rome, tant j'étais certaine que nous avions été dupés et trahis. En vérité, je l'aurais fait si nous n'avions pas juré de ne pas contacter les autres membres du Chœur pendant quinze jours après cette nuit-là, or je ne voulais pas mettre en danger mes amis, ni disparaître sans qu'ils le sachent car cela aurait éveillé les soupçons.

Pendant cette semaine interminable, l'adolescent a hanté mes cauchemars. Je suis même partie à sa recherche à travers le quartier avec le dessein complètement fou de le mettre au pied du mur. Une femme adulte qui arpente les rues, regarde à travers les fenêtres telle une folle dans un roman gothique, ou observe pernicieusement les autres. J'ignore ce que je lui aurais dit, peut-être même ne le savais-je pas à l'époque. Quoi qu'il en soit, je ne l'ai pas trouvé.

Au réveillon du Nouvel An, on m'a appris – je préfère ne pas dévoiler mes sources – que le garçon était un communiste vivant dans la clandestinité, une taupe infiltrée dans les rangs des fascistes. Nous lui avions remis huit mille dollars. J'ai espéré que mon informateur ne se soit pas trompé.

La cave à charbon était le deuxième point de livraison d'Ugo sur trois, durant cette nuit-là où j'ai craint de ne jamais voir arriver l'aurore. Quand j'y repense, je me rappelle cette fille, qui, un jour, serait une actrice connue, et ce jeune homme, qui serait torturé et tué par la Gestapo au cours du premier mois de la nouvelle année, son corps abandonné derrière le stadio dei Cipressi, plus tard rebaptisé stadio Olimpico. Tant qu'il y aura de l'air dans le ciel, les cinq anneaux du symbole olympique auront toujours pour moi une signification intime : ce garçon, sa défiance, son calme, son courage, son amour pour son magnifique pays.

Je crois que je n'oublierai jamais le froid qui régnait dans mon appartement en cette fin décembre. Et la peur de ne pas savoir ce qui allait se passer.

Ces quelques jours ont changé ma vie. J'ai beaucoup réfléchi.

Si je survivais à la guerre, ai-je résolu, j'emprunterais de nouvelles voies. Je retournerais à l'université achever les études que j'avais abandonnées vers vingt ans. Je mettrais fin à ce que j'appelais ma dépendance aux barbituriques. J'écrirais autrement. Je serais moi-même.

Il était possible d'imaginer les aubes à venir, mais la nuit demeurait.

Je n'avais aucune nouvelle des autres membres du Chœur.

J'ai eu peur, alors, que tous mes amis soient morts.

Ugo était-il en vie ?

Et les autres ?

Il s'accroupit derrière une rangée de poubelles tandis qu'un quintette de bulldozers nazis blindés défile en rugissant sur le quai.

Plus loin, une rangée de garages plongés dans l'ombre, semblables à des remparts. Derrière lui, la brise nauséabonde montant du Tibre.

Il arrive sur le Campo di Giuliani, des pulsations dans ses yeux remplis d'incertitude.

Là-haut, sur une *loggia* de pierre, le long d'un toit envahi de lierre, un flûtiste vêtu d'un smoking mangé par les mites et d'une cape, vénérable Moïse blanchi sorti d'un tableau de Raphaël. À côté de lui, un ténor avec une épaule plus basse que l'autre chante *Una furtiva lagrima*, les mains tendues, arrachant des larmes à l'air. À l'autre bout de la place, à une fenêtre éclairée par une bougie, une jeune femme portant un masque d'arlequin les accompagne au piano. Le son pur et scintillant des cordes frappées et les arpèges mélodieux résonnent sur le froid pavé séculaire.

Les autres volets donnant sur la place sont tous fermés. Les habitants doivent entendre la musique, pourtant personne n'écoute, ou alors sous les couvertures, au pays des courtepointes. Peut-être cela ne les dérange-t-il pas de demeurer ainsi éveillés.

Un solo istante i palpiti
Del suo bel cor sentir !
I miei sospir, confondere
Per poco a' suoi sospir !

Figée par tant de fragilité, il lève les yeux de sous un auvent tandis que l'aria monte, chaque voyelle claire comme une lame, le roucoulement de la flûte tel l'appel d'une colombe à l'aurore, à travers la rosée des « S » du ténor. Elle étincelle, se déploie vers le sanglot de son acmé, ensuite la pianiste, le flûtiste et le ténor saluent avec raideur, d'abord les uns vers les autres, puis en direction de la *piazza* déserte, avant de se retirer dans les ténèbres d'où ils sont sortis.

Claquement des volets qu'on ferme. Un chant d'oiseau. Le silence.

Est-ce vraiment arrivé ?

Oui, sans doute.

Les fenêtres sont désertes.

La musique a ouvert quelque chose qu'il voudrait repousser, laisser fermé.

Il glisse sur les pavés crasseux, trébuche, retrouve l'équilibre.

Un garçon plein d'éclat, devant une corde à linge, cinq étages plus haut dans une ruelle.

Deux frères dans une cour, se coupant mutuellement les cheveux à la lueur d'une bougie.

Un rat contemple un clocher depuis l'intérieur d'un melon rongé.

Clair de lune sur les tombes.

Loups de pierre au-dessus d'une porte.

Une femme à un balcon, son amant lui murmure son amour à trois mètres d'éternité, depuis la fenêtre d'en face.

24

La voix de sir D'Arcy Osborne

14 décembre 1962

Entretien avec un journaliste de la BBC, enregistré au 66 via Giulia, à Rome

Avec tout mon respect, ce n'est pas que je veuille demeurer dans l'imprécision. Lorsqu'on est lié par le secret défense, c'est pour la vie. Par conséquent, je vous laisse apprécier les limites de ce que je pourrais dire – ou suis autorisé à dire, même alors qu'un laps de temps non négligeable s'est écoulé – quant à la manière dont les fonds furent distribués lors de la mission menée par Monseigneur la nuit de Noël 1943. Certaines raisons justifient qu'il demeure des secrets entre les pays.

J'imagine que les gens tireront leurs propres conclusions dans l'affaire qui nous occupe. Il est des réalités d'une telle évidence qu'il n'est guère possible d'en nier la moindre part. Ainsi, nous ne nous tromperions pas du tout au tout en affirmant que la majeure partie de l'argent entra en Italie, disons, grâce aux bons offices d'ambassadeurs amis, ou tout au moins neutres, par petites sommes dans un premier temps.

Il en infère donc manifestement que des personnes furent impliquées. Je fus le coordonnateur. En tant que sujet de Sa Majesté, je suis libre de m'entretenir avec qui bon me semble dans la mesure où je ne transgresse aucune loi du royaume.

En raison des fluctuations monétaires et, comment dirais-je, d'une tendance fréquente dans mon Italie bien-aimée à se servir au passage, il s'avéra à la dernière minute que nous manquions de liquidités. La Contessa ne m'en voudra pas de dire officiellement que c'est elle qui, pour ainsi dire, a volé à la rescousse. Je pense que l'argent de la vente de bijoux offerts par le comte à sa dame en constitua une partie, mais cela ne me fut jamais confirmé, pour des raisons compréhensibles. Il me faut ajouter que c'était un geste extrêmement périlleux de la part de mon amie. Les SS surveillaient avec assiduité les comptes bancaires de tous les non-fascistes. La collaboration avec les Alliés était punie de mort.

À cette époque, j'ai pris conscience, et je ne vous dirai pas comment – une fois encore veuillez pardonner mes tergiversations : il est bien évident que les réseaux de renseignement et du contre-espionnage étaient impliqués –, que Hauptmann, le chef des SS à Rome, recevait des appels téléphoniques d'Himmler en personne avec une régularité notable. Chose qui m'a profondément déconcerté.

Chaque nuit, voire deux fois par nuit, le Reichsführer – deuxième homme le plus puissant de l'empire nazi – s'emportait contre Hauptmann et son odieux second, Dollman, car le Führer avait l'impression que les prisonniers alliés menaient la belle vie à Rome – « comme des putains dans un *Bierkeller* », expression inoubliable s'il en est. Menaçant Hauptmann, il lui disait que si la situation n'était pas résolue en hâte, le mécontentement du Führer pourrait en arriver à se concentrer sur lui, c'est-à-dire qu'Hitler avait Hauptmann dans le collimateur.

Je savais depuis un certain temps que Hauptmann avait développé ce que le célèbre professeur Freud aurait pu appeler un « complexe » vis-à-vis de Monseigneur. Nous avions une taupe au quartier général de la Gestapo, une jeune femme courageuse, une héroïne même, que je ne nommerai pas ni n'identifierai davantage. Je n'infirmerai ni ne confirmerai qu'elle était elle-même allemande. Je ne dirai rien d'elle, hormis qu'elle nous avait informés, entre autres choses, que le chef nazi était entré dans son bureau en vitupérant contre « ce bâtard de prêtre », les yeux fixés sur des photos de lui tel un druide essayant de les enflammer. J'avais informé Monseigneur de ces faits, mais comme d'autres parmi ses compatriotes, si je puis dire, il n'était pas toujours prompt à prendre les faits pour tels.

C'est ainsi.

Les peuples celtes – que nous admirons – excellent à interpréter les œuvres des poètes. Mais quand il s'agit de suivre la raison ? *Satis dictum.*

Je souhaite qu'il soit consigné que Monseigneur avait parfaitement conscience du péril qu'il courait en ce Noël 1943. Toute opinion laissant entendre que ce ne serait pas le cas est franchement inepte. Ce que je veux dire, c'est que toute insinuation du contraire serait totalement infondée. Je l'avais mis en garde, il connaissait le danger.

Ceci engage ma parole solennelle. Après, des gens plus intelligents que moi croiront ce qu'ils voudront. Ainsi que Mr Orwell est censé l'avoir dit (bien que je n'aie jamais trouvé la référence) : « Il existe des idées d'une telle stupidité que seul un intellectuel pourrait y croire. »

Mr Orwell ayant étudié à Eton, il faut, par conséquent, toujours lui faire confiance.

Peu après qu'eut commencé cette succession d'appels furieux de Himmler, Hauptmann ordonna aux infortunés Juifs du ghetto, dont la plupart étaient des Romains très pauvres qui travaillaient dur, de rassembler une somme d'or insensée, sans quoi ils seraient déportés dans les camps. Au prix d'efforts intenses, le total fut atteint. Là encore, j'ai toute raison de croire que la Contessa n'y était pas étrangère, au moins de manière périphérique. Mais il était manifeste que les choses allaient à toute allure.

Je n'ai, jusqu'ici, jamais abordé la tentative des nazis de conclure un marché avec moi – seuls Monseigneur et Derry étaient au courant à l'époque. Cet épisode s'est déroulé un après-midi, quelques mois avant ce Noël 1943, je dirais vers la mi-octobre, peut-être un peu plus tard. Je feuilletais *The Times* en sirotant un Martini gin dans un petit café que j'aime bien sous la colonnade de la place Saint-Pierre, c'était un exemplaire vieux de quinze jours sur lequel mon bon May avait réussi à mettre la main, mais il fallait s'en accommoder. Les mots croisés n'ont pas besoin d'être de toute première fraîcheur.

Au café, j'avais l'habitude de passer du temps à regarder autour de moi pour apprécier le simple fait d'être là. Les Italiens sont un peuple éminemment sociable, démonstratif et tactile. Vivre ensemble appartient à leur culture, leur identité. Partager les repas est important pour eux. S'embrasser, s'étreindre. Hommes, femmes, jeunes et vieux. Ils montrent leurs sentiments, leurs émotions, ce dont en général, en Angleterre, nous nous abstenons. Cela rend à mes yeux la vie en Italie si intéressante et réjouissante. Voilà donc à quoi je me livrais.

Je profitais du spectacle qui m'entourait. Soudain, j'ai été interrompu.

Ce type louche, avec ses airs de maquereau, est arrivé tranquillement vers moi en me demandant si *mein Herr* verrait un inconvénient à partager sa table. Comme il était déjà installé, qu'il avait même les coudes sur la table, je ne pouvais guère refuser. Il ne s'était pas présenté mais je savais qui c'était. Dollman, l'homme de main d'Hauptmann.

Il fumait une mince cigarette noire au bout doré. Ses boutons de manchette figuraient des masques miniatures, une tragédie attristée et sa cousine réjouie. Il a commandé un *capuccino* – nouvelle faute de goût. Les Italiens considèrent à juste titre que ce breuvage ne peut être consommé qu'au petit déjeuner. Aucun Romain cultivé n'en prendrait après onze heures. Quoi qu'il en soit, le serveur lui a répondu qu'on ne trouvait plus de café en ville en raison du rationnement. Dollman a sorti de sa poche un petit flacon qu'il lui a tendu.

« Vous trouverez là-dedans trois cuillérées d'arabica du Costa Rica. Préparez-moi un *capuccino*. Et vite. »

Comme si l'idée venait de lui traverser l'esprit, ses yeux indolents se sont alors tournés vers moi. Le laisserais-je lui faire l'honneur de m'offrir une tasse de thé puisque j'étais son voisin de table ?

« *Nein danke*, ai-je répondu.

– Plus tard alors, a-t-il ajouté en posant une seconde fiole près de ma soucoupe. C'est un petit cadeau pour vous, *mein Herr*. »

Il s'exprimait avec un accent boche cultivé qui ne correspondait ni à son allure ni à son comportement de petite frappe. Malgré ses nombreuses bagues, ses ongles étaient mal entretenus, ai-je remarqué, et ses guêtres, sans doute très chères, n'avaient pas été cirées depuis la chute de la république de Weimar. Fidèle à son nom (qu'on aurait pu traduire par « homme-poupée »), il était animé de curieux mouvements spasmodiques, hochant fréquemment la tête, à croire que quelqu'un en tirait les ficelles. Une effluence sulfureuse de ce qui, j'imagine, devait être de l'eau de Cologne ou une lotion après-rasage flottait dans l'air, le disputant à une autre odeur qu'il n'est guère convenable de mentionner. Au moins portait-il une cravate, bien qu'aux tons trop criards, comme s'il avait arraché un pan de la tenue d'une strip-teaseuse durant un spectacle. En dehors de ses yeux tristes et fauves à l'air syphilitique mais songeur, il ressemblait à ces types qui traînent à la sortie des night-clubs de Berlin, harcelés par les moucherons et le jazz.

L'obligerais-je en acceptant une cigarette ? Le *Times* de Londres était-il intéressant aujourd'hui ?

Là, j'ai demandé l'addition.

« Votre nouvelle vie au Vatican est-elle agréable, *mein Herr* ? »

Question révélatrice. Il savait parfaitement qui j'étais.

J'ai répondu que vivre au Vatican m'agréait pour l'instant.

« Ah oui, vous les Anglais, vous aimez la monarchie.

– Monsieur, vous vous tenez ici présent sur le territoire d'un État neutre et indépendant, lui ai-je rappelé. Si vous êtes engagé auprès d'une des parties dans le conflit actuel ou dans toute opération de l'Axe, votre présence sans permission écrite demandée à l'avance auprès des autorités du Vatican est interdite selon le droit international. Je dois vous demander de vous en retourner à Rome. Là-bas, lui ai-je montré. Bonne journée. Et si vous ne partez pas de votre plein gré, je vous ferai mettre aux arrêts.

– Un accord entre hommes du monde, sir D'Arcy. Voilà tout ce que je cherche. Peut-être accepteriez-vous de m'accorder un moment. »

Un gros policier las s'est alors approché de la nappe à carreaux rouges et, tout en attendant ma réponse, mon interlocuteur me l'a désigné de ses doigts tachés de nicotine, souriant de toutes ses dents, si étonnamment semblables qu'on aurait dit de la porcelaine.

« *Voyez cette puce et remarquez \ Comme est infime ce que vous me déniez.* » Voici des vers de votre poète et prêtre anglais, Donne, je crois. Extrait d'un poème érotique. N'est-ce pas ? »

J'ai répondu que je n'avais pas l'habitude de discuter littérature avec des inconnus (en vérité, si, cela m'arrive quand l'occasion se présente), qu'il n'avait qu'à me dire ce qu'il voulait et briser là. Un diplomate doit parfois tolérer des gens qu'il préférerait gifler. C'est pour cela que la diplomatie existe, après tout. J'éprouvais une appréhension assez naturelle, mais je ne voulais pas lui donner la satisfaction de la lui laisser deviner. Sans doute avait-il un Luger sous l'aisselle ; ainsi que tous les hommes de la Gestapo. Mais même un barbare hésiterait à me descendre sur la place Saint-Pierre. En tout cas, en plein jour.

« J'aimerais discuter avec vous d'un autre membre du clergé.

– Ils sont nombreux, à Rome », ai-je botté en touche tel un Springbok, si j'ose dire.

« Mais tous ne sont pas des fauteurs de troubles, *mein Herr.* »

J'ai répondu que je n'avais pas la moindre idée de ce à quoi mon visiteur indésirable faisait référence. Il a hoché la tête d'une manière un peu trop onctueuse, tel un mauvais comédien, et a grommelé : « Bien entendu. » Puis il a sorti de sa poche intérieure ce qui m'a paru être une carte, l'a poussée sur la table tout en tripotant l'extrémité des cure-dents rangés dans un verre à sherry, plissant les yeux devant le menu qu'un serveur essayait de lui donner, comme si se voir tendre un menu dans un café était un événement d'une bizarrerie inexplicable.

La carte s'est avérée une photo plutôt nette de Monseigneur, la Contessa et moi-même au dix-huitième trou du golf de Viterbe. Elle avait été prise de loin, par la fenêtre du club, je le savais. Monseigneur portait un putter sur l'épaule, à la manière d'un fusil ; il était plus en chair à l'époque. Le rationnement l'avait considérablement amaigri. La tête en arrière, la Contessa riait à gorge déployée, vision que j'étais incapable de me rappeler. Étrange ce qui nous marque dans les moments de stress.

« Nous voilà dans *de beaux draps*, si je ne me trompe pas d'expression, a fait le boche, trop content de montrer l'étendue de ses connaissances. Voilà qui est ennuyeux, n'est-ce pas, mon vieux.

– Ennuyeux ?

– C'est vrai, il y a des lois. Des conventions internationales. L'Allemagne n'aide pas les prisonniers de guerre allemands à s'évader de votre pays.

– Je ne pense pas qu'ils en aient envie.

– C'est une question de mathématiques. Et de perception. Le bonheur de l'un est le malheur de l'autre. Tout dépend d'où on se place. Ainsi donc faut-il chercher en toute chose nos points communs, n'est-ce pas ?

– Poursuivez.

– De toute évidence, une filière d'évasion a été mise en place en toute illégalité, pilotée depuis le Vatican. Vous êtes d'accord ?

– Suis-je d'accord avec le fait que c'est évident ?

– Avec le fait qu'elle existe.

– Jamais je n'ai entendu quelque chose d'aussi vulgaire que l'idée d'une filière d'évasion pilotée depuis le Vatican. Voudriez-vous clarifier votre propos, je vous prie ?

– Nous pensons que ce cliché montre trois de ses principaux instigateurs. La sainte trinité, pourrait-on l'appeler.

– Je qualifierais plutôt cela de rencontre entre trois amateurs de golf.

– Cher monsieur, je n'en crois rien.

– Je me moque comme du Grand Turc de ce que vous croyez.

– Admirable, a-t-il répondu en effectuant une espèce de grimace censée être un sourire. L'indépendance d'esprit britannique, c'est bien cela ? Le refus des conventions. Cela s'étend à d'autres domaines, d'autres aspects de votre vie, je crois, *mein Herr*. Votre vie nocturne, notamment. Non ?

– C'est vous l'expert.

– Ce n'est pas un crime d'aimer les messieurs, *mein Herr*. Enfin, au regard de la loi, si. Être chevalier de la rosette, comme on dit chez vous. Vous avez des amis et des connaissances homosexuelles, après tout, qui n'en a pas ? a-t-il gloussé. Nous sommes ici au Vatican, n'est-ce pas ? Le club suprême des garçons.

– Et vous êtes capables de me raconter tout ça à partir d'une photo montrant trois personnes qui jouent au golf ? Splendide ! Avez-vous jamais envisagé une carrière d'extralucide sous une tente ?

– Certes, les preuves ne sautent pas aux yeux. Mais nous trouverons. Voici la proposition que je vous fais, à vous et, si vous le souhaitez, à vos camarades : nous pourrions autoriser un certain nombre de prisonniers alliés en fuite à partir. Pas besoin d'en dire plus. En échange, cinquante à soixante d'entre eux nous seraient livrés chaque semaine avec retour immédiat dans les camps. Chacun y trouverait son compte et l'honneur serait sauf.

– Qu'arriverait-il à ceux qui reviendraient ?

– Egzégution.

– Votre prononciation est exécrable. Vous voulez dire "exécution" ?

– Je veux dire qu'ils seraient fusillés. Ou pendus.

– Et pour vous, l'honneur serait sauf ?

– À la guerre comme à la guerre, *mein Herr*.

– Vraiment ?

– Nous nageons tous dans le même océan. Allons, buvons un café et discutons-en. »

J'ai pris la petite fiole, je l'ai ouverte, j'ai versé son contenu dans ma main et je l'ai respiré. Riche arôme de cerise, parfaitement torréfié, avec des notes de santal et de chocolat, un mélange vraiment exquis. *Pfffuit !* Je lui ai soufflé en pleine figure.

« Va-t'en, mon chou. Ton rouge à lèvres va couler. »

Il m'a répondu par une bordée d'injures que je ne puis reproduire ici.

Là-dessus, je me suis levé et j'ai interpellé affectueusement un duo de gardes suisses qui patrouillaient dans les parages, pittoresques gentlemen en livrée médiévale, dont nous savions tous à Rome qu'ils dissimulaient dans les replis de leurs capes des pistolets-mitrailleurs Thompson et n'avaient pas peur de s'en servir si on leur disait que le pape ou le Vatican étaient menacés. Ils se sont approchés en m'adressant un prudent salut militaire, et le boche a quitté la place pour aller se réfugier en hâte de l'autre côté de la frontière où il est resté un moment, m'adressant son sourire de marionnette, avant de se faufiler à travers le chantier de construction de la via della Conciliazione.

Les gardes m'ont demandé si je voulais faire un rapport à son sujet, mais je leur ai répondu de ne pas perdre leur temps avec une telle engeance. Un jour, un Romain humilié s'en occuperait face à face, je le savais. Ce qui n'est pas une pensée très diplomatique. J'en conviens.

De retour dans mes quartiers au Vatican, je suis resté un moment à fumer en faisant les cent pas, l'esprit plein de colère et de désir de vengeance. Une fois encore, ce ne sont pas des sentiments dont on encourage l'épanouissement dans le cœur d'un représentant de Sa Majesté. Pourtant, ce jour-là, ils se sont ancrés en moi en profondeur.

Nonobstant, sur un certain plan, ce vil parvenu m'avait rendu service. Je dirais même que sans sa tentative pour me corrompre, je ne suis pas certain que je me serais permis de m'engager si loin dans la filière d'évasion. Et puis j'ai pensé : quel culot ! Quel sacré culot montrait ce salopard ! Ça m'a rongé tout l'après-midi. Ça me mettait en rage.

Ils tueraient les Juifs, les Gitans, les artistes, jusqu'au dernier. Si jamais ils atteignaient Londres, ils fonceraient droit à Soho et assassineraient certains de mes plus proches amis. Ensuite, c'est moi qu'ils élimineraient.

Je pense que vous comprenez de quoi je parle.

C'était comme si je les voyais défiler, l'un après l'autre, mes anciens camarades de pensionnat, mes collègues, mes compagnons. Des types bien, honnêtes hommes, spirituels, loyaux, braves. Certains s'étaient battus pour leur pays, pour ses valeurs morales, pour notre système parlementaire, contre la haine de l'adversaire politique.

Pour notre régime, loin d'être parfait, mais désireux de s'amender.

Les rires et les nuits blanches que nous avions partagés en des temps meilleurs.

J'ai dit : « Non. » Salopards de voyous.

Pas sans combattre.

Alors je suis allé voir Monseigneur et je lui ai annoncé qu'il pouvait compter sur moi. Naturellement, j'étais au courant de l'existence de la filière d'évasion, j'avais apporté mon aide, si j'ose dire, dans de menus domaines, mais, officiellement, je détournais les yeux afin de préserver un certain degré de déni. Cette époque était désormais révolue. Il priait dans le jardin du Collegio, enfin j'ai supposé qu'il priait. Assis sur un banc, sa bible sur les genoux.

Nous avons échangé pendant un moment au sujet de missions qui avaient déjà été menées, des prisonniers cachés dans tel et tel couvent, de la nécessité de déménager de nuit certains fugitifs ou du matériel médical. Puis nous avons évoqué une mission à venir. Un Rendimento.

Au bout d'environ une heure, un homme en tenue de jardinier est apparu dans l'allée, qu'on m'a présenté comme étant le major Sam Derry du régiment royal d'artillerie, les « Gunners », mon ancien régiment, un fugitif caché dans les *scavi*, c'est-à-dire les excavations sous le Vatican.

Ce qui m'a stupéfié, c'est la vitesse à laquelle ils m'ont tout raconté. Grâce à une tierce personne en ville, ils avaient réussi à rassembler de l'argent pendant un moment. Les fugitifs cachés étaient trop nombreux, il fallait les évacuer de Rome, les envoyer à la campagne avant que les renforts nazis arrivent en début d'année. L'argent qui devait permettre cette évacuation devait être distribué pendant la nuit de Noël.

Il devait y avoir trois livraisons, la plus petite à Prati, la moyenne à Parioli, la plus grosse dans un endroit qui n'avait pas encore été fixé. Le trajet tout entier formait une boucle d'environ vingt-trois kilomètres. Une arrestation signifiait la torture jusqu'à ce que mort s'ensuive. Derry s'était porté volontaire.

Ensuite nous sommes passés à la partie la plus effrayante de l'opération. Dans la bible que Monseigneur tenait sur ses genoux, des noms avaient été soulignés à l'encre rouge, que Derry devait apprendre par cœur dans leur version italienne. Lucas. Paolo. Marco. Matteo. Giuseppe, Elisabetta. Pietro, Stefano.

Pourquoi cela ? ai-je demandé.

« Au cas où je serais invité au Club Hauptmann, monsieur.

– Pardon ?

– L'argot des gars pour désigner les sous-sols de la Gestapo, monsieur, a ajouté Derry d'un ton détaché qui m'a ahuri. Ils appellent ça le Club Hauptmann, ou le Sous-Sol à Dollman. Si on me torture, je veux pouvoir donner de vrais noms. Pour ne pas trahir mes amis. Je retrouve Monseigneur ici tous les jours pour faire mes devoirs. Et le maître est sacrément dur, vous pouvez me croire. »

Nous sommes restés là, Monseigneur, Sam Derry et moi, assis sous les cyprès, tandis que les rossignols allaient et venaient sous le soleil romain, que Derry récitait les noms, et que je le questionnais sur leurs adresses fictives. À un moment, j'ai perdu toute contenance et me suis abandonné à l'émotion. Avec douceur, Monseigneur a pris ma main et a murmuré : « Courage, mon vieux. »

Derry a ajouté : « Relevez la tête, monsieur. Nous sommes des Gunners. »

Alors je leur ai confié en toute sincérité que mon frère resté en Angleterre me manquait. Mais que je les aimais comme des frères et qu'il en irait toujours ainsi. Jusqu'à la fin de mes jours. Et par-delà, si c'était possible.

Ils m'ont dit que c'était un vrai réconfort pour eux, et nous avons poursuivi. Récitant les noms et les adresses au chant des oiseaux.

25

À gauche dans la via Boccherini, par un trou entre les barbelés ; à présent, se frayer un chemin sur ce terrain bombardé. Des écriteaux préviennent que l'école très endommagée peut s'écrouler à tout instant ; traîner dans les environs et s'adonner à d'autres « comportements immoraux » sont passibles de mort.

Un cratère d'obus déborde d'une eau huileuse où flottent des détritus, des îles de placoplatre moisies, des boîtes éventrées. La bombe a brisé le bâtiment en deux moitiés diagonales, l'escalier en colimaçon est à présent exposé aux regards, à demi effondré, ainsi que les lavabos en pièces, et la citerne des toilettes brisée en morceaux noircis de rouille. Vision obscène d'une raquette de tennis d'enfant suspendue au cadre d'une fenêtre.

Des graffitis occupent chaque millimètre des parois marquées par les shrapnels – « *Viva l'Italia !* », « *Morte al fascismo* », « *Roma' 27* », « *Libertà, sempre !* ». Six des sept contreforts de chêne qui consolident le pignon ont vu leurs tasseaux pillés par les voleurs ; le septième a été attaqué à la tronçonneuse. Des quantités de capotes anglaises usagées gisent par terre au milieu des tessons de verre, telles des méduses torpillées sur le rivage.

Le spectre d'une religieuse récitant l'alphabet s'élève des décombres, mais il chasse ce souvenir, si c'en est un.

« *Hände hoch* ! » glapit une voix derrière lui. « Les mains en l'air. Ne vous retournez pas. »

Il lève les bras, lourds comme des enclumes. Tic-tac dans sa tête. Son ventre est en ébullition. Dans les ruines, un étourneau gazouille, un chien errant se défile. Bruit de débris écrasés sous des bottes.

« Ne bougez pas, lui ordonne-t-on en italien. Écartez les jambes. »

Voix brusque, accent local, d'une assurance qui le rend malade. Une main prudente palpe ses poches arrière. Sa veste. Canon dans le dos.

« Avancez de trois pas et mettez-vous à genoux. »

Sa mâchoire le démange. Il se raidit dans l'attente de la balle et déclare :

« Je veux bien faire trois pas, mais je ne m'agenouillerai pas.

– Tu feras ce qu'on te dit.

– Oui, mais pas ça.

– *Mi scusi ?*

– Un peu de respect pour un homme qui a deux fois ton âge, petit impudent. Ou je ferai ce que ton père aurait dû faire. »

Une renarde à trois pattes, en piteux état, sort des décombres en geignant de douleur ou de faim.

Dans un glapissement, elle explose, son sang éclabousse les briques. Le coup de feu résonne. La voix soupire derrière lui.

« *Allora*. Reste debout. Mais retourne-toi vers moi *lentement*. Si tu essaies de t'enfuir, tu auras droit au même traitement. »

Il s'exécute et découvre une petite frappe moustachue de vingt ans portant l'uniforme de la police fasciste. Costaud, de longs bras, prêt à en découdre, marteau humain cherchant un clou. Son regard vide dans des orbites enfoncées ressemble aux fenêtres cassées du site bombardé.

« Grand-père, ricane-t-il, pourquoi tu ne portes pas l'insigne du parti ?

– Je me suis habillé en hâte. Et cela ne te regarde pas.

– Pourquoi ton pantalon est déchiré ?

– J'ai glissé sur le verglas.

– Tu as glissé.

– C'est ça.

– Tu es au courant de ce qu'il en coûte de transgresser le couvre-feu ?

– Ma profession m'y autorise.

– Tu parles comme un livre. Tu n'es pas italien. D'où tu viens ?

– Cette information se trouve sur ma carte d'identité, que tu trouveras accrochée à mon cou, à l'intérieur de ma chemise. »

Le fasciste le fouille, lit ce qui est écrit à la lumière de sa torche.

« Mancuso. C'est quoi, ce nom ?

– À toi de me le dire.

– On nous a rapporté la présence d'activistes communistes en ville cette nuit. Des partisans, des terroristes, ils nous attaquent dans le noir, comme des lâches. Tu es au courant de tout ça ? *Signor* Mancuso ? achève-t-il avec ironie.

– Pardonne-moi, mais à quoi un communiste ressemble-t-il ?

– Tu veux un miroir ?

– Je ne me préoccupe pas de ce genre de chose. Je fais juste mon travail.

– C'est écrit ici que tu as grandi à Milano. C'est bien ça ?

– C'est ce qui est écrit.

– Tu soutiens quelle équipe de foot ?

– L'Inter.

– Comment s'appelle l'église à Milan où il y a *La Cène* ?

– Santa Maria delle Grazie.

– Connerie. C'est des faux papiers.

– Pourquoi dis-tu cela ?

– Tu n'es pas italien. Ça s'entend à ton accent.

– Je n'ai pas dit que j'étais italien. Tu ne sais pas lire ?

– Tu vas me suivre au commissariat. *Andiamo.*

– Sainte Mère de Dieu, des criminels dégénérés hantent la ville. Il y a moins de dix minutes, via Peri, je suis passé devant une prostituée qui exposait son corps sans pudeur. Elle se tenait à moitié nue dans l'encadrement d'une porte. La nuit de Noël. Tu me racontes qu'une insurrection communiste se prépare, que des meurtriers courent les rues. Et tu voudrais arrêter un homme innocent qui ne fait que son travail ? *È bene*, c'en est assez, allons donc à ce commissariat. Nous verrons ce que diront tes supérieurs de tout ce temps perdu.

– Tu te crois plus malin que moi ?

– Un sac de cailloux le serait.

– Quel snob, hein ? *Professore Partigiano.*

– Laisse-moi te dire une chose, fils, avant que tu t'attires davantage d'ennuis. Aujourd'hui, je faisais partie d'un petit groupe de privilégiés invités à un mariage à Saint-Pierre…

– Je suis impressionné !

– La mariée était la fille de Traetta, oui, cet éminent fasciste. Un ami très proche depuis bien avant ta naissance. Amène-moi à ton commissariat et je lui téléphonerai de là-bas.

– Je te crois pas. Comment elle s'appelle ?

– Ma filleule se nomme Alicia.

– Tu es le parrain de la fille à Traetta ?

– Et son mari s'appelle Luca.

– N'importe qui peut savoir ça. Tu essaies de me piéger. Reste en arrière !

– Dans ma poche de poitrine, tu trouveras une copie du document officiel remis aux mariés. Signé et daté par l'heureux jeune couple. Et par Traetta.

– Sors-le. Lentement ! »

Il l'extirpe. Le lui tend.

« Voilà. Tu peux lire ces mots. Tu as commis une erreur. Demain, j'appellerai Traetta pour lui vanter tes qualités et ton sérieux.

– Dis : « Maudits soient les Juifs. »

– Pourquoi dirais-je cela ?

– Parce que je te le demande.

– Ce n'est pas une raison. Un autre pourrait me demander de dire : « Maudit soit le Duce. »

– Quoi ?

– Tu m'as bien entendu.

– Retire ça.

– Retirer quoi ?

– « Maudit soit le Duce. »

– Ah, c'est toi qui viens de le dire. Tu trouves ça intelligent ? Quelqu'un pourrait t'entendre et te dénoncer. »

Le fasciste pointe le doigt sur lui, touche le premier bouton de sa veste.

« Mancuso la grosse tête. Plus dure sera la chute pour les grands hommes.

– Touche-moi encore une fois et tu en sauras quelque chose.

– Tu me menaces, Professeur ?

– Ce n'est pas une menace mais une mise en garde. »

Il le touche à nouveau.

Mancuso fond sur sa main.

Saisit son index, le tord avec force contre son poignet, et le jeune pousse un cri de douleur, sous le choc, il tombe sur le côté, mouline des bras, réussit à retrouver l'équilibre, tente de sortir son revolver du holster sous son aisselle, mais il ne parvient pas à retirer la sécurité. Il roule des yeux, vacille, crache des injures et des ordres, Mancuso le frappe à nouveau, volée de coups sur la tempe, mais le fasciste esquive, les poings en avant, ils se tiennent l'un l'autre comme des lutteurs dans une puanteur de linge de corps malpropre et de cheveux sales pommadés, le policier tente à nouveau d'attraper son arme, mord Mancuso à l'oreille, ses doigts s'approchent de ses yeux.

Une figure masquée surgit de l'école, une barre de fer entre ses mains gantées, empruntée à un échafaudage. En entendant ses pas, le fasciste se retourne et reçoit un grand coup dans la poitrine, il titube en arrière vers un tas de briques et d'ardoises, son assaillant le prend à la gorge, lui flanque un bon coup de genou entre les jambes, et l'autre s'affaisse, vomit, râle d'agonie tandis que l'ombre lui décoche des coups de pied dans la tête.

Rugissement en allemand depuis la ruelle : « Les mains en l'air ou nous tirons ! » et l'inconnu s'enfuit en courant, par-dessus un mur effondré.

Dans la rue, trois soldats allemands, lampe-tempête, fusils pointés.

« Qu'est-ce qui se passe ici ? Ne bougez pas. Les mains en l'air.

– Je m'appelle Mancuso, cet officier s'est fait agresser, je passais par là et j'ai tenté de lui venir en aide. Il lui faut une ambulance, il a subi un traumatisme, avez-vous un poste radio à proximité ? Son assaillant est parti par là. »

Deux soldats foncent vers le mur. Le troisième pousse un long soupir.

« Vos papiers, *bitte* ? »

26

La voix de Delia Kiernan

7 janvier 1963

Entretien de recherche de la BBC,
White City, Londres

Vous savez, l'hiver à Rome est rude pour les bâtiments. L'ambassade, une villa ancienne sans système de chauffage et avec une tuyauterie bruyante de l'âge de votre grand-mère, était à l'époque en pleine rénovation, ce dont elle avait grand besoin. Les fuites dans le toit étaient si nombreuses que les couloirs étaient partout agrémentés de seaux. Une canalisation avait explosé dans la cave. Les rats étaient si gros qu'on aurait pu en faire un attelage. La piscine n'était plus qu'un bloc de glace, c'était, pardonnez mon langage, une véritable source d'emmerdements car la mosaïque au fond s'était craquelée et l'*opus caementicium* était détruit.

Mon mari avait jugé nécessaire de demeurer sur place, dans les quartiers des domestiques, ce qui, en réalité, n'était guère plus qu'un placard : on pouvait y mettre un lit de camp, rien de plus. Notre fille, Blon, et moi-même avions loué une maison en ville pour dix semaines. Voilà donc où je me trouvais ce Noël-là.

C'était le genre de nuit à ne pas mettre une bouteille de lait dehors. Neige fondue. Froid mordant. Bourrasques furieuses pulvérisant tout. Mon père disait en plaisantant que la pluie est un rayon de soleil liquide. En cette nuit de Noël, c'était de la dépression liquide.

À deux heures du matin, on frappe des coups retentissants à la porte, telle une armée de diables en colère. J'ouvre, et voilà Hugh, tout seul, il me fait des clins d'œil comme clignoterait un phare sur un rythme boogie-woogie pour me signaler quelque chose de très important.

« Bonsoir, *signor* Mancuso, dis-je avec tout le calme dont je suis capable même si je tremble de peur. J'imagine que vous êtes là pour la quinine, ainsi qu'il était convenu ? »

Cette expression sur sa figure.

« Oui, Mrs Kierman, merci.

– Mais finissez donc d'entrer. Il fait très froid cette nuit. Vous prendrez bien un petit verre pour la route ? »

C'est là que les trois nazis se présentent sous le porche. Enfin, peut-être pas des nazis, disons plutôt trois soldats allemands, des conscrits sans doute.

Un à droite, deux à gauche. Ils s'étaient cachés pour que je ne puisse pas les voir, et ils avaient entendu tout ce qu'Hugh et moi nous étions dit.

Revolver en main.

Sans un mot.

Deux d'entre eux n'étaient pas très beaux, que Dieu et Marie aient pitié, mais le troisième, leur supérieur, était absolument hideux. Une tête de baudroie, des épaules noduleuses, des doigts telles des saucisses, un gosse des rues si laid que la marée ne le remporterait pas. Une figure longue comme un jour sans pain.

« Bonsoir messieurs, ai-je dit. Ou si ce n'est pas trop tôt, *Guten Morgen*. Comment puis-je venir en aide à vos excellences ? »

Ils n'ont rien dit.

« Vous accompagnez l'ami de mon mari, le *signor* Mancuso, j'imagine ? ai-je repris. Merci de l'avoir escorté jusqu'à ma porte, c'est très aimable de votre part. Il y a d'horribles crimes et vols la nuit, à Rome. Tout le monde devrait avoir peur de sortir. »

Ils contemplent votre servante d'un air bovin, puis Hugh, puis se regardent les uns les autres. Bel exemple de la race supérieure. Trois génies. Mais il faut être bonne et prudente quand on s'adresse à des gens stupides. La bêtise a ses ruses, sinon elle aurait depuis longtemps disparu. La connerie est un requin : elle survit à tout.

La difficulté consistait à faire entrer Hugh dans la maison sans éveiller davantage leurs soupçons, ce qui ne serait pas simple car il était littéralement à bout de nerfs. Et puis j'avais également besoin de retrouver mes esprits. Noël n'est pas un moment facile pour moi, j'avais bu quelques verres d'eau-de-vie pour m'aider à dormir. Je l'ai regretté car à présent, je raisonnais comme une cloche. C'est alors qu'il s'est mis à neiger.

C'était une nuit glaciale, âpre, la neige était à moitié fondue, du genre qui trempe vos vêtements, et les soldats étaient blêmes tant ils étaient misérables. Il flottait une affreuse odeur de chaussettes mouillées. L'un d'eux m'a demandé dans un anglais très approximatif et plein d'embarras s'il pouvait entrer pour aller aux toilettes. C'est ainsi que j'ai trouvé la solution.

« Mais naturellement, pourquoi n'entrez-vous pas tous ? ai-je dit en dessoûlant complètement. J'ai reçu du café pour Noël, vous en prendrez bien une tasse pour vous réchauffer.

– Je ne pense pas que cela soit indiqué, Delia. » C'était Hugh qui parlait à présent. « Ces hommes doivent continuer leur patrouille. Leur devoir les attend.

– *Arra*, Marco, ne soyez pas aussi sévère, c'est la nuit de Noël. Laissez-les entrer et profiter du feu pendant dix minutes, les pauvres, ils doivent être gelés jusqu'à l'os. »

Ah, ce regard meurtrier qu'il m'a décoché. Mais je savais ce que je faisais. Ou du moins le croyais-je. Enfin bon, les dés étaient jetés.

Tous trois se mettent à discuter en allemand pendant une minute, puis ils entrent ensemble. Celui qui m'avait sollicitée se rend aux cabinets, sous le palier. Blon, qui descend juste à ce moment-là, m'aide à prendre les pardessus trempés des deux autres et à les ranger dans le placard. Je lui adresse un clin d'œil pour l'encourager à rester calme.

« Il y a un gentleman allemand aux waters, ma chérie, ai-je précisé car nous n'avions pas de verrou. Puis-je te présenter Mr Mancuso ? » ai-je ajouté en parlant d'Hugh qu'elle connaissait si bien qu'elle aurait pu le considérer comme un oncle. Elle lui a serré la main en acquiesçant.

Blonnie avait eu dix-neuf ans en octobre et c'était ce qu'on appelle un canon. Les Italiens ont une expression, *fare bella figura*, qui signifie être au sommet de sa beauté en permanence. C'était tout elle : pleine d'assurance, de maîtrise. Elle aurait vendu un lit double à une mère abbesse. Blon avait toute la beauté de son père et l'esprit provocateur des femmes de ma famille, mais il n'y avait pas plus adorable créature au monde. Son père avait l'habitude de dire qu'elle faisait l'effet d'une bombe dans une pièce, expression qui la mettait toujours dans des états pas possibles, mais vous voyez ce qu'il voulait dire puisque vous l'avez rencontrée. Il y en a eu des cœurs brisés, de Bundoran jusqu'à Bologne. Des yeux marrons à se noyer dedans, une démarche très droite et une silhouette à la Veronica Lake. Elle parlait couramment trois langues et était à mi-chemin d'obtenir son diplôme de sciences. Quant à son charme ? Elle aurait su convaincre la pluie de ne pas la mouiller.

J'ai fait les présentations, nos visiteurs se sont inclinés, ont claqué des talons. Ces pauvres bougres lui faisaient tous des yeux de merlans frits. Ils l'ont suivie en se bousculant jusque dans le salon où l'âtre était lumineux comme un ange, l'arbre de Noël scintillant, avec des assiettes en cristal de Waterford remplies de friandises et de pommes, et la harpe de Blon dans sa housse près de la fenêtre. J'ai préparé une assiette de sandwiches qu'un haltérophile aurait eu du mal à soulever, j'ai mis à chauffer du bouillon de mouton, et sorti du réfrigérateur le *trifle* en guise de dessert.

« *Freunde*, ai-je dit. Remplissez-vous la panse. »

Est-ce qu'ils avaient faim ?

Ah mon brave, si vous les aviez vus ! Ils auraient dévoré les gigots de l'agneau de Dieu.

De même que la plupart des gens à Rome à l'époque, ils crevaient de faim. Tout le monde était affamé, on voyait des gens défaillir dans la rue, certains même mouraient sur place. Le pire restait à venir, ce serait la famine en mars et, de même que lors de toutes les famines passées et à venir, les plus touchés seraient les pauvres. Il était notoire que les officiers nazis gardaient le meilleur pour eux et leurs familles, les conscrits les moins gradés pouvaient aller se faire pendre, on leur laissait des clopinettes.

Ces trois nigauds-là, dirais-je, n'appartenaient pas à la classe des officiers.

Quand j'ai mis en marche le gramophone, il ne restait plus une miette dans l'assiette. J'ai cru qu'ils engloutiraient les coussins. Quelle pitié. J'ai vu dans mon enfance des gens qui souffraient de la faim, ils mangent en hâte, dans le calme, ne s'arrêtent pas pour parler car ils ne veulent rien perdre. Comme si on risquait de leur reprendre cette nourriture. Des automates.

Blon, ma merveilleuse Blon, a apporté le chariot des alcools, qui je dois l'avouer était très bien garni. Scotch, vodka, schnaps, grappa, tout ce que vous voulez, et puis aussi du porto, de la chartreuse, du bourbon, du gin hollandais, et enfin, cerise sur le gâteau, trois flasques de Powers White Whiskey, l'occasion de pécher la plus exquise que vous ayez jamais savourée. C'était Johnny May qui me les avait procurées sur le marché noir romain où elles coûtaient une rançon de sultan : quatre-vingt-quinze dollars pièce. Mais cette nuit-là, elles ont été amorties.

« Il faut que vous goûtiez à ceci, les garçons. C'est très rare, ai-je dit. Mais si, allez-y. Ne faites pas les femmelettes. *Prost !* Selon la tradition, il faut le boire cul sec. Allez ! »

La première flasque a bientôt sonné creux, ils en miaulaient presque de plaisir. Avant longtemps, nous avons fait un sort à la deuxième. Les yeux de Hugh me lançaient des poignards qui auraient perforé un coffre-fort. Blon a apporté d'autres douceurs, des assiettes de *tiramisù* et de *panna cotta*, et cédant aux gestes d'encouragement et aux sourires incertains, elle a accepté de nous jouer quelque chose à la harpe.

Ma fille a reçu une formation classique et fait partie de l'orchestre de l'université ; ses horizons s'étendaient jusqu'à ces horribles musiques modernes – atonales, c'est bien ça ?, on dirait un sac rempli de chats aveugles qui s'accouplent –, mais elle nous a gratifiés de quelques mesures de ballades irlandaises à vous tirer des larmes, ce que les étrangers, et en particulier les Allemands, semblent apprécier. Quand on n'a jamais vu quelqu'un jouer de la harpe, c'est un spectacle tout à fait remarquable, surtout avec un petit coup dans le nez. On a du mal à en croire ses yeux. C'est comme voir un jongleur sur un monocycle. Cette nuit-là, je n'ai pas chanté – je souffrais d'une petite laryngite –, mais Blon s'est distinguée, beaucoup de *mavourneen acushla*, sa voie était légère, adorable. Bientôt, les soldats ont fredonné avec elle, les yeux humides, à croire que la gentille dame aux cheveux gris de la chanson de Blon était leur petite *Mutter*, là-bas à Nuremberg.

La deuxième flasque terminée, nous avons attaqué la troisième. L'équilibre des trois hommes commençait à être, comment dirais-je, approximatif. Le Powers White Whiskey, ce n'est pas pour les mous du genou. On s'en sert pour nettoyer les pièces d'or anciennes.

Une de mes tantes disait qu'un tel était « soûl comme un hibou bouilli ». Je n'avais jamais su ce que cela voulait dire avant cette nuit-là. J'ai réussi à prendre à part Hugh et à lui dresser le tableau. Dix minutes avant qu'il frappe à la porte avec les teds, Jo Landini avait toqué à la fenêtre de ma chambre, qui donnait derrière la maison – elle était passée par le jardin. Johnny May lui avait téléphoné, elle s'était rendue chez Angelucci, et tous les deux étaient partis arpenter mon quartier dans l'espoir de trouver Hugh, et puis soudain, un coup de feu quelques rues plus loin les avaient attirés jusqu'à une école en ruines.

Angelucci s'était réfugié dans une planque, il avait réussi à semer ses poursuivants et il était trop heureux d'avoir mis KO un policier fasciste avant de fuir. Pour reprendre l'expression d'un vagabond habitué à camper sur la propriété de mon père : « Il l'a laissé aux mains du prêtre et du médecin. » Ce serait pour lui une consolation puisqu'il n'avait pu mener la mission. Il avait l'intention de faire le mort pendant une quinzaine, de quitter la ville, et il nous contacterait lorsque tout serait rentré dans l'ordre.

J'ai pris Jo dans mes bras, la chère enfant ; elle était toute froide et silencieuse. Elle a dit : « Delia, vos bras sentent le printemps », et nous avons ri un moment. « Quand tout ça sera terminé, invitez-moi en Irlande. » J'ai promis que je le ferais, sans le moindre doute.

« Qu'y a-t-il là-bas, Delia ?

– Des lacs boueux. Des vaches maigrichonnes.

– Vous me trouverez un mari irlandais ?

– Jamais je ne vous infligerais une chose pareille.

– Avez-vous une cigarette, *carissima* ? Je meurs d'envie d'en griller une. »

C'était une expression que je lui avais apprise, enfin, pas volontairement, mais j'imagine qu'elle me l'avait empruntée car elle avait toujours l'oreille aux aguets. Je lui ai donné une Woodbine, elle a toussé à la première bouffée. À cet instant, j'ai vu en elle la jeune fille et puis aussi – c'est étrange – la vieille dame. Je l'aimais tellement, nous étions en passe de devenir de grandes amies. C'était une dure à cuire. Beaucoup d'esprit. Elle ne reculait devant rien. C'est difficile d'être belle, je l'ai compris grâce à ma propre fille, car la beauté attire toujours les ennuis. Mais Jo avait plus de bon sens dans l'ongle de son petit doigt que n'importe qui dans toute sa personne. Je l'aimais jusque dans la moelle de ses os. Et jamais plus que cette nuit-là.

J'ai dit à Hugh qu'elle se cachait là-haut, dans le vide sanitaire entre le plafond et le grenier. Je l'avais prévenue que j'enverrais Blon lui demander de rester cachée ou l'aider à s'enfuir, car à présent nos hôtes ne seraient plus capables de reconnaître un escalier ni même de le grimper, sans parler de mener une fouille complète une fois là-haut. Ils étaient là depuis moins d'une heure, mais ils étaient déjà complètement à côté de leurs pompes.

Seulement quand Blonnie était remontée voir, Jo n'était plus là.

Hugh a dit qu'il partait à son tour. Blon lui a apporté un vieux pardessus de son père, en gros tissu de laine rapiécé ici et là.

« C'est pour vous, mon oncle.

– Je suis très bien.

– Je ne vous le propose pas. Je vous demande de le passer. »

D'un hochement de tête, je lui ai fait signe de s'exécuter.

Le manteau était trop grand et pas très seyant, toutefois il était parfait pour cet usage, si je puis m'exprimer ainsi. À cet instant, j'ai vu qu'il commençait à comprendre.

« Il a été rapiécé ? » a-t-il demandé.

J'ai confirmé.

« Joli travail.

– On ne prend pas cher. »

Là-dessus, il est parti en passant par le cellier, puis par la venelle qui donnait derrière la maison. Il était bien trois heures du matin. Bientôt, nos autres visiteurs nous ont fait leurs adieux à leur tour, en empruntant un chemin plus orthodoxe. Les voilà dans la nuit, dans une fanfare de saluts plus ou moins confus et de tentatives esquivées d'embrassades. Je suis au regret de dire qu'ils ont eu une mauvaise surprise en rentrant à la caserne car leurs carnets de rationnement, leur argent allemand et leurs papiers d'identité militaires avaient mystérieusement disparu de leurs manteaux après que Blon et moi les avions rangés dans le placard au pied de l'escalier pour les faire sécher.

Il faut toujours saisir sa chance, surtout en temps de guerre. Après tout, ce Powers nous avait coûté assez cher.

Tout aurait pu se passer à merveille. Mais vous savez ce qui s'est produit ensuite. Il s'est avéré qu'un de ces gars n'était pas aussi ivre que je le croyais, ou que la nuit glaciale lui avait fait recouvrer ses esprits.

Arrivé au commissariat des carabinieri via Busoni, il a contacté la Gestapo par radio.

C'était Noël, alors la plupart de ces voyous n'étaient pas de service. Le message est remonté directement au chef des SS, à sa villa.

L'homme le plus craint de Rome.

Paul Hauptmann.

ACTE III

Le chasseur

27

Le samedi 6 mars 1475, deux jeunes paysans nageaient dans un lac à huit lieues et demie de Rome quand ils virent ce qu'ils appelèrent « une lumière rouge » et tentèrent d'atteindre le fond pour voir de quoi il retournait.

Hélas, c'était trop profond.

Quels sots, dirent leurs parents.

Pendant tout le printemps et l'été qui suivirent, les deux garçons s'entraînèrent quotidiennement à plonger plus loin, gonflant leurs poumons comme des outres de vin, gardant les yeux ouverts dans l'eau turbide, jusqu'au jour où, à l'approche de l'automne, le plus jeune toucha le fond vaseux, sablonneux et, tremblant, à bout de souffle, couvert d'étranges algues visqueuses, en rapporta un rubis de la taille d'un pamplemousse.

Même les sages du village ne purent expliquer cette trouvaille.

Des rubis dans un lac ?

Impensable.

Il n'existait pas de mines de rubis sur les terres du Latium. Un césar depuis longtemps réduit à l'état de poussière avait dû le laisser choir lors d'une chasse ou d'une équipée en char, ou bien l'avait-il immergé en guise d'offrande, peut-être à Diane, déesse de la fertilité, qui faisait sombrer la lune dans les eaux par les nuits où elle était malheureuse. Ainsi que toutes les découvertes inexplicables et les faits qui dépassent l'entendement, le rubis du lac enflamma les imaginations. Les enfants de la région furent bercés de légendes au sujet du dragon aux yeux rouges, qui leur firent faire de fabuleux rêves.

Quatre-vingt-dix ans plus tard, au matin d'une âpre tempête, le filet d'un pêcheur fatigué remonta non pas un poisson mais un objet qui s'avéra, quand la vase eut été nettoyée, une coupe d'or incrustée d'opales. Retournant au milieu du lac, il scruta les profondeurs et vit, tout au fond, une chose qui auparavant n'était pas visible : « L'ombre noire et allongée du dragon. »

Terrifié, il repartit à toute vitesse en ramant comme un fou. « Je l'ai entendu rugir derrière moi, témoigna-t-il. J'étais trop effrayé pour me retourner. » Hors d'haleine, il alla en hâte trouver les anciens. On remit aux guerriers des harpons en leur ordonnant de plonger pour aller observer le dragon, le mesurer, afin de revenir avec des détails qu'on pût dessiner. Un lettré serait ensuite envoyé consulter les bestiaires de la bibliothèque ancienne du Vatican pour voir si l'on avait déjà identifié pareil monstre et s'il avait un nom. Toutefois, les plongeurs, en remontant à la surface, leurs filets remplis de joyaux, annoncèrent que la créature n'était pas un dragon mais un bateau.

Dans les jours qui suivirent, les villageois se ruèrent sur le lac et en rapportèrent des objets en cristal, des coupes de jade, des morceaux de terre cuite, de gros diamants et opales, des statuettes d'argent de dieux païens concupiscents, des dagues ornées de joyaux, des assiettes d'or gravées d'images de copulation. Un matin, une paysanne de treize ans, la meilleure plongeuse entre tous, annonça qu'elle avait vu l'immense coque bouger. Elle s'était en effet retournée sur le côté et brisée en trois parties dans un immense tourbillon de morceaux de bois pourrissant, à demi enfoncés dans le limon dont elle était sortie. La jeune fille et son père réussirent à tirer jusque dans des eaux moins profondes un morceau de l'ancre de métal. Les bœufs qui parvinrent à l'extraire de la vase moururent tous dans la semaine qui suivit. Sur la verge était inscrit le nom de Caligula.

En 1927, le Duce, insatiable quand il s'agissait du passé, ordonna à ses archéologues de vider le lac au dragon. Dans un rayon de dix kilomètres, les champs furent noyés ou transformés en retenues d'eau. Deux bateaux de plaisance furent retrouvés, le plus grand de la taille d'un terrain de football olympique, le plus petit de celle d'une barge. Il y avait aussi une barque ancienne remplie de pierres jusqu'aux dames de nage. Un musée fut édifié sur les rives du lac ; au moyen de poulies, les trois vaisseaux furent tirés de leur long et digne sommeil, repos de secrets antédiluviens, et exhibés telles des princesses captives aux regards froids et mornes des touristes.

C'est à Nemi que l'Obergruppenführer Hauptmann avait décidé d'installer sa résidence du week-end, dans une agréable villa construite en 1929 pour le directeur du musée et sa famille. La chambre principale et la salle de réception surplombaient le lac ; la petite cuisine qui donnait au sud était ensoleillée et marbrée d'ombre, parfumée par les aromates du jardin et les citronniers. La maison était fraîche et ombragée, elle possédait un générateur électrique, une plomberie en bon état et son propre puits. Fait d'importance, elle était située à trois kilomètres du voisin le plus proche. Hauptmann n'aimait pas qu'on l'observe.

Là, il pouvait être lui-même, traîner en robe de chambre, passer des disques sur son gramophone bien-aimé aussi fort qu'il lui plaisait. Grâce à des enceintes dissimulées, Mozart et Beethoven résonnaient à travers la forêt, effrayant rossignols et rats taupiers. Dans les cercles du parti, on ne pouvait admettre que quoi que ce soit de non aryen ait du mérite, mais ici, au bord du lac, il pouvait s'adonner à son coupable secret, Verdi, en toute liberté, peccadille dont nul n'aurait jamais connaissance.

Quelle pitié que Verdi soit italien, membre d'une race inférieure. Mais personne n'est parfait, disait Hauptmann à ses enfants.

Un seul homme dans l'histoire du monde l'avait été. Cet homme avait connu d'inimaginables souffrances, mais s'était relevé, et il fallait le suivre sans jamais poser de question car il menait son peuple vers l'avenir…

« Papa parle de Jésus, a interrompu sa femme. N'est-ce pas, mon cher ?

– Comment ? Oh, oui. Notre Seigneur. »

Il adorait sa retraite, à une demi-heure de route de cette Rome brûlante et crasseuse, avec ses bataillons de mendiants inlassables, ses relents de merde et d'huile d'olive. Les médiocres ruines croulantes et poussiéreuses des papes. Ses mâchicoulis et assommoirs, ses cloches et processions sans fin. Une apparition par-ci. Le foie d'un saint par-là. Appuyez le front contre cette statue et vous moisirez mille ans de moins au purgatoire. Crucifix parlants, frises suintant du sang, fenêtres à barreaux, gueules de gargouilles. Et toujours, *faites-nous l'aumône*, à chaque coin de rue, l'argent. Ces incessants braiements d'âne accompagnés de gesticulations ineptes qui passent pour des discussions. La seule ville au monde fondée sur la superstition et le détroussage de vieilles dames crédules.

Rome était bien la capitale de la stupidité et des enfantillages. Nemi était un monde d'hommes.

Nager nu dans le lac : l'odeur du sang disparaissait avec les remugles des cellules et de la chambre des tortures. Le regard du prisonnier auquel vous attachez des électrodes disparaissait de votre esprit. Le couinement de la fraise quand vous réduisiez ses dents en marmelade. L'eau froide vous ragaillardissait et votre tête était comme neuve.

Il commençait à passer plus de temps à Nemi, son logement en ville se limitait à une petite chambre au dernier étage du quartier général de la Gestapo qu'il n'utilisait qu'en cas d'absolue nécessité, si par exemple un interrogatoire se poursuivait tard, ou qu'un captif s'avérait près de craquer. Ses hommes avaient compris qu'il vivait à la villa. Il avait fait venir sa femme et ses enfants de Berlin, et les avait emmenés là-bas. On avait installé le téléphone le même jour, symétrie à propos de laquelle il plaisantait souvent, car cela le réjouissait.

« À présent, j'ai tout ce dont j'ai besoin.

– Merci, papa. »

Souvent, lorsqu'il se promenait avec son épouse au milieu des cyprès, de drôles d'effets sur l'eau leur apportaient l'écho des rires de leurs enfants qui se déguisaient, jouaient au tennis ou à chat avec leur gouvernante, une fille du coin, alors le monde paraissait sanctifié, à nouveau en ordre. Sa Mercedes officielle avait été blindée, pourvue de vitres résistantes aux balles, d'un socle de plomb, d'une espèce de protection de métal autour des pneus qu'il avait lui-même dessinée, perfectionnements fort onéreux ; la trappe à essence avait été déplacée sur le tableau de bord afin que nul ne puisse y introduire un chiffon enflammé. À présent, la voiture était trop lourde pour les chemins de campagne recouverts d'aiguilles de pin ou le fragile pont de bois qui franchissait le ruisseau, aussi devait-elle rester au garage, en ville. Mais ainsi que le faisait observer Elise, il menait ici une vie plus saine, plus naturelle. Le week-end et le soir, il marchait.

Depuis l'enfance, il aimait un livre d'un auteur américain, Strauss, *The Huntsman and the Lake*. Pour ses quatorze ans, sa tante de Plainfield, dans le New Jersey, lui en avait envoyé un exemplaire dédicacé ; peut-être un jour lui rendrait-il visite, avait-elle écrit. Elle dirigeait le *Turn-und Gesangverein*, un club de gymnastique et de chant à Plainfield ; les jeunes gens de là-bas adoreraient le rencontrer, le New Jersey était très accueillant envers les Allemands. L'excitation de voir ce timbre américain, ces mots francs « Liberté et Prospérité », l'écriture bleue du douanier sur le paquet. Souvent, il pensait que le titre de ce livre était le plus beau de la littérature. Simple et net, comme son sujet.

Le chasseur en question était un orphelin adopté par les Iroquois mais qui vivait à présent seul à Great North Woods. Il désirait retourner au sud-ouest du fleuve Miramichi où ses parents avaient vécu sur un bateau près de Push and Be Damned Rapids, mais il fallait attendre la fonte des neiges, qui n'arrivait jamais. Et on n'avait pas envie que ça arrive, sans quoi le livre serait terminé. Il était possible d'espérer autre chose que le héros, même si vous étiez de son côté. Le jour, il affrontait des ours et des serpents à sonnette, la nuit, des pumas et des coyotes. Son véritable ennemi était « celui qui fait le bien », un instituteur de la ville, à trente kilomètres, qui essayait sans cesse de le persuader de revenir vers ce mensonge appelé civilisation. Les boniments des banquiers, le conformisme, les médicaments dont on n'avait pas besoin, ces cages appelées maisons, ces fumeries d'opium nommées saloons. Ce roman parlait de pêche, de chasse, de paysages et d'eau, mais on pouvait aussi le lire d'une autre manière. C'était même en partie ce qui plaisait tant à cet adolescent solitaire et sans père, assailli d'angoisses. Pour la première fois, Hauptmann comprenait qu'un livre *pouvait* être interprété de plusieurs manières, qu'il parlait souvent d'un secret que le titre n'évoquait nullement. Une histoire, c'était une bouteille, une manière de stocker des éléments de valeur ; l'étiquette au mieux ne reflétait qu'en partie cette valeur. Cette découverte s'était avérée si exaltante que c'en était presque sexuel, comme commencer à comprendre les nouveaux fonctionnements de son corps. Ce n'était pas un livre sur un lac, c'était un livre qui expliquait comment on devenait un homme. Vivre consistait à s'accommoder de vastes systèmes chaotiques, dont la plupart voulaient votre mort. À présent, il avait son lac à lui, et ce lac recelait d'histoires. C'était presque posséder un monde à soi.

Des prisonniers avaient été amenés depuis les camps afin de construire un sauna en pin et une cabane complexe dans les arbres, qu'il avait lui-même dessinée pour son fils et sa fille, avec un escalier, des portes ornées d'ouvertures en forme de cœur, des remparts, des échelles escamotables. Dans le jardin, il soulevait de la fonte et tapait dans un punching-ball. Il pique-niquait sur le rivage avec sa femme, les enfants et leur gouvernante, à l'ombre des figuiers et des oliviers redevenus sauvages. Saucissons, excellents fromages, succulentes tomates San Marzano, aubergines brillantes, raisin, *peperoncino*, *arrosticini*. La cuisinière leur préparait un *sgroppino* qui aurait fait gémir de bonheur un rocher. Truffes du Piémont. Pesto au basilic de Ligurie. Le bonheur d'un morceau de *ciabatta* trempé dans l'huile d'olive et le sel, grignoté sous un soleil extatique avec un verre de vin sec. Race corrompue, les Italiens, mais mon Dieu, ils savaient vivre.

Après le déjeuner, avec les enfants, ils faisaient du kayak dans les eaux peu profondes sous les saules ou allaient nager près du ponton en bois de citronnier. Elise fumait ou écrivait des lettres à ses proches, elle lisait sur le rivage, parfois jouait aux cartes ou discutait de mode avec la gouvernante, à qui elle donnait ses magazines féminins. Par les tièdes après-midi d'automne, Hauptmann apprenait à ses enfants à pêcher. Sa fille se débrouillait mieux que son fils, prompt à perdre son calme et à sombrer dans la mauvaise humeur. Elle avait le regard vif, de la patience, elle surveillait la surface de l'eau telle une mouette. Il voyait un grand avenir pour sa fille au sein du parti.

Gardons, brèmes, perches, chevesnes. Il adorait enseigner les noms italiens des poissons du lac à son fils et sa fille qui couraient voir leur mère, une brème frétillante entre les mains, en s'exclamant : « *Mutti, Mutti, wir haben einen Fisch gefangen !* » Depuis son arrivée à Rome, Elise buvait trop ; parfois, elle trébuchait sur les mots, avait des difficultés d'élocution. Ils n'étaient pas d'accord car il lui avait demandé de ne plus lire les contes des frères Grimm aux enfants : « Il leur faut quelque chose de plus moderne, Elise, quelque chose d'*aujourd'hui.* » Il lui avait donné un livre de Hiemer pour la jeunesse qu'il avait fait venir de Berlin, *Der Giftpilz, Le Champignon vénéneux.* « De même qu'il est difficile de distinguer un champignon mortel d'un comestible, avait-il lu au hasard à voix haute, il peut être au premier abord difficile de faire la différence entre un ami et un meurtrier étranger. » Elle lui avait opposé le fait que ces contes enseignaient les leçons les plus importantes aux enfants, surtout aux filles.

« Et qu'est-ce que c'est, Elise ?

– Que les hommes sont des bêtes. »

Elle demandait à la cuisinière de vider les poissons et les enfants les faisaient cuire au-dessus d'un feu de camp. On envoyait un motard chercher de la glace *al cioccolato* et des *cannoli* en ville, piazza Navona, où se trouvait le glacier préféré des enfants, juste en face de la fontana del Nettuno. Souvent, au retour, le motard s'arrêtait au siège de la Gestapo, via Tasso, où il récupérait le dossier du jour contenant les rapports des renseignements et les confessions ensanglantées qu'il apportait à la tombée du jour à Nemi.

La pêche de nuit était un vrai plaisir, le velours de la forêt dans le noir, l'eau qui s'agitait parmi les roseaux ; les lucioles. On ne pouvait plus se repérer à la présence de bulles à la surface. Lorsque la brise soufflait, impossible de distinguer les vaguelettes car on ne pouvait allumer une lampe : les poissons auraient tout vu à travers l'eau. Ils se dispersaient à la lumière. Il fallait apprendre à écouter.

Il sentait les choses. *Ein Instinkt.* Que son fils n'aurait jamais, Hauptmann le savait, mais il fondait davantage d'espoirs sur sa fille. Souvent, il pensait qu'il pouvait lancer sa ligne sans appât, en véritable maître. Il *savait* où se trouvaient les poissons, comment ils bougeaient, à quelle heure, quels étangs ils préféraient, quels courants, quel genre de clair de lune. Tout résidait dans l'art d'attendre.

Il pressentait chez sa fille la même connaissance.

Elle avait à présent treize ans et un matin Elise lui avait annoncé qu'elle était depuis peu « devenue une femme ». Il fallait frapper avant d'entrer dans sa chambre ; lui donner un peu d'argent de poche. C'était important de lui octroyer un minimum d'indépendance, un espace dans lequel s'épanouir. Parfois elle disait qu'elle voulait être ingénieure en génie civil ou pilote de la Luftwaffe. Cela mettait sa mère mal à l'aise. Pilote, ça n'était pas un métier pour une jeune fille, disait Elise. Et pourquoi pas ? répondait Hauptmann.

La nuit, il se rendait avec sa fille au musée, lui expliquait ce qu'elle voyait dans les vitrines, épées, rames fendues, casques, assiettes abîmées, les navires anciens eux-mêmes, leurs larges poutres noires et leurs longues coques. Dix-neuf siècles sous l'eau, et ils avaient tenu bon, n'avaient pas disparu. Il fumait en lui parlant, elle écoutait en hochant la tête. L'avenir frappait à la porte. De nombreuses visites se concluaient sur ce qui était pour lui la pièce maîtresse. Un morceau de terre cuite de la taille du visage adorable de sa fille, sur lequel était inscrit un vers du poète romain Accius.

Oderint, dum metuant.

Qu'ils me haïssent, pourvu qu'ils me craignent.

« Répète-le pour papa. »

Ce qu'elle faisait.

Une douzaine de ses hommes en civil, parmi les plus fiables, faisaient des rondes le long de la clôture de barbelés avec des rottweilers qu'ils maintenaient en permanence affamés. Postés en cercles concentriques, un escadron de l'élite des panzergrenadiers patrouillait sur les chemins et les routes anciennes, approchant à travers les bois le labyrinthe des sentiers. Ils avaient ordre de « tirer pour tuer les présumés coupables ». Des panneaux avec des têtes de mort avaient été cloués aux troncs des mélèzes. Les braconniers encouraient le fouet.

Des tranchées avaient été creusées, les prés environnants plantés de mines. Des chevaux de frise fermaient les allées et la vigne croissait de manière si anarchique qu'elle s'enroulait autour des piques, comme une guirlande. Des prisonniers de Regina Coeli avaient été amenés par camions et forcés de construire des fortifications et des douves.

Le *Museo*, naturellement, avait été fermé au public. On ne voulait pas que les vaincus se fassent des idées. Parfois, tard le soir, il arpentait les galeries baignées de lune, seul, fumant une dernière cigarette avant d'aller se coucher, ou bien il dégustait un verre d'*amaretto* avec les fantômes des vaisseaux de Caligula.

Les objets exposés l'exaltaient : poignards brisés, petites haches conçues pour les enfants. Un parallélogramme de terre cuite ébréché, presque intact après des siècles d'ensevelissement sous les sédiments, montrant le O noir de la prunelle d'une déesse ou un morceau d'aile de paon. Elise trouvait le *Museo* terriblement effrayant la nuit, avec ces ombres allongées qui semblaient se tordre aux fenêtres et qu'un effet de l'eau du lac rendait plus étranges encore, l'odeur de pourriture, diffuse mais toujours présente, et les sourires concupiscents des figures de proue. Hauptmann considérait que cet endroit débridait l'imagination, faculté que sa femme appelait « l'âme ».

Dans le lac nocturne qu'il se représentait, les navires voguaient toujours, vastes, herculéens, si impressionnants qu'ils paraissaient surnaturels, mus par les rames de mille esclaves gémissants, portant des menottes taillées dans les os des reines. Pas étonnant que les paysans aient aperçu un dragon. Parfois, même les Italiens avaient raison.

Un jour, bientôt, le Führer reviendrait à Rome. Hauptmann lui réserverait un accueil digne d'un conquérant. Ici, à Nemi, une tribune serait construite, il y aurait un feu d'artifice, une procession, une course de bateaux filmée par cette femme, Riefenstahl. *Pourquoi pas ?* « Elise, c'est ma devise : pourquoi pas ? »

Les vaisseaux seraient remis à flot. L'impossible se réaliserait. Il fallait que le spectacle ait lieu de nuit.

Des marches à la cornemuse et Bach. « Zadok the Priest » de Händel. Le Führer pourrait ainsi entrevoir ce qu'on pouvait faire pour le Reich, ici, en Italie. Sur la scène, éclairé par une lampe à arc, il crierait ses remerciements paternels envers *le plus grand parmi les fils de l'Allemagne, Paul Hauptmann.* Elise aux côtés d'Hitler, avec son époux et les enfants, tous au garde-à-vous, saluant le Führer. Un exemple pour toute la patrie. La famille Hauptmann.

Sa carrière s'en trouverait renforcée ; sa famille prospérerait ; le seul obstacle, c'étaient ces maudits fugitifs. Après Noël, il se concentrerait davantage sur le problème, se montrerait plus dur. Il a en tête un mois de janvier que les Romains n'oublieront pas ; des raids toutes les heures, des milliers d'interrogatoires, la guerre totale contre les dirigeants de la filière d'évasion. Tuer le serpent en lui tranchant la tête.

Bientôt viendra le tour de ce prêtre irlandais qui se mêle de ce qui ne le regarde pas. Un grain de sable se donnant de l'importance, comme tous les fauteurs de troubles. Il y a déjà suffisamment d'éléments dans son dossier pour l'envoyer devant le peloton d'exécution ; et ça, avant même qu'un bon interrogatoire fasse surgir le récit complet de son implication. Car il parlera. Une nuit, il sortira en cachette du Vatican ; les vaniteux ne savent pas se tenir à carreau. Jamais il ne reverra la lumière du jour.

Peut-être, après la guerre, un poste de ministre dans le gouvernement – il a déjà discrètement fait savoir dans les cercles importants du parti qu'il s'intéresse au portefeuille de l'éducation, qu'il a beaucoup lu sur la pédagogie – ou bien d'ambassadeur. *Pourquoi pas ?* Elise lui a souvent dit qu'il avait du charme, de la force, qu'il plaisait aux femmes, que les hommes l'enviaient, qu'il n'était pas un simple soldat condamné aux basses besognes nécessaires actuellement, mais un être supérieur qui devrait tourner les yeux vers l'avenir, quand cette terrible guerre cessera, qu'il n'y aura plus personne à massacrer et qu'on aura besoin de chefs forts et intelligents en Allemagne. La vie sera plus heureuse. Finies, les horribles corvées. Leurs enfants caresseront les chiens du Führer.

Aux petites heures du matin de Noël, il dessine dans son bureau, un verre de whisky à la main. Ses crayons se meuvent avec soin, tracent des rayures en biais, remplissent les espaces. Une règle à calcul pour mesurer les distances et les échelles, un compas pour tracer les cercles des îlots artificiels où installer les caméras. Le plus grand des vaisseaux sera mis à l'eau en glissant sur un pan incliné, le plus petit et plus fragile déposé sur le lac par trois grosses grues, le spectacle tout entier superbement éclairé par des torches depuis une série de pontons en diagonale, flottant à la surface de l'eau.

Depuis quelque temps, il est assailli par une crainte irrationnelle, celle d'un raid aérien qui se produirait au moment où le Führer prendrait place dans la tribune. Les proues ornées de leurs figures et les ponts en feu. Des gerbes d'étincelles jaillissant dans le ciel de Nemi. Des flammes jaune-noir, la silhouette d'Elise en larmes.

La puanteur de la poix d'autrefois. Il a du mal à dormir. Alors il dessine, les manches de son pyjama relevées, il mesure des angles, sirote son whisky. Ça aide à tuer le temps.

Hier midi, il a reçu le coup de téléphone qu'il attendait de l'officier de service à Rome. La cité était anormalement tranquille. Pas de cambriolages depuis deux nuits, moins d'ivresse sur la voie publique qu'habituellement en cette saison, peu de transgressions du couvre-feu, aucune femme agressée, pas de larcins ni d'atteintes à l'ordre public.

« On en viendrait presque à se poser des questions, commandant.

– Je vois ce que vous voulez dire.

– Je crains qu'il se trame quelque chose. On a un prisonnier, là, un communiste, il semble qu'il soit près de parler. Quels sont vos ordres ?

– Suspendez toutes les permissions et fermez les accès principaux. Et tous les ponts. Je serai là dans une demiheure. »

Il a personnellement mené l'interrogatoire, mais l'étudiant n'a pas parlé. Le corps a été exfiltré dans un sac postal pour que les voisins ne remarquent rien. On ne voudrait pas gâcher leur Noël.

Le second coup de téléphone, d'un sergent de la Gestapo, arrive à la villa de Nemi aux petites heures du jour, glaciales et constellées de neige fondue. Une patrouille a croisé un individu bizarre, porteur d'une fausse carte d'identité. Suite à un malentendu, il n'a pas été interpellé et il est en liberté quelque part en ville. Il se dirigerait à présent vers le Trastevere.

Hauptmann griffonne sur la planche à dessin, esquisse une triple spirale tout en l'écoutant. La conversation terminée, il se rend au salon. Il est trois heures et demie, bien trop tard pour que les enfants veillent encore, seulement ils ne parviennent pas à dormir, trop excités en ce jour de Noël. Il s'en veut d'avoir attisé leur curiosité un peu plus tôt en leur parlant des cadeaux extraordinaires qu'ils vont recevoir : des pièces en chocolat, des soldats mécaniques, une poupée avec de vrais cheveux, un fort, un mini-avion qui vole. Dans la lumière du feu, Elise leur lit une histoire, *Hansel et Gretel*, et partage avec sa fille une tasse de chocolat chaud. Il se livre à une pitrerie qui les fait toujours rire – *Oh, papa s'est fait une moustache avec de la crème fouettée !* Le devoir d'un père consiste entre autres à faire le clown ; il ne faut pas se placer trop haut au-dessus des faibles. Les enfants ne doivent jamais avoir peur de leur papa.

Arômes de cannelle et de clou de girofle, l'encens du sucre brun brûlé. Des étoiles en papier d'aluminium et des bougies rouges ont été disposées devant les fenêtres du salon, une rangée de bouteilles de limonade sur le rebord. Il entend de nouveau sonner le téléphone à travers le couloir, dans son bureau. Elise va répondre.

« Est-ce que maman et toi vous êtes amis à nouveau ? demande sa fille.

– Nous sommes toujours amis.

– Est-ce que vous allez encore vous disputer ?

– Non.

– Je déteste quand vous vous disputez.

– Même les amis se disputent parfois.

– Vous allez divorcer ?

– Ne dis pas de bêtises. »

Il ébouriffe les cheveux blonds de sa fille, elle bâille et se recroqueville. Son frère glousse, les yeux gonflés par la fatigue, et il serre la main de son père. Leurs cheveux sentent le shampoing au phénol qu'Elise utilise pour eux. Miraculeux, ces enfants, ils ont le charme et la sérénité spirituelle de leur mère. Si seulement elle buvait moins. Il se demande quel est le problème.

Entendre leur respiration qui s'allonge à l'approche du sommeil est l'un de ses grands plaisirs salvateurs, souvent les larmes lui montent aux yeux, par pur instinct de protection. Elise entre dans le salon, d'une beauté arrogante, vêtue de sa robe de chambre bleu poudré, d'un pyjama et d'une paire de chaussons dépareillés. « Paul, murmure-t-elle, ils disent que c'est urgent.

– Qu'ils aillent au diable, répond-il sans bouger du canapé.

– Je vais préparer du café. Au cas où tu doives y aller.

– Je n'irai nulle part. »

L'officier de service lui présente ses excuses. Un nouveau rapport est arrivé. L'individu qui a transgressé le couvre-feu un peu plus tôt semble correspondre au prêtre dont la photo est accrochée au tableau du bureau.

« Le prêtre ? Vous en êtes certain ?

– Raisonnablement, monsieur.

– Où est-il à présent ?

– Nous n'en sommes pas tout à fait sûr, monsieur. On le cherche.

– Je suis là dans trente minutes. »

Il monte en hâte dans sa chambre, retire son pyjama, les mains tremblantes. Sur le portant près de la fenêtre, il prend son uniforme repassé, l'enfile en vitesse. Le vent fait vibrer les vitres. Des souris détalent à l'intérieur des murs. Il se regarde dans le trumeau, ajuste ses épaulettes ornées de têtes de mort et fait briller la pointe de sa casquette noire en la frottant avec un mouchoir mouillé d'un peu de salive.

« Que se passe-t-il, Paul, pour que tu souries ainsi ? dit-elle d'une voix traînante.

– On dirait que c'est vraiment Noël, cette fois. Embrasse les enfants pour moi. »

28

La lune se glisse derrière une moraine de nuages gris fumée.

À la lumière de sa lampe, Blon Kiernan le conduit à travers le jardin de derrière plongé dans les ténèbres, l'ammophile qui pousse entre les pierres, le bruissement des oiseaux qu'ils réveillent, à croire qu'ils croquent, qu'ils mastiquent le gravier givré sous leurs pieds, jusqu'au portail rouillé donnant dans la venelle.

Quand celui-ci se clôt, il entend un bruit métallique sourd, claquement du vieux verrou qu'on tire, puis des pas qui s'éloignent.

La solitude se referme sur lui telle une geôlière.

La ruelle est étroite, creusée d'ornières remplies de glace crasseuse. Il longe les écuries, débouche dans une rue qui doit être la via Cimarosa, tourne en direction du nord.

Stop.

Ce bruit ?

Là-bas, vers la porte.

Le cliquetis d'une arme dont on retire le cran de sûreté.

Ou le bourdonnement d'un insecte ?

La large rue est déserte, les feux de signalisation passent du vert à l'orange.

Il laisse s'écouler trente secondes.

Personne.

Son esprit lui joue des tours. Il presse le pas, tousse. Ce manteau étranger dégage une odeur mêlée de fumée de pipe, de sueur, de haies, de naphtaline et de moisi. Quand on est fatigué, on devine la présence des fées, dit un vieux dicton de ses grands-parents. Il a englouti une assiette de *rigatoni* avant de quitter les Kiernan, à présent il le regrette car il se sent de plus en plus lourd et a envie de dormir.

À nouveau, un bruit. Il se retourne.

La chaleur de son souffle embue ses lunettes. Il les nettoie avec son mouchoir, entend un *tcha* – peut-être un éternuement qu'on étouffe. À cinquante mètres derrière lui, près de ce kiosque à journaux jouxtant l'entrée de l'église.

Faut-il courir ? Garder le silence ? S'il détale, pourra-t-il arriver chez les Kiernan ?

Un renard squelettique sort de derrière le kiosque à journaux, une mouette dans la gueule, il urine sur une bouche d'incendie, émet un glapissement sourd et râpeux.

Maintenant, le grondement des bombardiers, très loin au-dessus de Rome. Des hommes au regard fixe derrière leurs lunettes d'aviateur, coincés dans leurs cockpits de verre, à plus de quinze kilomètres de hauteur, par-delà le rayon d'action des canons antiaériens, le doigt posé sur le bouton pour lâcher leur livraison. Dans les entrailles de chacun de ces engins de mort, seize tonnes de dynamite. Assez pour anéantir la moitié d'une ville.

Il y a dix-sept ans, ce vol de nuit depuis Orly. Il avait prononcé ses vœux depuis peu et passé un hiver à la paroisse St Gabriel à Londres, dans le quartier d'Archway, où il remplaçait le curé malade. Avec deux confrères, l'un de Glasgow, l'autre d'Afrique du Sud, ils s'étaient rendus à Paris pour un match de rugby international et avaient logé au Collège des Irlandais. En revenant à Beaconsfield, une tempête s'était abattue sur la Manche de manière tout à fait imprévue ; le petit Airco 16 avait été très secoué. Vertiges, nausées. Bruit du bois qui craque, hurlements des passagers. Il s'était mis à prier, à supplier. Il était persuadé qu'il mourrait. Pourtant, au cœur de la terreur, un noyau de certitude : il était sauvé, la vie dans l'au-delà était aussi réelle que l'orage. Les autres prêtres n'avaient pas ressenti la même chose ; l'Écossais avait quitté son sacerdoce un an plus tard pour se marier. Le Sud-Africain s'était mis à boire.

Il se retourne, fait face à la ruelle obscure, traverse en vitesse pour se dissimuler dans l'ombre des hauts murs de l'église, longe la grille du cimetière franciscain. Lugubres statues de martyrs ornant les mausolées. Doigts de marbre brisés tendus vers les ramures.

Il fait si froid maintenant et tout est silencieux lorsque la lune réapparaît. Dans la nuit, cet œil qui ne cille pas.

Il franchit une place, tous les volets sont plongés dans le noir.

Étrange frémissement autour de lui.

D'abord il croit voir des phalènes.

Ils descendent en spirale, comme dans un rêve, blanches hirondelles en nuée murmurante, ou jeunes colombes argentées dans le clair de lune crème.

Par douzaines, vingtaines, centaines, milliers, elles fusent, planent, plongent, volent sans bruit. Quand la première passe à sa portée, il voit que ce sont des feuilles de papier.

Elles tombent lentement autour de lui, volettent, dansent, flocons blancs semés de noir.

Elles heurtent les fenêtres des immeubles et des voitures, choient dans les poubelles, les fontaines bavardes, sur les bancs des jardins, les clochers, les dômes de la Rome ancienne, le ghetto, les tables vides, les parcs et *palazzi*, le Tibre qui coule, glougloute, éclabousse, les casernes et colonnes, la route qui mène à Nemi, les pavés sous la glace.

Un papillon danse devant ses yeux, flotte sous la brise, d'avant en arrière, de bas en haut, comme animé par son désir de le saisir. Lorsqu'enfin il y parvient, le papier est mouillé ; l'encre lui noircit les doigts tandis qu'il lit.

FIERS ROMAINS !
COURAGE
C'EST VOTRE DERNIER NOËL SOUS TYRANNIE
LA LIBÉRATION EST POUR BIENTÔT
SABOTEZ L'ENNEMI DE TOUTES LES MANIÈRES POSSIBLES
LES JOURS DE L'OCCUPATION NAZI-FASCISTE SONT COMPTÉS
JOYEUX NOËL À VOUS ET VOTRE FAMILLE
ANÉANTISSEZ L'ENVAHISSEUR
VIVENT LES ROMAINS
GÉNÉRAL CLARK
ARMÉE DES ÉTATS-UNIS

Ce souvenir lui revient à travers la neige fondue et les tracts détrempés qui tombent. Ce sombre après-midi d'octobre, il y a deux mois, la semaine où les Juifs ont été déportés. Le jeune séminariste éthiopien est venu le chercher dans la bibliothèque pour l'informer qu'une visiteuse l'attendait dans le salon de réception, une dame visiblement très émue. L'averse était si atroce que les rues s'étaient vidées. La répétition du Chœur avait dû être reportée. Le danger se rapprochait. À présent, les patrouilles passaient devant le Collegio trois fois par heure. On avait vu la police fasciste photographier le bâtiment.

Dans le grand salon du bas, elle était assise près de la fenêtre qu'on avait oublié de fermer. La pluie faisait entrer des arômes de terre et de jardin. Ses cheveux étaient mouillés, en mèches raides et désordonnées, et les épaules de son imperméable trop grand avaient foncé sous l'ondée. Il lui a demandé si elle voulait une serviette.

« *Bitte* », a-t-elle répondu doucement. Il a appelé un domestique.

Pas un mot pendant l'attente. Il savait qui elle était. Elle fumait en fixant le cendrier des yeux. Il se demandait ce qu'elle allait lui dire. Le domestique est arrivé, l'a écouté, est reparti en hâte, revenu une minute plus tard avec la serviette, puis s'est éclipsé.

Il s'est tourné vers la cheminée pendant qu'elle se séchait les cheveux. C'était un geste trop intime pour qu'il la regarde faire.

Après avoir fini, elle lui a tacitement demandé si elle pouvait allumer une autre cigarette. Il a acquiescé, poussant vers elle le cendrier d'onyx.

« Merci d'avoir accepté de me voir aussi vite. »

Il n'a pas répondu. C'était sans doute un piège.

« Vous vous demandez sûrement ce que je fais ici », a-t-elle poursuivi dans un anglais formel, simple et élégant.

« Je n'ai pas eu le temps de me poser la question.

– Je suis très anxieuse, pardonnez-moi.

– Frau Hauptmann…

– Puis-je vous demander un verre d'eau ? »

Il a pris le pichet de pierre posé sur la table et rempli un verre qu'elle a vidé en trois gorgées. Il a songé qu'il aurait dû demander au domestique de rester ou d'aller chercher le recteur ; il aurait dû y avoir un témoin de cette conversation. Elle portait une alliance étonnamment fine, telle une liane de bronze. Cela a fait surgir dans la pièce la présence de celui qui l'avait passée à ce doigt.

« Il y a un sujet dont je voudrais parler avec vous. Un problème privé, de famille. Si je peux solliciter votre aide.

– Êtes-vous catholique ?

– Une mauvaise catholique.

– S'agit-il d'une question de spiritualité ?

– D'une certaine manière.

– Sait-il que vous êtes ici, Frau Hauptmann ?

– Non, il ne sait rien. Pas encore.

– Je n'ai rien à vous dire, Frau Hauptmann, mais je consens à vous écouter. Je vous accorde dix minutes, pas plus. D'après la pendule sur la cheminée. Ensuite, si vous le souhaitez, j'enverrai chercher un autre prêtre, un confrère. Vous pourrez vous entretenir avec lui en toute confiance, bien sûr.

– C'est avec vous et personne d'autre que je veux m'entretenir, Monseigneur.

– Et pourquoi ?

– Parce que je suis perdue et que je ne connais pas d'autre prêtre à Rome.

– Vous ne me connaissez pas non plus.

– J'ai entendu mon mari parler de vous.

– En bons termes, j'en suis convaincu.

– Avec violence. Colère. Mais pas toujours. Il y a autre chose.

– Vraiment ?

– Parfois, il dit qu'en d'autres circonstances, lui et vous auriez pu être amis.

– Sottises.

– Dans une autre vie.

– Il n'y a qu'une vie.

– Hélas.

– Frau Hauptmann…

– Je suis venue vous demander de nous accorder votre protection.

– Dans quel sens ?

– Je veux demander l'asile au Vatican en tant que réfugiée politique allemande. Répudier le national-socialisme. Avec ma famille. »

Une porte a claqué à l'étage. La lourde horloge tictaquait.

« J'y ai considérablement réfléchi, a-t-elle ajouté, et je suis prête.

– Vous pensez vraiment que je vais vous croire ?

– C'est la vérité.

– Dans votre famille, vous incluez votre mari ? Le chef de la Gestapo à Rome ?

– Je pense qu'il souhaite la même chose que moi mais qu'il a peur de se l'avouer.

– Et sur quoi vous fondez-vous pour tirer cette conclusion ?

– Mon instinct d'épouse.

– En avez-vous discuté avec votre mari ou pas ?

– Il est évident que vous n'avez jamais été marié. Avec tout mon respect.

– Qu'est-ce que cela signifie ?

– Simplement que parfois, dans un couple, on se comprend. En silence. Les couples se dirigent vers un objectif qui n'a pas été formulé avec des mots. Mais ils savent, malgré tout. Il y a des choses auxquelles on ne croit plus. Parfois, ne pas évoquer un sujet, c'est une manière d'en parler.

– Je vous le demande pour la dernière fois. En avez-vous discuté avec votre mari ou pas ?

– J'ai l'intention de le faire cet après-midi.

– Frau Hauptmann, vous me pardonnerez de ne pas vous raccompagner. Des affaires urgentes requièrent toute mon attention. Bonne soirée.

– C'est un époux tendre et attentif. Un père parfaitement dévoué. C'est ça qu'il est au fond, sa vraie nature. Il aide ses parents financièrement, et aussi les miens, malgré un salaire qui n'est pas très élevé.

– Ne m'insultez pas, Frau Hauptmann. J'insiste à présent pour que vous partiez. Emportez avec vous votre farrago de mensonges et d'illusions.

– Je n'ai pas épousé un nazi.

– Cette conversation est terminée.

– Nous serons sur la place Saint-Pierre à minuit moins cinq ce soir. Je vous demande juste de nous donner une chance. Ne nous fermez pas la porte. Je vous en supplie. Ayez pitié de mes enfants, si ce n'est de moi.

– Allez-vous-en, Frau Hauptmann. Et ne revenez jamais ici. »

Il a quitté la pièce plein de colère pour retourner travailler, mais à minuit moins le quart, il est arrivé sur la place, prenant le prétexte de photographier la pleine lune.

Il a dérivé entre les fontaines glougloutantes, l'obélisque et les marches, braquant son objectif vers l'océan du ciel. En raison de la pluie et du couvre-feu, le vaste espace était désert, à l'exception d'un trio de balayeurs qui remontaient lentement le long de la colonnade, se lançant de temps à autre des instructions ou retournant à leur camion au dos rebondi pour y vider un sac d'ordures. À minuit, ils n'étaient plus là.

Dans le viseur, la lune d'octobre, une pièce jaunie. Les imposantes cloches ont sonné. Personne.

Le débit des fontaines a ralenti. Silence.

Était-elle venue à la pêche aux informations ? Il tentait de se remémorer ce qu'il lui avait dit dans le salon de réception. Hauptmann était bien capable d'envoyer sa femme pour lui servir de taupe. Peut-être fallait-il consulter le recteur sur-le-champ ?

Minuit dix. Et quart. Un cormoran solitaire a poussé un cri guttural.

Une vision l'a assailli, l'obélisque s'abattant sur la place, des bombes explosant tout autour, des volées de shrapnels. L'armée d'Auguste l'avait rapporté d'Égypte sur une vaste barge d'argent, le plus gros vaisseau que le monde eût jamais vu. Pendant vingt siècles, la colonne avait été torturée par les intempéries romaines. Elle risquait de tomber d'une nuit à l'autre. Le verrait-il ?

Minuit vingt.

Trente.

Photos de la lune.

À une heure moins le quart, le vent s'est levé sur la place, emportant le froid et la poussière. Au moment où il rangeait son appareil photo pour repartir et remontait son col pour se protéger de la nuit, une Mercedes noire blindée est arrivée en vrombissant et s'est arrêtée devant la ligne marquant la frontière du Vatican.

Capot fumant. Les phares se sont éteints.

Deux enfants en sont sortis brusquement, comme si on les avait poussés, chacun muni d'une valise en carton. La jeune fille tenait une poupée, le garçon un ours en peluche. Leur mère a suivi, puis Hauptmann en tenue civile.

Tous les quatre se sont approchés du périmètre, Elise Hauptmann luttait pour refouler ses larmes, les enfants traînaient leurs valises sur les pavés. Sur le dos de l'épouse, un sac à dos de randonnée, sous son bras, un parapluie. Hauptmann ne leur a pas fait au revoir. Sortant une bouteille de sa poche, il a pris une longue lampée qui a coulé à côté, puis il a jeté le flacon dans les airs en direction de l'obélisque, mais il s'est brisé sur le rebord de la fontaine.

« *Tu es content, le prêtre ?* a-t-il rugi. Tu m'as volé ma famille ! Tu as mis des bêtises dans la tête de ma femme pour me piéger ! Je te vois dans le noir, espèce de salopard de planqué. Sors de là, sale voleur. Voilà ton butin. »

Elise Hauptmann a baissé la tête, en sanglots, tout en continuant à marcher, les enfants à ses côtés.

« Je lui ai dit, *vas-y, si tu veux*, a hurlé son mari, mais ne reviens jamais ! Ne me contacte plus jamais ! Si tu me quittes, tu es morte. *Tu as cru que tu pourrais m'appâter, O'Flaherty ?* Prends-les donc. Fais au pire ! Seulement, je suis toujours là ! Tu m'as assassiné, le prêtre. Mais regarde bien : je suis toujours là ! Tremble maintenant, parce que tu ne peux plus rien contre moi. Tu as lancé ta dernière flèche ! Espèce de chien. »

Hauptmann est retourné à la Mercedes. Le moteur s'est mis en marche. Il a fait demi-tour en trois manœuvres, ses phares puissants balayant la place de leur faisceau jaune.

Fondant en larmes, le petit garçon s'est retourné et a couru vers la voiture en lançant sa valise dont le contenu s'est répandu, s'écriant : « *Vati, bitte geh' nicht* », suivi par sa sœur en pleurs, puis par leur mère qui a perdu sa chaussure gauche dans le tourbillon des affaires éparpillées.

L'enfant a frappé à la vitre arrière de la Mercedes qui continuait d'avancer lentement. Il l'a suivie, suppliant son père de le laisser monter, de ne pas s'en aller, et sa sœur a poussé un terrible sanglot : « *Verlasse uns nicht, Vati. Es tut uns leid !* »

Papa, ne t'en va pas, on est désolés.

La Mercedes a fait halte un instant pour les laisser entrer.

Puis elle est repartie lentement, lourdement.

Octobre. Il y a deux mois. Des phares arrière dans la brume.

La croisée des chemins, refusée.

La dernière chance, rejetée.

L'aube n'est pas encore levée en ce matin de Noël, il a l'impression de se rappeler quelque chose qu'il n'a jamais vu : Hauptmann au volant. Conduisant en silence.

Fumée de cigarette. Crissement des vitesses. Les pleurs de ses enfants.

Pourquoi ne l'as-tu pas arrêté ? se moque l'ombre.

Tu aurais pu faire davantage.

Il avance en direction de la ruelle. Impression d'être suivi.

Le side-car qui transporte Hauptmann paraît aussi fragile qu'un œuf. Tout en s'éloignant de Nemi à travers l'obscurité et les prés détrempés, loin du lac et de ses enfants au parfum de cannelle, il charge son Luger de sept cartouches à haute pression, vérifie qu'il en a d'autres dans la poche de sa tunique, évalue l'heure à venir.

Il a donné ses ordres. Pas d'arrestation, rien de hâtif.

Il faut suivre le prêtre ; établir la liste de ses mouvements. Le message est actuellement envoyé par radio. Le Commandant Hauptmann se chargera de la surveillance à son arrivée en ville dans vingt-sept minutes. Réveillez son chauffeur. Préparez la Mercedes pour qu'il puisse la prendre au quartier général de la Gestapo. Faites en sorte que la cellule d'interrogatoire zéro soit libre.

Le sentier forestier file en direction de la route menant à Rome, et le siège du side-car tressaute à chaque mouvement, chaque virage serré, les boulons et culbuteurs grincent, le moteur vrombit tel un frelon, mais le motard, un costaud, appuie très fort sur l'accélérateur et, bientôt, ils foncent vers la lueur ambrée de l'*autostrada*, là-haut, à travers les arbres dépouillés par l'hiver.

« Plus vite, interpelle Hauptmann. Lâchez le frein. »

La boîte de munitions dans sa poche émet un petit bruit répétitif comme pour souligner l'urgence.

Les ralentisseurs qui précèdent le barrage routier à l'orée de la clairière, les troupes font le salut hitlérien tandis que la barrière rouge remonte, lueur orange violacé d'un brasero sur leurs casques. Il répond à leur salut par un signe. Braves garçons, si loin de leurs parents en ce jour de Noël. Demain, il demandera à la cuisinière de leur apporter une dinde, un cake aux fruits, une bouteille de schnaps. Mieux – *pourquoi pas ?* –, il les servira lui-même. Elise et lui iront leur rendre visite dans les baraquements, peut-être avec les enfants. C'est une tradition de la vieille noblesse militaire d'échanger les rôles le jour de Noël. Tous les officiers devraient se souvenir qu'autrefois, ils étaient de simples soldats. Ils chanteront *Stille Nacht* tous ensemble. Il espère qu'Elise n'aura pas la langue trop pâteuse.

À la sortie de la propriété, le chemin est gravillonné et les faisceaux des phares tombent sur une jeune femme maintenue contre un pin par deux soldats. Elle se défend avec vigueur, donne des coups de tête et de poing, mais un troisième soldat s'approche, un vétéran assez âgé pour être son grand-père, et d'un coup de gourdin l'envoie dans une haie.

Hauptmann hurle à son chauffeur de s'arrêter, descend du side-car. Dans l'air, une odeur d'essence et de froid.

« Que se passe-t-il ici ?

– Chef, on est tombés sur cette intruse il y a vingt minutes. Cet homme était avec elle. » Il désigne un jeune garçon menotté au visage meurtri. « Un rendez-vous galant, ils ont dit. Il avait un fusil sur lui. Et il se dirigeait vers votre maison.

– C'est faux, insiste le jeune homme.

– La ferme. »

Hauptmann s'approche de la jeune fille, elle s'apprête à parler, mais baisse la tête. Les enfants l'aiment tellement, il sera difficile de la punir. Mais peut-être y a-t-il une explication innocente.

« Maria ? lui demande-t-il. Que faisiez-vous dans la zone interdite ? Et qui est cet homme ? »

Elle ne répond pas.

« Dois-je lui poser la question ? reprend Hauptmann. Est-ce cela que vous me suggérez ? »

Le jeune homme ne manifeste aucune crainte, il se redresse, paraît plus grand, son torse mince visible à travers les lambeaux de sa chemise. Difficile de le détester. Il y a quelque chose d'admirable chez ce genre de rebelles.

« Explique-toi, dit doucement Hauptmann. Et dis-moi la vérité.

– Je suis sorti poser des collets. Je suis chasseur. Je leur ai déjà dit.

– Un braconnier ? Tiens donc.

– Je suis arrivé jusque-là par hasard. Ma torche ne marchait plus et il n'y avait pas de clôture.

– Chef, il y en a une, lâche un soldat.

– Elle était endommagée.

– C'est toi qui l'as endommagée !

– Tous les paysans à dix kilomètres à la ronde connaissent les limites de cette propriété, reprend Hauptmann. Il est évident que tu as menti à mes hommes.

– Je ne suis pas un paysan. Y a pas longtemps, je travaillais à la cimenterie de Velletri. Avant qu'elle soit bombardée. J'ai perdu mon gagne-pain. Et ça n'a rien à voir avec Maria, c'est juste une fille du village que je connais.

– Que faisait-elle avec toi ?

– On se promenait.

– Tu sais, bien sûr, que le braconnage est puni de mort.

– Et qu'est-ce que doit faire un homme quand ses enfants ont faim ?

– Montre-moi tes mains. »

Le garçon s'exécute.

« Je ne crois pas que tu travailles à la cimenterie. Tu es trop tendre pour ça. Comme une fille de la ville. » Les hommes d'Hauptmann gloussent, ce qu'il aime à entendre. Un bon officier doit toujours faire l'admiration de ses soldats. « Tu es un partisan. Un communiste. Tu sais quel sort t'attend.

– Je ne suis pas un partisan ni un communiste, j'ai pas les moyens de faire de la politique. Je suis rien qu'un père désespéré qui veut nourrir ses enfants à Noël. Vous avez des enfants vous aussi. Par pitié, laissez-moi partir.

– Comment sais-tu que j'ai des enfants ?
– On me l'a dit.
– Qui donc ?
– Monsieur, je… je sais plus, ça se sait, les gens parlent.
– Cherche encore un peu. *En quoi est-ce que mes enfants te concernent ?*
– Je parlais en général, ça ne me concerne pas.
– Comment tu t'appelles ?
– Luca Ricci.
– Tu me jures sur ton âme éternelle que tu n'es pas un partisan, Luca Ricci ?
– Je le jure.
– Sur l'âme de tes enfants ?
– Bien sûr.
– D'accord. Tu peux t'en aller. Juste pour cette fois. Joyeux Noël. Ne commets jamais plus l'erreur de t'aventurer sur mes terres. Tu as compris ? »

Luca Ricci se retourne pour s'en aller, Hauptmann fait un pas en avant et lui tire une balle dans la nuque. Puis il s'approche de Maria Esposito et lui met une balle en plein front.

« Ils ont tenté de s'enfuir, assène-t-il aux sentinelles. Allez, vite. En route pour Rome. »

29

Il traverse les voies du tram à bout de souffle, se hâte dans le passage, la via Ventinovesimo.

Deux silhouettes blotties l'une contre l'autre près d'un panneau publicitaire pour le *Corriere della Sera*. En le voyant, l'une laisse choir une cigarette allumée ; l'autre la ramasse, la jette dans une auge en pierre près du garage.

Le signal.

Un héron pousse un cri. Bourrasque de vent. En s'approchant, il constate que les deux silhouettes portent des habits de prêtre.

Sous ses yeux, elles filent par une ruelle camouflée. Quand il les rattrape, passé l'angle, l'une des deux a disparu. Celle qui reste est une jeune femme.

« *Andiamo* », dit-elle en désignant d'un signe de la tête les volets à demi ouverts d'un théâtre à l'abandon.

À travers le foyer semé de verre que surplombe un vaste miroir brisé, cent éclats de lune au sol. Dans l'allée de la salle, parmi les sièges de velours brûlés, éventrés, les *putti* calcinés qui cabriolent contre les loges. Remontant les marches de la scène recouvertes d'un tapis, le mouvement furtif d'une douzaine de chats étiques autour d'un bateau naufragé en papier mâché. Amas de chutes de peluches.

Dans les coulisses, le faisceau de sa torche balaie les planches de bois noueuses. Relents de moisissures, d'oranges bleuissantes. Le long des formes massives recouvertes de draps, des têtes en plâtre perruquées, une serpillière retournée sur un seau telle une goule de cauchemar. Descendre un escalier de bois branlant, sortie de secours donnant dans une cour qui s'ouvre sur une ruelle.

Elle se retourne : « Vous êtes prêts ? Ce sera difficile.

– Je comprends. »

Elle acquiesce, sort de sa veste un sac en toile de jute, le lui met sur la tête, serre le cordon.

« Prenez mon bras, murmure-t-elle. Deux pas en avant, puis à gauche. »

Il sent qu'on le guide dans le noir, mais il chancelle, trébuche, brume chaude dans ses yeux, un *tss* d'impatience chez la jeune femme. Puis une autre personne les rejoint, l'attrape par le coude gauche, et elles le font passer par ce qui est sans doute un jardin ou une terrasse, car il hume une odeur de végétaux mouillés et de lilas d'hiver au parfum trop sucré. Il leur demande de ralentir mais la jeune femme lui répond que ce n'est pas possible. Le temps file, ils sont en retard.

Cordes de douleur tendues dans ses cuisses. Incendie dans ses poumons.

Il se rend compte qu'on lui fait traverser des rues, passage du goudron aux pavés. Pendant une minute, le fleuve lui paraît proche.

Non pas l'eau, mais les laîches qui sèchent et le bruissement des drisses. La pensée lui vient que Marc Antoine a senti l'odeur de ces laîches, qu'elle a rosi les cauchemars de Néron.

Il ne veut pas monter dans la voiture, sent une main appuyer sur sa tête. *On vous allonge sur la banquette arrière, restez tranquille.* Il obéit et une lourde couverture puant le chien mouillé s'abat sur lui. Le véhicule fait un bond en avant ; mauvais conducteur, débutant ? La fille chuchote, staccato ; le chauffeur répond d'une voix sifflante, en toussant. Au bout de dix ou douze minutes, la portière arrière s'ouvre. On le tire dehors, jambes flageolantes. Elle vérifie que le sac est toujours en place.

« Attention, murmure-t-elle, n'ayez pas peur », et on l'emmène dans un bâtiment ; aux effluves de fumée, il sait qu'il a été bombardé ; à présent, par un escalier de pierre en colimaçon, comme dans la tourelle d'un château médiéval. Il sent ses lunettes glisser, les remonte à l'aveugle à travers la toile de jute, demande à ses deux guides de s'arrêter ne serait-ce qu'un instant, en vain. Odeur de sueur, de cheveux qu'on vient de laver. Air froid. Il est dehors.

« Très bien, dit une voix d'homme. Vous y êtes. Comptez jusqu'à vingt. Enlevez le sac. Pas avant.

– Où dois-je aller ensuite ?

– Comptez jusqu'à vingt. *Buona fortuna.* »

Lorsqu'il retire le pochon de toile, la rue bordée d'immeubles d'habitation est déserte. Ses milliers de fenêtres aux volets clos, plongées dans le noir.

Quelque part au loin, le bêlement d'une sirène de police. Il cligne les paupières, une image de pompes à incendie et de portes reste imprégnée sur ses rétines. Derrière lui, l'atelier fermé d'un mécanicien, le O de AUTO imitant une cible de tir.

Il essuie la sueur qui coule sur son front et ses bras avec le sac qu'il jette dans une poubelle.

À l'angle, une fontaine en forme de coquillage sous une voûte, encastrée dans un mur constitué de pierres. La fraîcheur de l'eau. Il y baigne ses poignets et son visage brûlant. Tout en éternuant, le souffle râpeux, il regarde sa montre. Cinq heures moins vingt. Le calme de Rome avant l'aube.

En face, sur un mur, une ronéo en allemand déclare :

Strassen gesperrt. Bandengebiet.

Rues fermées. Zone des gangs.

Leur nom de code pour désigner la Résistance.

Le bruit d'un caillou le fait se retourner.

À cinquante mètres, entre les lignes des tramways, le couvercle d'une poubelle roule.

Lent comme une barque, il s'approche.

Il s'arrête près d'un portail à travers lequel il distingue une Fiat montée sur des briques, relique des années 20 au pare-brise craquelé, au toit de toile lacéré par les mouettes.

Au bout d'un moment, le signal.

Si discret ; presque inaudible.

Un gramophone rugueux qui diffuse la *Sonate au clair de lune*.

Il pénètre sous un portique voûté, longe des boîtes aux lettres, des poubelles, traverse une cour dallée, en ordre, où luisent des poteries engobées.

Derrière lui, il entend la lourde grille se refermer mais ne se retourne pas. Devant, une porte s'ouvre, une ampoule clignote dans un couloir étroit. Il s'y engouffre, sort par la porte du fond, traverse une allée, entre dans la cour d'une maison beaucoup plus ancienne.

Devant une fenêtre, une femme d'âge mûr en peignoir indigo fume, un filet sur les cheveux, elle évite son regard, contemple l'aube qui point. Ils ne connaissent pas leurs noms, ne les connaîtront jamais.

Elle entrebâille la porte, écrase sa cigarette dehors sous son chausson, fait un pas en arrière.

Arrivé dans le salon, il va vers la cheminée.

Une adolescente pieds nus vêtue d'un pantalon de garçon et d'une chemise de travail tire le rideau de la fenêtre donnant sur la cour. Il est évident qu'il s'agit de la mère et de la fille.

Le gramophone continue de jouer. Au mur, des ferrotypes encadrés. De vieux messieurs en uniforme de l'armée, des enfants, leur première communion près d'un lac. Une affiche pour une représentation de *Tosca*, « Beniamino Gigli » en grosses lettres rouges. Le panier d'un chien sous une table rococo en acajou. Un chandelier à douze branches.

Une théière en métal blanc sans couvercle remplie de crayons et de stylos. Dans un angle, un appareil étrange avec une roue en fer forgé éclairée par la lumière du feu. Il lui faut un moment avant de s'apercevoir que c'est une machine à coudre.

D'un regard, elle lui demande s'il est prêt. Il acquiesce.

Sortant des ciseaux de sa poche, la couturière s'approche. Il retire le vieux pardessus, le lui tend, elle l'étale sur le banc, le déplie avant de tailler dans les profondeurs. Elle récupère les liasses de billets cachées, travaillant avec soin, méthode, plongée dans une concentration silencieuse, tournant et retournant autour du manteau déployé. Cliquètement fluide et habile des lames. Des morceaux de tissu effilochés tombent sur le tapis. La jeune fille s'agenouille, les balaie dans une pelle de métal qu'elle vide dans l'âtre enfiévré.

Derrière une porte donnant sur un cellier éclairé à la bougie, il découvre une troisième femme, bien plus âgée, en blouse et pince-nez, debout devant une table : avec un couteau à steak, elle détache les liasses. Elle les répartit ensuite dans différentes enveloppes qu'elle dépose dans une boîte à chaussures. Levant les yeux, elle lui offre sans un mot un verre de vin d'une bouteille posée à côté d'elle mais ne semble pas s'étonner qu'il refuse.

À côté, sur un plateau de marbre, trois gâteaux aux fruits secs coupés en deux et évidés. Elle entoure les billets de papier aluminium, les fourre dans les gâteaux, raboute les moitiés ensemble puis les enveloppe dans de la pâte d'amande jaune. La jeune fille entre dans le cellier, prend dans le placard un bol de glaçage encore mou, se met à enrober les gâteaux sous le regard approbateur de la vieille qui la guide puis la prend par le poignet et lui montre comment manier la spatule avec douceur et adresse.

Le morceau de Beethoven se termine et reprend au début.

On lui rapporte le vieux manteau repris qu'il enfile.

Pas un mot pendant cette livraison qui dure moins de cent secondes. Lorsqu'il repart, la couturière plonge le bout des doigts dans une coupe d'eau bénite, près de la porte, et les applique brièvement sur son front.

Deux jeunes gens masqués l'attendent dans la rue, il les laisse lui bander les yeux ; on le fait marcher pendant un moment, puis il monte dans une voiture, et marche à nouveau jusqu'à ce qu'il entende le fleuve. « Comptez jusqu'à dix, bonne chance », lui chuchotent-ils en partant, et il attend que le bruit de leurs pas ne soit plus audible pour retirer le tissu sur ses yeux qui palpitent.

Devant lui, le Tibre. Par-delà les toits, le dôme de Saint-Pierre.

En hâte sur le quai, rasant le haut portail rouillé de la prison, bravant les fortes bourrasques. Les marches raides d'un passage, une rue en pente si étroite que les appartements se regardent à travers leurs fenêtres ; sur les cordes à linge, il est difficile de distinguer à qui sont les chemises et les chaussettes.

Un courageux Romain a étendu un drapeau en lambeaux sur un balcon à demi écroulé, le rouge, le blanc et le vert fanés par les lavages et la faible clarté. Dessus, un patchwork de mots : *Viva l'Italia !*

Un volet claque. Il s'arrête.

Les oiseaux gazouillent discrètement.

Tout est si calme.

Il entend le fleuve se mouvoir, flux et reflux sur les vieilles pierres froides, le balancement des laîches dans les eaux peu profondes près des berges, les rats taupiers nichant sous les ponts.

Cinq heures vingt. Il est vital de se hâter.

Il tourne. Via Segundo. La pluie se met à tomber.

Par les petites rues qui mènent à la basilique.

Sortant de l'ombre d'un pas tranquille, venant vers lui, deux hommes en imperméables gris, feutres enfoncés sur les yeux. Il sait qu'ils l'ont vu ; trop tard pour faire demi-tour. Ils s'arrêtent sous le seul lampadaire de la rue qui n'est pas cassé, allument leurs cigarettes, commencent à parler à grand renfort de gestes, acquiescent, comme s'ils débattaient d'un sujet sur lequel ils sont en désaccord, mais ils parlent si bas qu'il ne distingue rien.

Ils se tiennent de biais, lui tournant à moitié le dos, mais il sait que ça n'a aucune importance. Les hommes de la Gestapo ont des yeux derrière la tête. Ne t'arrête pas, continue à la même allure. Si tu détales, ils te rattraperont. Ils sont armés et ils ont la moitié de ton âge. Tu es Marco Mancuso.

« *Buongiorno*, murmure l'un d'eux.

– *Buon Natale* », répond-il.

Ce ne sont pas des SS, il le voit à présent. Trop détendus, pris par leur conversation. Une femme plus âgée portant une valise arrive au bout de la via Segundo, ils l'accueillent avec une tendresse filiale et repartent tranquillement ensemble en direction du centre.

Il se hâte de tourner au coin de la rue.

Vers le Luger protubérant d'Hauptmann.

Tout est calme. L'œil du nazi brille.

Le choc est comme un coup de poing. Un direct à l'estomac. Mille fois, un million de fois il a anticipé ce moment, mais c'est violent, la proximité physique de l'autre, les veines de ses paupières, la pâleur de ses lèvres, le ver qui bat sur sa tempe, le souffle de sa respiration régulière.

Loin là-haut, vrombissement des bombardiers, lueur grise dans le ciel.

Depuis le fossé où sont enterrés les canons antiaériens, au sommet de la colline du Palatin, des lampes s'allument, leurs faisceaux blancs zèbrent les nuages et le pan-pan se transforme en mitraille. Hauptmann se tourne à demi, étrangement puéril, à croire que cette musique le fascine.

« Avancez, dit-il. Devant moi. Les mains en l'air. »

Par une ruelle qui pue les poubelles. La Mercedes stationne au bout.

Hauptmann ouvre la portière arrière, le fait monter à coups de pied, grimpe aussitôt à ses côtés.

« Démarrez, ordonne-t-il au chauffeur. Au quartier général de la Gestapo. »

La voiture commence à avancer, d'abord doucement, vitesses passées dans un soupir ; Hauptmann allume une cigarette, semble froncer les sourcils en regardant l'allumette avant de la souffler. Pendant un moment, il ne dit rien, comme apaisé par le bruit du moteur. Le véhicule s'arrête aux feux orange pour laisser passer un tram matinal bringuebalant.

« Je peux répondre à la question la plus importante pour vous, dit le nazi. Vos amis sont déjà morts. Ce soir ou demain matin, je vous aurai arraché leurs noms et leurs activités. Leur dernière pensée sera pour votre trahison. »

Une radio grésille à la boutonnière gauche de Hauptmann, puis le bruit se fait plus doux, telle une cascade lointaine.

« Mais peut-être qu'il n'est pas trop tard encore, Monseigneur. Êtes-vous prêt à vous montrer raisonnable ? Je crois à la miséricorde.

– Allez au diable.

– Ah, nous voici via Tasso, Monseigneur. Votre dernière destination sur Terre. »

Le chauffeur sort, gravit les trois marches qui mènent à l'intérieur du bâtiment. Les fenêtres s'éclairent. Hauptmann descend de voiture en bâillant, fait le tour par l'arrière.

« Sortez lentement, Monseigneur. Les mains sur la tête. »

Il obtempère sous le regard du nazi.

« L'éminent Monseigneur. Où se trouve votre Chœur à présent ?

– Pauvre homme, répond O'Flaherty.

– Et pourquoi ça ?

– Vous n'avez donc pas compris à quoi tout ce cirque a servi ?

– Éclairez-moi.

– Quelle heure est-il, Hauptmann ?

– Six heures treize.

– Et voilà.

– C'est-à-dire ?

– Il y a treize minutes, votre femme est entrée au Vatican avec vos enfants pour y demander l'asile. Tout ce dont nous avions besoin, c'était d'un appât pour vous faire mordre à l'hameçon et que vous quittiez votre maison. Elise m'a juré que vous tomberiez dans le panneau. Je ne voulais pas croire que vous seriez si crédule. »

Hauptmann sourit jaune. « Vous n'avez rien trouvé de mieux ?

– La nouvelle de leur défection sera annoncée sur BBC World Service dans dix-sept minutes. Le photographe du Vatican est en ce moment même avec votre femme et vos enfants dans les appartements de l'ambassadeur britannique. Un hydravion attend à Ostie pour les emmener à Douvres. Votre épouse a l'intention de demander la nationalité britannique.

– Monseigneur, auriez-vous oublié que mentir est un péché ?

– Téléphonez donc à la villa. Personne ne répondra.

– Vous me croyez à ce point idiot pour vraiment vouloir vérifier une ineptie pareille ?

– La photo de votre famille en compagnie de l'ambassadeur britannique vient d'être envoyée à Berlin. À tous les journaux d'Europe et au bureau personnel du Führer. Dans un communiqué, votre femme condamne le national-socialisme et prédit la défaite imminente de l'Allemagne contre les Alliés, défaite à laquelle elle jure de contribuer autant qu'elle le pourra. Elle ajoute que vous-même savez que la guerre est perdue pour votre pays. Que vous avez conçu le projet d'assassiner Hitler.

– Sottises.

– J'ai une copie signée de sa déclaration ici, dans ma poche de poitrine. Voudriez-vous la voir ?

– NE BOUGEZ PAS.

– Calmez-vous.

– Ne me dites pas ce que je dois faire.

– Alors approchez et sortez-la vous-même de ma poche. Ou préférez-vous que je le fasse ? À votre guise.

– Taisez-vous, je vous préviens. *Plus de mensonges !*

– Je comprends que c'est un terrible revers pour vous. La perte de votre famille. Ne plus jamais les voir, horrible sort, je sais. Elle m'a prié de vous dire qu'elle vous avait laissé une lettre d'adieu. Sur sa coiffeuse, à la villa. Avec son alliance. »

Hauptmann tourne la tête vers le micro de sa radio, O'Flaherty assène un uppercut dans le poignet du nazi qui tient le Luger, le coup n'est pas très fort mais rapide et précis, dur comme la pierre, bien appliqué, et ses jointures se déchirent sous le choc du métal, il glapit de douleur tandis que l'arme ricoche contre un mur, catapultée dans le caniveau ; il feinte, comme s'il voulait la rattraper, et Hauptmann se penche aussi pour la saisir, mais la poignée sale est glissante, et le revolver retombe dans l'eau crasseuse, soudain le prêtre est *dans la voiture, au volant*, le moteur vrombit, éclaboussures de sang sur le pare-brise en verre armé, et tout à coup, la Mercedes démarre.

Hauptmann saisit la poignée de la portière. Accélération soudaine : son épaule se déboîte.

Est-ce que ce cri sort de sa bouche ? Est-ce que ce sont les pneus qui crissent ? Nuage de fumée noire quand la voiture se rue en avant, lui échappe, décampe en zigzag tel un jeune cheval fougueux. Puanteur de caoutchouc brûlé. Rugissement du moteur. Gerbe de fumée entre les roues. Gaz d'échappement craché en plein visage. Le *bang* de son Luger, relents de cordite, de plomb fondu.

Il court après la Mercedes dans un vertige de douleur, mais il court, il *court*, tirant dans les ténèbres, la voiture percute un kiosque à journaux, le flanque par terre, marche arrière, il met un genou à terre tel un tireur d'élite, un tir précis, voilà tout ce dont il a besoin, mais les balles ricochent sur le blindage dans des étincelles de copeaux d'argent, et la Mercedes couine, dérape dans un virage en prenant une rue dont il ignore le nom et son Luger crache sa fureur, mais la voiture a disparu en direction du Tibre grossi par les pluies, rugissant à travers le *Blitzkrieg* qui fait rage là où son épaule s'est déboîtée.

Il hurle à l'aide, son chauffeur SS accourt depuis le bâtiment, sidération, jurons, le prêtre s'est échappé, Hauptmann va de porte en porte en vacillant dans la via Tasso, mais nul ne répond.

Il frappe, menace.

« *J'ai besoin d'aide.* »

Tout à son agonie, il voit la berline filer dans Rome, saluée par les sentinelles tandis que les barrages routiers s'ouvrent devant elle. Dans sa hâte à lui courir après, il se perd dans une ruelle crasseuse, une pluie de briques et de lanternes de cheminée s'abat depuis les toits. Quelques minutes plus tard, délirant de douleur, il tombe sur une patrouille allemande à qui il tente d'expliquer en bafouillant ce qui s'est passé, mais quand le sergent ordonne par radio d'arrêter à tout prix le véhicule, les soldats qui gardent le pont se méfient, craignant un piège.

Tirer sur la voiture d'Hauptmann ? Le chef de la Gestapo ? Autant signer son arrêt de mort.

La Mercedes vient de franchir le ponte Cavour, on l'a repérée à pleine vitesse à l'approche du ministère de l'Intérieur. Une sentinelle à la fenêtre du troisième étage envoie par radio un message d'urgence : « Hauptmann est devenu fou. »

De l'autre côté du pont, la Contessa attend au lieu de rendez-vous, l'entrée d'une boulangerie à l'abandon. La main droite en sang, il bondit hors de la Mercedes. Aussitôt, elle plonge sa cigarette allumée dans la gueule de la trappe à essence, puis l'entraîne à travers un dédale de passages, sous une colonnade, jusqu'à l'endroit où les attend la moto volée ; elle monte en selle, il s'installe derrière elle ; elle appuie sur le starter, vire, jure par-dessus son épaule, « Baissez la tête, Hugh, baissez la tête », fonce à travers les venelles, le labyrinthe de ruelles obscures, derrière eux le tonnerre de l'explosion, bourrasques de fumée épaisse qui déferlent à travers les petites rues jusqu'à la piazza del Risorgimento, où elle noircit les auvents.

À la porte noyée d'ombre des Musei vaticani, Derry et Osborne attendent, ils font des signes, agitent la main, visages ravagés par une joie anxieuse, attirent leurs amis à l'abri de la pluie qui verse sa fraîcheur glaciale sur Rome. Il vacille, écrasé par le manque de souffle, reposant sur l'épaule de la Contessa. « Messieurs, dit-elle, puis-je vous présenter celui qui a accompli l'impossible ? » Embrassades, bourrades dans le dos, serviettes, flasques de thé – enfin, pas exactement du thé, comme le dit Sam Derry, pas le thé qu'ils méritent en tout cas, mais des clous de girofle dans du lait chaud – enfin, pas exactement du lait, fait observer Osborne, mais du dentifrice délié, goût chaussette. Filer à travers les couloirs du musée sans bruit, se presser, trébucher, souffler, tel un plongeur en eau profonde qui refait surface à moitié porté par ses compagnons dans un silence grave et efficace, car les gardes patrouillent toujours, et tous ne sont pas fiables ; descendre l'étage, remonter, traverser la cappella Sistina, où il fait halte un instant, plongé dans le vertige de ce brasier blanc qu'est la prière du survivant, une joie mêlée au chagrin et au deuil. Pour ses parents, en ce matin de Noël, pour toutes les amitiés jamais nouées, pour les fugitifs qui vivront et leurs milliers de proches, pour ces multitudes d'infortunés sans nom engloutis dans la douleur pour qui personne ne s'est jamais battu à part ses camarades. Pour Derry, Angelucci, Delia et May, pour Osborne, Marianna et Giovanna Landini, qui prie à côté de lui maintenant, sa main dans la sienne, et qui souvent, en se remémorant cette fuite éperdue vers le Vatican à l'aube, le ciel de Rome empourprant l'ombre des statues, l'entendra chanter une aria de Puccini derrière elle, même si elle sait que cela ne s'est jamais produit. Pour sa sœur et ses frères, pour tous ceux qui sont prisonniers, privés de miséricorde ou gavés de mensonges. Mais il est temps de partir, dit Derry, tranquillement, un bras passé autour de ses épaules. « Appuyez-vous sur moi, Padre.

– Je pense très sincèrement qu'à ce stade, vous pouvez l'appeler Hugh, glousse Osborne.

– J'ai une meilleure idée. J'ai bien appris mon italien. Donnez-moi votre bras, *mio fratello.* »

Au bord du lac Nemi, Frau Hauptmann et ses enfants font la grasse matinée en ce jour de Noël. Papa ne rentrera pas avant un moment.

Vers cinq heures du soir, Hugh O'Flaherty grimpe sur le toit de Saint-Pierre, seul.

Dômes et pigeonniers. Campaniles. Sept collines. Majestueux oiseaux gris tournoyant dans la brume. Cheminées et clochers. Le scintillement des premiers astres. Le crépuscule allume les lampes à travers la ville. Éclat des torches aux lucarnes des greniers traçant des lignes à travers la fumée. De Flaminio à Ponte, de Prati au Campo Marzio. Ponts. Palais. Taudis. Temples en ruine. Il attend que les énormes cloches saluent la fin du jour.

Après ça, quel silence.

C'est presque de la musique.

Chère maman, cher papa,

Juste un mot depuis Rome enneigée.

J'ai dit la messe pour vous ce matin, en cette fête de la saint Étienne.

Au cas où je ne vous l'aurais jamais dit : nul n'a eu de parents plus aimants que moi.

Merci pour la vie que vous m'avez donnée.

Bonne année 1944.

Votre Hugh

30

Marianna de Vries

Novembre 1962

Témoignage écrit en remplacement d'un entretien

Davantage d'alpinistes meurent en redescendant de l'Everest qu'en grimpant vers son sommet. Chose que n'ignorent ni les soldats et ni même les braqueurs de banques. Pour chaque raid, il faut un chauffeur qui sauve la mise à la fin.

Dès le départ, il avait été convenu que Jo Landini irait récupérer celui qui mènerait la mission à deux kilomètres de notre quartier général et qu'une moto serait le meilleur véhicule, ou disons le moins mauvais. On ne programmait jamais un Rendimento sans prévoir avec une précision confinant au fanatisme le moyen le plus sûr de rejoindre la base. Derry insistait là-dessus, fort de son entraînement à Sandhurst. Celui qui conduit la mission risque d'être un peu approximatif dans les derniers moments ; il est épuisé, animé d'une euphorie trompeuse : ce sont les minutes les plus dangereuses. Il lui faut de l'aide pour rentrer.

Jo, je l'ai déjà dit, était une femme d'un immense courage. Elle avait insisté pour être ce que nous appelions « le phare » du Rendimento de la nuit de Noël, rôle qu'elle avait déjà joué lors de sept missions et reprendrait encore à cinq reprises début 44. En général, on volait une moto de l'armée allemande. Un certain Londonien que je n'ai nul besoin de nommer s'en occupait. Sa devise était : « En amour comme à la guerre, toute tactique est bonne. »

J'ai fait la morte pendant dix jours puis je me suis réfugiée au Vatican. Delia Kiernan et sa fille avaient fait de même. Par la suite, en dehors des autres Rendimenti dans lesquels elle a joué un rôle central, Jo n'a plus quitté le Vatican pendant tout le temps de l'occupation allemande. Elle et moi logions dans les appartements de May et sir D'Arcy, au grand amusement (peut-être mêlé d'envie, disait-elle) de certains observateurs religieux. Un cardinal a été surpris, si ce n'est à genoux devant le trou de la serrure, du moins déambulant dans le couloir, à croire qu'il attendait une invitation pour se joindre à notre orgie inexistante. « Peut-être que nous y viendrons un soir quand nous nous ennuierons, a dit sir D'Arcy.

– Il faudrait vraiment s'ennuyer à mourir », a rétorqué Jo.

L'appartement, qui comptait trois pièces, était surpeuplé mais confortable. Les œils-de-bœuf donnaient sur un jardin. On jouait au backgammon et à des jeux de plateau. Il y avait des livres. Parfois, nous contemplions dans un silence amical le crépuscule romain menthe et cerise, événement pour lequel sir D'Arcy s'habillait toujours de sa veste d'intérieur en tartan Black Watch. Le pic de la soirée était atteint au moment où nous devions choisir lesquelles emprunter parmi ses pantoufles, en endurant d'émouvants récits au sujet des durillons que lui infligeait ce genre de chaussons (« Mesdames, j'ai de tels oignons qu'on pourrait leur mettre un chapeau et les présenter aux élections »). La nourriture était peu abondante, et ce qu'on nommait « café » avait goût de limon. En revanche, grâce à May, nous avions du Piper-Heidsick 1933 en abondance. Chaque soir, à dix-huit heures, nos hôtes britanniques portaient diligemment un toast au roi. D'autres ont connu pire en ce début d'année 1944.

Notre formation s'est transformée en quintette lorsque Angelucci s'est à son tour réfugié avec nous après avoir expédié sa femme et ses enfants dans un endroit relativement sûr à la campagne, après Viterbe. Sa pauvre épouse est morte en mai lors d'un raid aérien, alors qu'elle était brièvement revenue à Rome voir un membre de sa famille malade – cette tragédie ne s'abattrait sur nous que quelques mois plus tard, ainsi que beaucoup d'autres.

Angelucci s'est avéré excellent cuisinier – bien manger constitue pour les Italiens l'un des arts majeurs. Il faisait des miracles à partir de rien (« comme tous les marxistes », disait sir D'Arcy), fabriquait des pâtes avec de la farine et de l'eau, sans œufs car nous ne jouissions pas de ce luxe, ajoutant un peu de piment et de parmesan si nous en disposions : c'était succulent. Sir D'Arcy le taquinait avec ironie : « Mon garçon, les meilleures gens en Angleterre sont communistes aujourd'hui, c'est vrai, on ne peut jeter un bâton dans le réfectoire du Magdalen College sans frapper un camarade, ou Dieu sait comment ils s'appellent. Passe-moi donc le nero d'Avola, mon chou. »

Angelucci était un être magnifique dont la contribution est impossible à mesurer. On lui pardonnait même son habitude de se promener torse nu. On rencontre parfois de misérables créatures pour qui manger ne consiste qu'à remettre de l'essence dans le moteur. Les Italiens savent que c'est beaucoup plus que cela. Quand on lui demandait s'il croyait en Dieu, Enzo répondait qu'il croyait au *risotto al radicchio e gorgonzola* arrosé d'un verre de bon vin à partager avec un ami. Pour lui, il n'était pas de mot plus sacré, quelle que soit la langue, que « *mangiamo* ».

« Auquel mieux vaut répondre par un *amen* silencieux, a un jour répondu Jo Landini en garnissant les assiettes.

– Contessa, on va faire de vous une communiste, a répondu Enzo.

– Mon cher chef, vous n'auriez pas grand effort à faire. À présent, je vous en prie, mettez une chemise, nous sommes à table.

– Le jour où viendra la révolution, a fait observer sir D'Arcy, tout le monde voyagera en première classe.

– Ne comptez pas sur moi, a repris John May. Je bosse pas pour la populace.

– Bosser ! s'est moqué sir D'Arcy. Vous croyez qu'être beau est un travail.

– Si c'est le cas, a dit Jo, il travaille dur.

– Ne parlez pas de communisme devant ma fille, a dit Delia qui était présente avec Blon ce soir-là. Elle risque de m'assassiner dans mon sommeil.

– Maman, pour l'amour de Dieu.

– Est-ce qu'il y aurait une goutte de vin par ici ? J'ai une soif à faire sombrer un bateau.

– Maman, tu as assez bu !

– Si on ne me donne pas un verre à la minute, c'est moi qui enlève ma chemise !

– Dieu tout-puissant.

– Encore un peu de pâtes ? »

Nous n'avions pas beaucoup de place. Certains pouvaient se montrer irritables. Mais quand l'un d'entre nous perdait les pédales, les autres se montraient conciliants.

En vérité, je n'en ai pas gardé le souvenir d'une époque malheureuse. Le major Derry venait souvent nous rendre visite, émergeant de son antre au fin fond des cavernes, Ugo venait faire une partie de poker ou de lansquenet, jeux auxquels il s'adonnait avec une véhémence fort peu ecclésiastique. À la fin, sur notre insistance, il est venu loger avec nous, dans ce qu'il appelait notre « crèche ». D'après nos renseignements, partout ailleurs, il courait un grave danger. La chose nous était apparue de manière assez brutale.

Un après-midi de février à Saint-Pierre, deux nazis en civil sont arrivés dans l'intention de le sortir de la basilique pour l'emmener de l'autre côté de la frontière. Heureusement, Enzo se chargeait déjà de le protéger. Une équipe de quatorze fugitifs habillés en moines – Enzo préférait les dockers de Glasgow et les mineurs yougoslaves – accompagnaient Monseigneur dans tous les lieux publics, disposés en losange autour de lui. Disons que les deux nazis ont été reconduits à l'extérieur de Saint-Pierre cet après-midi-là, et que, par malchance, ils ont trébuché sur les marches. Plusieurs fois. Ces méchants hommes, de manière bien peu fair-play, ont, à de nombreuses reprises, attaqué les poings d'Enzo avec leurs visages. Ils doivent y repenser de temps en temps, particulièrement quand ils ont besoin d'utiliser leur mâchoire.

Dans l'appartement, les lits superposés et les hamacs – mais aussi les œils-de-bœuf – donnaient aux lieux l'aspect plaisant d'une cabine de bateau. Le soir, pour garder le moral ou nous épuiser avant de dormir, nous entonnions souvent une vieille ballade écossaise apprise lors de nos répétitions, les messieurs chantant les couplets, les dames, le refrain.

Let us go, lassie, go
To the braes of Balquhither,
Where the blueberries grow
'Mong the bonnie Highland heather ;
Where flie the deer and rae
Lightly bounding altogether,
Sport the lovelorn summer day
On the braes of Balquhither.
Let us go, lassie, go.
Lassie, go.[1]

Détail amusant, aucun d'entre nous n'avait jamais vu les Highlands d'Écosse, endroit auquel jamais je ne songe sans que me reviennent cette chanson et l'atmosphère de fin de guerre en Italie, entre les pions du backgammon et les verres de chianti, au cœur de notre petit *ménage à huit**.

La mission de la nuit de Noël a été un succès. Des centaines de Livres ont quitté Rome pour la campagne. Nous avons mené bien d'autres Rendimenti, peut-être quinze, ou deux douzaines, entre ce Noël et la fin du printemps 1944 – y compris dans le but de voler ou détruire le trésor de faux billets d'Hauptmann, et aussi pour amener un chirurgien chargé de sauver la vie d'un fugitif dans une planque, à moins de deux minutes du quartier général

---

1. Allons, ma douce, allons/Sur la colline de Balquhither,/Où poussent les myrtilles/Parmi la bruyère des Highlands ;/Où filent le cerf et la biche/Qui légers bondissent ensemble,/Et portent ce jour d'été privé d'amour/Sur la colline de Balquhither./Allons, ma douce, allons./Ma douce, allons.

de la Gestapo. Mais ce n'est pas le moment d'évoquer ces nuits terrifiantes. Il y aura d'autres occasions pour cela, j'en suis certaine. La situation devenait pour moi de plus en plus difficile à supporter.

À mesure que les Alliés avançaient vers Rome, ce que je qualifierai de tensions a émergé au sein du Chœur. Ugo voulait venir en aide aux conscrits allemands qui désertaient et qui tous risquaient d'être battus à mort. Sir D'Arcy voyait les choses différemment. Monseigneur et lui se querellaient.

Les failles se creusaient. Les fondations vacillaient. De dures paroles faisaient s'écrouler des piliers. Dans le feu de la colère, des mots ont été prononcés qu'il aurait mieux valu taire.

Au fil des mois qui ont suivi, le Chœur s'est dissous, comme toute bonne chose. Ugo et sir D'Arcy ont cessé de s'adresser la parole. Notre Monseigneur a quitté l'appartement.

Il y avait de part et d'autre davantage d'innocence que de culpabilité. Ce pauvre sir D'Arcy n'avait pas tout compris ; sans doute ne voyait-il pas quel était l'objectif d'Ugo depuis le début. On peut se persuader pendant un moment qu'on chante tous la même chanson. Hélas, c'est rarement vrai. Ce qui arrive alors n'est guère plus qu'un diagramme de Venn. Ce qui n'est pas rien, d'ailleurs. Mais la vie ne se résume pas à la géométrie. Mon ennemi n'est pas nécessairement l'ennemi de mon ami. Sans doute que ça aide, néanmoins. Voilà tout.

La redoutable Delia a tenté de recoller les morceaux – il me semble qu'un déjeuner ou quelque chose de ce genre avait été évoqué –, mais, j'ignore pourquoi, cela n'a jamais eu lieu. Cette implosion m'a tant bouleversée que finalement, tôt un matin de juin, je suis retournée à mon ancien appartement dans l'aurore froide et rougeoyante. En chemin, j'ai eu cette vision spectrale et ahurissante d'une jeep de l'armée américaine qui filait seule vers la place Saint-Pierre. Rome était libérée.

Le gouvernement italien a décerné à Enzo et à Jo les plus grands honneurs, ainsi qu'à Ugo.

Dollman a été lynché en tentant de quitter le pays. Tout le monde pensait que les Romains lui en voulaient autant qu'Hauptmann, ces deux-là s'étant amèrement querellés quand ce dernier avait commencé à soupçonner que son second l'avait espionné pour le compte d'Himmler. J'ai lu parfois que le mouvement national-socialiste était une fraternité. En réalité, c'était une meute haineuse menée par des psychopathes et autres mauvaises gens, montrant autant de loyauté que ces grenouilles venimeuses qui se nourrissent de leurs propres fratries après avoir dévoré tout le reste. Le plus glaçant, c'est le nombre de personnes qui se sont laissé entraîner dans cette voie de leur plein gré. « Se sont laissé entraîner », en réalité, n'est pas une expression suffisamment active. Ont accepté avec un certain enthousiasme de suivre cette voie.

Hauptmann a été jugé en 1948 pour le meurtre de trois cent trente-cinq Romains, commis une nuit en guise de représailles après qu'une bombe posée par la Résistance eut tué trente-trois soldats allemands. Au tribunal, on a décrit en détail les heures qu'il avait passées ce jour-là à son bureau pour mettre au point grâce à ses dossiers bien-aimés sa liste fatale qui comprenait des Juifs, des vieillards, des enfants, des prisonniers de Regina Coeli, dont un certain nombre de membres de la filière d'évasion. Dix pour chaque Allemand. Plus cinq, pour ne pas se tromper. Conduits aux Fosses ardéatines et fusillés.

Dans le box des accusés, il s'est présenté sans cravate, parlant doucement, clignant souvent les yeux ou fixant la salle de manière étrange, intense, comme stupéfait par quelque chose que nul autre ne pouvait voir.

Pendant la pause de midi, j'ai rédigé mon article. En racontant ce qui s'était passé, j'ai vomi.

Quand l'audience a repris, l'attention est très vite revenue sur les événements qui s'étaient déroulés dans les Fosses ardéatines. Des photos ont été diffusées, insoutenables. Un officier nazi attendait à l'entrée, tenant en main la liste d'Hauptmann. Extrêmement méthodique. On frappait les prisonniers pour les faire descendre des camions, puis on les ligotait par groupes de cinq, on les emmenait dans les ténèbres, on les fusillait, et on abandonnait les corps là où ils étaient tombés. Hauptmann avait lui-même dirigé la tuerie pour donner à ses hommes l'exemple de ce que c'est qu'un chef.

Malgré l'efficacité de l'opération, les massacres avaient duré toute la nuit – parfois un prisonnier était trop long à mourir et il fallait l'achever – et, oui, a reconnu Hauptmann, certains ont sans doute été enterrés vivants. La tâche était si ardue que, pour la mener à bien, lui et sa bande d'assassins avaient dû se motiver à coups d'eau-de-vie. À l'aube, l'entrée des Fosses ardéatines avait été dynamitée et bouchée avec du ciment, puis les Allemands étaient retournés en ville. Une affiche tirée à des milliers d'exemplaires avait déjà été collée sur les murs de Rome, annonçant que toute attaque des partisans serait suivie de semblables représailles.

Hormis le bruit diffus d'une sténographe qui tentait de réprimer ses larmes, un silence de mort régnait dans le tribunal quand la sentence a été prononcée. Dans le box des accusés, Hauptmann n'a manifesté aucune émotion mais s'est mis à remonter sa montre, comme pour corriger le temps.

La perpétuité sans possibilité de remise de peine, purgée à la prison de Modène. D'autres nazis impliqués dans les horreurs de cette nuit-là ont fui en Argentine.

Après de difficiles travaux de déblaiement aux Fosses ardéatines, beaucoup d'objets appartenant aux victimes ont été retrouvés et identifiés. Des carnets, des crucifix, des peignes, des gants, des lettres d'amour, des livres de poche, des stylos. Certains ont été déposés au musée historique de la Libération de Rome, dans l'ancien quartier général de la Gestapo, via Tasso, endroit que je n'ai jamais pu me résoudre à visiter.

Au cours des neuf mois qu'a duré l'occupation de Rome, mille huit cents Juifs romains ont été déportés dans les camps de la mort. Moins de vingt en sont revenus.

CODA

This Is Your life

31

La contessa Giovanna Landini

Extrait de mémoires non datés, non publiés, rédigés après-guerre

Il est des villes où on a le sentiment de faire partie du paysage, de n'être pas en visite mais de retour d'exil. On s'y sent tellement chez soi, même si c'est inexplicable, qu'on s'autorise de douces pensées : nous avons dû y habiter dans une vie antérieure, ou bien nous avons été inventée par l'un des artistes ou l'un des poètes du panthéon de cette métropole, sculptée dans ses pierres anciennes.

Voilà ce qu'était Londres pour moi, quand j'étais jeune.

Avant mes trente ans, au début de notre mariage, j'y suis allée quatre fois avec Paolo. Nous y étions déjà venus à l'époque où nous étions fiancés. Après Rome, le gris de ses rues dignes était reposant. L'hymne de la pluie qui tombe sur les toits de Londres éveille une forme de reconnaissance, c'est en quelque sorte la musique du sublime. S'il est un moment de paix qui dépasse toute compréhension, c'est le réveil après une nuit d'amour à Londres dans le murmure de la pluie.

Nous parlions souvent d'acheter une maison, peut-être à Chelsea ou à South Kensington, mais notre mariage fut si bref que nous n'avions même pas entamé nos recherches et, pendant un certain temps après sa mort, j'étais trop brisée pour voyager car j'avais toujours l'impression qu'il apparaîtrait à l'angle de Sloane Square ou m'adresserait un signe de la main depuis la fenêtre du Claridge. Ou que, dans le brouillard londonien, il descendrait d'un de ces merveilleux bus dont le rouge est toujours plus rutilant dans nos souvenirs.

Et puis, après la guerre, je suis revenue à Londres. J'avais l'impression d'avoir retrouvé la foi.

Visites à de vieux amis, concerts. Deux brèves histoires d'amour (l'expression n'est pas tout à fait juste, mais il faut bien nommer les choses), qui m'ont laissé une douce absence de tristesse quand elles ont atteint leur terme courtois. Je n'étais pas libre de tomber amoureuse. Cela ne se produirait jamais plus. Londres m'a permis de le comprendre, entre autres choses.

La dernière fois que j'y suis allée, c'était début 1963. Circonstances inhabituelles mais mémorables. Je louais alors pour une durée indéterminée une suite panoramique tout en haut du Savoy, avec vue sur le Strand et la Tamise. Ce jour-là, un venteux jeudi de février, la femme de mon chauffeur londonien venait d'accoucher, et je ne voulais embêter personne en cherchant un remplaçant, aussi je me suis levée de bonne heure et j'ai pris le métro pour l'aéroport.

Ce matin-là, les hêtres et les ormes commençaient à montrer leurs parures de printemps : mousseline jaune, bourgeons blancs qui se transformeraient en fleurs. Toutefois, j'éprouvais une certaine anxiété. J'avais une question à poser à Hugh et je devinais que ça ne lui plairait guère. Mais j'étais résolue à la lui poser malgré tout.

En attendant avec mon journal et mes magazines dans un coin de la salle des arrivées, mon cœur battait comme celui d'une ingénue dans un roman. Je n'avais pas vu mon ami depuis deux ans. La maladie l'avait pris en défaut, je le savais grâce à ses lettres, de plus en plus rares, mais de plus en plus amusantes. S'il avait beaucoup de mal à écrire à la main, il était encore capable de taper à la machine.

Il s'accommodait mal de sa retraite en Irlande. Il vivait au-dessus d'une quincaillerie avec sa sœur devenue veuve ; il en parlait avec affection, en des termes où transparaissait la tolérance, à croire qu'il s'agissait d'une créature venue d'une galaxie lointaine. (De la même manière qu'elle aurait sans doute écrit à son sujet !) Seulement, la vie à Rome lui manquait.

Lorsqu'il a franchi les portes, il m'a paru irritable et alerte, le teint aussi rouge que d'habitude, seulement il était désormais assigné dans le fauteuil roulant auquel sa dernière attaque l'avait réduit, véhicule qu'il insistait pour appeler *la biga romana*, « le char romain » en italien. Il avait perdu du poids. De ma vie, je n'ai jamais vu de cheveux si blancs, pareils à de la laine mérinos. L'aéroport avait dépêché un employé pour pousser son fauteuil, mais Hugh ne voulait rien savoir et ne cessait de le chasser de la main en insistant pour « aller à son propre train ». Je l'ai serré dans mes bras, et les larmes m'ont submergée. Il a poussé ce soupir exaspéré que j'avais toujours adoré.

« Par la douce Vierge de James's Street, est-ce que ça va continuer longtemps comme ça ? »

Tout en traversant le hall des arrivées, le porteur et Hugh se sont entretenus de ce qui, je l'ai compris plus tard, devait être une équipe de cricket des Caraïbes. Je me suis efforcée de dissimuler le fait que les règles les plus élémentaires de ce sport étaient pour moi telle une langue morte depuis des siècles, et que je n'avais aucune envie de les apprendre.

Dehors, l'employé a appelé pour nous l'un de ces magnifiques taxis londoniens. Mon vieil ami et moi sommes montés dans cette noire merveille de cuir ciré. Le fauteuil roulant a été rangé dûment dans le coffre.

Il était manifeste que ses facultés d'élocution avaient été diminuées par l'aphasie. Il m'avait prévenue dans ses lettres, mais l'entendre, c'était une autre histoire. Je ne dirais pas qu'il mâchait ses mots ; cela serait impropre. Il semblait étonnamment réticent à parler, s'y employait avec lenteur, en forçant sur la prononciation, comme s'il pesait ses paroles alors que cela n'était pas nécessaire, un peu à la manière d'un homme qui a trop bu mais doit s'entretenir avec son horrible belle-famille. Tout en traversant Londres, il m'a laissé lui tenir la main.

Il n'y était pas revenu depuis des années. J'ai été touchée de l'entendre la saluer. « Ah, te voilà, Hammersmith. Salut, Shepherd's Bush. » Louis MacNeice a toujours été le poète préféré de Hugh, qu'il a cité de manière singulièrement fautive à l'approche de Hyde Park : « Ses yeux voyaient toutes mes cascades. » Il a été subjugué de découvrir un restaurant indien près de Paddington ; on ne rencontrait pas de tels miracles chez lui, à Cahersiveen, dans le comté de Kerry, où une bouteille de ketchup passerait pour exotique, et posséder une gousse d'ail vous ferait condamner au bûcher pour sorcellerie. Cela l'a plongé dans une rêverie sur les mets de sa bien-aimée Italie : de grosses figues et du *baccalà mantecato*, les marchés au poisson éclairés par les lanternes.

Que devenait telle ou telle rue à Prati ? Tirait-on encore des feux d'artifice piazza Navona au moment des fêtes ?

Un voisin du Kerry qui venait de rentrer d'un pèlerinage lui avait appris que la fontaine de Trevi était fermée par des barrières pendant les rénovations : quand devait-elle rouvrir ? Il parlait de cette ville avec tant d'affection, avec une connaissance si intime qu'on aurait cru qu'il l'avait quittée la veille et devait rentrer le soir même, alors qu'il n'allait jamais revoir Rome, sauf dans ses rêves, réalité qu'il commençait à accepter, je crois.

Mais l'Irlande était belle également. Il avait repensé à son enfance, aux gens de sa ville, à la lumière de février sur les lacs. Se réveiller un matin d'été au chant des pinsons du jardin de sa sœur, avec ses roses.

« Au fond, le vieux dicton a du vrai : on n'est jamais aussi bien que chez soi », a-t-il dit.

Je lui ai demandé s'il éprouvait ce sentiment à propos d'une partie précise du Kerry.

« Oh, je ne pensais pas au Kerry. Je voulais parler de Rome. »

À cet instant, le taxi est passé devant St Francis House, une auberge pour les messieurs en situation difficile. Il a mentionné le fait que, jeune diacre, il avait passé un hiver dans cette paroisse et vécu ici parmi les hôtes dans une des cellules du dortoir, séparées par des cloisons de contreplaqué, où toutes les nuits retentissaient les menaces et le bruit des bouteilles qu'on débouche.

« Comment était-ce ? ai-je demandé.

– Bigrement rude. »

Un soir de novembre, un austère abbé rédemptoriste de Belfast était apparu au milieu d'une averse vengeresse et lugubre, venant infliger aux résidents une tirade destinée à sauver leurs âmes dans cette veine grand-guignolesque à la mode de l'époque. Mon ami savait raconter les histoires, et la scène est bientôt apparue devant nous.

Je voyais l'ogre cadavérique aux lèvres minces grimper les marches branlantes jusqu'en chaire, ses yeux brillants et sans joie se posant sur les visages mal rasés levés vers lui ; ses petits doigts de mort serrant le lutrin.

« Regardez-vous, commença-t-il. Une belle bande de hâbleurs. »

L'alcool, c'était le mal. Le pub, « l'antichambre de Satan ». Le whiskey, « la sueur du démon ». On trouvait plus de hâbleurs précipités en enfer par l'alcool que d'étoiles dans le ciel. Boire conduisait à la fornication, à la désobéissance à l'autorité, au naufrage du mariage, aux pensées impures, à de malsaines associations entre les races et les croyances, à des maladies à faire dresser les cheveux sur la tête, à une mort précoce. Au déshonneur des femmes, à la dépravation des hommes, aux enfants affamés et laissés orphelins. Au jour du jugement dernier, les ivrognes seraient punis. Les Écritures le disaient clairement. Pas d'échappatoire possible. « Oyez, il y aura des larmes et des grincements de dents », menaça le rédemptoriste.

L'un des résidents les plus âgés, d'audace ou d'ennui, eut la témérité de lever la main. « Sauf votre respect, mon père, dit-il, j'ai plus de dents. »

Impavide, mais riant sous cape, Hugh m'a livré la chute : « Les dents seront fournies ! » avait achevé l'abbé.

En arrivant à l'appartement, il était fatigué et, après un léger déjeuner de petits sandwiches sur le balcon, il est allé faire une sieste. Son bagage, qui contenait ses vêtements et ses affaires de toilette, avait été égaré par la compagnie aérienne, ce qui le mettait dans tous ses états car ses médicaments s'y trouvaient également, mais pendant qu'il se reposait, je me suis occupée de tout. Le Savoy avait sa propre pharmacie et une galerie de boutiques de luxe comprenant un tailleur. Les mesures de Hugh ont dûment été prises et il a été rhabillé de pied en cap par Anderson & Sheppard de Savile Row dans un costume gris anthracite, avec un col roulé un peu osé, tel un oncle original revenant d'une tournée théâtrale en province, suivi d'une traînée de commérages. Des cravates très dignes et des chemises bien coupées ont également été livrées. Il adorait la lavallière, pourtant à la limite du bon goût.

Ainsi accoutré, il m'a demandé de manière inattendue si je voulais dire un rosaire avec lui. J'ai toujours adoré cela, la manière dont l'aspect incantatoire transporte l'âme, parfois apaisant, parfois triste, mais toujours promesse d'une étrange consolation dans la répétition ; cependant, je n'avais jamais prié avec Hugh, ce qu'il semblait avoir oublié. De son carnet, il a sorti une carte postale figurant une icône russe représentant Notre Dame, qu'il a posée contre la pendule installée sur la cheminée. Puis il m'a demandé si je pouvais l'aider à s'agenouiller.

Je me suis aventurée à dire que Notre Dame et Son Saint Enfant jugeraient ses prières tout aussi acceptables s'il les leur adressait depuis son fauteuil roulant, mais avec son obstination tranquille, il a insisté. C'est peut-être la seule fois où le saint rosaire a été dit par deux personnes dans une suite du Savoy, l'un vêtu d'un beau costume, l'autre en robe de chambre, les cheveux encore mouillés après le bain, tandis que le bruit de la circulation et les sirènes de police montaient depuis le Strand, en contrebas, à travers les fenêtres ouvertes baignées de lumière.

Des années plus tard, j'ai compris que c'est à ce moment-là que j'aurais dû lui poser ma question sensible. Peut-être le savais-je alors, mais j'avais peur. Quoi qu'il en soit, je n'en ai rien fait, et la journée s'est écoulée. Ainsi que s'écoule chaque jour. Hélas.

À cette époque, il y avait à la télévision anglaise une émission appelée *This Is Your Life*, dans laquelle une surprise s'abattait sur une personnalité infortunée qui, après s'être innocemment rendue à un rendez-vous, était emmenée à un studio où elle se retrouvait face à des amis d'enfance, comme on livrait autrefois les chrétiens aux lions.

S'il est besoin d'une preuve attestant qu'aucune bonne action ne reste jamais impunie : un complot avait été ourdi, Hugh faisant office de prochaine victime, en hommage à son rôle moteur dans la filière d'évasion. Les journalistes avaient mené de longues recherches préparatoires, enregistré les souvenirs de plusieurs membres du Chœur, ils nous avaient envoyé des transcriptions à corriger et déterré les écrits qu'une ou deux parmi nous avaient publiés (ou pas) au fil des ans. Un assistant de production était allé à New York interviewer longuement Enzo Angelucci, puis s'était rendu dans ce qui est aujourd'hui Berlin Ouest pour rencontrer Marianna de Vries qui, sous un nom changé par la volonté du Saint-Esprit, était tour à tour devenue professeure d'université, romancière distinguée, et même membre du Parlement.

Mais une fois ce butin rassemblé, un conseil plus avisé s'était fait valoir. Un neurologue avait été consulté. Hugh n'était pas en état de supporter pareil choc, ni les soixante minutes de l'émission subséquente sous les feux de la rampe. Il avait donc été décidé que le major Derry, notre indomptable complice du Chœur, recevrait les louanges de la BBC, s'il s'agissait bien de louanges, et que Hugh serait l'invité surprise qui apparaît derrière le rideau à l'heure du dénouement, plongeant tout le monde dans une véritable extase lacrymale tandis que le générique commencerait à défiler. C'était vraiment une émission d'une vulgarité extrême. Les gens adoraient.

Hugh s'en est admirablement tiré, comme je m'en doutais, distribuant timidement des exemplaires signés de *O Roma Felix*, un petit guide qu'il avait écrit quelques années plus tôt, tout en refusant d'accepter les compliments de ses amis. (Le sous-titre un peu sec, *Guide pratique des promenades à Rome*, détail amusant, était typique de son style, et pour nous, les vétérans de la filière d'évasion, il n'était pas dénué d'ironie.) En plus de Sam Derry, devenu spectaculairement beau en prenant de l'âge, bon nombre de nos anciens compagnons du Chœur étaient présents. Delia Kiernan, sa fille Blon, Enzo Angelucci venu de Brooklyn, John May de Whitechapel, aussi élégant qu'une star de cinéma, et l'inimitable et pourtant fréquemment imité sir Francis (« appelez-moi Frank ») D'Arcy Godolphin Osborne, Chevalier et Commandeur de l'Ordre de Saint-Michel et Saint-Georges, bientôt douzième duc de Leeds. Sa Grâce a diverti tout le monde, et surtout son public préféré – lui-même –, en prétendant n'avoir jamais entendu parler de l'émission et en insistant pour s'adresser au présentateur par son nom de famille. « Dites-moi, Andrews. Vous êtes irlandais ? Ne le sommes-nous pas tous, hein ? Passons aux libations ! »

Johnny May, en mohair pied-de-poule, était magnifiquement bronzé, même si les années n'avaient pas été clémentes avec mon diamant brut. « Salut, mon chou », m'a-t-il dit, en m'adressant un clin d'œil, puis il m'a présenté sa femme, Janine, qu'il avait rencontrée lorsqu'elle s'était présentée à une audition pour chanter avec son quartette de be-bop. Un cancer de l'œsophage ayant mis fin à sa carrière de musicien, il était devenu taxi à Londres, « Mais je joue un peu à la maison. » Les parents de Janine tenaient un magasin de tabac et de friandises à Loughton, une ville de l'Essex, et Johnny s'occupait chaque semaine d'aller chez le grossiste. Enzo et lui se sont embrassés, donné des bourrades dans le dos, Enzo lançant force « Regarde-moi cette espèce de mafieux », Johnny lui répondant avec affection : « Va te faire foutre. »

« C'est une grande occasion, Angelucci, pour que vous portiez une chemise, lui a dit Delia.

– Ne me regardez pas avec ces yeux-là, je vais défaillir, lui a rétorqué Enzo. Vous me rappelez une beauté que j'ai connue autrefois, mais vous êtes trop jeune pour que ce soit vous. »

Elle lui a flanqué un bon coup, ils sont tombés dans les bras l'une de l'autre, et puis elle lui a donné un autre coup. Alors il l'a soulevée dans ses tendres bras de Romain, en en riant et en l'appelant « *bellissima* Delia ».

« Dieu tout-puissant, a-t-elle commenté, je suis heureuse que mon mari ne soit pas là. Venez par là, Jo, que nous fassions une photo de la bande. Mettez-vous au milieu, c'est ça. »

Delia, moi, Enzo ; derrière nous, Johnny May et Frank Osborne, Johnny faisant le V de la victoire, Frank levant son verre de vin. Devant nous, dans son fauteuil roulant, Hugh, visage de marbre, un plaid sur les genoux, une tasse de thé dans une main, dans l'autre la bannière de l'équipe de foot du Lazio que lui avait envoyée ma très chère et courageuse Marianna de Vries, qui ne pouvait être des nôtres. Agenouillé à côté de lui, Sam Derry, l'air austère et doux d'un chevalier, le bras passé autour de l'épaule de Hugh.

En dehors d'un portrait de Paolo et moi pris le matin de notre mariage, c'est la seule photo que j'ai jamais encadrée.

Une remarque de Johnny a ensuite été coupée au montage, mais j'ai vérifié auprès de ma chère Delia, avec qui je suis toujours en contact chaque mois, et elle m'a confirmé que je ne me trompais pas. Il a en effet évoqué auprès de notre sympathique présentateur une querelle qui l'avait opposé à Hugh un jour car deux cents dollars promis au Chœur n'étaient pas arrivés à temps.

« Et donc, voilà le Padre qui me dit, Johnny, on n'a pas de pognon. Tu m'écoutes, bougre d'âne ? La situation est sérieuse. Et il me répète, au cas où je n'aurais pas compris le problème : Pas de pognondedieu ! Moi je lui dis : "Mais, Padre, tu ne..." "Exactement. Alors va m'en chercher, de la thune !"

– Je suis certain que les choses ne se sont pas vraiment passées ainsi, a dit le présentateur en riant un peu jaune.

– Et pourtant si, a répondu Hugh. Ce fut même pire. »

Une petite réception était prévue dans une salle à l'étage d'un pub non loin du studio, au George, à Portland Place, un endroit hanté par les gars de la BBC et leurs petites amies délaissées, ainsi que par des scénaristes de la radio en pull d'Aran qui tous veulent voir adaptées leurs pleurnicheries polysyllabiques. Pour Dieu sait quelle raison, c'était presque désert ce soir-là. J'ai le souvenir d'un violent orage, ou du moins était-ce prévu. C'était généreux de la part de la personne qui avait tout organisé, mais Hugh était fatigué, un peu perdu, déconcerté j'imagine par un tel surgissement du passé et par cette avalanche de bonnes intentions mal canalisées à laquelle il avait été soumis.

La salle se trouvait en haut d'un escalier que Dylan Thomas avait un jour dévalé, et Hugh a eu des difficultés pour monter, même avec l'aide de Blon Kiernan et de Frank Osborne. Un journaliste du *Standard* est apparu, qui voulait l'interviewer, et a vite pris la porte. Les sandwiches ne sont jamais arrivés.

Au bout d'un moment, Johnny May et l'inépuisable Delia se sont lancés dans un tour de chant. L'atmosphère s'est un peu égayée, ou du moins l'a tenté. Un proche a appelé d'Irlande au numéro du pub, peut-être grâce à l'influence ou l'intervention du présentateur de l'émission. Enzo lui a chanté du Verdi par téléphone. Il me semble que, plus tard, ce cher Frank nous a fait un discours parsemé de citations de Démosthène et autres du même acabit. C'était son habitude. Autant empêcher le soleil de se lever. Contrairement à la plupart des hommes, Frank devenait plus séduisant lorsqu'il buvait, ses yeux auburn luisaient comme du sucre demerara, ses gestes se faisaient plus italiens, ses voyelles plus riches et voluptueuses, tel un homme qui joue à être lui-même, ainsi qu'il le faisait de manière quasi-permanente. Après une carrière distinguée aux Affaires étrangères, il avait pris sa retraite à Rome. Les enfants de Sam Derry étaient éberlués de le voir. Le garçon, longs cheveux bohèmes, la fille, courts cheveux bohèmes, semblaient n'y rien comprendre.

Vers la fin de la soirée, Frank a proposé que les membres du Chœur se rassemblent pour chanter un dernier cantique en mémoire des jours anciens, *Abide With Me.* (« Vous aussi, Andrews ! ») D'un ton doux mais ferme, Hugh a dit qu'il ne voulait pas, alors, excellant dans l'art de battre en retraite ainsi que tous ceux de sa profession, avec une élégance soyeuse, Frank a fait machine arrière.

« Mes amis, Romains, compatriotes, a-t-il déclaré. Le passé est un lieu où il vaut mieux éviter de s'attarder. Mais laissez-moi, chers tous, prononcer quelques mots en guise d'adieu du cœur. Au fil des ans, on m'a parfois demandé de définir la filière d'évasion de Rome, et j'ai toujours donné la même réponse. Et je continuerai de même. Elle se résume au nom de mon cher ami, Hugh O'Flaherty et à ceux d'entre nous qui l'aimons. »

Hugh baissait la tête. Quand il l'a relevée, son visage était tout entier mouillé de larmes.

Traverser le West End en taxi sous la pluie n'est pas la pire façon de conclure une soirée. Je me souviens d'une forêt de parapluies, comme dans un tableau impressionniste, des ombres d'ambre et d'argent sur Oxford Street, des jeunes gens qui se rendaient dans les boîtes de Soho. Le Londres de mes jeunes années changeait.

Je lui ai demandé s'il avait apprécié la soirée et il a reconnu que cela avait été un plaisir pour lui, bien que douloureux, de revoir ses vieux amis, mais il trouvait qu'on avait trop parlé de lui, et pas assez des nombreux faits d'armes du Chœur. Citant *Coriolan*, sa pièce préférée de Shakespeare, il a répondu qu'il n'aimait pas voir ses riens transformés en monstres sacrés.

« Vous ne croyez pas que vous avez fait beaucoup ? ai-je demandé.

– Pas assez. »

De nouveau, ma question s'est imposée à moi. Mais le temps que je trouve les mots, il m'a montré avec enthousiasme : « Oh, regardez, Berwick Street, pourrions-nous passer y prendre un menu *fish and chips*, pensez-vous que le chauffeur puisse s'arrêter ? Avec beaucoup de vinaigre mais pas de sel pour moi. »

Le lendemain matin, je l'ai laissé se reposer ; en vérité, il a dormi jusqu'à midi, sortant de ma chambre en clignant des yeux comme une taupe, à croire qu'il ne savait plus comment il était arrivé là. Le pyjama de soie au prix extravagant qu'il portait avait été taillé pour un ministre socialiste, à présent en disgrâce, qui ne l'avait jamais payé, ainsi que nous l'a savamment laissé entendre le tailleur. Quant à moi, j'avais dormi sur le canapé du salon, ce qui a consterné Hugh, alors qu'en vérité, j'aime à somnoler sur un vieux canapé bien rembourré au coin du feu, accompagnée d'une histoire de fantômes ou un recueil de poèmes que je ne comprends pas et d'un petit verre de whisky allongé d'eau sur le pouf. Une certaine dose d'insomnie semble me convenir.

Nous avons pris un simple petit déjeuner – on peut commander un petit déjeuner depuis l'aurore jusqu'à minuit au Savoy – sur la terrasse surplombant la Tamise. Il m'a confié qu'il faisait encore des cauchemars, qu'il rêvait d'Hauptmann et de ses sbires, des grottes, de la déportation, de « tout ce que nous aurions dû faire en plus ».

Eichmann avait été exécuté l'été précédent en Israël. Hugh avait suivi le procès dans les journaux. Un des soldats israéliens à qui l'on avait donné pour mission de répandre ses cendres dans la mer, à une dizaine de kilomètres de Jaffa, c'est-à-dire en dehors des eaux territoriales, a déclaré dans une interview qu'il était frappant de constater qu'il restait si peu de chose d'un être humain, rien qu'une minuscule poignée de poussière. Hugh avait vu dans un magazine une photo de l'immense montagne de cendres à Auschwitz. « Tout le monde devrait voir cette photo, a-t-il dit. Y a-t-il un lieu où nous pourrions aller prier ?

– Nous pouvons prier ici.

– J'aimerais être parmi les fidèles. »

À l'époque, l'église Saint-Paul de Covent Garden, affectueusement rebaptisée par les gens de la nuit londonienne « l'église des acteurs », célébrait la messe l'après-midi. Les comédiens étant des noctambules, ainsi que me l'avait un jour expliqué le vicaire, cela n'aurait pas d'intérêt que l'office ait lieu le matin. « St P's », comme l'appelaient ceux qui en étaient familiers. L'ambiance était bohème-dramatique-diva-sur-le-retour. La monogamie ne donnait pas l'impression d'y être une pratique universelle, pas plus que l'hétérosexualité, bien qu'à l'époque personne ne l'eût appelée ainsi.

Hugh était gêné à l'idée d'avoir manqué la messe, aussi nous sommes allés ensemble à « St P's », après que je l'eus prévenu que cela serait bien différent des vêpres dans un couvent.

La maigre congrégation des travailleurs de la nuit aux yeux fatigués et des danseuses épuisées l'a ravi, jazzmen à l'allure improbable et chanteurs de blues de cinq heures. Sous le porche se diffusait un arôme particulier qui n'était certainement pas de l'encens. Hugh était le seul monsieur dans l'église à porter chemise et cravate, et l'un des rares à ne pas avoir de fond de teint.

Après, il s'est lancé dans une conversation avec une espèce de chanteur de rue dépenaillé, ancien professeur de mathématiques, enfin, c'est ce qu'il a dit, à propos de cette maudite boxe, catégorie poids lourds, qu'ils appréciaient tous les deux. Le temps de ce supplice, j'ai contemplé les vitraux et les pierres tombales. Les sépultures protestantes sont si émouvantes, pleines de tendresse et d'anecdotes, leurs euphémismes pour décrire la mort si pleins d'espoir. *À mon fils qui s'est endormi. A retrouvé la*

Lumière. Son épouse bien-aimée partie pour l'autre rive. Parti vers la gloire. Rappelée chez elle. C'est l'une de mes cartes postales de Hugh. Riant en parlant de boxe, dans la lumière diaprée des vitraux, avec une personne que beaucoup auraient qualifiée de clochard.

Ce soir-là, j'ai enfin réussi à emmener Hugh à Covent Garden, ce que j'ambitionnais depuis fort longtemps. C'était une magnifique représentation de *Tosca*, avec Tito Gobbi et la Callas, et il aurait été ensorcelé par l'acte II, ses quarante minutes préférées de toute l'histoire de la musique, s'il ne s'était assoupi peu avant « Vissi d'arte ». Je n'ai pas eu le cœur à le réveiller.

Après le spectacle, je me souviens d'un étrange moment auquel je repense de temps à autre. Nous remontions Wellington Street, Hugh au chaud sous son plaid, dans son fauteuil que je poussais, quand, par une fenêtre cassée et encrassée, au rez-de-chaussée du vieux théâtre du Lyceum, il a cru voir le visage blanc d'une adolescente qui nous regardait. Ce théâtre était fermé depuis de longues années. Mais il était sûr de lui. Cette vision semblait l'avoir bouleversé.

J'avais demandé à l'accueil de l'hôtel de nous réserver une table chez Montinari pour dîner, car Hugh, comme toutes ces admirables personnes de confiance, aimait bien manger – il m'avait un jour offert en guise de cadeau d'anniversaire un exemplaire ancien d'un livre de cuisine d'Artusi, qu'il avait signé de cette citation traduite de Wilde : *Dopo una buona cena si può perdonare chiunque, persino i propri parenti*, « après un bon dîner, on peut pardonner à n'importe qui, même à ses proches » – et je voulais qu'il voie le grand paquebot qu'était ce restaurant, qui naviguait depuis tant d'années sur le Strand.

Des photos dédicacées d'acteurs oubliés constellaient les murs, signal souvent troublant dans un restaurant, de même que la photo des différents plats, mais Monty, même s'il n'était plus au sommet, était toujours de loin le meilleur italien de Londres à l'époque, ce qui signifie qu'il était à peu près du niveau de la pire buvette de gare en Italie. Leurs célèbres *Penne all'arrabbiata* ne figuraient plus au menu le soir où nous y sommes allés pour la seule et unique fois, mais le maître d'hôtel, que je connaissais depuis longtemps, a tenté pour nous une résurrection fugitive.

Hugh et lui ont bavardé en italien, échange délicieux à entendre, mon ami lui racontant le tournage de *Quo Vadis* à Rome dans les années 1950, de la Metro-Goldwyn-Mayerisation de la ville, des somptueuses limousines et essaims de figurants casqués, des paparazzi en rang, des plateaux ahurissants, des détails terrifiants des scènes de combats des gladiateurs. « Les lions ont été amenés d'Allemagne, les taureaux du Portugal, et les quatre chevaux blancs d'Irlande. » Robert Taylor et Deborah Kerr logeaient non loin du Collegio ; il les avait vus se promener en compagnie de Néron, l'acteur Peter Ustinov, dans les jardins de la villa Pamphili. Quand les *penne* ont été servies, il les a qualifiées d'insurpassables, alors qu'en vérité, elles étaient au mieux médiocres. Comme toujours, il a refusé ne serait-ce qu'un demi-verre de vin, et comme toujours, a insisté pour que j'en prenne. J'en ai bu deux tandis qu'il sirotait une orangeade à l'air poussiéreux, agrémentée, merveille des merveilles – autre nouveauté inconnue des indigènes du Kerry rural, qui semblaient très bien se débrouiller sans –, de glace pilée.

Je me souviens de ses sourcils froncés et de son air soupçonneux devant les crêpes Suzette flambées que Luigi Montinari en personne a préparées à notre table. Monty était le seul restaurant « italien » à ma connaissance qui proposait de la *jelly* dans le menu, et même, si on leur demandait discrètement, cette abomination culinaire que les jeunes gens appelaient des « pommes frites ». Quant à moi, j'apprenais à appeler lesdits jeunes gens des « adolescents », et à qualifier leur musique de « musique » en esquissant un sourire forcé d'empathie feinte. Nés après la guerre, ils ne savaient absolument rien. Il est des moments où l'on est heureuse de ne pas avoir d'enfants.

Le café a été commandé. Le spectacle a commencé. Un beau garçon niais aux grandes oreilles, vêtu d'une veste de smoking naguère noire, s'est mis à chanter Gershwin dans un style crooner qui datait de l'enfance lointaine de ses grands-parents, en claquant des doigts, l'œil mi-clos, tout en adressant fréquemment une espèce de rictus au pianiste, goule cadavérique portant un cummerbund, qui couvait littéralement les touches comme s'il leur reprochait un crime et qui, se prenant pour un play-boy, décochait des clins d'œil à des douairières enivrées de vodka, à d'anciennes débutantes à la mode, à quelque Henry fumant cigarette sur cigarette, à quelque Wilf qui les huait, derniers habitués de chez Monty à l'époque, créatures exotiques possédant l'étrange et poignante beauté des espèces en voie d'extinction.

De temps à autre, le chanteur tentait un pas de charleston ou se livrait à ce mouvement des mains qu'on croise devant les genoux, qui plaît tellement aux petits enfants, et les personnes âgées gloussaient de complicité, Hugh et moi n'étant pas en reste. Le satiriste David

Frost est arrivé avec sa mère, si ma mémoire est bonne. J'avais vu une photo de lui dans le journal, accompagné de membres des Beatles.

J'ignore comment les clients du restaurant ont su qui était Hugh – quelques années plus tôt, il avait tenu une chronique dans le *Sunday Express*, « Notre correspondant à Rome », illustrée d'un portrait de lui plutôt flatteur qu'il n'aimait pas –, mais des cocktails agrémentés de tranches de fruits et de mini-ombrelles japonaises ont commencé à converger vers notre table. Des tablées entières lui faisaient signe, ponctué d'un « Bravo mon vieux ! ». Heureusement, aucun n'a osé se présenter en personne devant lui ; Hugh semblait émettre un magnétisme répulsif. Mais c'était merveilleux de le voir goûter cette célébrité soudaine, tout à coup lumineux d'embarras tel un calmar en colère. Les grains de café dans le verre de sambuca offert par un admirateur étaient moins brûlants que mon ami.

« Vous devriez me prendre la main, ai-je dit en plaisantant. Nous serions dans le *News of the World* de dimanche.

– Merci, mais je ne veux pas vous tenir la main. »

Après le massacre final de Cole Porter, le chanteur a quitté l'estrade en trébuchant sur ses lacets. Les conversations qui formaient le fond sonore pendant son tour de chant se sont aussitôt intensifiées. Les bougies luisaient sur les bouteilles de chianti.

Une jeune femme est sortie par les portes battantes des cuisines en s'essuyant les mains sur un torchon et s'est approchée de nous à une allure laissant penser qu'elle nous observait depuis un bon moment, puis d'un ton timide et plein d'excuses, elle a demandé si elle pourrait s'entretenir un moment avec Hugh.

Elle luttait déjà contre les larmes.

Il lui a proposé de s'asseoir.

Elle a secoué la tête.

Elle voulait le remercier, disait-elle, d'avoir sauvé la vie d'un jeune homme de Glasgow âgé de dix-neuf ans, le soldat Michael Robert Connolly du premier bataillon des Fusiliers du roi, le 20 septembre 1943. Est-ce que par hasard Hugh se souvenait de lui ?

Il a répondu en toute honnêteté que non – il y avait eu tant de prisonniers –, et elle a acquiescé, comme si elle s'attendait à cette réponse.

Il s'était échappé d'un camp de travaux forcés à Modène, s'était rendu jusqu'à Rome pieds nus, de nuit, épuisé et mort de faim, s'arrêtant chaque fois qu'il pouvait se reposer dans des granges ou des haies, avait trouvé la force de franchir en titubant la frontière du Vatican sur la place Saint-Pierre où Monseigneur l'avait récupéré et fait entrer en cachette dans le couvent de Santa Monica près du Saint-Office. Il dormait dans un pigeonnier en ruine, un ancien *columbarium* romain, où il avait guéri des nombreuses blessures infectées que lui avait infligées le passage à travers les barbelés. Dans un hôpital militaire près de l'aérodrome de Croydon, en rentrant chez lui après la guerre, Michael Robert Connolly avait rencontré une infirmière âgée d'un an de plus que lui qui venait de New Forest. Ils s'étaient mariés au bout d'un mois ; leur première enfant se tenait devant nous.

« Je ne serais pas là, a dit la jeune femme dans des torrents de larmes, si vous ne l'aviez pas sauvé. Et mes enfants non plus. Alors, merci. »

Elle s'appelait Monica, en souvenir du couvent. Son frère âgé de seize ans se prénommait Hugh, en souvenir de Hugh.

Chaque année, le 20 septembre, ils priaient par gratitude pour l'aide qu'on avait accordée à son père, et pour l'homme qui lui avait sauvé la vie.

« Ma chère enfant, a dit Hugh.

– Que Dieu vous bénisse, a-t-elle murmuré.

– Votre père est-il en bonne santé ?

– Oui, il est en forme.

– Transmettez-lui mon meilleur souvenir. Ainsi qu'à votre mère. Et à vos enfants.

– Bien sûr. »

Il s'est passé ensuite une chose merveilleuse. Hugh s'est mis à lui parler de son séjour à New Forest, des six mois qu'il avait passés, jeune prêtre, à Brockenhurst. Je n'en avais jamais entendu parler jusqu'alors, je ne savais même pas où cela se trouvait.

Il a évoqué les poneys sauvages, je m'en souviens, les saisons de la vie de la forêt, les coutumes dans cette partie de l'Angleterre. Il prenait visiblement plaisir à prononcer les noms des petites villes locales, comme cela nous réjouit toujours d'égrener les noms des lieux où nous avons croisé ce fantôme fugitif qu'on appelle bonheur. Lymington. Beaulieu. Lyndhurst. Hythe. Keyhaven. Barton on Sea.

Je suis sincèrement désolée de dire qu'un peu plus tard dans la soirée, de retour dans la suite panoramique du Savoy, Hugh et moi avons eu une dispute sérieuse. Il y avait une question que je voulais depuis longtemps lui poser, ai-je dit ; quand je l'ai fait, il a élevé la voix. Malgré tout, j'ai insisté.

Certaines rumeurs m'étaient parvenues, que j'ai rapportées en détail ; me confirmait-il qu'elles étaient fausses ? Il a répondu qu'il ne voulait pas aborder cette question. « Ce que je fais ne regarde personne. » La lune, pour autant qu'elle brillait, s'est couchée sur notre colère. Ce soir-là, dans le *penthouse*, les portes ont claqué.

Le lendemain matin à l'aéroport de Londres, je lui ai dit adieu. Une pile de disques d'opéra, cadeau pour un voisin dans le Kerry, était enveloppée dans du papier kraft ; il y avait également un souvenir pour sa sœur, une belle nappe en lin que nous avions achetée à la boutique de l'hôtel. C'était sa façon d'être après une querelle, feindre qu'il ne s'était rien passé. Nous nous y sommes tenus. J'étais satisfaite ainsi.

Nous avons parlé du temps, comme souvent à Rome lors des répétitions. Écoutais-je encore Bach ? Non.

Quelle belle journée clémente. Oui, c'est vrai, ai-je acquiescé.

Mais, en Angleterre, on ne sait jamais, a-t-il repris, le tonnerre pourrait bien éclater à midi.

Il tremblait quand je l'ai serré dans mes bras. Moi aussi. Il m'a embrassé la main.

J'ai murmuré : « *Grazie mille.* » Lui aussi.

En s'éloignant dans le couloir des départs, il a levé le poing fermé en guise de salut. C'était la dernière fois que je le voyais, nous le savions tous les deux.

Dans ma tête, une vieille ballade que nous chantions lors des répétitions.

Le temps m'a paru long jusqu'à ce que son avion décolle, mais j'ai attendu, chaque minute.

Now the summertime is come
With the laurels richly blooming,
And the wild mountain thyme
All the moorlands all perfuming ;
To our own beloved bower, let us journey altogether,
Where the wild lilies bloom

'Mong the braes of Balquhither.
Let us go, lassie, go.
Lassie, go.[1]

Cathair Saidhbhín
Comté de Kerry
Octobre 1963

Cara Giovana, ma Jo,
Très chère vieille amie,
Je ne crois pas que les lilas aient été aussi beaux depuis l'année où nous nous sommes rencontrés.

Lorsque tu recevras ces mots, j'aurai quitté ce corps las et je serai parti là où nous allons tous quand nous en sommes chassés. J'ai laissé des instructions pour que cette lettre te soit envoyée trois jours après mes obsèques. Pardonne ma frappe incertaine. Il est tard.

Toujours, tu le sais, j'ai éprouvé le besoin névrotique de noter les choses. Les faits ne me semblaient pas complètement réels tant qu'ils n'étaient pas couchés sur le papier.

Ces derniers temps, je m'en veux que ces merveilleuses journées passées à Londres aient été gâchées pour toi par notre querelle, par mon silence intraitable à propos de la question que tu m'avais posée. Je te présente mes excuses pour mon obstination, tu sais que j'ai toujours été têtu

1. À présent l'été est là/Et le laurier se pare de fleurs,/Le thym sauvage des montagnes/Parfume toute la lande ;/Jusqu'à notre retraite bien-aimée, allons ensemble,/Où fleurissent les lys sauvages/Sur les collines de Balquhither./Allons, ma douce, allons./Ma douce, allons.

comme une mule. Mais d'autres raisons m'ont empêché de te parler.

La vérité c'est que, oui, je suis allé voir Hauptmann dans sa prison de Modène. Neuf fois en tout – il était question d'une dixième, mais j'ai annulé. Ces visites ont toutes eu lieu à sa demande.

Au cours de la première, nous avons à peine parlé. À la deuxième, il s'est apitoyé sur son sort, s'est montré revanchard, arpentant sa cellule en fumant, pérorant en disant qu'il n'avait fait que suivre les ordres, débitant des obscénités qui, je le sentais, avaient été méticuleusement préparées dans le but de choquer et blesser une personne célibataire de manière très précise (il n'a pas atteint son but). Certains hommes s'habituent à leur cellule. Lui détestait ça.

Comprenais-je qu'il était marié, qu'il avait des devoirs, de lourdes responsabilités ? Il ne pouvait plus voir ni sa femme ni ses enfants ! Était-ce cela, la justice ? Ma fille, qui n'a rien fait, ne peut pas voir son propre *père* ! Mes parents sont âgés ! Je dois aller à la selle dans un seau, comme un animal. Tout ça pour avoir obéi aux ordres ! Beaucoup ont fait pire. Savez-vous ce que c'est de vivre dans une cage ?

Je n'y suis pas retourné pendant deux ans.

Il a écrit pour demander un troisième entretien, j'en ai discuté avec mon recteur. Il a été décidé que j'irais, et j'y suis allé. À l'époque, on ignorait encore l'emplacement des corps de nombreux disparus à Rome ; on racontait que, peut-être, Hauptmann pourrait livrer des détails afin que les rites funéraires soient menés à terme. Je savais qu'il n'en ferait rien, mais l'espoir a la vie dure.

Hauptmann m'a accueilli tel un cousin chéri revenant d'un long séjour à l'étranger – il jouait la comédie, bien sûr – « Asseyez-vous, faisons une partie d'échecs ». Il avait réussi à faire venir un gâteau et, si ma mémoire est bonne, « une tasse de votre thé anglais ». Ce qu'il voulait, évidemment, c'était que je lui dise que je n'étais pas anglais. J'ai répondu que je n'avais pas soif. Il s'est senti vaincu. Il a prétendu ne rien savoir des disparus. Il ne savait rien de rien. Il m'a demandé si j'accepterais de lui serrer la main. J'ai refusé.

À notre quatrième rencontre, l'échiquier était de nouveau présent – il avait fabriqué les pièces lui-même à l'atelier de menuiserie –, ce qui lui a donné l'opportunité de citer ce proverbe italien qui donnerait à réfléchir à n'importe quel psychopathe : *Alla fine della partita il re e il pedone vanno nella stessa scatola.* Puis il l'a répété en anglais, comme si je ne comprenais plus l'italien. « À la fin de la partie, le roi et le pion finissent dans le même sac. »

Je lui ai dit qu'il devait encore travailler son accent.

Il était capable de prétendre qu'il était malade mentalement s'il pensait que cela pouvait lui être utile, mais, sous de nombreux aspects, c'était un homme terne, sain d'esprit, médiocre, narcissique et manipulateur, avec cette capacité remarquable qu'ont beaucoup de gens de son espèce à charmer les autres. Les gardiens m'ont parfois confié que, par moments, ils avaient du mal à le détester ; « irrésistible », m'a dit l'un d'eux. Il parvenait à exsuder la vulnérabilité, à jouer les êtres perdus qui ne comprennent rien et avait cette manière particulière de presque s'exonérer car « nous » avions tous été des victimes, de généraliser en oubliant toute nuance, avec une ruse habile et parfaitement maîtrisée. « Bien sûr tous ceux qui sont témoins de la violence sont meurtris. Les psychiatres l'ont observé. » Son magnétisme en faisait quelqu'un de très effrayant à côtoyer. On sentait les frontières se dissoudre.

Nous ne devrions jamais être surpris que l'assassin porte un masque. Pourtant, c'est le cas. Nous portons tous des masques, évidemment. Peut-être est-ce la définition même de l'être humain, un mammifère capable de changer de visage. Une seule personne dans l'histoire n'a jamais porté de masque, une seule personne a toujours été égale à elle-même, face aux traîtres et aux meurtriers. Il a été tué par le pouvoir, sur un arbre.

Peu après, j'ai découvert que le décor de la cellule de Hauptmann avait commencé à changer, subrepticement au début mais de façon notable, calculée, des photos de saints et de martyrs apparaissant sur les murs. On voit souvent cela en prison. Un matin, je suis arrivé, comme toujours avec méfiance, et j'ai trouvé mon propre portrait parmi les autres.

« Vous êtes à votre place, Monseigneur. Je vous prie tous les jours. » Il a marqué une pause. « Pardonnez mon anglais, je voulais dire, je prie *pour* vous. »

Tu as déjà compris où il voulait en venir, chère Jo, toi qui es si fine. Très vite, je n'ai plus eu aucun doute. Hauptmann a demandé s'il pouvait être accepté dans la foi catholique, ainsi que je l'avais deviné depuis le début. Évidemment, il est cynique de noter que les meurtriers et les menteurs découvrent Notre Seigneur de manière très prévisible lorsque le jugement a été rendu, mais rarement avant. En songeant à la commission de remise des peines, l'assassin parvient à comprendre ce que le Sermont sur la montagne ne lui avait pas inspiré. Hauptmann insistait en répétant qu'il était sincère, il écrivait de longues lettres à Rome pour signifier qu'il voulait que moi et moi seul le prépare.

Cette décision m'a mis à l'agonie. Au bout du compte, j'ai accepté.

Nous avons procédé aux formalités nécessaires, je lui ai enseigné le catéchisme, qu'il a étudié très assidûment, en posant souvent des questions profondes et réfléchies, comme le font aussi bien les vrais croyants que les plus rusés dissimulateurs.

Est arrivé le matin de son baptême qui a eu lieu dans sa cellule, la chapelle de la prison ayant vu son toit s'effondrer. Hauptmann et moi étions seuls. Il n'était ni rasé ni lavé. Ses cheveux trop longs étaient gras. Il souffrait d'un mauvais rhume et se sentait incapable d'aller prendre une douche, disait-il, toutefois, à mes yeux, ce refus de montrer un minimum de soin de sa personne était une façon d'afficher son mépris. Mais peut-être pas.

Il reniflait et regardait droit devant lui avec une solennité feinte, se rappelant mal les paroles qu'il devait prononcer. Le moment est venu où le prêtre appelle deux témoins attestant de la sincérité de celui qui entre dans l'Église. Il espérait que je choisirais deux gardiens pour jouer ce rôle, mais sans rien lui dire, j'avais pris d'autres dispositions.

« *Bitte* », ai-je appelé.

Deux jeunes gens sont entrés dans la cellule. Sa fille, à présent âgée de vingt ans, et son fils, dix-sept ans. Ils essayaient de ravaler leurs larmes. Aucun d'eux n'a pu le regarder.

« Vos enfants seront les témoins de votre serment solennel », lui ai-je dit.

Il a été pris de court et ne leur a pas parlé, ce que j'ai trouvé étrange, et il a attendu un bon moment avant de hocher la tête. Sous leurs yeux, j'ai procédé au baptême.

Peut-être qu'il était sincère. Peut-être pas. Ainsi soit-il. Il est des enseignements de Notre Sauveur que je ne comprends pas, voire que je n'aime pas. Ne te crois pas meilleur que les autres, fais le bien à ceux qui te détestent. Comme beaucoup d'autres de mon sexe, j'ai souvent pensé que Dieu avait commis une terrible erreur en ne me faisant pas Dieu, que le monde serait moins la proie des ténèbres et des difficultés si je l'avais gouverné. Si j'avais été le Seigneur, j'aurais fait beaucoup de choses différemment. Mais je ne l'étais pas.

Dieu seul l'était.

Et l'est toujours.

Quand le rituel du baptême a été accompli, ses enfants ont quitté la cellule, son fils lui a serré la main, sa fille refusait toujours de le toucher. Il m'a demandé si je voulais entendre sa première confession. Là, j'ai dit non, mais en partant, j'ai fait appeler un confrère, l'aumônier de la prison. Plus tard, ce prêtre m'a dit que, finalement, Hauptmann n'avait pas voulu se confesser.

Après ce jour de baptême, je ne l'ai plus revu, je suis heureux de le dire. Il y a des années, j'ai appris que sa femme avait demandé la dissolution de leur mariage. Elle s'est peut-être remariée depuis, je n'en sais rien.

Voilà les douloureux événements que j'aurais dû te confier à Londres. Je ne sais pas ce qui m'a retenu. Peut-être pensais-je que tu m'en voudrais de lui avoir accordé la moindre attention. Souvent, j'ai été en colère contre moi-même. Plus récemment, j'ai découvert que je ne voulais plus penser à lui, et il y a des jours où j'y parviens, miséricorde pour laquelle je remercie le Dieu du Silence. Alors que je me rapproche de la Lumière, je me désintéresse des Ténèbres. Je les ai toujours craintes, et la peur nous y enchaîne.

Je suis navré de t'avoir blessée. Lorsque je doutais qu'il puisse exister quelque chose de bon en ce monde, je pensais à toi, à ta gentillesse, ta compassion et ta grâce, à l'amour que tu as témoigné à un ami plein de fierté et de mesquinerie, à ta capacité à pardonner, à ton ardeur, ta bravoure et ton cran. Il est des personnes qui ne rencontrent jamais de héros. Moi j'en ai connu. Je les aimais.

Arrivederci, mon amie et camarade. Je me suis souvent trompé dans ma vie. Mais dans la maison de mon Père, il y a plusieurs demeures.

Sois clémente envers toi-même, *bellissima*. Tu n'es pas assez tendre envers toi-même.

Chante des chansons, goûte au vin.

Avec tout mon amour et mon respect.

Che Dio ti benedica sempre,

Ton H.

Avertissement, bibliographie, remerciements

Bien que des personnes et des événements réels aient inspiré cette fiction qu'est *Dans la maison de Mon Père*, il s'agit d'un bout à l'autre d'un roman. Des libertés ont été prises avec les faits, les personnages et la chronologie. Des incidents ont été concentrés, des personnes fondues ensemble pour en tirer un personnage, elles ont été rebaptisées, adaptées, voire inventées. Les versions de Hugh O'Flaherty, Sam Derry, John May, Delia Kiernan et D'Arcy Osborne qui vivent entre ces pages n'ont pas pour but de constituer des sources d'information pour les biographes et les chercheurs. Ce roman n'a pas pour objet de servir aux étudiants qui s'intéressent à Rome pendant la Seconde Guerre mondiale ou à l'occupation nazie en Italie. La lettre reproduite en épigraphe est citée à la page 197 des mémoires de Sam Derry, *The Rome Escape Line* (1960). Le nom du soldat qui l'a écrite n'est pas répertorié. C'était un « gars de Glasgow ». Tous les autres documents présentés comme officiels dans ce roman sont en réalité de pures fictions. Les personnes qui cherchent des documents concernant Hugh O'Flaherty et la filière d'évasion de Rome, ou sur la vie à Rome pendant la guerre, peuvent se référer aux ouvrages suivants qui, bien sûr, ne sont pas tous du même avis sur certains points, ainsi qu'aux références, notes et bibliographies qu'ils contiennent :

Fergus Butler-Gallie, *Priests de la Resistance !* (2019) ; Victor Failmezger, *Rome, City in Terror, the Nazi Occupation 1943-44* (2020). JP Gallagher, *Scarlet Pimpernel of the Vatican* (1967), republié sous le titre *The Scarlet and the Black* (2009) ; Stefan Heid, Johann Ickx, *Der Campo Santo Teutonico, das deutsche Priesterkolleg und die Erzbrudershaft zur Schmerzhaften Mutter Gottes während des Zweiten Weltskriegs* (2015) ; Robert Katz, *The Pope, the Resistance and the German Occupation of Rome* (2003) ; Borden W. Painter, *Mussolini's Rome* (2005) ; William Simpson, *A Vatican Lifeline* (1995) ; Stephen Walker, *Hide and Seek : the Irish Priest in the Vatican Who Defied the Nazi Command* (2012) ; M. de Wyss, *Rome Under the Terror* (1945). La liste est loin d'être exhaustive.

J'éprouve une gratitude sincère envers le neveu de Monseigneur, juge à la cour suprême d'Irlande, lui-même nommé Hugh O'Flaherty, et envers sa petite-nièce, Catherine, metteuse en scène, qui m'ont accordé un entretien et ont mis à ma disposition les papiers de Monseigneur O'Flaherty qui n'avaient pas été publiés, y compris ses lettres, journaux, notes, télégrammes et autres écrits, ainsi que ses articles publiés (pendant plusieurs années, il a tenu une chronique dans un journal), et des enregistrements audios et autres que Catherine O'Flaherty a découverts lorsqu'elle effectuait des recherches pour son propre documentaire sur Monseigneur (*Pimpernel sa Vatican*, 2008) ; cela inclut un enregistrement audio de l'émission de 1963, *This is Your Life*, centrée sur Sam Derry, dont une version fictive conclut ce roman. Je remercie l'archiviste Mark Ward pour son adresse et son professionnalisme qui ont facilité le partage des archives familiales avec moi. Je remercie Flor MacCarthy d'avoir attiré mon attention sur une lettre adressée à Monseigneur que je n'avais pas vue, écrite par le président irlandais Seán T. O'Kelly, et pour avoir partagé avec moi une collection de photos de Rome inédites, datant des années 1930 et 1940, dont elle a hérité. Toutes les erreurs que contient ce livre sont de mon fait.

Je remercie Liz Foley et Mikaela Pedlow chez Harvill ; Isobel Dixon, Conrad William et leurs collègues de l'agence littéraire Blake Friedmann. La menace rapportée dans le dernier chapitre que des dents seront fournies au jour du Jugement dernier est un emprunt à l'œuvre d'un conteur virtuose, le regretté Dave Allen. Je l'ai transformée un peu pour l'adapter à mon propos. Un des grands plaisirs en écrivant ce livre a été l'aide aimable que j'ai reçue de l'ancienne ambassadrice d'Irlande près le Saint-Siège, Emma Madigan, et son mari Laurence Simms. Je les remercie pour leur amitié, ainsi que leur fils, Cormac, que j'ai vu pour la première fois alors qu'il n'était encore qu'un minuscule Romain. L'illustration au chapitre 13 est du maestro Brian Byrne, à qui va ma plus sincère gratitude. Je remercie mon amie et ma traductrice, Carine Chichereau, pour son travail assidu, et les éditions Payot & Rivages d'avoir publié ce livre. Merci à John Bowman, Bert Wright, le professeur Diarmaid Ferriter, Monseigneur Stefan Heid (voir bibliographie), et les bibliothécaires du Collegium Germanicum à Rome, Monseigneur John Kennedy à Rome, Kathy Rose O'Brien, Mariachiara Rusca, Anna Loi, et ma sœur, Dr Éimear O'Connor. Comme toujours, ma gratitude va à mes fils, James et Marcus, et à ma femme, Anne-Marie Casey. *Vi amo, dal profondo del mio cuore.*

pca
cmb
édition pré-presse
livres numériques
44400 Rezé

Achevé d'imprimer en février 2024
sur les presses de Normandie Roto Impression s.a.s.
à Lonrai (Orne)
pour le compte des Éditions Payot & Rivages
60/62, avenue de Saxe -75015 Paris
N° d'impression : 2400588
Dépôt légal : novembre 2023

Imprimé en France